Une ombre sur le passé

Une famille à protéger

STEPHANIE DOYLE

Une ombre sur le passé

éditions Harlequin

Titre original : SUSPECT LOVER

Traduction française de HÉLÈNE COLOMBEAU

HARLEQUIN®
est une marque déposée par le Groupe Harlequin

BLACK ROSE®
est une marque déposée par Harlequin S.A.

Photos de couverture

Vague : © HIROSHI HIGUCHI / GETTY IMAGES
Falaise & mer : © KAREN HUNTT MASON / PHOTODISC / GETTY IMAGES
Couple : © PHOTODISC / ROYALTY FREE / GETTY IMAGES

Si vous achetez ce livre privé de tout ou partie de sa couverture, nous vous signalons qu'il est en vente irrégulière. Il est considéré comme « invendu » et l'éditeur comme l'auteur n'ont reçu aucun paiement pour ce livre « détérioré ».

Toute représentation ou reproduction, par quelque procédé que ce soit, constituerait une contrefaçon sanctionnée par les articles 425 et suivants du Code pénal.

© 2009, Stephanie Doyle. © 2009, Harlequin S.A.

83-85, boulevard Vincent-Auriol 75646 PARIS CEDEX 13.

Service Lectrices — Tél. : 01 45 82 47 47
www.harlequin.fr

ISBN 978-2-2808-1328-0 — ISSN 1950-2753

1

— Nous y sommes, madame.

La limousine s'était arrêtée. Caroline détourna le regard de la bâtisse qui se dressait au sommet de la colline et adressa un sourire poli au chauffeur, qui l'observait dans le miroir du rétroviseur.

— Surprenant, n'est-ce pas ? dit-il en désignant, d'un signe de tête, le cauchemar architectural où Caroline était attendue.

L'édifice en pierre surplombait la falaise tel un château pilonné par les vagues. « Et dire que c'est peut-être ma nouvelle maison… », songea Caroline. Bigre ! Elle était affreuse.

— Je n'ai jamais rien vu de tel, admit-elle.

Le chauffeur descendit de la voiture en riant. Une seconde plus tard, il ouvrait la portière arrière et tendait la main à Caroline.

— Ce n'est pas tellement le style du patron, lui dit-il, on l'imaginerait plus dans un appartement en ville. Mais il aime la solitude.

Caroline n'en doutait pas. Autour d'elle, elle ne voyait que l'océan à perte de vue.

— Qu'est-ce que je fais ici ? marmonna-t-elle.

Elle aurait volontiers demandé au chauffeur de la reconduire à l'aéroport ; elle était prise d'une soudaine envie de rentrer chez elle.

Chère Mlle Somerville,

J'ai bien reçu votre profil envoyé par l'agence que nous avons tous deux choisie. Je crois que nous pourrions nous entendre.

Si j'ai bien compris, vous êtes écrivain. Voilà qui est intéressant. Que voudriez-vous savoir à mon propos ?

Cordialement,

Dominic Santos.

— Excusez-moi, madame, vous avez dit quelque chose ?

Caroline reporta son attention sur le chauffeur, qui sortait ses valises du coffre. Elle lui proposa de l'aider à les porter, mais il se contenta de sourire et se mit en marche vers l'entrée de la maison. Caroline n'avait jamais vu de porte aussi imposante.

Le chauffeur appuya sur la sonnette.

Elle n'était pas prête. Pas prête à rencontrer cet homme ici, tout de suite. Tout ce qu'elle avait espéré, tout ce dont elle avait rêvé se trouvait peut-être derrière cette porte. Le souffle court, la gorge nouée, elle craignit un instant de s'évanouir.

A ses pieds.

Quelle belle impression cela ferait !

Mais lorsque la porte s'ouvrit, c'est une jeune femme aux cheveux courts et dressés en pointes, vêtue d'un T-shirt qui laissait voir son nombril et d'une jupe qui ne couvrait pas tout à fait ses cuisses, qui les accueillit.

— Bonjour ! Vous devez être Caroline. M. Santos m'a dit de vous faire entrer.

Un gros chien noir se faufila soudain entre la porte et les jambes de la jeune fille pour saluer les nouveaux venus. Caroline lui fit renifler sa main, qu'il lécha.

— Oh, désolée ! fit la jeune femme. N'ayez pas peur, elle ne mord pas. Elle s'appelle…

— Munch, termina Caroline. Elle s'appelle Munch.

Cher M. Santos,

J'ai bien reçu votre profil, qui ne manquait pas de détails — j'imagine que c'est pour cela que nous payons aussi cher. Cette agence matrimoniale ne ressemble à aucune autre, vous ne trouvez pas ? Revenus annuels bruts, description minutieuse de nos personnalités, parcours scolaire et universitaire… On croirait poser une candidature pour la CIA ! Vous m'avez demandé ce que j'aimerais savoir sur vous. Le plus de choses possible : ce que vous aimez, ce que vous n'aimez pas, vos passe-temps, vos passions. Pourquoi vous avez choisi cette méthode pour trouver une épouse.

Quant à moi, je suis bien écrivain, mais je dois avouer que ce n'est pas aussi passionnant que la plupart des gens l'imaginent. Je passe beaucoup de temps seule. J'avais un chat, mais il est mort récemment. Je pense prendre un chaton pour avoir un peu de compagnie.

Bien à vous,

Caroline.

— Entrez. M. Santos m'a demandé de vous faire visiter les lieux.

— Il n'est pas là ? demanda Caroline, sans savoir si elle était déçue ou soulagée.

— Mon Dieu, non ! M. Santos n'est presque jamais là. Je m'occupe de Munch dans la journée. Je la sors plusieurs fois par jour, et parfois je dois revenir le soir, quand M. Santos a décidé de passer la nuit au bureau… A droite, c'est la cuisine. Elle a les meilleurs équipements dont on puisse rêver.

Caroline acquiesça distraitement tandis que la chienne se frottait contre sa jambe. Elle caressa son poil doux et ras. Elle trouvait triste qu'une bête aussi affectueuse soit aussi souvent laissée seule par son maître.

— En bas des marches, à gauche, c'est le salon. Il y a un super écran plat au-dessus de la fausse cheminée. Du salon, on descend encore quelques marches pour accéder à la piscine intérieure. Attendez de voir ça, ça vaut vraiment le coup d'œil.

Caroline tenta de se concentrer sur ce qui l'entourait plutôt que d'écouter son guide. Une maison pouvait révéler tellement de choses sur son propriétaire… C'était du moins le cas de la sienne. Les meubles qu'elle avait choisis, les tableaux qu'elle avait accrochés aux murs — ceux d'un artiste local découvert lors d'une petite exposition près de chez elle —, la collection de pots à lait de sa mère, les poupées de porcelaine de sa tante, tout cela faisait partie d'elle.

Là, sur les murs de Dominic, on ne voyait pas beaucoup de tableaux, en dehors de deux ou trois toiles d'art moderne très colorées certainement recommandées par un décorateur. Les quelques meubles étaient de qualité, mais l'espace semblait vide. L'intérieur de la maison n'avait rien de l'extravagance de l'extérieur.

Caroline suivit Cindy — la jeune fille avait fini par se présenter — vers une autre grande pièce, une sorte de deux en un : à gauche, un bureau à la pointe de la technologie, à droite, un espace sportif suréquipé. Mais son attention fut vite accaparée par la piscine, qui miroitait derrière les baies vitrées.

Ignorant les explications de Cindy sur les différents appareils de musculation, Caroline ouvrit la porte qui menait à la pièce entièrement entourée de verre. Aussitôt, l'odeur forte du chlore la prit à la gorge, mais ce n'était pas désagréable. Au-delà de la piscine, on voyait les vagues rouler sur le sable, tout en bas. L'effet était saisissant. Nager dans cette piscine donnait sans doute l'impression de voler au-dessus de l'océan.

— C'est terrible, hein ? dit Cindy. M. Santos m'a donné la permission de nager quand j'en ai envie. L'hiver, la piscine est chauffée.

Caroline opina. C'était terrible, en effet.

Chère Caroline,

Mes passe-temps et mes passions tournent tous autour de la même chose : mon travail. Avec mon associé Denny, nous avons fait de Encrypton une entreprise prospère. Un nouvel associé vient de nous rejoindre, pour nous développer encore plus. C'est donc pour nous une période de grande activité. Pour être clair, je suis ce que beaucoup appelleraient un bourreau de travail, et je n'ai pas l'intention de changer. Vous me demandez pourquoi j'ai choisi cette méthode pour trouver une femme : en toute honnêteté, c'est celle qui me prend le moins de temps. Si vous êtes toujours intéressée, je peux vous appeler.

Dominic.

P.-S. : J'ai une chienne. Vous dites que vous avez eu un chat, je ne sais pas si vous aimez les chiens. Elle s'appelle Munch. Elle mâchouillait tout ce qu'elle trouvait quand elle était bébé.

— Et voilà, la visite est terminée ! déclara Cindy lorsqu'elles entrèrent dans la chambre de Dominic.

Ici encore, les murs vitrés offraient une vue spectaculaire sur l'océan. Une impression de solitude se mêlait étrangement au sentiment d'ouverture et d'espace.

— Merci beaucoup, Cindy.

— De rien. Il faut que j'y aille. Munch ne vous dérange pas ?

La chienne était collée aux jambes de Caroline et remuait la queue, comme si elle avait senti qu'à présent, quelqu'un lui tiendrait compagnie.

— Elle ne me gêne pas du tout. Bonne fin de journée, Cindy.

Lorsque la jeune fille eut quitté la pièce, Caroline s'aperçut que ses valises avaient été déposées dans cette chambre. Celle de Dominic.

— Je peux te dire un secret, Munch ?

— Ouah ! répondit la chienne.

— Je suis une vraie poule mouillée.

— Ouah. Ouah.

— Non, c'est vrai. Je croyais que j'avais envie de ça. D'avoir un mari, un bébé. Mais je ne suis pas sûre que ce soit la bonne méthode. Je ne connais même pas cet homme ! Je ne sais pas si j'aurai le courage de le rencontrer.

— Ouah. Ouah !

— D'accord, si tu le dis.

Caroline tapota la tête de sa nouvelle amie et se tourna vers l'immense lit derrière elle. Elle était épuisée. Le voyage, l'appréhension, l'angoisse… Elle s'allongea sur le lit et, aussitôt, Munch vint se blottir dans son dos. Un léger parfum d'homme, pas déplaisant du tout, se dégageait de l'oreiller.

Elle tendit le bras pour caresser la chienne, rassurée par sa présence.

— Sérieusement, et si j'étais en train de faire la plus grosse erreur de ma vie ? chuchota-t-elle.

Cette fois, elle n'eut pas de réponse.

*

* *

Dominic Santos regardait par la fenêtre de son bureau avec vue sur la Silicon Valley. Frustré d'avoir si peu avancé dans son travail, il retourna s'asseoir devant son ordinateur et se surprit une fois de plus à vérifier l'heure.

Une minute seulement s'était écoulée depuis la dernière fois où il avait regardé l'horloge…

Que diable lui arrivait-il ? Il se comportait comme un jeune amoureux transi, et il n'aimait pas ça du tout. Cette visite n'était qu'un test pour elle et lui, rien de plus.

Quatre jours pour voir s'ils s'entendaient bien et s'ils étaient capables de s'adapter l'un à l'autre. Quatre jour pour déterminer si l'agence avait eu raison de les mettre en contact sur la base de leurs personnalités et de leurs objectifs. Il n'y avait vraiment aucune raison de s'inquiéter, d'autant plus qu'ils s'écrivaient par e-mail et se parlaient au téléphone depuis déjà plusieurs semaines. Ce n'était qu'un pas de plus à franchir…

Dominic tira l'un des tiroirs de son bureau pour en sortir un grand dossier marron. Il l'ouvrit et ne put s'empêcher de retenir son souffle en voyant la photo de Caroline, tout sourire. Dessous se trouvaient des copies de leurs échanges électroniques — sans trop savoir pourquoi, il avait ressenti le besoin de les imprimer et de les conserver. Il approcha la photo de son visage pour l'étudier. Elle le fascinait toujours autant.

Cher Dominic,

J'ai beaucoup apprécié notre conversation au téléphone hier soir, et j'espère que vous ne m'en voudrez pas de vous écrire si vite. Les mots me viennent plus naturellement à l'écrit qu'à l'oral. Je sais que je me suis montrée hésitante concernant votre proposition, mais après réflexion, je l'accepte. En revanche, je tiens à payer moi-même mon billet d'avion. Je dois finir la relecture de mon dernier roman. Dans deux semaines, cela vous conviendrait ?

J'imagine qu'il est temps de nous rencontrer.

Caroline.

Dominic étouffa un juron, repoussa le dossier et consulta de nouveau l'heure. Pas même une minute ne s'était écoulée et cela l'irrita.

Caroline avait dû arriver à la maison, maintenant. Il avait demandé à sa secrétaire, Serena, d'appeler l'aéroport pour s'assurer que l'avion n'avait pas eu de retard — il avait bien atterri à l'heure. En évaluant le temps nécessaire pour que Caroline retrouve Henry au retrait des bagages et pour qu'ils rejoignent la maison dans les embouteillages de l'après-midi, Dominic avait calculé qu'elle pouvait être chez lui vers 17 heures.

Il était dix-sept heures une.

Peut-être devrait-il partir tout de suite. Il lui faudrait un peu plus d'une heure pour rentrer chez lui, à l'heure de pointe. Ce qui laissait suffisamment de temps à Caroline pour s'installer, voire faire une petite sieste pour se remettre du décalage horaire. Ou bien devait-il appeler d'abord pour savoir si elle était bien arrivée ?

Il décrocha le téléphone pour le raccrocher aussitôt, comme il l'avait fait une bonne dizaine de fois la semaine passée. Après avoir reçu le message de Caroline dans lequel elle lui faisait part de sa décision de venir, il n'avait plus ressenti le besoin de l'appeler. Non, c'était faux. Il avait eu envie de lui parler, c'était indéniable ;

seulement, il avait eu peur qu'elle change d'avis. Il s'était donc contenté de lui répondre par e-mail :

> Caroline,
>
> J'insiste pour payer votre billet. Vous faites tout le trajet jusqu'ici, laissez-moi au moins participer de cette manière. Je vous ai réservé une place en première classe. Vous trouverez l'itinéraire en pièce jointe.
>
> Dominic

Lui téléphoner était une mauvaise idée. Certes, la voix de Caroline lui manquait déjà, mais c'était le prix à payer pour ne pas compromettre leur rencontre. Après tout, il savait que l'avion avait bien atterri. Restait à voir si elle l'avait bien pris…

Il pressa le bouton de l'Interphone avec impatience.

— Serena.

— Oui, monsieur Santos ?

— Appelez Henry sur son portable, je vous prie. Et passez-le-moi.

— Entendu, monsieur Santos.

Dominic se tourna vers son ordinateur et s'efforça de se concentrer sur son travail. Il renonça quand son regard dévia une fois de plus vers l'horloge. C'était complètement insensé, et franchement agaçant.

Peut-être faisait-il une grosse erreur…

— Je vous passe Henry sur la ligne une, monsieur Santos, annonça Serena.

Dominic décrocha brusquement le combiné.

— Où êtes-vous ?

— Je quitte tout juste Half Moon Bay, monsieur. L'avion de Mlle Somerville n'avait pas de retard. Je l'ai déposée chez vous il y a quelques minutes. Avez-vous besoin d'autre chose ?

— Non, merci. Ce sera tout pour aujourd'hui.

En raccrochant, Dominic chercha à se persuader que l'immense soulagement qu'il ressentait avait plus à voir avec ses projets qu'avec Caroline elle-même. Car il avait un but très précis en tête. Il voulait une femme, et il voulait un enfant. Faire appel à cette agence matrimoniale haut de gamme lui avait paru le moyen le plus rapide et le plus efficace pour l'atteindre. Le profil de Caroline avait été le troisième qu'il avait reçu, et le seul auquel il avait eu envie de donner suite. Dans un premier temps, la distance l'avait fait hésiter : elle habitait en Virginie, à l'autre bout du pays par rapport à la ville de San Jose, en Californie.

Mais la photo l'avait conquis. Non pas qu'elle fût remarquablement belle, mais elle était jolie. Et il y avait une certaine sérénité dans son visage qui l'attirait. Elle était agréable à regarder, et certainement agréable à fréquenter. En allant voir, sur le site Internet de Caroline, le portrait officiel qui ornait le dos de ses livres, il l'avait trouvée encore plus jolie, même si elle ne souriait pas et semblait très sérieuse.

Il préférait l'autre photo, la sienne. Et maintenant, il avait hâte de la découvrir en vrai.

Dominic sonna de nouveau sa secrétaire.

— Serena, je pars dans une demi-heure. Je ne veux plus recevoir d'appels.

— Vous partez… à 17 h 30, monsieur ?

L'incrédulité était perceptible dans la voix de sa secrétaire. Depuis dix ans qu'elle travaillait pour lui, elle ne l'avait jamais vu quitter le bureau avant 20 heures.

— Oui.

— Denny voulait vous voir.

Denny. Mince.

Son associé et programmeur avait passé les deux dernières semaines enfermé dans son bureau, à travailler sur un projet qu'il disait explosif. Bien sûr, il n'avait pas voulu lui en dévoiler la nature. Et son comportement commençait à inquiéter leur nouvel associé… Dominic avait rassuré Steven en lui expliquant que Denny fonctionnait comme ça, et que cela avait toujours valu le coup d'attendre.

Apparemment, il était enfin prêt à révéler son grand secret. Mais cela attendrait.

— Dites à Denny que je l'appellerai. Je ne veux plus être dérangé pour aujourd'hui.

— Très bien, monsieur.

Il ne lui restait plus qu'à se concentrer sur son travail pendant une demi-heure. L'horloge indiquait 17 h 07.

2

Munch couchée contre son dos, elle était endormie sur son lit. Voilà comment il découvrit Caroline en entrant dans sa chambre. C'était leur première rencontre en chair et en os, et elle n'était pas réveillée.

Une mèche blonde reposait sur sa joue et se soulevait légèrement à chacune de ses expirations. Elle était exactement comme sur la photo : très agréable à regarder. Dominic sentit ses reins s'embraser aussitôt.

Bien sûr, ce n'était pas la première fois qu'il s'imaginait faire l'amour à Caroline. Voilà longtemps qu'il n'avait pas fréquenté de femme, et son esprit s'emballait facilement…

Il avait envie d'elle. Très envie. Et il n'avait même pas encore vu ses yeux. Peut-être essayait-il de se convaincre qu'il la désirait — cela simplifierait les choses s'ils se mariaient. Car bien qu'il ne se fasse aucune illusion romantique sur le mariage, il tenait à partager le même lit que sa femme. Quoi qu'il en soit, une chose était sûre : à cet instant, ce n'était pas son esprit qui commandait à son corps de s'échauffer de cette façon à la seule vue de Caroline.

Comment réagirait-elle s'il se mettait à l'embrasser, à la caresser dans son sommeil ? Sa Belle au bois dormant, pour lui tout seul. Il l'imaginait ouvrant les yeux au moment où il s'enfoncerait doucement en elle…

— Ouah !

Dominic sursauta et lança un regard noir à Munch.

— Chut, tu vas la réveiller !

Mais c'était trop tard. Déjà, les paupières de Caroline se soulevaient lentement. Elle s'étira avec langueur, ce qui n'aida pas à calmer ses ardeurs. Puis, comme si elle venait de se rappeler qu'elle n'était pas chez elle, Caroline tourna la tête et vit Dominic.

— Bonjour, dit-elle doucement.

— Bonjour.

Elle se redressa puis se passa la main dans les cheveux, visiblement embarrassée d'avoir été surprise en pleine sieste. Mais il n'y avait pas de quoi ; elle était fascinante avec son petit air endormi.

— Je n'étais pas sûre de me trouver dans la bonne chambre, dit-elle. Mais comme le chauffeur avait laissé mes bagages ici…

— Vous êtes au bon endroit, répondit Dominic, avant de s'éclaircir la gorge. Je voulais que vous ayez cette chambre. La vue est magnifique. Je dormirai dans la chambre d'amis pendant votre séjour.

— Ah, d'accord, dit-elle en se levant.

Elle portait un jean parfaitement ajusté et un pull léger, dont la couleur rose pâle évoquait l'intérieur d'un coquillage. Il ne put s'empêcher de se demander si elle était aussi douce au toucher. Elle lui tendit la main.

— Caroline Sommerville.

Il serra sa main fine et délicate dans la sienne.

— Je suis… Je suis heureux que vous soyez venue.

Elle acquiesça, tout en continuant à le dévisager. Ce qu'elle voyait lui plaisait-il autant que ce qu'il voyait d'elle ? D'un naturel plutôt confiant et sûr de lui, il se sentait étrangement troublé par la présence de cette femme en chaussettes devant lui. Il avait songé à cette rencontre comme à un simple entretien avec une épouse potentielle, et voilà qu'il n'avait qu'une seule idée en tête : l'embrasser.

— Ouah !

Ils sourirent tous les deux lorsque Munch bondit du lit pour se faufiler entre leurs jambes. Tout en caressant la tête de la chienne, Dominic fut soulagé de constater que Caroline n'avait pas l'air apeurée ou gênée par sa présence.

— J'ai déjà fait connaissance avec Munch. Je crois qu'on s'entend plutôt bien.

— On dirait bien. Sinon vous n'auriez pas dormi ensemble !

Caroline eut un petit rire.

— Vous devez avoir faim, reprit-il. J'ai prévu de quoi manger. Je me suis dit qu'on serait mieux ici que dans un restaurant bondé, qu'on pourrait discuter plus tranquillement.

— Vous allez cuisiner ? s'étonna Caroline.

— N'exagérons rien. Je vais juste faire quelques grillades.

Il gagnèrent la cuisine, où Dominic s'occupa des steaks et des pommes de terre pendant que Caroline préparait une salade.

— Si vous voulez bien ouvrir le vin, nous pouvons manger, annonça-t-il.

Caroline choisit une bouteille dans le casier accroché au mur.

— Oh ! j'adore celui-ci !

— Je le sais grâce à votre site Web. Il était dans la liste de vos vins préférés.

— Vous êtes allé sur mon site ?

— Bien sûr. Je voulais me faire une idée des livres que vous avez écrits.

Il se détourna du gril et observa le visage de Caroline, qui s'éclairait d'un grand sourire.

— J'imagine que vous n'en avez pas acheté, dit-elle. Vous savez, les auteurs ont besoin de leurs royalties…

— Vous ne semblez pas être à plaindre sur ce plan. Je connais vos revenus, souvenez-vous.

Il vit son sourire s'effacer.

— Mais j'en ai acheté un, s'empressa-t-il d'ajouter en plaçant les plats sur la table. En revanche, je ne l'ai pas encore lu.

— J'ai l'impression que vous n'avez pas beaucoup le temps de lire pour votre plaisir.

— C'est vrai.

Tout en servant du vin à Dominic, Caroline l'invita à lui parler de son travail.

— Je n'ai pas envie de vous ennuyer avec ça…

— Vous n'avez pas le choix, insista-t-elle. Contrairement à vous, je n'ai pas appris grand-chose sur votre site Internet. On n'y trouve que la liste des produits et des services de votre entreprise, et je n'y comprends rien.

— Encrypton fournit des logiciels de cryptage. Nous ne sommes pas les plus gros sur le marché, mais nous nous développons. Heureusement pour nous, la demande est énorme. La réglementation veut que la majorité des données qui circulent sur Internet soit sécurisée. Nous nous chargeons de ça.

— Comment ?

— Disons que les données sont stockées dans une boîte. Cette boîte est fermée, puis transmise par Internet. A l'autre bout, quelqu'un possède la clé pour ouvrir la boîte. Nous mettons au point la boîte et la clé. Je ne peux pas vous dire comment tout cela marche précisément, c'est Denny qui s'en occupe. Je vous ai déjà parlé de lui, non ?

— Oui, c'est votre associé.

— L'un de mes associés. Le troisième s'appelle Steven. Denny et moi avons commencé à travailler ensemble il y a douze ans. Il avait des idées de programme, et moi j'avais des compétences en gestion d'entreprise. Steven a rejoint la société plus tard, et il est devenu notre associé récemment. C'est notre financier. On est sur le point de signer un contrat important avec le gouvernement ; Steven s'assure que nous sommes en mesure de le remplir.

— Je vois.

Dominic lui servit un second verre de vin. Il avait craint de l'ennuyer avec ses histoires, mais elle semblait plutôt intéressée.

— C'est amusant, un voyage d'affaires m'a conduit près de chez vous, il n'y a pas longtemps, dit-il. Vous habitez près bien de Washington ?

— Pas trop loin. Je vis à Leesburg, en Virginie. Comment fait-on pour décrocher un contrat avec le gouvernement ?

— Le souci principal, c'est la stabilité. Le gouvernement doit être sûr que nous sommes à la hauteur. Dans un deuxième temps, il faut être capable de respecter le budget. Par chance, j'ai pu avoir l'aide de quelqu'un de la maison. Une de mes anciennes... employées travaille au FBI. Comme elle a affaire au gouvernement depuis plusieurs années, elle a pu me donner quelques conseils sur la manière de traiter avec eux.

— Vous avez hésité sur le mot *employée,* fit remarquer Caroline, les yeux plissés.

— Ah bon ?

— Si c'est une ancienne petite amie, vous n'avez pas à me le cacher, Dominic.

— Ce n'est pas le cas. C'est une ancienne employée. Je ne vous mentirais pas à ce sujet, Caroline.

En la voyant remuer sur sa chaise, il devina qu'elle ne le croyait pas. Il posa une main sur son poignet.

— Je n'ai aucune raison de vous mentir. Si vous deviez savoir quelque chose à propos de mes relations passées, je vous le dirais. Et j'espère que vous feriez de même. Je veux que nous nous engagions tous deux en connaissance de cause.

— De quel engagement parlez-vous ?

— Le mariage.

Elle eut un mouvement de recul qui fit regretter à Dominic d'avoir évoqué si tôt l'objectif de leur rencontre.

— Caroline, vous savez que c'est mon but. Je crois que j'ai été très clair dès le début. L'agence que nous avons choisie n'est pas spécialisée dans les aventures sans lendemain.

— Je sais… C'est juste que vous m'avez un peu surprise en parlant de ça si rapidement. Je pensais qu'on se laisserait un peu de temps. J'aimerais d'abord vous connaître, Dominic.

— Mais vous me connaissez. Vous savez quel travail je fais, vous avez vu ma maison. Il n'y a pas grand-chose d'autre à découvrir.

Caroline eut un rire sans joie.

— Et votre famille, vos amis ? A quoi ressemblait votre vie avant que vous ne vous lanciez dans les affaires ?

— Je n'ai pas de famille. Mais ce n'est pas si dramatique que ça en a l'air. Mon père a abandonné ma mère avant ma naissance. Ma mère est morte il y a des années.

Elle était mexicaine, mon père américain. Cela vous pose problème ?

— Vos origines ? Non. Elles étaient indiquées dans votre profil. Mais cela ne suffit pas. Vous ne trouvez pas que c'est un peu rapide de décider de se marier après un simple dîner ?

Dominic soupira en se laissant aller en arrière sur sa chaise.

— Je n'ai pas le temps de vous faire la cour, avoua-t-il. Et même si j'avais le temps, je ne suis pas sûr que j'y arriverais… Je veux vous épouser, Caroline. Il m'a suffi de quelques conversations pour savoir que vous me conveniez.

Dominic étouffa un juron en la voyant tiquer. Il était en train de gâcher leur soirée, alors qu'il aurait dû se contenter de lui servir du vin et de l'entraîner dans son lit…

Chère Caroline,

Je vous ai dit que ma vie tournait autour de mon travail. Mais hier soir, pendant notre conversation téléphonique, vous avez insisté pour connaître un autre de mes passe-temps favoris. Eh bien, j'aime nager. J'aime la sensation de flotter à la surface de l'eau, de faire travailler mon corps. J'aime la liberté.

D.

Incapable de rester assise plus longtemps, Caroline se leva, sortit de la cuisine et traversa le salon. De là, elle voyait l'espace bureau, la salle de musculation et, plus loin, le miroitement de la piscine. Derrière les baies vitrées, l'océan projetait ses vagues chargées d'écume sur le sable, laissant des traînées blanches derrière lui.

Il lui avait fallu tellement de courage pour venir jusqu'ici.

Tellement de force pour vaincre la poule mouillée en elle. Pour sortir de sa petite maison tranquille dans sa petite ville tranquille, pour quitter sa petite vie tranquille et prendre le risque de l'inconnu.

Elle n'avait pas eu besoin du psychologue qui l'avait suivie après la mort de ses parents pour comprendre l'évidence : la vie qu'elle avait connue jusqu'à seize ans avait été subitement et irrévocablement bouleversée. Elle avait été une adolescente libre et enjouée, elle était devenue une poule mouillée. Une femme qui ne prenait jamais de risques, de peur d'être de nouveau blessée.

Mais là, elle n'avait pas été lâche. Le simple fait de prendre l'avion et de venir jusqu'ici lui avait demandé du courage. Seulement, Dominic attendait plus d'elle. Beaucoup plus.

— Je ne sais pas si je peux faire ça, murmura-t-elle.

— Pourquoi êtes-vous venue, alors ?

En se retournant, elle s'aperçut qu'il s'était approché d'elle — bien trop près pour qu'elle se sente à l'aise. Elle descendit les marches qui menaient à la piscine intérieure.

C'était peut-être cette piscine qui l'avait décidée à venir. La description qu'il lui avait faite du plaisir qu'il prenait à nager conférait au personnage de Dominic beaucoup plus de profondeur que ses messages un peu brusques et ses réponses monosyllabiques lors de leurs conversations au téléphone. Caroline sentait qu'il y avait plus à découvrir chez lui.

— Je vous ai posé une question, lui rappela-t-il.

— Pourquoi m'avez-vous choisie ? demanda-t-elle au lieu de lui répondre.

Il détourna le regard, comme s'il cherchait la réponse appropriée.

— Je vous ai choisie à cause de votre métier, finit-il par dire. J'ai pensé que vous seriez habituée à une vie calme. Solitaire. Je me suis dit que vous ne me réclameriez pas trop de temps. Du temps que je n'ai pas à offrir.

C'était la vérité, aussi brutale soit-elle. Elle pouvait au moins lui être reconnaissante de ne pas lui mentir.

— Je suis désolé si cela vous fait de la peine, ajouta-t-il. Maintenant, répondez-moi. Pourquoi êtes-vous venue ?

Il fit un pas vers elle, les yeux plongés dans les siens.

« Pourquoi suis-je venue ? »

Pourquoi n'était-elle pas restée chez elle, auprès de son petit cercle d'amis ? Avec ses pantoufles moelleuses et ses pyjamas de flanelle ? Pourquoi ne s'était-elle pas contentée de prendre un chaton ?

« Parce que tu en avais marre d'avoir peur. Parce que tu as décidé que tu pouvais rêver de nouveau. Que tu étais capable de fonder une famille. »

Mais c'était une explication bien trop personnelle. Elle s'efforça de trouver une réponse qui pourrait satisfaire Dominic.

— Je suis venue parce que je voulais trouver…

— L'amour ? l'interrompit-il. Vous n'êtes quand même pas si naïve, Caroline. L'amour est une aberration. Au mieux, une émotion passagère. Elle meurt une fois que la routine s'installe. Deux personnes ayant les mêmes objectifs et des personnalités compatibles peuvent s'unir. Un mariage construit sur ces bases peut être beaucoup plus fort que l'union de deux personnes amoureuses.

Caroline n'était pas d'accord, mais elle ne voyait pas l'intérêt de le contredire.

— J'allais dire que je voulais trouver le bonheur.

— Je ne sais pas si je peux vous garantir le bonheur, répondit Dominic en faisant un pas de plus vers elle pour lui prendre la main. Mais je peux vous donner ce que vous voulez.

— Ce que je veux ?

— Un enfant.

Elle tressaillit.

— Dans votre profil, vous dites que vous voulez des enfants. Vous m'avez même confié que vous aviez pensé à en faire un toute seule.

— C'est vrai.

La poule mouillée avait gagné, là encore. Elle s'était convaincue qu'elle ne pourrait pas y arriver seule.

— Vous voulez une famille, n'est-ce pas ?

Le mot lui fit mal. Il signifiait tout ce qu'elle avait perdu et ce qu'elle voulait retrouver. Inutile de le cacher à Dominic, surtout s'il devait devenir son époux.

— Je n'ai pas de famille, moi non plus. Mes parents sont morts dans un accident de voiture quand j'avais seize ans. J'ai été recueillie par une tante, mais elle est morte il y a deux ans. J'ai été très seule. Ça ne pouvait plus durer.

Il hocha la tête. Un homme qui avait perdu sa mère devait savoir ce que cela voulait dire de repartir de zéro. De vouloir fonder de nouveau une famille, quand on avait déjà connu la douleur d'en perdre une.

— Laissez-moi vous donner ce qui vous est le plus cher, murmura-t-il.

— J'ai trente-cinq ans, dit-elle dans un filet de voix, tandis qu'il l'attirait contre lui. Ça ne va peut-être pas être simple.

Il posa une main chaude et ferme sur sa nuque, et l'obligea doucement à pencher la tête en arrière.

— Nous pouvons essayer. Nous essaierons.

Lorsque sa bouche entra en contact avec la sienne, l'attirance qu'elle avait ressentie en le voyant pour la première fois fut multipliée par deux, puis trois, puis quatre. Il entrouvrit les lèvres et prit possession de sa bouche avec passion. Il y avait si longtemps. C'était si bon.

Des cheveux noirs, des yeux sombres et un corps musclé… Caroline avait toutes les excuses pour se sentir attirée par cet homme. Mais elle savait que, tout bien pesé, c'était tout le reste qui la poussait dans ses bras : son petit sourire à peine perceptible, sa façon de caresser Munch, la manière qu'il avait de la tenir contre lui sans l'oppresser.

Il releva la tête, et elle sentit qu'il l'observait. Mais elle refusa d'ouvrir les yeux. Elle voulait seulement qu'il l'embrasse encore.

— Dites-moi que vous en avez envie, Caroline. Dites-le-moi, et je vous emmène à l'étage.

En posant une main sur son torse, elle sentit son cœur battre violemment à travers sa chemise. C'était le moment ou jamais de dire que tout allait trop vite. Le moment de se retirer dans sa chambre. La poule mouillée était prête à prendre le dessus…

— Dites-le-moi.

L'urgence était palpable dans sa voix, et ne faisait que nourrir son propre désir. Mais les mots ne voulaient pas sortir. Alors, comme elle s'exprimait plus aisément avec son corps, elle prit le visage de Dominic entre ses mains et se hissa sur la pointe des pieds pour l'embrasser.

Oui, elle avait envie de lui.

3

Dominic jeta un sévère : « Couchée ! » qui suffit à tenir Munch en respect sur le canapé du salon, et Caroline se laissa entraîner à l'étage sans protester. L'instant d'après, elle se retrouva dans la chambre. La chambre d'un homme.

Cela ne lui ressemblait pas, songea-t-elle. Une femme ne restait pas seule aussi longtemps qu'elle l'avait été sans avoir quelques réserves vis-à-vis de la gent masculine. Faire l'amour était un acte important, qu'elle ne prenait pas à la légère. Peut-être pas assez, justement… Mais toutes ses défenses furent anéanties lorsqu'il l'embrassa.

Elle aurait dû se douter que cela se passerait de cette façon. N'avait-elle pas réagi dès l'instant où elle avait vu sa photo ? N'avait-elle pas senti son cœur battre un peu plus vite ? Son regard sérieux, sa bouche sévère… Lorsque son nom apparaissait dans sa boîte de messagerie, elle souriait. Entendre sa voix au téléphone lui donnait le frisson. Elle avait eu envie de lui bien avant d'accepter son invitation.

Caroline tenta de se dire que tout cela était le fruit de son imagination. Que c'était l'espoir de ce qu'il pouvait lui offrir qui le rendait si attirant. Mais elle savait qu'il n'y avait rien de fictif dans toute cette histoire. Elle était venue ici pour lui. Parce qu'au fond d'elle, quelque chose lui disait qu'il l'attendait. Et il l'embrassait non pas comme un homme cherchant à séduire, mais comme un homme déjà emporté par son désir. Comme s'il avait lui aussi eu envie d'elle avant même de la voir.

— Caroline, dit-il en détachant ses lèvres des siennes. Je suis désolé. Je ne devrais pas aller si vite.

— Chut.

Elle ne voulait pas aller prudemment. Ni avoir le temps de réfléchir. Elle voulait agir. D'un seul geste, elle retira son pull-over, laissant ses cheveux retomber en pluie sur ses épaules.

Son soutien-gorge, très ordinaire, n'avait rien de séduisant. A vrai dire, elle n'avait pas songé à en choisir un plus osé. Cela n'empêcha pas Dominic de la dévorer du regard. Doucement, il l'invita à se retourner, de sorte qu'elle se retrouva dos à lui. Il lui pencha légèrement la tête en avant, repoussa ses cheveux sur le côté, puis plaqua ses lèvres chaudes et humides sur sa nuque pendant que ses mains se refermaient sur ses seins.

La sensation était bouleversante. Après être restée si longtemps — si longtemps qu'elle ne voulait même pas y penser — sans avoir été embrassée, caressée comme une femme, ses sens étaient à vif. Dominic fit glisser les bretelles de son soutien-gorge sur ses épaules, jusqu'à ce que les bonnets délivrent sa poitrine. Ses mains en prirent aussitôt la place. Tout en agaçant ses tétons durcis, il continua de l'embrasser le long du dos. Un geste vif, et le soutien-gorge tomba à terre. Puis ses mains descendirent jusqu'à son jean tandis qu'il effleurait ses épaules de ses lèvres.

Caroline le regarda détacher le bouton de son pantalon et faire glisser la fermeture Eclair, elle le vit plonger la main sous l'élastique de sa culotte et sentit une vague de chaleur se répandre dans son ventre lorsque ses doigts rencontrèrent son intimité. Puis il se pencha pour lui retirer le reste de ses vêtements : sa culotte, qu'il fit rouler lentement le long de ses cuisses ; ses chaussettes, l'une après l'autre. Il posa une main sur son mollet, et ce simple contact la fit frissonner.

Elle l'entendit se déshabiller derrière elle. Son instinct lui soufflait de se retourner pour l'aider, pour le couvrir de caresses et de baisers comme il l'avait fait en la dévêtant, mais elle restait figée sur place, le regard rivé sur le lit. Bientôt, il lui ferait l'amour, et sa vie en serait peut-être transformée à jamais.

Il lui caressa les fesses tandis qu'il la contournait pour aller s'étendre sur le lit. La lune, haute dans le ciel, éclairait suffisamment la pièce pour que Caroline puisse admirer son corps nu. Il lui parut plus grand, plus fort sans ses vêtements. Plus substantiel, aussi. Son sexe se dressait, long et large, entre ses jambes.

— Caroline, murmura-t-il en tendant la main vers elle.

Sans pouvoir réprimer un tremblement, elle s'installa à califourchon sur lui, les fesses contre son ventre. Il posa les mains sur ses hanches, puis remonta vers sa poitrine, qu'il se mit à caresser et à pincer jusqu'à ce qu'elle se torde de plaisir.

— Tu as un préservatif ? chuchota-t-elle.

— Tu peux me faire confiance. Je ne suis pas malade.

Elle secoua la tête ; elle ne parlait pas de cela. Mais il la prit par la nuque et l'attira vers lui, jouant avec ses lèvres, plongeant sa langue dans sa bouche.

— C'est à toi de décider, reprit-il.

C'était son choix. Sa vie. Son avenir.

Sans réfléchir, elle se redressa jusqu'à sentir le bout

de son érection buter contre son sexe humide de désir. Elle était presque gênée de lui dévoiler l'état dans lequel il l'avait mise en si peu de temps.

Elle referma ses doigts autour de lui, savourant la sensation de tenir le sexe d'un homme dans sa main. De le sentir palpiter contre sa paume, de toucher cette peau douce et brûlante autour d'un membre rigide… Une main sur sa hanche, il la guida jusqu'à lui, et elle le sentit s'enfoncer en elle, irrémédiablement. Son corps commença par résister à l'invasion, mais céda bientôt devant l'insistance de Dominic.

Union. Accouplement. Les mots étaient faibles en comparaison de ce qu'elle ressentait à l'accueillir en elle.

Instinctivement, elle se mit à bouger au rythme de ses mouvements. Il passa une main entre ses jambes pour la caresser, jusqu'à ce qu'elle gémisse de plaisir.

— Plus loin, fit-il. S'il te plaît.

Elle ouvrit les yeux, ne comprenant pas ce qu'il voulait dire. Elle avait déjà l'impression d'être emplie de lui. Mais il avait l'air tendu, sa mâchoire était crispée, comme s'il souffrait. Elle n'avait pas envie qu'il souffre. Prenant appui sur son torse musclé, elle se redressa et le sentit s'enfoncer plus profondément en elle. Alors, cette main entre ses jambes qui ne cessait de caresser l'endroit le plus sensible de son corps la précipita vers l'orgasme avant qu'elle n'ait pu s'y préparer.

Lorsque son corps s'arrêta de trembler de plaisir, il la fit rouler sur le dos pour se placer au-dessus d'elle. Dans la pénombre, les lignes sévères de sa mâchoire et de ses joues auraient dû l'effrayer, mais elles la fascinaient.

— Dis-moi si c'est trop, murmura-t-il au creux de son oreille, tout en s'abaissant sur elle.

Elle le sentit pousser plus loin encore, et s'aperçut qu'elle n'avait pas dû prendre la moitié de son sexe en elle. L'espace d'un instant, elle voulut protester. Ses ongles s'enfoncèrent dans ses épaules tandis qu'elle sentait son corps étiré et envahi au-delà de ce qu'elle pensait possible. Lorsqu'il s'immobilisa au prix d'un violent effort, elle s'exhorta à se détendre et releva les hanches pour l'encourager.

— Ça va. Ne t'arrête pas.

— Je n'ai pas envie de te faire mal.

Comme il commençait à se retirer, elle enroula les jambes autour de sa taille et s'empala complètement sur lui. Après un éclair de douleur, elle éprouva un sentiment de contentement, de plénitude, qui lui coupa le souffle.

— Tu ne me fais pas mal, répondit-elle.

Il pencha la tête pour prendre possession de sa bouche, et son corps se mit en mouvement. Chacun de ses assauts était si profond, si rapide, qu'elle n'avait pas le temps de se préparer au suivant. C'était trop. Trop de chaleur. Trop de puissance. Trop d'intensité. Mais pour rien au monde elle n'aurait voulu arrêter. C'était comme se trouver en pleine tempête : le danger était là, la peur aussi. Mais surtout, l'excitation d'être aux premières loges, de tout sentir exploser autour d'elle. Elle accueillit ces sensations à bras ouverts, se laissa emporter dans un tourbillon de plaisir.

Son second orgasme fut si violent qu'elle crut s'évanouir.

Au même instant, elle sentit le corps de Dominic se crisper. Il cria. Sa semence brûlante jaillissait en elle. Jamais elle n'avait connu de telles sensations.

Lentement, il se retira et roula sur le dos. Il lui semblait le sentir encore entre ses cuisses, et elle savait que cette exquise illusion ne la quitterait pas pendant plusieurs heures.

Lorsque de longues minutes se furent écoulées, dans un silence seulement entrecoupé par leur souffle court et rauque, Caroline se sentit obligée de dire quelque chose.

— Je n'arrive pas à croire que nous n'ayons pas mis de préservatif.

Il ne répondit rien.

Elle n'osait pas se tourner vers lui. L'intimité qu'ils venaient de partager s'était soudain envolée. Il ne la touchait pas, ne la caressait pas, et elle en avait les larmes aux yeux. Mais elle les refoula bien vite. Ils venaient de vivre quelque chose de fantastique. Peut-être était-il simplement un peu inquiet de l'étape qu'ils avaient franchie. Peut-être avait-il aussi peur qu'elle.

— Tu as dit que tu voulais être père, mais je ne pensais pas que tu étais si pressé.

Il se tourna sur le côté pour la regarder, sans pour autant la toucher.

— J'ai dit que je voulais un enfant. J'ai un héritage à lui offrir. En revanche, je ne sais pas quel genre de père je serai. Je veux être honnête avec toi, Caroline.

— Tu l'as toujours été jusque-là.

En tournant la tête, elle vit le blanc de ses yeux briller dans l'obscurité. Il posa une main sur son ventre. La douce chaleur qui s'en dégageait se répandit dans tout son corps.

Un contact, enfin.

— Je ne sais pas si je serai un bon père. Ou un bon mari. Mon travail, c'est toute ma vie. Mais je prendrai soin de vous. Je ne laisserai personne vous faire de mal, à toi ou à notre bébé. J'essaierai de faire partie de votre vie autant que possible. Est-ce que ce sera suffisant ?

Caroline baissa les yeux sur la main protectrice qui reposait sur une conception peu probable. Elle pourrait très bien se lever, se rhabiller et partir, maintenant qu'il lui avait donné une idée de leur avenir ensemble, de leur mariage. Un mari et un père absents. Après tout, elle n'avait pas de liens avec lui. L'agence pouvait très bien lui trouver d'autres candidats. Un homme qui serait prêt à fonder une vraie famille, plutôt que d'inviter simplement une femme et un enfant à vivre sous son toit. Si elle avait eu le courage de faire cela une fois, elle pouvait sûrement recommencer.

Mais cet homme ne serait pas Dominic, et là était tout le problème.

— Et si tu tombes désespérément amoureux de moi ? demanda-t-elle en souriant.

Elle prit son visage sérieux entre ses mains, et sentit un muscle se contracter sous sa paume.

— Epouse-moi, Caroline. S'il te plaît.

Au propre comme au figuré, elle se tenait au bord d'une falaise... Elle pouvait choisir la solution la plus sûre, faire demi-tour et rentrer chez elle — comme elle l'avait fait toute sa vie. Ou bien elle pouvait sauter. Elle attendit que la peur s'empare d'elle, prête à la combattre. Mais rien ne vint. Rien, si ce n'était une étrange certitude.

— D'accord.

Elle s'était peut-être endormie, c'était difficile à dire. L'intensité de leur rapport sexuel, la puissance écrasante de son orgasme auraient dû suffire pour le plonger dans le coma pendant plusieurs jours. Au lieu de cela, il avait les yeux grands ouverts et regardait le plafond.

Un léger ronronnement s'éleva à côté de lui.

Il lui envia son sommeil. Pourquoi ne pouvait-il pas dormir, lui aussi ? Il avait pourtant tout gagné, ce soir. Il voulait faire l'amour, il l'avait fait. Il voulait l'épouser, elle le lui avait promis. Il voulait un enfant, il n'avait plus qu'à espérer.

Mais il n'arrivait toujours pas à dormir.

Etait-ce à cause des sentiments qu'elle avait évoqués ? En lui faisant l'amour, il était allé au-delà du simple désir. Oui, ç'avait été bon, très bon, même. Ce n'était pas la première fois qu'il prenait du plaisir avec une femme. Mais cette fois-ci, l'expérience avait été différente. Mémorable, et aussi troublante.

C'était tant mieux, après tout. Ils s'aimaient bien, ils se désiraient. Cela les aiderait à sceller leur mariage.

Ce n'était pas ça qui l'empêchait de dormir.

Peut-être l'idée de faire un bébé lui faisait-elle peur, finalement. Etait-il vraiment prêt ? Si seulement cela expliquait son trouble…

Non, inutile de se mentir à lui-même. S'il était complètement réveillé, en train d'écouter sa fiancée — oui, *sa fiancée* — dormir, c'était parce qu'il ne lui avait pas dit toute la vérité.

Il aurait dû lui révéler qui il était vraiment. Ce qu'il était réellement.

Il aurait dû la prévenir, avant qu'elle accepte de l'épouser, qu'il pouvait être dangereux.

Maintenant, c'était trop tard. Elle était sienne.

4

— Surprise !

Caroline sursauta lorsqu'une femme grande et mince surgit dans l'entrée pour la serrer dans ses bras.

— Oh ! mon Dieu ! Je n'arrive pas à y croire. Vous êtes la femme de Dominic. Evidemment, il ne m'a rien dit, il ne m'a pas laissé le temps de préparer quoi que ce soit. S'il n'avait pas expliqué à Steven la raison de son voyage à Las Vegas, on ne se serait doutés de rien avant qu'il ne se pointe avec vous à la fête de Noël de l'entreprise ! C'est du Dominic tout craché.

Difficilement, Caroline parvint à repousser l'inconnue, qui la dépassait de dix bons centimètres — dont la moitié grâce à ses talons aiguilles. Derrière elle, elle apercevait un groupe de gens qui les attendaient dans le salon.

Bigre !

Dominic la poussa gentiment en avant, puis posa leurs valises dans l'entrée.

— Alors, vous avez deviné ? exulta la jeune femme, légèrement hystérique. C'est une fête de mariage surprise ! Dis-moi que je t'ai surpris, Dominic. Dis-le-moi.

— Je suis surpris, répondit-il.

Caroline étudia la femme brune élégamment vêtue d'un pantalon blanc et d'un haut noir sans manches. Elle respirait l'argent, et le portait bien. On le voyait à la coupe de ses vêtements, à la montre de créateur qui pendait à son poignet, aux diamants de deux carats qui brillaient à ses oreilles. Elle l'observa, stupéfaite, poser les mains sur le torse de Dominic pour l'embrasser sur les joues.

Caroline ressentit aussitôt une grande animosité envers cette femme.

Eh bien, se dit-elle. Déjà jalouse ! Et ils n'étaient mariés que depuis deux jours…

La brunette se retourna et lui offrit un sourire éclatant, que Caroline eut du mal à trouver sincère.

— C'est donc vous. Vous ne pouvez pas savoir à quel point je suis contente de vous rencontrer. Je suis désolée, ça doit être un choc pour vous, mais je n'ai pas pu m'en empêcher. Quand Steven m'a dit que Dominic se mariait, je suis tombée des nues. Il fallait que je fasse quelque chose, alors j'ai organisé cette petite fête à la dernière minute. Comme ça, vous pourrez rencontrer tous les associés et amis de Dominic — avec lui, ce sont souvent les mêmes personnes.

— Et vous êtes ? s'enquit Caroline.

— Je suis Anne. Il vous a sans doute parlé de moi. Je sais qu'il n'est pas très bavard, mais quand même… Dominic, dit-elle en se tournant vers lui, l'air boudeur. Après Denny et Steven, je suis presque ta meilleure amie. Et tu n'as même pas parlé de moi à ta femme ?

Dominic se balança d'un pied sur l'autre, gêné. Avant que Caroline n'ait eu le temps de se poser des questions, Anne la prit par le bras et l'entraîna.

— Venez par là, je vais vous présenter aux autres. Ensuite, vous me raconterez comment Dominic a conquis votre cœur.

Caroline la suivit sans protester, curieuse de rencontrer les gens qui faisaient partie de la vie de Dominic — même si elle n'était pas vraiment d'humeur à faire la fête après leur voyage mouvementé.

Des serveurs en costume noir et blanc se déplaçaient entre les convives pour leur offrir des canapés et des flûtes de champagne. Une multitude de bouquets de fleurs blanches — marguerites, roses, tulipes — décorait la maison. Tout cela était très élégant, sans tomber dans l'excès. Un quartette de jazz improvisait sur des standards au rez-de-chaussée. La soixantaine d'invités semblaient tout à fait satisfaits de la nourriture et du divertissement.

Anne conduisit Caroline vers un petit groupe réuni près d'une fenêtre. L'un des hommes, grand et mince, se distinguait des autres par la beauté de son visage bronzé. A sa droite se tenait un monsieur plus âgé, que Anne présenta en premier.

— Voici mon père, Russell Long. Papa, je te présente la femme de Dominic, dit-elle avant de libérer le bras de Caroline pour aller saluer quelqu'un qui venait d'arriver.

— C'est un plaisir, ma chère, dit M. Long.

Il avait la carrure d'un homme bien plus jeune que ne le laissait penser son épaisse chevelure blanche. Des cheveux qui contrastaient avec son bronzage parfait, dont Caroline n'aurait su dire s'il était naturel ou artificiel. Sous son regard, elle eut la désagréable impression d'être évaluée.

— Enchantée, marmonna-t-elle.

— Steven Ford, annonça le beau jeune homme en s'avançant vers elle. Je suis le mari de la meilleure amie de Dominic, et le gendre de Russell. Je suis désolé de vous imposer cela, mais lorsque Anne a une idée en tête, c'est très difficile de l'arrêter.

— Ne vous en faites pas. Je suis heureuse de faire votre connaissance.

— Ç'a été un voyage-éclair, n'est-ce pas ?

— Je ne vous le fais pas dire.

Un voyage-éclair, et l'expérience la plus épuisante sur le plan émotionnel qu'elle ait jamais vécue. Les deux semaines qui avaient précédé la cérémonie avaient été chaotiques. Dominic l'avait accompagnée en Virginie pour l'aider à emballer ses vêtements et ses objets de valeur. Elle s'était sentie incertaine, nerveuse et tendue. Si Dominic ne s'était pas attaqué à toutes ces tâches tête baissée, elle aurait bien pu changer d'avis un bon millier de fois.

Alors qu'il recouvrait de draps les fauteuils et le canapé, il lui avait promis que dès qu'elle serait un peu plus installée chez lui, ils organiseraient un autre aller et retour pour choisir les meubles qu'elle tenait à faire envoyer par avion en Californie. Il ne lui avait pas proposé de vendre sa maison — et de toute façon, elle aurait refusé, car elle l'avait héritée de sa tante et c'était le seul lien qui lui restait avec sa famille.

Mais n'avait-elle pas décidé justement de rompre avec son passé ? D'embrasser son avenir sans se retourner ?

Un avenir avec Dominic, son mari…

Au milieu de cette tornade, elle avait appris qu'elle n'était pas enceinte. Non pas qu'elle se soit attendue à l'être si rapidement ; mais étrangement, cela l'avait déçue.

— Donc, tous ces gens travaillent avec Dominic ? dit-elle à Steven.

— La plupart, oui. Il y a quelques programmeurs, des financiers, des vendeurs et du personnel administratif. Et il y a Denny, bien sûr. Denny, viens ici et essaie d'être agréable.

Caroline n'eut pas de mal à repérer l'homme à qui Steven faisait signe. Il se tenait à l'écart du groupe, une cannette de bière à la main, le regard fixé sur quelque chose ou quelqu'un qui se trouvait derrière Caroline. Mais avant qu'elle ait eu le temps de se retourner pour en savoir plus, il les réjoignait.

A l'inverse des autres hommes, vêtus de pantalons chic et de vestes bien coupées, Denny portait un jean et un T-shirt qui avaient connu de meilleurs jours. Ses cheveux poivre et sel étaient trop longs et mal coiffés ; il portait une barbe de deux jours ; et il avait les yeux rougis — par la fatigue, se prit-elle à espérer, et non du fait d'une quelconque drogue.

— Salut, fit-il. Je suis Denny.

— Enchantée, répondit-elle en lui tendant la main.

Elle aurait voulu lui dire que Dominic lui avait beaucoup parlé de lui, mais tout ce qu'elle savait de lui, c'était qu'il était un excellent programmeur.

— Alors, dites-nous comment c'est arrivé, lui demanda Steven avec un sourire complice. Dominic est entré dans mon bureau vendredi pour m'annoncer qu'il ne travaillerait pas ce week-end parce qu'il partait se marier à Las Vegas ! Franchement, j'ai cherché la caméra cachée. S'il vous plaît, ne me dites pas que vous êtes ensemble depuis des années et que je n'ai rien vu…

Caroline lui sourit. Cet homme était plaisant. Son amabilité contrastait avec la familiarité forcée de sa femme.

— Non, ça ne fait pas longtemps qu'on se connaît.

Elle ne savait pas ce que Dominic tenait à révéler ou à cacher de leur relation. Non pas qu'elle fût gênée d'avoir fait appel à une agence, mais la rapidité de leur décision pouvait surprendre.

— Je l'ai rencontrée à Washington, intervint Dominic, qui s'était approché de Caroline pour lui offrir une coupe de vin.

— Oui, ajouta-t-elle. Un ami commun nous a présentés, et on s'est tout de suite plu.

— Oh ! comme c'est romantique ! s'écria Anne qui revenait vers eux. Et c'était quand ?

— Il y a deux mois, dit Caroline, préférant compter à partir de leur premier contact par e-mail.

— Et Dominic ne nous a rien dit, s'offusqua Anne, qui ne s'en remettait apparemment pas.

— Sa vie privée ne regarde que lui, lui fit remarquer son père.

— Peut-être, mais tu aurais quand même dû parler de ton mariage à tes associés, répliqua Anne en s'adressant directement à Dominic. D'une certaine manière, cela nous concerne tous.

— Comment cela ? s'enquit Caroline.

— Allons, Anne, personne n'a envie de parler de ça maintenant, fit Steven en posant une main sur l'épaule de sa femme.

Anne soupira, puis se tourna vers Denny. Elle leva aussitôt les yeux au ciel.

— Tu aurais au moins pu te raser pour l'occasion ! s'exclama-t-elle. Vraiment, Denny, tu es parfois tout bonnement répugnant !

— Navré, s'excusa l'intéressé. Félicitations, au fait, ajouta-t-il à l'attention de Dominic et de Caroline.

— Merci, fit cette dernière. Mais parlez-moi un peu de vous. D'après Dominic, vous travaillez d'arrache-pied sur un programme très important ?

Il y eut soudain un silence tendu. Caroline eut l'impression que les gens autour d'elle échangeaient des regards lourds de sens.

— Oui, Denny, dit Steven. Dis-nous sur quoi tu travailles. Ça fait deux semaines que j'essaie d'avoir des chiffres et des prévisions de budget sur ce projet, et c'est impossible parce que tu ne nous dis rien. Tu restes enfermé dans ton bureau, tu ne sors même pas prendre l'air.

— Je n'ai pas envie d'en parler, grommela Denny, avant d'avaler une gorgée de bière.

— Tu es censé t'assurer que notre produit est parfait avant qu'on le présente à la commission le mois prochain, gronda Steven. J'espère qu'il n'y a pas de problème.

— Le programme est infaillible, répliqua Denny. Je travaillais sur autre chose, mais ça n'a plus d'importance. J'arrête.

— Comment ? Tu disais que c'était important.

Caroline se tourna vers Dominic. Elle n'avait jamais entendu ce ton fâché dans sa voix.

— Ça n'a plus d'importance, répéta Denny.

— Allons, personne n'a envie de parler de travail maintenant. On est censés faire la fête ! lança Anne gaiement.

Il était temps de changer de sujet, en effet, songea Caroline.

— Quand êtes-vous devenus associés, tous les trois ? demanda-t-elle.

— En fait, Dominic et Denny étaient ensemble depuis longtemps quand j'ai acheté mes parts, expliqua Steven.

— Tu veux dire quand *j'ai* acheté tes parts, précisa Russell en donnant une tape amicale dans le dos de son gendre.

— C'est vrai. Quant à la façon dont Dominic et Denny se sont rencontrés… Vous ne me croirez peut-être pas, mais je ne connais même pas l'histoire ! Vous avez lancé Encrypton il y a douze ans, mais pourquoi avez-vous décidé de faire équipe, au départ ?

— Oublie, Steven, intervint Anne. Tout le monde se fiche de savoir comment Dominic et Denny se sont rencontrés. L'objectif de cette fête, c'est de faire connaissance avec Caroline. D'après ce que j'ai compris, vous êtes écrivain ?

Au cours de la soirée, Caroline fit le tour des invités et échangea quelques mots avec chacun des employés de Dominic. Comme elle avait besoin de se reposer et de se remaquiller, elle s'éclipsa à l'étage, où quelques personnes discutaient dans le calme. Elle leur sourit, puis se dirigea vers la chambre d'amis, où Munch avait été mise en quarantaine.

La chienne quitta aussitôt sa place sur le lit pour venir accueillir sa maîtresse. Caroline lui caressa la tête jusqu'à ce que Munch décide qu'elle en avait assez et retourne faire la sieste. La jeune femme referma la porte derrière elle et s'avança vers la chambre de Dominic. Sa chambre, se corrigea-t-elle. C'était sa chambre, sa maison. Il lui faudrait un peu de temps pour s'y habituer…

En ouvrant la porte, elle se figea. Anne était debout devant la fenêtre avec une autre femme.

— Caroline ! Je ne crois pas vous avoir présenté Serena.

Cette dernière se retourna et sourit avec grâce. Elle devait avoir une quarantaine d'années, et ses cheveux étaient rassemblés en un chignon sévère. Elle semblait très soignée — voire un peu austère — dans son tailleur bleu marine.

— Je suis l'assistante de M. Santos. Je travaille pour lui depuis de nombreuses années.

Caroline lui serra la main. Le sourire poli de Serena n'atteignait pas son regard. Rien de personnel, très certainement ; Serena n'avait pas l'air du genre à sourire facilement, d'une manière générale. Elle et Dominic devaient bien s'entendre sur le plan professionnel…

— On était en train de s'échanger des recettes, expliqua Anne. Serena fait des buritos maison qui sont vraiment divins.

— Il faudra me donner la recette.

Serena acquiesça.

— Je l'écrirai à M. Santos demain.

Anne se tourna vers la fenêtre et soupira.

— J'espère que vous ne nous en voulez pas d'être montées jusqu'ici. Mais cette vue…

— Bien sûr que non, ça ne me dérange pas, assura Caroline. La vue est magnifique. La première fois que j'ai vu cette maison, son style ne m'a pas enchantée, mais en y habitant, je commence à comprendre ce que l'architecte cherchait à créer.

— L'ouverture, dit Anne.

Caroline sourit. C'était plus que cela, mais elle ne voyait pas l'intérêt de le préciser. N'importe quelle maison dotée de vastes pièces pouvait donner une impression d'espace. Celle-ci évoquait la liberté.

— Nous allons vous laisser tranquille, dit Serena.

— Je voulais juste me rafraîchir un peu. Je dois vraiment avoir une sale mine.

— Mais non, pas du tout, se récria Anne. Il vous manque juste un petit peu de rouge à lèvres, peut-être. Vous êtes un peu pâlotte. Allez, on vous laisse.

Oui, songea Caroline. Anne et elle n'allaient certainement pas devenir les meilleures amies du monde…

Et c'était bien dommage. Car même si Caroline était plutôt solitaire, cela ne voulait pas dire qu'elle n'avait pas envie de se faire des amies dans sa nouvelle vie. De plus, Dominic et Steven avaient l'air très proches. Elle les avait observés un moment pendant la soirée, et avait appris au cours de leurs conversations passionnées que son mari s'intéressait au base-ball. Ils étaient donc amis, en plus d'être associés, et Caroline n'avait pas envie que ses relations avec Anne viennent tout gâcher.

Elle était fatiguée, voilà tout. Dans quelque temps, elle inviterait Anne et Steven à dîner pour repartir sur de bonnes bases. Parfois, les premières impressions étaient trompeuses, se dit-elle en gagnant la salle de bains. Elle ajouta un peu de blush sur ses joues et prit bien soin de ne pas toucher à ses lèvres.

Lorsque tout le monde fut parti, Dominic prit une douche pour se détendre. En sortant de la salle de bains, il fut surpris de découvrir que le lit était vide.

Pourtant, il était plus de minuit. Et ces dernières semaines, il avait appris que sa femme aimait se coucher tôt.

Dominic considérait cela comme son premier compromis. Lui préférait travailler jusqu'à une ou deux heures du matin, mais s'il voulait faire l'amour à sa femme, il lui faudrait commencer par ça, dormir quelques heures, puis se mettre au travail.

Et il tenait vraiment à faire l'amour à sa femme.

Il l'aurait volontiers fait séance tenante. Pourtant, il l'avait possédée le matin même, et trois fois la nuit précédente. Il aurait pu craindre de la faire fuir avec ses pulsions sexuelles — si elle n'avait pas montré la même ardeur à se joindre à lui…

Jamais il n'avait connu un tel plaisir. Une telle sensation d'évasion.

Mais ce soir, il avait prévu de la laisser tranquille. Il l'embrasserait tendrement sur la joue puis lui tournerait le dos comme un bon mari. Elle semblait épuisée par le stress de ces deux dernières semaines. Et la fête organisée par Anne n'avait certainement rien arrangé. Il allait donc étouffer son désir et lui montrer qu'il savait se montrer attentionné.

Seulement, sa femme n'était pas là pour recevoir son noble geste. Et où était Munch ? Voilà l'astuce : elles étaient devenues inséparables. Il fallait trouver la chienne, et il trouverait sa femme.

Cela ne rata pas.

Munch était assise au bord de la piscine et regardait Caroline, laquelle nageait nonchalamment sur le dos.

— Salut, dit-elle. J'étais trop tendue pour dormir. Nager un peu me fait du bien.

Elle portait un maillot de bain noir tout simple, mais la façon dont il lui moulait la poitrine suffit à enflammer les reins de Dominic. Sa femme avait une poitrine fabuleuse.

— Je vais te laisser tranquille, dit-il.

Voilà, il l'avait dit.

— Pourquoi ne me rejoins-tu pas ?

Il se demanda un instant s'il n'avait pas rêvé.

— Tu es fatiguée.

— J'ai juste dit que je n'arrivais pas à dormir. J'ai besoin de me détendre, dit-elle en nageant jusqu'à lui.

Elle lui caressa le mollet et, bientôt, le caleçon qu'il

avait enfilé pour partir à sa recherche ne cacha plus son érection.

Sans hésiter une seconde de plus, il retira son caleçon et plongea au-dessus de Caroline. Lorsqu'il remonta à la surface, elle avait déjà ôté son maillot de bain. Elle le lança au loin ; Munch eut un jappement bref quand le maillot mouillé retomba un peu trop près d'elle, et s'en alla en trottinant.

Quelques secondes plus tard, Dominic plaquait Caroline contre le bord de la piscine et la pénétrait. Qu'il aimait la tenir dans ses bras, douce, humide et brûlante ! Il était en train de découvrir qu'il avait besoin de cette connexion presque autant qu'il avait besoin d'air, et cette idée l'effrayait. Mais pour l'heure, il tenta de ne pas y penser et de se concentrer sur le plaisir qu'il ressentait. Caroline enroula ses jambes autour de sa taille, et il dut se retenir de bouger pour ne pas tout précipiter.

— Je suis désolé, murmura-t-il. J'aurais dû…

Il ne savait plus quoi dire. Il ne savait plus quoi penser.

— Ne t'excuse pas, dit-elle en l'embrassant dans le cou. Pas pour ça.

— C'est quoi, « ça » ? demanda-t-il, tout en songeant qu'elle ne comprendrait certainement pas de quoi il parlait.

Alors, elle prit son visage entre ses mains et plongea le regard dans le sien. Ses yeux étaient si beaux. Si doux. Et lorsqu'elle sourit, il sentit son cœur se serrer, une sensation qu'il n'avait pas éprouvée depuis la mort de sa mère.

Surpris par cette émotion, il se mit à bouger en elle, laissant son corps reprendre le dessus. Il pressa ses hanches haut et fort entre ses jambes, tout en espérant qu'elle était avec lui, car il savait que la fin approchait et il n'avait pas envie — pas la force — de se retenir. Il l'entendit crier, il la sentit se convulser. Sans réfléchir, il se laissa aller et crut s'évanouir sous la violence des sensations.

Lorsqu'il revint à lui, elle avait passé ses bras autour de son cou et fredonnait contre son oreille.

— C'était bon, dit-elle.

— Hmm.

Il pensa à l'énergie qu'il leur faudrait pour sortir de l'eau. L'idée saugrenue lui traversa l'esprit de demander à Munch de les tirer avec une corde.

— Alors, reprit Caroline doucement. Parle-moi d'Anne et de toi.

Ses bras se crispèrent autour d'elle. Il n'avait rien vu venir. Il aurait dû, pourtant.

Sa femme n'était pas stupide.

5

Dominic regardait le plafond. Après trois semaines de mariage, il savait où se trouvaient les moindres fissures dans le plâtre, les moindres coups de pinceau un peu trop lourds. Même dans le noir, avec seulement quelques pâles rayons de lune filtrant à travers la fenêtre, il était capable de distinguer toutes les petites imperfections.

Caroline s'était endormie sur son bras, la bouche légèrement entrouverte, si bien qu'il sentait son souffle tiède sur son épaule.

Cela le rendait fou.

Il l'avait observée avec la même intensité qu'il avait étudié le plafond, ces dernières semaines. Il connaissait le grain de beauté sombre qu'elle avait derrière l'oreille droite ; il discernait la fine ligne qui lui traversait le front, pourtant presque invisible lorsqu'elle dormait.

Elle semblait tellement sereine. Tellement à l'aise avec lui. Tellement confiante.

Ou peut-être ne l'était-elle pas tant que ça, vu la question qu'elle lui avait posée sur Anne, trois semaines plus tôt…

Il avait évité d'y répondre en l'embrassant. En l'embrassant assez longtemps, assez lentement, pour qu'ils s'échauffent de nouveau. Il l'avait sortie de la piscine et entraînée jusqu'à sa chambre — leur chambre —, où il lui avait fait l'amour une fois de plus. Epuisée, elle s'était endormie dans ses bras avant même qu'il n'ait eu le temps de se retirer de son corps.

Depuis, elle ne l'avait plus interrogé à propos d'Anne.

Dominic n'était même pas certain de ce qu'il lui aurait dit si elle avait insisté. Voilà ce qui s'était passé : Anne lui avait fait des avances, un an plus tôt, lors d'une fête qu'elle avait organisée pour Halloween. Dominic lui avait expliqué qu'il ne voulait pas d'histoires avec une femme mariée, et c'en était resté là. A sa connaissance, Steven n'avait rien su. Et les problèmes dans leur couple avaient été apparemment résolus.

Anne et Steven étaient heureux.

Dominic remua dans le lit. Il n'aurait jamais cru être capable un jour de dire à quoi ressemblait un mariage heureux… Caroline et lui devaient avoir l'air heureux, songea-t-il. Et pourquoi ne le seraient-ils pas ? Il se sentait bien lorsqu'il était avec elle, et ce sentiment lui était tellement étranger qu'il lui paraissait presque anormal.

Voilà près d'un mois qu'ils étaient mariés, et par moments, il se sentait perdu. Il n'arrivait pas à se rappeler à quoi sa vie avait ressemblé avant Caroline, et il se surprenait à penser qu'il ne pourrait plus vivre sans elle.

C'en était trop. Cela allait trop vite.

Il quittait parfois le bureau plus tôt pour être avec elle. La semaine passée, après une journée particulièrement difficile, il était rentré et lui avait fait l'amour sans préambule, sur la table de la cuisine. C'était comme s'il ne pouvait pas se retenir, lorsqu'elle lui souriait avec tant de confiance. Le week-end précédent, il l'avait emmenée à Carmel pour lui montrer sa vue préférée de l'océan, au lieu de travailler à la maison comme il le faisait chaque week-end depuis qu'il avait fondé Encrypton.

Il commençait à perdre le contrôle, et il n'aimait pas ça. Ce n'était pas ce qu'il voulait. Il ne voulait pas apprécier la tiédeur de son souffle sur son épaule. Il ne voulait pas avoir envie de lui faire l'amour tout le temps. Il ne voulait pas ressentir ce qu'il ressentait lorsqu'elle lui souriait.

Il fallait que cela cesse. De l'air. Il avait besoin d'air.

— Laisse-moi respirer, grommela-t-il, les yeux toujours rivés au plafond.

Il bougea brusquement le bras. Elle se réveilla en sursaut.

— Laisse-moi respirer, répéta-t-il.

— Comment ? Qu'est-ce qu'il y a ?

Les draps glissèrent sur le corps de Caroline tandis qu'elle se redressait. Dominic roula sur le côté pour lui tourner le dos.

— Tu m'étouffes. Je ne supporte plus d'être collé à toi toutes les nuits.

Il ne la regarda pas. Il ne voulait pas voir l'effet de ses paroles sur son visage. Son silence était suffisamment lourd de sens.

— Je ne savais pas, finit-elle par dire. Je m'en vais.

Elle sortit du lit en emportant un oreiller avec elle.

Dominic ne fit rien pour l'arrêter. Il ne la suivit pas non plus. Et le soulagement qu'il éprouva lorsqu'elle ferma la porte était des plus agréables… jusqu'à ce que le regret de l'avoir blessée s'abatte sur lui, et que son absence lui fasse mal.

Mais il ne fallait pas y penser maintenant. Le lendemain, il s'excuserait. Et le lendemain, il trouverait une stratégie pour garder ses distances avec elle. Après tout, il n'y avait aucune raison de la rejeter complètement. Il avait juste besoin d'air.

Il roula sur le dos au milieu du lit — qui lui semblait bien froid à présent —, et se remit à regarder le plafond.

Le lendemain matin, Dominic s'assit à son bureau et attendit que son petit univers se remette à tourner rond. Ici, tout avait du sens. Il pouvait contrôler ce monde-là.

Hélas ! dès qu'il tenta de s'intéresser à son premier dossier, ses pensées s'échappèrent vers Caroline et ce qui s'était passé dans la nuit.

La porte de la chambre d'amis était fermée lorsqu'il était sorti de sa chambre, à six heures ce matin. Il n'avait pas fermé l'œil de la nuit. Il espérait qu'elle avait eu plus de chance.

Le regard perdu sur son écran d'ordinateur, il se demanda comment il allait pouvoir réparer ce qu'il avait fait. Mais l'écran ne lui apporta aucune réponse.

Elle aurait dû être simplement pratique pour lui : un exutoire sexuel, une partenaire raisonnable, et une mère pour l'enfant qu'il désirait.

Au lieu de cela, elle lui faisait penser et ressentir des choses dont il s'était protégé depuis bien longtemps. Il ne voulait pas être de nouveau vulnérable.

Tout n'était qu'une question de maîtrise. Il lui fallait réussir à dominer ses réactions et, d'une certaine manière, à dominer Caroline. Il ne quitterait plus le bureau trop tôt. Il ne la laisserait plus le convaincre de se promener sur la plage ou de prendre un bain nocturne dans la piscine. Il ne lui ferait plus l'amour en dehors du lit. Le lit, c'était un lieu conjugal, le seul lieu pour faire un bébé. Ils s'en tiendraient là.

Voilà, il avait élaboré un plan.

Il s'empara du premier dossier de la pile. Il vit tout

de suite que ce n'était pas celui qu'il avait placé là avant de partir, le vendredi précédent.

Il pressa le bouton de l'Interphone.

— Serena, pouvez-vous venir immédiatement, je vous prie.

— Oui, monsieur Santos.

Une seconde plus tard, la porte s'ouvrait.

— Quelqu'un est-il entré dans mon bureau vendredi après mon départ ?

La secrétaire parut hésiter un instant.

— Oui, monsieur. Steven cherchait à vous voir. Vous êtes parti assez tôt, vous vous souvenez ?

C'était la faute de Caroline, qui voulait aller au restaurant. Il avait cédé. Mais il ne cèderait plus.

— Il lui fallait des chiffres pour le budget sur lequel il travaille, continua Serena. Il m'a dit qu'il avait juste besoin de voir un dossier, alors je l'ai laissé entrer.

— Très bien. Merci.

— Je vous rappelle qu'il a prévu de vous voir ce matin.

— Je sais. Faites-le entrer dès qu'il arrive.

Serena opina, puis s'en fut. Dominic se mit à arranger les dossiers à sa manière. Il était maniaque, il le savait très bien, mais l'ordre était aussi vital pour lui que de manger. Ou de faire l'amour à Caroline…

« Ne pense pas à elle. »

— Salut, lança Steven en entrant dans le bureau.

— Tu as déplacé certains de mes dossiers.

Steven s'immobilisa, surpris par l'accueil de Dominic.

— J'avais besoin des tarifs des publicités qu'on pense faire passer dans les magasines d'entreprise le mois prochain.

— Tu aurais dû m'appeler.

— Ah oui ? Eh ! je te rappelle que tu viens de te marier. Tu t'apprêtais à partir pour un dîner romantique. Je crois que ça te faisait même sourire, c'est dire ! Tu n'avais vraiment pas besoin d'être dérangé avec ça.

— Ce qui concerne mon travail ne me dérange jamais, et ce n'est pas mon mariage qui va changer ça.

— O.K., fit Steven en haussant les épaules.

Il s'assit dans un fauteuil en face de Dominic.

— Je voulais te parler de Denny. Est-ce que tu en sais un peu plus sur le projet dont il a parlé l'autre soir chez toi ? Ça fait deux mois qu'il reste enfermé dans son bureau en prétendant travailler sur l'amélioration d'un logiciel. Ensuite, il nous apprend qu'il s'agit d'autre chose. Il t'a dit que c'était le plus gros projet de sa vie, et maintenant, tout à coup, ça n'a plus d'importance. J'essaie d'avoir des réponses, mais il fait l'ermite et ne répond pas à mes messages.

Dominic se souvenait de cette conversation, mais elle ne l'avait pas inquiété. Denny travaillait toujours sur des gros projets. Peut-être avait-il surestimé l'importance de celui-ci. Ou alors, il avait échoué. Mmm… cela ne lui ressemblait pas d'abandonner quelque chose en route.

— Je lui en parlerai aujourd'hui.

— Merci. Je t'assure, je n'arrive pas à communiquer avec lui. Tout ce qui l'intéresse, ce sont ses programmes. Impossible de discuter d'autre chose. C'est vraiment un obsédé de l'informatique. On dirait qu'il n'arrive même pas à me regarder dans les yeux quand il me parle.

— Il n'a pas eu une vie facile.

— Dis-m'en plus, alors. Je suis lié avec ce type — et avec toi aussi, d'ailleurs — et je ne m'étais jamais rendu compte avant l'autre soir à quel point j'en sais peu sur vous deux.

— Tu sais qu'on est doués dans ce qu'on fait, répondit doucement Dominic. C'est le principal, non ?

Steven se leva de son fauteuil et passa une main dans ses cheveux blonds.

— Ecoute, excuse-moi. C'est juste que Russell est sans arrêt sur mon dos. Il veut s'assurer que l'entreprise obtiendra bien ce contrat avec le gouvernement et qu'il n'a pas investi dedans pour rien. Parfois, je me dis que je n'aurais jamais dû accepter son argent… mais je sais que nos affaires vont bientôt exploser. Tu as lu l'article dans le *New York Times* ? Quelqu'un a réussi à contourner le logiciel de cryptage qui sécurisait les données d'une grande compagnie d'assurances de Los Angeles. C'est le deuxième incident de ce genre ce mois-ci. C'est une mauvaise publicité pour nos concurrents, mais une véritable aubaine pour nous. Surtout en ce moment.

— Je sais.

— Donc, je peux faire confiance à Denny lorsqu'il dit que son code est infaillible ?

— Tu peux *me* faire confiance. Je ne laisserais pas Denny sortir un produit si je savais qu'il n'était pas sûr de lui. Quant à son projet secret, j'essaierai de le convaincre de ne pas l'abandonner.

— D'accord.

Steven s'apprêtait à partir, mais il se retourna.

— Alors, ça fait trois semaines, maintenant ? Comment trouves-tu ta nouvelle vie d'homme marié ?

Merveilleuse. Horrible. Comment diable était-il censé répondre à cette question ?

— Ça va, se contenta-t-il de dire.

— Ça a ses avantages, observa Steven. Mais ça peut être aussi une sacrée épine dans le pied.

— Je suis en train de découvrir ça.

— Anne voudrait vous inviter tous les deux à dîner. Quelque chose d'un peu plus intime que la fête surprise qu'elle vous avait organisée.

— Pourquoi pas.

— Je ne suis pas sûr que ça changera grand-chose. Il ne faut pas s'attendre à ce qu'elles deviennent les meilleures amies du monde.

— Qu'est-ce qui te fait dire ça ?

— C'est évident. Anne, c'est Anne. C'est une force de la nature. Caroline semble plus réservée. Plus calme.

Dominic sentit une colère irrationnelle se soulever en lui à l'idée de comparer les deux femmes. Cela le surprit tellement qu'il fit exprès de ne pas prendre la défense de Caroline.

— Oui, Caroline est plutôt calme. Mais comme tu l'as dit toi-même, nous sommes associés, liés par notre entreprise. Cela veut dire que nos femmes le sont aussi, à un certain degré.

Steven acquiesça.

— J'imagine que vous avez envie de fonder une famille rapidement.

L'aspect personnel de la question surprit Dominic, mais cela ne l'étonnait pas tant que ça, venant de Steven. Plus il le fréquentait, plus il était sur le point de devenir un ami en plus d'un associé. Comme ils avaient depuis peu un nouveau point commun, Steven tentait certainement d'approfondir leur relation.

Ou bien avait-il une tout autre raison de lui poser cette question… Quoi qu'il en soit, il méritait de connaître la vérité.

— Oui.

— Anne veut attendre encore un peu, confia Steven, l'air triste. Elle dit qu'elle n'est pas encore prête à jouer à la maman.

Dominic ne savait pas quoi répondre. Mais comme Steven ne semblait pas vouloir partir, il tenta de l'encourager.

— Ça viendra bientôt, dit-il. J'en suis sûr.

— Merci. Tiens-moi au courant pour Denny.

— Je n'y manquerai pas.

Caroline jeta un coup d'œil sur le réveil de son bureau. Il était dix-neuf heures passées. Consciente qu'il était inutile de se forcer à travailler alors qu'elle n'y arrivait plus depuis un moment, elle referma son ordinateur portable et tenta de ne pas songer à son efficacité déplorable depuis le matin.

Elle n'avait presque rien mangé de la journée, et aurait dû se sentir affamée. Mais l'angoisse lui serrait trop l'estomac. Dominic allait rentrer d'un instant à l'autre. Il pousserait la porte comme il l'avait fait depuis qu'elle vivait ici, et après ?

Se pencherait-il sur elle pour l'embrasser, comme il avait pris l'habitude de le faire ? S'excuserait-il d'avoir agi comme un goujat, tomberait-il à ses pieds pour la supplier de lui pardonner ? Lui dirait-il qu'il avait dit n'importe quoi, et qu'elle ne l'étouffait pas du tout ?

Ou bien agirait-il comme si rien ne s'était passé, comme s'il pensait vraiment ce qu'il avait dit ?

Dans ce cas, il mentirait. Elle avait dormi dans le même lit que lui pendant plus d'un mois. Or, si elle avait le malheur de s'écarter de lui pendant la nuit, il la suivait inconsciemment ou l'attirait de nouveau contre lui. Il ne s'était jamais senti *étouffé* auparavant.

Cinq semaines, songea-t-elle avec désespoir. Cinq semaines qu'elle le connaissait, trois semaines qu'ils étaient mariés, et elle était déjà en colère, et blessée.

Elle avait peur.

Caroline plaqua les mains sur son bureau et se leva, sans se soucier d'avoir fait sursauter Munch.

Ce n'était pas censé se passer comme ça. Elle avait voulu vaincre l'isolement et la peur, fonder une famille. Voilà tout ce qu'elle avait imaginé lorsqu'elle avait décidé de ne plus être une poule mouillée.

Au lieu de cela, il occupait ses pensées à longueur de journée. Il envahissait ses rêves la nuit. Lorsqu'il la touchait, elle ressentait des choses qu'elle n'aurait jamais cru possibles. Faire l'amour avec lui était devenu vital.

Et en quelques phrases, il avait tout bouleversé.

A présent, la peur était revenue, et cela lui donnait envie de le quitter. De rentrer chez elle avant qu'il ne la fasse souffrir encore plus.

Mais elle ne partirait pas. Il fallait qu'elle résiste, qu'elle se batte. Pour lui autant que pour elle.

Soudain, la porte d'entrée s'ouvrit et Munch bondit pour accueillir son maître. Caroline ne bougea pas d'un pouce tandis que Dominic caressait la chienne et posait son attaché-case dans le hall. Il fureta autour de lui et l'aperçut — elle avait installé son bureau dans le salon.

— Bonjour.

— Salut, répondit-elle négligemment.

— Tu étais en train de travailler.

Pas vraiment…

— Oui, sur un nouveau projet. J'aime bien commencer par rédiger un plan.

— Tu as mangé ?

C'était horrible. Son cœur lui criait : « Dis quelque chose ! Fais quelque chose ! Tu es mariée à cet homme. Bats-toi pour lui ! »

— Non, répondit-elle. Il reste des pâtes d'hier soir, je peux les réchauffer.

— Je vais aller me changer.

Changer, pensa-t-elle. Pourquoi ne laisserait-il pas au placard l'homme froid et distant qu'elle avait devant elle, pour redevenir celui qui, la semaine passée, en rentrant du travail, lui avait fait l'amour sauvagement, sur la table de la cuisine, jusqu'à ce qu'elle hurle de plaisir ?

Il dut bien s'écouler un quart d'heure avant qu'elle ne l'entende redescendre l'escalier. Elle s'aperçut alors qu'elle n'avait pas bougé, qu'elle se tenait toujours debout à côté de son bureau. Elle se dirigea bien vite vers la cuisine et plongea la tête dans le réfrigérateur pour ne pas avoir à le regarder.

Son nez était tout froid lorsqu'elle se décida à sortir le plat de pâtes, et elle tressaillit lorsqu'elle s'avisa qu'il se tenait tout près d'elle. Elle ouvrit la bouche pour faire une remarque désagréable, voire méchante, mais les mots ne venaient pas.

— Je voulais m'excuser.

Lentement, elle libéra le souffle qu'elle avait retenu.

— Je ne pensais pas ce que j'ai dit cette nuit. J'étais énervé à propos d'autre chose, et je m'en suis pris à toi.

— Enervé contre quoi ?

— Ça n'a pas d'importance.

— Moi je crois que si. Je ne suis pas experte, mais

je suis presque sûre qu'on est censés parler de ce qui nous préoccupe.

Il serra les lèvres, et elle sut qu'une autre chose l'ennuyait. Il répugnait à lui en parler, il voulait juste faire la paix. C'était bien, songea-t-elle. Elle commençait à le connaître.

— Il est arrivé quelque chose au travail aujourd'hui ?

Un muscle tressauta sur sa joue tandis qu'il détournait le regard. Il secoua lentement la tête, comme s'il hésitait à se confier.

— Tu n'es pas obligé de me raconter.

— Ce n'est pas ça. Je ne sais pas si je dois te le dire. Il faut que j'y réfléchisse. Denny a fait quelque chose, je ne suis même pas sûr de savoir comment le décrire. Quelque chose de dangereux, peut-être.

— Dangereux ?

Caroline repensa à l'homme bizarre qu'elle avait rencontré lors de la fête surprise organisée par Anne. Dangereux n'était certainement pas le mot qu'elle aurait choisi pour le décrire. Nerveux, oui. Il avait été nerveux.

— Oublie ça. Je voulais juste m'excuser ; maintenant, c'est fait. Je n'ai pas envie de parler de Denny. Pas avant d'y avoir réfléchi. Est-ce qu'on peut manger ?

Il venait de la congédier. Avec autant d'efficacité qu'il l'avait jetée de son lit la nuit passée. Elle se retint d'insister. Elle devait apprendre à le connaître, à vivre avec lui. A se battre, aussi. Comme pour ses livres, elle ne pouvait s'attaquer qu'à un chapitre à la fois. Mais ce n'était pas fini.

*
* *

— Le repas était bon, murmura Dominic.

Caroline sentit une main lui caresser les cheveux.

Il se fichait d'elle, ce n'était pas possible autrement. La main glissa vers son épaule. L'invitation était manifeste, et elle n'arrivait pas à croire qu'il ose lui faire des avances si tôt après ce qui s'était passé la veille. Il fit courir ses doigts le long de son bras. Elle frissonna, mais s'obligea à s'écarter de lui.

— Je vois que je ne suis toujours pas pardonné, soupira-t-il.

La frustration était palpable dans sa voix, et cela ne fit que décupler la colère de Caroline. Elle savait qu'elle prenait un risque en l'affrontant. Mais sa patience avait des limites.

— Je ne suis pas douée pour ça, Dominic, dit-elle en sortant du lit. Je ne cherche pas la confrontation. Je suis plutôt spectatrice. Témoin. Je suis écrivain.

« Et poule mouillée », fit une petite voix dans sa tête. Mais pas ce soir. Ce soir, il fallait qu'elle soit forte.

Dominic rejeta les couvertures et se mit debout de l'autre côté du lit, complètement nu, pas gêné le moins du monde par sa virilité ostensible. Il avait l'air hors de lui.

— De quoi tu parles ? rugit-il.

— Je parle de cette guéguerre entre nous. Tu crois que je ne me rends compte de rien ? Je deviens trop proche, et tu me repousses.

— Je t'ai épousée. Tu vis dans ma maison, tu dors dans mon lit. Comment voudrais-tu être plus proche ?

— Tu m'as jetée de ton lit la nuit dernière, je te rappelle. Je veux savoir pourquoi.

— Je te l'ai déjà dit.

— Tu as menti.

Elle le vit tiquer, mais elle continua.

— Il n'y avait rien qui te dérangeait, hier soir. Tu m'as fait l'amour avec passion, comme si tu voulais disparaître en moi, et après, tout était fini, tu n'étais plus là. Tu étais encore à côté de moi, mais parti. Et ce n'est pas la première fois que ça arrive. Tu n'aimes pas me toucher après l'amour, ni me tenir dans tes bras. Très bien, je peux vivre avec ça. Mais sais-tu que dès que tu t'endors, tu m'attires contre toi ? Je ne suis pas un yo-yo, Dominic. Est-ce que tu as peur de ce qui nous arrive ? Ce n'est pas un problème. J'ai peur, moi aussi.

Son visage s'était enflammé, mais il restait immobile.

— Je n'ai pas peur, dit-il sèchement. Je t'ai fait part dès le départ de mes attentes concernant cette relation.

— Tu m'as dit que tu étais un bourreau de travail. Je peux l'accepter, tant que tu nous laisses être ensemble lorsque nous sommes tous les deux.

Il ferma les yeux en secouant la tête.

— Qu'est-ce que tu veux de moi ?

Caroline prit une grande inspiration.

— J'en veux plus.

— Plus, répéta-t-il doucement. Plus ? Alors que j'ai déjà…

Il s'interrompit, puis croisa les bras sur son torse.

— Très bien. C'est quoi, plus ? Tu veux que je te parle de mon travail ?

— Non. En tout cas, pas comme tu le fais déjà. Chaque fois que tu rentres à la maison, j'ai l'impression que tu récites un texte. La journée a été chargée, le projet avec le gouvernement avance, Denny se comporte bizarrement. Tu ne me parles jamais des gens. Ces gens avec qui tu passes la majeure partie de ton temps. Figure-toi que je suis allée à ton bureau. J'ai parlé avec eux pour chercher à te connaître mieux. Sais-tu que Serena a un frère et une nièce qui vivent encore à Mexico, et qu'elle tente de leur obtenir un visa ? Sais-tu qu'il y a des bruits qui courent à propos de Denny, qu'il serait tombé amoureux d'une femme bien vivante, pas virtuelle ?

— Je n'aime pas les commérages. Ce n'est pas professionnel.

— Oh ! je t'en prie ! Je ne te parle pas de professionnalisme. Le problème, c'est toi et ton fichu contrôle. Tout doit être à sa place, personne ne doit t'approcher de trop près. Je le vois dans ta manière de manger, de t'habiller, de travailler. Mais pas quand tu me fais l'amour. Tu perds le contrôle, dans ces moments-là, n'est-ce pas ? C'est pour ça que tu me rejettes.

— Je n'ai pas à m'expliquer.

Son visage était fermé, neutre, comme s'il discutait avec un étranger. Cela la mit hors d'elle.

— Si, tu dois t'expliquer, rétorqua-t-elle. Je suis ta femme. Tu dois m'expliquer ce que tu ressens. Pourquoi tu imposes toujours des barrières entre toi et les autres.

— Tu te fais des idées.

— Fais-moi confiance, je n'aurais jamais pu inventer un personnage aussi compliqué que toi. Sauf s'il avait une raison bien précise.

Elle fit le tour du lit pour se planter devant lui, sans toutefois le toucher. Elle craignait trop qu'il la repousse, et cela lui aurait brisé le cœur.

— Y a-t-il une raison ? As-tu été maltraité ? Ton père t'a-t-il battu ?

— Je n'ai pas eu de père.

— Alors dis-moi quelque chose. Tu ne parles jamais de ton passé. On dirait que tu as été P.-D.G. d'Encrypton toute ta vie. Parle-moi du petit garçon, de ce qui lui est arrivé avant qu'il ne devienne un homme. C'est ta mère, peut-être ? Elle t'a abandonné ?

— Laisse-la en dehors de tout ça, dit-il d'une voix glaciale. Ma mère m'aimait, je l'aimais. C'est tout ce que tu as besoin de savoir.

— Alors qui ? insista Caroline. Qui t'a brisé le cœur, qui t'a appris à ne pas faire confiance ? Une autre femme ? Anne ? Ou peut-être cette ancienne *employée* de Washington que tu t'apprêtais à voir. Est-ce elle ? T'a-t-elle blessé lorsqu'elle t'a quitté ?

— Tu es ridicule.

Pas tant que ça. Elle avait perçu une réaction sur son visage et, malgré ce qu'il lui avait dit, elle était prête à parier que cette femme n'était pas seulement une employée. Une peur soudaine lui prit le ventre.

— Je ne passerai pas ma vie avec un homme qui est amoureux d'une autre femme.

— Pour l'amour du ciel, je ne suis amoureux de personne ! s'écria-t-il.

Toute son énergie l'abandonna soudain. Elle se laissa retomber sur le lit.

— J'imagine que non, murmura-t-elle.

Dominic se mit à faire les cent pas devant elle.

— C'est donc ce que tu pensais ? demanda-t-il. Que nous tomberions amoureux au bout d'un mois de vie commune ? Tu n'es pas stupide, Caroline. Tu aurais dû te douter que ça ne se passerait pas comme ça.

Une bretelle de sa chemise de nuit glissa sur son épaule, mais elle ne fit rien pour la remettre en place.

— Oui, j'aurais dû, répondit-elle. Mais moi, je suis en train de tomber amoureuse de toi.

Le silence qui suivit fut assourdissant.

— Je ne sais pas quoi répondre, finit-il par dire.

— Je ne te demande pas de me dire que tu m'aimes. J'ai juste besoin de savoir qu'un jour, ça pourrait arriver.

— Je dois partir.

Caroline releva brusquement la tête.

— Partir ?

Elle ne s'attendait certainement pas à ce qu'il fuie.

Il disparut derrière la cloison qui séparait la chambre de la salle de bains et revint quelques secondes plus tard vêtu d'un jogging et chaussé de baskets.

— Je vais au bureau. J'ai besoin de réfléchir, dit-il en passant à côté d'elle sans la regarder.

Arrivé à la porte, il se retourna.

— Je n'ai jamais voulu te faire de mal.

Elle sourit tristement.

— Tu n'aurais jamais cru que quelqu'un tomberait amoureux de toi, n'est-ce pas ?

— Non.

— C'est bien dommage.

Il ouvrit la porte et s'en fut. Caroline eut l'impression qu'il emportait tout l'air de la chambre avec lui. Peut-être avait-elle été stupide de l'affronter. Peut-être aurait-elle dû laisser passer un peu plus de temps avant de le mettre sur la sellette avec ses questions.

Seulement, elle avait envie de lui. De lui, tout entier. C'était inattendu, et totalement incontrôlable. Et elle savait, elle sentait, qu'il éprouvait des sentiments pour elle — il ne pouvait pas la toucher comme il le faisait sans ressentir quelque chose. Or, il luttait contre ce sentiment.

Surtout, il fallait qu'elle se rappelle que ce n'était qu'une bataille et que la guerre n'était pas terminée. D'un point de vue stratégique, il ne lui avait pas dit qu'il l'aimait, mais il ne lui avait pas dit non plus qu'il n'en serait pas capable un jour. Il avait préféré fuir.

Cela ne lui ressemblait pas, songea-t-elle. Elle lui faisait peur, et cela n'était possible que s'il était vulnérable. C'était plutôt bon signe.

Tout en tirant les couvertures à elle, elle tenta de se détendre. Il restait beaucoup de chemin à parcourir. Lorsqu'il rentrerait à la maison, ils pourraient reparler, sans crier cette fois. Avec le temps, elle le convaincrait peut-être qu'il y avait pire dans la vie que d'être aimé par sa femme.

Et elle pourrait lui dire qu'elle ne le quitterait pas.

Elle avait l'impression qu'il avait besoin de l'entendre. Ce serait donc la première chose qu'elle lui dirait la prochaine fois qu'elle le verrait. Tout reposait là-dessus.

6

— Tu veux ma photo ?

Le lieutenant Mark Hernandez, de la police de San Jose, se tourna vers l'officier qui se tenait auprès de lui dans le bureau sophistiqué de Dominic Santos. Mark venait de passer un bon moment devant la fenêtre à regarder la ville qui s'étendait à ses pieds, en se demandant pourquoi un type qui possédait tout cela avait pu faire ce qu'il avait fait. Son dégoût devait se voir sur son visage anguleux, car il aurait juré que l'officier le regardait bizarrement.

— Non, chef, répondit celui-ci.

Mark se pencha vers l'homme, qui ressemblait plus à un gosse qu'à un flic. Il jeta un œil autour de lui, puis lui dit à voix basse :

— Tu n'aurais pas une cigarette ?

— Vous avez arrêté, chef.

— Ce n'est pas ce que je t'ai demandé.

— Non, chef.

— Non, tu n'as pas de cigarette ?

— Oui, chef.

— Tu te fiches de moi, maintenant ?

— Pas du tout, chef.

Ayant terriblement besoin de fumer, Mark sortit du bureau et passa en revue le hall d'accueil dans l'espoir d'y trouver quelqu'un à qui il n'avait pas expressément interdit de lui offrir une cigarette. Au lieu de cela, il repéra la secrétaire, toujours assise derrière son bureau, comme si elle s'attendait à voir son chef arriver d'une minute à l'autre.

— Nous n'avons plus de questions à vous poser, lui dit-il. Vous êtes libre de partir.

Elle leva les yeux vers lui, le visage dépourvu d'expression.

— Je travaille ici, répondit-elle.

— Faites-moi confiance, votre chef ne se rendra pas compte de votre absence.

— M. Santos est incapable de faire ce que vous lui reprochez.

Une employée loyale. C'était plutôt une qualité.

— Rentrez chez vous. Serena, c'est bien cela ?

Elle acquiesça.

— Il ne viendra pas aujourd'hui, ajouta-t-il.

Il vit son visage se décomposer, comme si elle comprenait enfin. Elle s'empara de son sac à main et se dirigea vers les ascenseurs.

Lorsque les portes s'ouvrirent, une femme sortit de la cabine. Elle regarda à droite puis à gauche, semblant chercher son chemin. Mark comprit tout de suite qu'il ne s'agissait pas d'une employée.

Elle croisa son regard et s'avança aussitôt vers lui.

Petite, elle avait des cheveux bruns en bataille qui la faisaient ressembler à une fée tout juste tombée du lit. Lorsqu'elle s'arrêta devant lui, le haut de sa tête lui arrivait à peine au menton, alors qu'elle portait des chaussures à semelles compensées.

— Vous avez une cigarette ?

La question parut la surprendre, puis elle le dévisagea.

— Vous venez d'arrêter, c'est ça ?

— Ils veulent tous ma mort ! s'exclama-t-il.

— J'ai arrêté il y a quelques années. Le patch m'a bien aidée.

Mark releva la manche de sa chemise, laissant voir, en haut de son bras, ce qui ressemblait à un gros pansement.

— Soyez patient, dit-elle.

— C'est cela. Au fait, je suis le lieutenant Mark Hernandez. J'enquête sur un homicide. Et vous êtes ?

La femme fouilla dans son petit sac à main et en sortit une carte d'identification policière.

— Agent spécial Eleanor Rodgers. FBI, répondit-elle en lui tendant la carte.

Il l'examina de près. Ce n'était pas un faux.

— Vous n'allez pas toujours pas deux, d'habitude ? plaisanta-t-il.

— Vous avez regardé trop de films. Quelle est la situation ?

— La situation ? Denny Haskell, associé et programmeur en chef, est mort. Assassiné. Sa voiture a été poussée dans un ravin où elle s'est enflammée. Dominic Santos, deuxième associé et P.-D.G. de l'entreprise, a disparu. Sa femme ne l'a pas vu depuis avant-hier soir. La seule personne avec qui nous savons qu'il a été en contact est le vice-président, Steven Ford. Il a appelé Santos ici à son bureau hier matin pour lui annoncer la mort de Haskell. Santos n'a pas été vu depuis. J'ai envoyé un message à toutes les patrouilles, mais jusque-là, aucun résultat.

— Vous pensez que c'est lui ?

— J'ai quelques questions à lui poser, en tout cas. Que vient faire le FBI là-dedans ?

— L'entreprise était sur le point de passer un contrat

important avec le gouvernement, pour un logiciel de cryptage de documents médicaux.

— Pardon ?

— Washington s'apprêtait à donner de l'argent à Santos, résuma la jeune femme. Beaucoup d'argent.

— Vous venez donc voir où ça en est, conclut Mark.

— Denny Haskell était le programmeur en chef d'Encrypton. Le gouvernement a besoin de savoir ce qui va se passer maintenant. J'ai été envoyée pour suivre l'enquête et faire un rapport à mes supérieurs. Je ne suis pas là pour vous piquer votre job.

— Encrypton, répéta Mark. Ce n'est pas le nom de la planète où est né Superman ?

— Non, ça c'est Krypton.

— Ah oui.

Comme s'il ne savait pas d'où venait le super-héros, songea Mark. Mais il imaginait qu'avec le FBI, il valait mieux jouer le rôle du péquenaud local. Moins elle lui accorderait de crédit, plus elle dévoilerait ses intentions réelles. Il doutait que le FBI l'ait envoyée jusqu'ici simplement pour le regarder mener son enquête.

— Vous avez su la nouvelle sacrément vite, fit-il remarquer. J'ai vu sur votre carte que vous veniez de Washington.

Elle hésita un quart de seconde avant de répondre.

— Le FBI a appris la mort de Haskell hier. On m'a dit de venir ici tout de suite. Je ne savais pas que M. Santos avait disparu avant que vous me l'appreniez.

— Pourquoi vous ? Je veux dire, pourquoi ne pas avoir envoyé un agent du bureau de Los Angeles ou de San Francisco ?

— Parce que j'ai un talent particulier.

Mark haussa un sourcil.

— Intéressant.

Elle eut petit sourire en coin. Elle avait deviné ses pensées déplacées… Mais franchement, une fée avec un talent particulier — comment ne pas se faire des idées ?

— Quoi qu'il en soit, vous ne fumez pas, reprit-il. Vous ne m'êtes donc d'aucune utilité. Et en plus, vous avez quelque chose sur le nez, ajouta-t-il en montrant l'aile droite de son propre nez.

Elle se frotta le sien, mais la petite marque rouge ne partit pas.

A ce moment, les portes de l'ascenseur s'ouvrirent sur un homme à la mine hagarde, grand, blond, Californien typique. Hernandez l'avait déjà interrogé : il s'agissait du troisième associé.

— Vos suppositions sont ridicules, monsieur le détective, lança-t-il en guise de bonjour. Serena vient de me dire que vous soupçonniez Dominic.

— Jusqu'à ce que je mette la main dessus, oui.

Steven poussa un soupir et regarda par-dessus l'épaule de Mark.

— Qu'est-ce qu'il fait là ? s'enquit-il en désignant l'officier qui se tenait dans le bureau de Dominic.

— Il attend.

— Quoi ?

L'ascenseur sonna de nouveau. Un autre policier en sortit.

— Ça y est, vous l'avez ? l'apostropha Mark.

— Oui, chef, répondit l'officier en lui tendant une feuille de papier.

— Vous avez une cigarette ?

— Vous avez arrêté, chef.

— Vous m'énervez vraiment, tous.

— Qu'est-ce que c'est ? demanda Steven.

— Un mandat de perquisition.

— Qu'espérez-vous trouver ? La voiture de Denny a été poussée dans un ravin. Je doute que vous retrouviez l'arme du crime dans ce bureau.

— Une seconde, intervint la fée. Si la voiture de Haskell est tombée dans un ravin, comment pouvez-vous être sûr qu'il s'agit d'un meurtre ? C'est peut-être simplement un accident avec délit de fuite.

Mark observa l'agent du FBI. Son instinct, en qui il avait toujours confiance, criait au danger. Mais il ne pouvait pas faire grand-chose d'autre que de dire la vérité.

— Ce n'était pas un accident. Il y avait une autre voiture sur la route. Les traces de dérapage que ce deuxième véhicule a laissées sur la chaussée laissent penser qu'il s'agit d'un acte délibéré.

— Alors dites-moi ce que vous cherchez, dit Steven.

— Je voudrais jeter un œil sur l'ordinateur de Santos. Je présume qu'il y a beaucoup de choses là-dedans.

Steven eut un rire amer.

— Vous croyez qu'un mandat de perquisition va vous aider ? Vous n'arriverez pas à contourner le système de sécurité.

— Quelqu'un connaît certainement son mot de passe.

— Serena le connaît, mais pas toujours — seulement quand Dominic a besoin qu'elle ait accès à des informations en son absence. Mais il change le mot de passe tout de suite après.

Mark étouffa un juron. Il venait juste de renvoyer la dame chez elle.

— Vous y connaissez quelque chose en ordinateurs ? demanda-t-il à l'officier qui lui avait apporté le mandat.

— Je sais comment les allumer et les éteindre, à part ça… Je vais demander au central s'ils ont les résultats des empreintes qu'on a relevées.

— Tout ce que je sais sur les ordinateurs, c'est qu'ils tombent en panne dès que je les touche, grommela Mark.

— Je peux vous aider.

Mark et Steven se tournèrent vers l'agent.

— Mon talent particulier, vous vous souvenez ? Je suppose que c'est le bureau de M. Santos ?

Sur ces mots, elle alla s'asseoir devant l'ordinateur. Celui-ci était encore allumé ; seul l'écran avait été éteint. Lorsqu'elle appuya sur un des boutons, la fenêtre de connexion apparut à l'écran, demandant le mot de passe.

— Alors, qu'est-ce que vous faites maintenant ? Vous y allez au pif ? ironisa Mark, en se penchant au-dessus de l'épaule de la jeune femme pour la regarder faire.

— Je ne suis pas douée pour les devinettes, répliqua-t-elle.

Elle appuya sur toute une série de touches jusqu'à ce qu'une fenêtre bleue, presque entièrement recouverte de texte, remplace la précédente. Elle continua à naviguer entre les menus pendant cinq bonnes minutes, puis revint à la fenêtre du mot de passe. Elle tapa alors sur la touche « Echap » et, comme par magie, la page bureau de Dominic apparut, avec tous les dossiers soigneusement rangés à droite de l'écran bleu.

— Que voulez-vous voir ? demanda-t-elle à Mark.

— Je n'arrive pas à croire que vous ayez réussi à entrer, grommela Steven.

— Une faille dans le système d'exploitation, nous venons juste de la découvrir, expliqua-t-elle. Vous devriez songer à prendre un autre système de protection. Savez-vous où Haskell sauvegardait ses programmes ? Sur le réseau ?

— Honnêtement, je n'en sais rien. Je ne me suis jamais vraiment intéressé à son travail. Ma partie, c'est l'argent.

— Hé ! intervint Mark, en s'adressant à Eleanor. C'est moi qui mène l'enquête, je vous rappelle. Je me fiche pas mal des programmes de Haskell, je veux savoir sur quoi Santos travaillait.

Elle leva les yeux au ciel.

— Les deux sont forcément liés.

— Il n'y a rien de sûr. Je veux voir le dernier dossier que Santos a ouvert. Vous pouvez me trouvez ça ?

— Mais bien sûr.

L'as de l'informatique saisit la souris et se mit à naviguer entre plusieurs fenêtres.

— Pouvez-vous me répéter ce que Santos vous a dit au téléphone ? demanda Mark à Steven.

— On en a déjà parlé.

— C'est vous qui pensez qu'il n'a pas pu tuer Haskell. Ça ne fera de mal à personne de tout me raconter de nouveau.

— La police m'a appelé pour me dire qu'ils avaient trouvé mon numéro de téléphone fixe en première place dans le répertoire du portable de Denny. Son téléphone était dans la boîte à gants, il n'a pas été endommagé par l'incendie.

— Savez-vous pourquoi il avait votre numéro ?

— Il prévoyait peut-être de m'appeler pour une raison ou pour une autre. Je ne sais pas. C'est étrange. Il ne téléphonait jamais quand il voulait parler à quelqu'un : son seul moyen de communication, c'était la messagerie électronique. Du moins avec moi. Qui sait depuis combien de temps il avait mon numéro ?

— D'accord, d'accord, dit Mark, tentant de l'apaiser.

Il n'avait pas envie que l'homme soit sur la défensive. Les gens qui se sentent agressés donnent rarement des réponses détaillées.

— Quoi qu'il en soit, ils m'ont appelé et appris ce qui était arrivé. Ils m'ont dit que la scène de crime était suspecte. Que voulez-vous que je fasse avec ça ? J'ai appelé Dominic chez lui, et c'est Caroline qui a répondu. Il était parti au bureau.

— A quelle heure l'avez-vous appelée ?

— Assez tôt. Je crois que la police m'a prévenu un peu après quatre heures du matin. J'ai dû appeler Caroline vers quatre heures et demie.

— Et c'est normal, que Dominic soit au bureau à quatre heures et demie du matin ?

Steven soupira.

— C'est un bourreau de travail, donc ce n'est pas vraiment surprenant. Mais en parlant avec Caroline, j'ai cru comprendre qu'il avait passé toute la nuit au bureau. Encore une fois, ça n'a rien d'exceptionnel. Cela lui arrive régulièrement de rester toute la nuit ici.

— Alors vous avez appelé ici…

— J'ai appelé sa ligne directe, et il a répondu. Il a commencé à dire quelque chose, mais je lui ai dit pour Denny et il s'est tu.

— Qu'essayait-il de vous dire ?

— Je ne sais pas. Je n'écoutais pas vraiment. J'étais trop préoccupé par la mort de Denny.

— Comment a-t-il réagi ?

— Il a raccroché. J'ai essayé de le rappeler, mais il n'a pas répondu. Je me suis dit qu'il était choqué. Moi, je l'étais. Et bon sang, je le suis encore. Pourquoi quelqu'un aurait-il voulu tuer Denny ?

Mark savait que c'était une question purement rhétorique, mais il lui demanda quand même :

— Pourquoi, à votre avis ?

— Je n'en ai aucune idée. Il était assez marginal. Un vrai geek, comme on dit. Il passait le plus clair de son temps devant un écran. Ses relations sociales étaient très limitées. J'ai du mal à imaginer qu'il ait pu devenir assez proche de quelqu'un pour s'en faire un ennemi.

— Savez-vous sur quoi il travaillait ?

— Je vous l'ai dit, je ne m'intéressais pas beaucoup à ce qu'il faisait. Je sais qu'il a récemment laissé tomber un gros projet. Personne ne savait ce dont il s'agissait. Dominic avait prévu de lui en parler.

— Il y a deux jours, vous m'avez dit, se souvint Mark.

Mark se souvenait toujours de tout. C'était ce qui faisait de lui un bon détective.

— Il y a deux jours, reprit-il, Dominic a parlé à Denny du projet sur lequel il travaillait. Cette nuit-là, Denny est assassiné. Vous l'apprenez à votre associé le lendemain matin, et il disparaît. Vous ne vous êtes pas demandé où il était passé ?

Steven ne répondit pas tout de suite.

— Je crois que je me suis dit qu'il était rentré chez lui, pour être avec sa femme. Je ne suis venu au bureau que plus tard.

— J'ai ce que vous cherchiez, annonça l'agent du FBI.

Mark et Steven regardèrent l'écran de l'ordinateur par-dessus son épaule.

— Le dernier fichier qu'il a consulté, c'est ça.

Elle cliqua sur une icône, et une photo de la femme de Santos apparut.

— Oh ! comme c'est mignon ! roucoula Mark.

En vérité, cela révélait beaucoup de choses. L'homme était visiblement très amoureux de sa femme. Et un homme amoureux ne s'en irait certainement pas trop loin.

— Dites-moi que vous pouvez trouver l'avant-dernier dossier qu'il a ouvert.

Elle cliqua sur une autre icône.

— C'est le relevé de compte de l'entreprise, expliqua Steven, qui avait reconnu les chiffres affichés à l'écran. On en avait besoin pour notre présentation à la sous-commission. Mais il y a quelque chose qui cloche. Ces chiffres sont faux.

Il s'approcha de l'écran et s'empara de la souris pour faire défiler la page.

— Bon sang…

— Qu'est-ce qui se passe ? fit Mark.

Il ne voyait qu'une liste de chiffres. Des gros chiffres.

— Laissez-moi votre place, s'il vous plaît, demanda Steven à la jeune femme.

Celle-ci s'exécuta. Steven ouvrit d'autres tableaux et les étudia longuement.

— Qu'est-ce qui se passe ? répéta Mark.

Steven ouvrit la bouche, puis la referma.

— C'est trop tard, lui dit Mark en comprenant que ce que Steven avait découvert n'annonçait rien de bon pour son associé. Ne m'obligez pas à vous conduire au poste pour vous interroger.

— Ces chiffres ne sont pas bons. Ce ne sont pas ceux que je lui ai donnés, repartit Steven, choqué. Il manque deux millions de dollars.

— Vous êtes en train de me dire qu'il a volé deux millions de dollars à sa propre entreprise ?

— Je vous dis qu'il manque deux millions de dollars. Ce relevé indique qu'ils auraient été versés à une société de conseil à laquelle on n'a jamais fait appel. Il faut que la banque me le confirme, mais je connais ces chiffres par cœur.

— Qui d'autre a pu avoir accès aux relevés ? s'enquit l'agent Rodgers.

Mark lui lança un regard noir, qu'elle ne releva pas.

— Personne en dehors de lui et moi. C'est insensé, insista Steven. Dominic ne ferait jamais une chose pareille.

— Laquelle ? demanda Mark. Voler ou tuer ?

— Les deux.

Il y eut un moment de silence, puis l'officier qui avait apporté le mandat à Mark passa la tête par l'entrebâillement.

— Vous avez une minute, chef ?

Mark s'avança vers lui.

— On a les résultats des empreintes, lui annonça le jeune officier. Regardez.

Mark poussa un sifflement.

— Attendez. La victime était un ancien taulard ?

— Et l'associé aussi.

— Santos ?

— Ce n'est pas son vrai nom. Les empreintes qu'on a relevées dans son bureau correspondent à celles d'un certain Dominic Butler, qui a séjourné à l'établissement pénitentiaire de Tehachapi, sous le même toit que Haskell.

— Pourquoi a-t-il été écroué ?

— Pour agression.

— Il y a longtemps ?

— Dix-sept ans.

— Bon sang, ce n'était qu'un gosse.

— Plutôt, oui. Il est entré à vingt ans, est ressorti dix-huit mois plus tard. Il s'est présenté à tous ses rendez-vous avec son contrôleur judiciaire l'année suivante, avant de disparaître. Plus aucune trace de lui dans nos fichiers après ça. Il a dû se procurer un faux acte de naissance. Parce que peu de temps après, M. Dominic Santos, vierge de tout passé criminel, a fait son apparition avec une carte de sécurité sociale, un permis de conduire, un compte en banque et une carte de crédit. En y regardant de plus près, n'importe qui aurait trouvé cela étrange que sa vie semble avoir commencé l'année de ses vingt-trois ans.

— Oui, mais s'il se tenait à carreau…

— Alors personne ne prenait la peine de fouiller, termina l'officier.

— Dominic Butler. Taulard et génie de l'entreprise. O.K., merci.

Lorsque Mark se retourna vers le bureau, il s'aperçut que l'agent Rodgers s'était approchée. Steven était toujours devant l'ordinateur à étudier les chiffres.

— Vous avez entendu ? demanda Mark.

— Oui.

— Je suis assez surpris que le gouvernement n'ait pas du tout vérifié les antécédents d'un homme à qui il s'apprêtait à donner l'argent de mes impôts, fit-il remarquer.

— Le gouvernement s'intéresse au produit, pas à l'homme.

— Au moins, ceci explique cela.

— Que voulez-vous dire ?

— Il a un passé de criminel.

— Oui, pour une agression qu'il a commise il y a dix-sept ans. Ça ne fait pas de lui un meurtrier. Juste un gosse un peu violent.

— Ça fait de lui un ex-taulard. Ils ne se réinsèrent jamais en sortant de prison. Ils deviennent juste encore plus énervés. Dix-sept ans, ça fait long avant de craquer, mais ils finissent tous par craquer.

— Que comptez-vous faire, maintenant ?

— Le trouver. On a un mandat pour fouiller sa maison. Je vais retourner voir sa femme. Elle était complètement chamboulée hier quand je lui ai parlé, mais elle aura eu le temps de se calmer. Et si quelqu'un sait où il est, c'est forcément elle, non ? Je veux dire, Santos a reluqué sa photo juste avant de disparaître. Il va bien finir par la contacter.

— C'est votre enquête. Moi, je ne fais que vous suivre.

— Si je comprends bien, vous voulez venir avec moi.

— Vous comprenez bien.

— Et si ça ne me plaît pas ?

— Vous pouvez toujours tenter d'expliquer à mes supérieurs pourquoi la police de San Jose refuse de coopérer avec le gouvernement.

Mark se mit à rire.

— Je pensais bien que vous diriez quelque chose comme ça. Vous savez que vous êtes petite, pour un agent ?

Elle rougit de colère, pour son plus grand bonheur — il l'avait fait exprès pour s'amuser.

— J'ai été recrutée pour mon talent, lui dit-elle froidement.

— Eteignez l'ordinateur, dit Mark à Steven. Je vais appeler un officier pour le faire embarquer. Très bien, agent Rodgers. Allons-y.

7

Caroline regardait les hommes déambuler chez elle, Munch assise à ses pieds comme pour la protéger. Ses oreilles bourdonnaient depuis que Steven l'avait appelée pour lui annoncer que Denny était mort. Elle reporta son attention sur la femme qui accompagnait le détective.

Elle lui semblait étrangement familière.

— Est-ce qu'on se connaît ? lui demanda-t-elle.

— Non.

— Je vous présente l'agent spécial Rodgers, du FBI, annonça le détective en s'approchant de Caroline. Elle est là en observatrice.

Caroline continua à la dévisager.

— J'ai assisté à quelques séances de dédicaces, admit l'agent, avant de lui tendre la main. Je suis une de vos fans. Vous pouvez m'appeler Nora.

— Une fan ? s'étonna le détective.

— Mlle Sommerville écrit des romans, expliqua Nora. Des romans à énigme.

— Mme Santos, la corrigea Caroline. Je n'ai pas encore eu le temps de faire les papiers, mais je prends le nom de mon mari.

— Ça va être difficile, observa le détective.

Il s'installa dans un fauteuil en face d'elle, l'air sombre. Caroline devina que les nouvelles qu'il avait à lui annoncer ne seraient pas meilleures que celles de ces derniers jours.

— Mademoiselle Sommerville, connaissez-vous bien votre mari ?

Non, elle ne le connaissait pas bien. Pas assez bien, en tout cas, pour savoir pourquoi il était parti, pourquoi il fuyait. Mais elle le connaissait suffisamment pour être certaine qu'il n'avait pas fait de mal à Denny.

— Que voulez-vous dire par là ?

— Savez-vous que votre mari est un criminel ? Qu'il a passé deux ans en prison ?

Le choc lui coupa le souffle. En prison. Dominic. Elle s'efforça de respirer lentement, pria pour ne pas s'évanouir. Cela ne pouvait pas arriver, pas à elle. Pas à eux.

En prison. Dominic. Un criminel.

C'était impossible. Pourquoi lui avait-il caché une chose pareille ? Un homme n'épousait pas une femme sans lui dire qu'il avait fait de la prison. Elle se sentait trahie. Comme lorsque ses parents avaient eu l'audace de mourir dans un accident de voiture.

Caroline détourna le visage de ses deux interlocuteurs, sachant qu'ils guettaient sa réaction. Elle se concentra sur les baies vitrées qui surplombaient la colline.

Les vitres, l'espace. Tout prenait un sens nouveau.

« Je n'aurais jamais pu inventer un personnage aussi compliqué que toi. Sauf s'il avait une raison bien précise. »

Ses propres paroles lui revinrent comme un flash, de même que la colère qu'elle avait ressentie en les prononçant. Une raison. Voilà ce qu'elle avait voulu, ce qu'elle lui avait demandé. Maintenant, elle en avait une.

Elle tenta de répondre, mais sa gorge se serra violemment.

— Non, je ne savais pas, parvint-elle à articuler.

— C'était il y a dix-sept ans, précisa le détective. Si je comprends bien, il ne vous l'a jamais dit.

— Non.

Dix-sept ans, le temps d'une vie. Mais l'expérience l'avait marqué et l'affectait encore, c'était évident. Cela se voyait dans cette maison. Dans le contrôle qu'il exerçait sur sa vie et ses émotions.

« Dominic, pourquoi ne m'as-tu rien dit ? »

— Qu'a-t-il fait ?

— Coups et blessures. Est-il déjà arrivé qu'il se montre violent avec vous ?

Elle ferma les yeux, offensée par la question. Il n'avait jamais été violent. Etre violent, cela signifiait perdre le contrôle, et Dominic ne perdait jamais le contrôle.

— Non.

— Il ne s'est jamais mis en colère ?

— Je n'ai jamais connu personne qui fasse autant preuve d'autodiscipline que Dominic. Je ne peux pas l'imaginer sortant de ses gonds.

C'était pourtant ce qui s'était passé chaque fois qu'ils avaient fait l'amour, mais cela était dû au désir et non à la colère. Il ne lui avait jamais infligé que du plaisir.

— Eh bien, il semble pourtant qu'il se soit bien défoulé sur ce type, fit remarquer le détective.

Caroline tressaillit.

— Remarquez, il ne s'est servi que de ses poings. En vérité, deux ans, c'est le maximum dont il pouvait écoper pour ce genre de faits, sans condamnation antérieure. Il ne devait pas avoir un très bon avocat.

Caroline avait besoin de temps pour absorber le choc, pour réfléchir. Pour comprendre ce que tout cela voulait dire. Elle n'avait pas envie de répondre aux questions du détective, ni d'entendre quoi que ce soit d'autre à propos de Dominic. Mais elle sentait que Mark Hernandez n'en avait pas fini.

— Autre chose, dit-il. Santos n'est pas son vrai nom. A sa sortie de prison, il s'est créé une nouvelle identité. Il faut que vous sachiez que votre mariage n'est pas légal.

De tout ce qu'elle avait appris ces deux derniers jours, cette information lui fit plus de mal que tout le reste réuni. Elle se redressa et se força à écouter, malgré la douleur presque physique qui l'accablait soudain.

— Je suis désolé d'avoir à vous apprendre tout cela.

— Je ne vous crois pas, répliqua-t-elle. Que voulez-vous ?

— J'ai besoin que vous sachiez la vérité. J'ai besoin que vous soyez consciente du genre d'homme que vous protégez, si vous le protégez. J'ai besoin de le retrouver, Caroline.

— Je vous l'ai dit hier. Je ne sais pas où il est.

— Avez-vous la moindre idée de l'endroit où il aurait pu partir ?

— Non. Pour moi, son monde se limite à son bureau et sa maison.

Nora se pencha légèrement en avant.

— Depuis combien de temps connaissez-vous Dominic ?

— Pas longtemps, admit-elle à contrecœur.

— Et pourtant, vous l'avez épousé.

— C'était un mariage précipité. On ne se connaît que depuis deux mois, dont le premier par téléphone et par e-mail.

— C'est en effet ce qu'on appelle un mariage précipité, observa le détective.

— Je n'aurais pas dû le dire comme ça, corrigea

Caroline. Ça semble vouloir dire que ce mariage est une erreur.

— Vous venez d'apprendre que votre mari a fait de la prison, qu'il vous a menti à propos de son identité et qu'il est le principal suspect d'un meurtre, et vous pensez toujours que ce mariage n'était pas une erreur ?

— Oui, répondit Caroline sans hésiter.

Le détective fronça les sourcils mais garda le silence. Les officiers qui avaient fouillé la maison redescendaient avec l'ordinateur de Dominic.

— Nous allons vous laisser, mais nous vous recontacterons.

— Cela n'a pas de sens, dit Caroline. Pourquoi aurait-il tué Denny ? C'était son associé, il gagnait des millions grâce à ses programmes. N'est-ce pas un peu comme tuer la poule aux œufs d'or ?

— Pas s'il considérait qu'il avait suffisamment d'œufs. Nous avons passé la matinée avec Steven Ford. Il s'avère qu'il manque deux millions de dollars sur les comptes de l'entreprise.

Caroline secoua la tête avec véhémence.

— L'entreprise vaut dix fois plus ! Pourquoi un homme qui possède plusieurs dizaines de millions de dollars aurait-il besoin d'en voler deux ?

— C'est une bonne question. Je vous recontacterai.

Nora s'accroupit devant le fauteuil de Caroline.

— Je sais que c'est dur à croire, mais… si vous savez où il est, il faut nous le dire. C'est la seule manière de démêler cette affaire. La seule manière, s'il est innocent.

— Il l'est.

— Alors il faut le retrouver pour le prouver.

— Qui êtes-vous ? lui demanda Caroline.

Son instinct lui soufflait que cette femme lui cachait quelque chose.

— J'aï été envoyée par le gouvernement. Encrypton s'apprêtait à signer un gros contrat.

— Je veux dire, qui êtes-vous, *vous ?* Etes-vous… Le connaissez-vous ? Il y a quelqu'un au gouvernement, une de ses anciennes employées…

— Hé ! agent Rodgers, vous venez, oui ou non ? appela le détective.

Nora sortit une carte de visite et un stylo de son sac à main, et écrivit quelque chose au dos du bristol.

— C'est le numéro de téléphone de ma chambre d'hôtel. Appelez-moi, nous parlerons. Caroline, pour ce que ça vaut… la dernière chose qu'il a faite avant de quitter son bureau a été de regarder votre photo.

Caroline prit la carte et les regarda partir sans rien dire. Munch les suivit jusqu'à la porte, puis aboya deux ou trois fois pour leur faire comprendre qu'elle n'avait pas apprécié leur compagnie. Lorsque la chienne revint vers Caroline, elle leva vers elle des yeux à la fois confus et emplis d'espoir.

— Non, je ne sais pas où il est, soupira Caroline.

— Qu'est-ce que c'était que ça ? demanda Mark.

— Quoi donc ? fit Nora comme elle le suivait jusqu'à sa voiture de police beige.

— Vous aviez l'air assez copines, avec la dame.

— Elle est bouleversée, ça saute aux yeux. Vous auriez pu lui annoncer les nouvelles avec un peu plus de tact.

— Je ne suis pas là pour être gentil, Minipouce, répliqua Mark. J'essaie de retrouver un meurtrier.

— Un meurtrier *présumé*. Vous semblez l'oublier.

— Pas vous. Ne me dites pas que vous croyez ce type innocent ?

— On m'a appris à ne pas tirer de conclusions trop hâtives dans une enquête.

— Et moi, on m'a appris à les résoudre. J'ai un ex-taulard en fuite qui semble avoir piqué deux millions de dollars sur le compte de son entreprise, et un cadavre. Ça me semble du tout cuit.

— Et la question qu'a posée sa femme ? Pourquoi un homme qui possède déjà des millions de dollars aurait-il besoin d'en voler deux ?

— Je n'en sais rien, admit-il à contrecœur. C'est là que le bât blesse.

— C'est peut-être un peu trop cuit, suggéra Nora.

— Vous n'avez pas répondu à ma question. Pourquoi prenez-vous la défense du méchant ?

Nora se mit à rire.

— Je ne prends la défense de personne.

— Si. Il ne vous manque que la jupette et les pompons, et je vous jure que vous feriez une excellente pom-pom girl pour Santos.

— Je ne suis là que pour observer et faire un rapport à Washington.

Mark se contenterait de cette explication pour le moment, parce qu'il n'avait pas vraiment le choix. Mais il comptait bien se renseigner un peu plus sur cette petite fée. Elle était mignonne, et il espérait que son instinct se trompait — même si c'était peu probable.

— J'imagine que Washington a envie que ce gars soit innocent, observa-t-il. Sinon, il leur faudra trouver quelqu'un d'autre.

Ils arrivaient à la voiture. Mark ouvrit la portière à Nora. Elle leva les yeux vers lui, l'air amusé.

— Quoi ? Je n'ai pas le droit d'être galant ?

— C'est juste un peu inattendu.

— Il faudra apprendre à être surprise avec moi, Minipouce.

— Arrêtez de m'appeler Minipouce.

— Entendu, agent Rodgers.

— Vous savez, vous pouvez m'appeler Nora.

— Je pourrais, mais ce ne serait pas aussi rigolo.

Lorsqu'elle fut montée dans la voiture, il referma sa portière et alla s'installer au volant.

— Alors, où va-t-on, maintenant ? demanda-t-il.

— J'aimerais voir la scène du crime, si c'est possible.

— Vous ne me faites toujours pas confiance quand je vous dis qu'il ne s'agit pas d'un accident ?

— Je veux voir moi-même, répondit Nora avant de se tourner vers lui en souriant. Et pour le moment, je ne vous fais pas confiance. Vous semblez bien trop pressé de clore cette enquête.

— Je suis froissé.

— Oui, c'est ça.

— D'accord, ce n'est pas vrai. Mais pour votre gouverne, je ne vous fais pas confiance non plus.

— Ça ne me fait ni chaud ni froid.

— Petite maligne.

Mark démarra la voiture et fit marche arrière dans la longue allée. Il se sentait nerveux, sa jambe commençait à tressauter sans qu'il puisse se contrôler. Etait-ce la présence de sa passagère, ou bien…

— Il faudra que je m'arrête à une pharmacie, annonça-t-il.

— Pourquoi ?

— Je crois que mon patch ne fait plus effet.

8

Assister aux funérailles de Denny semblait à Caroline un peu hypocrite : elle ne connaissait pas cet homme, ne l'avait rencontré qu'une fois. Elle ne savait rien de ses rêves et de ses espoirs, de ce qui le faisait pleurer ou rire aux éclats, de la musique qu'il aimait. Ce qu'elle savait en revanche, c'était qu'à chaque minute qui passait, elle devait se retenir d'ouvrir le cercueil, de secouer le corps pour le ramener à la vie, et de le forcer à avouer qui l'avait tué.

Car ce n'était pas Dominic. Elle en était certaine.

Lorsque le pasteur recruté par Anne termina sa prière, la petite foule, composée essentiellement de collègues et de deux officiers de police envoyés par le détective Hernandez, commença à se disperser. En sentant qu'on la prenait par le coude, Caroline se retourna. Steven cherchait à l'entraîner à l'écart. Elle fureta une dernière fois autour d'elle avec l'espoir — comme les deux agents de police, sans doute — de découvrir Dominic caché derrière les arbres, suivant l'enterrement à distance.

Steven la conduisit jusqu'à une limousine qui les attendait dans l'allée du cimetière. Anne avait décidément tout prévu. Ils montèrent tous les trois à bord, accompagnés du père d'Anne, comme s'ils composaient la famille proche de Denny.

Et c'était peut-être le cas, finalement.

Sans demander où ils allaient, Caroline se laissa aller en arrière contre le dossier de cuir et réfléchit à ce qu'il faudrait faire par la suite. Trois jours avaient passé sans nouvelles de Dominic. La police le recherchait toujours, bien sûr, mais Caroline doutait qu'on le retrouve caché dans un hôtel miteux des alentours.

Il était trop intelligent pour ça. Il l'avait été suffisamment, en tout cas, pour tirer un trait sur son passé et fonder une entreprise prospère. Suffisamment pour conduire Caroline à l'autel avant qu'elle ait le temps de se demander ce qu'elle faisait, atteignant ainsi son objectif de se trouver une femme.

Oui, son mari était un homme très intelligent.

Mais pourquoi ? Pourquoi, s'il avait l'intention de tuer son associé — ce qu'il n'avait pas fait, elle en était persuadée —, avait-il voulu se marier d'abord ? La police pensait qu'il avait peut-être poussé la voiture de Denny dans le ravin sur un coup de colère, après une discussion houleuse avec lui dans l'après-midi.

Des employés s'étaient d'ailleurs présentés au poste de police pour témoigner. Les éclats d'une conversation agitée dans le bureau de Denny les avaient atteints. Sans qu'ils en comprennent la teneur, d'après Hernandez.

Caroline tâcha de se souvenir de l'humeur de Dominic lorsqu'il était rentré ce soir-là. Quelque chose le tracassait, mais elle n'avait pas cherché à en savoir plus, trop occupée par ses propres soucis.

Elle savait en revanche que s'il était reparti au bureau, c'était à cause d'elle. Elle l'avait poussé dans ses retranchements et il avait fui. Etait-il possible qu'il ait prévu de partir avant même qu'ils ne se soient disputés ?

Non. Il avait tenté de l'approcher. Il avait voulu faire l'amour, se réconcilier avec elle. Un homme qui avait en tête d'assassiner son collègue pouvait-il avoir ne serait-ce qu'une érection ?

Caroline eut un rire sans joie. Peut-être devrait-elle confier cela à la police, comme preuve de l'innocence de Dominic.

Lorsque la limousine s'immobilisa, Caroline leva les yeux sur la monstruosité qu'était sa maison.

— Je me suis dit que je pourrais nous préparer quelque chose à manger, suggéra Anne. Comme ça, nous discuterons. Nous tenterons de deviner où peut se cacher Dominic.

— Eh bien, bon courage, dit Russell, sans expliquer les raisons de son scepticisme.

Il descendit de voiture et tendit la main à sa fille. Caroline sentait le regard de Steven peser sur elle.

— Nous pouvons partir, dit celui-ci. Vous laisser tranquille.

— Pour faire quoi ?

Il ne répondit rien.

— Exactement. Il n'y a pas de réponse à cette question, Steven. Je tourne en rond, et plus rien n'a de sens.

— Si, il y a des réponses. Je le sais. Je suis sûr que Dominic finira par nous appeler pour nous expliquer ce qui s'est passé, repartit Steven. Ça ne peut pas se finir comme ça.

Touchée qu'il ressente la même frustration qu'elle, Caroline posa une main sur son bras.

— Ça va aller, Steven. Venez à la maison. Serena m'a fait livrer une tonne de nourriture. Depuis que Dominic n'est plus là pour lui donner des ordres, elle se sent désœuvrée. Elle doit penser que c'est son devoir de m'alimenter.

Une fois à l'intérieur, Caroline et Anne se dirigèrent vers la cuisine pour s'occuper du repas et du café.

— Je peux aussi faire un thé, proposa Anne en triturant le collier de perles qui égayait sa robe noire. Je ne sais pas pourquoi, mais chaque fois qu'il arrive quelque chose, les gens veulent toujours boire du thé. Comme si le thé avait des propriétés magiques…

Caroline posa une main sur celle d'Anne, qui cessa aussitôt de parler.

— Désolée, dit-elle. Je dis n'importe quoi.

— Ne vous en faites pas. Vous vous faites du souci, comme nous tous.

— Oui, comme nous tous.

Caroline hésita un instant à poser la question qui la tracassait. Mais il fallait qu'elle sache.

— Anne, que s'est-il passé entre Dominic et vous ?

La jeune femme retira brusquement sa main, l'air surpris, comme si Caroline l'avait giflée. Elle jeta un regard inquiet par-dessus son épaule, mais les hommes se trouvaient au rez-de-chaussée dans le bureau de Dominic — probablement pour fouiller ses dossiers, ses tiroirs. La police avait déjà emporté tout ce qui concernait l'entreprise, mais Steven espérait tomber sur quelque chose qu'ils auraient pu oublier.

— De quoi parlez-vous ?

— Je vous en prie. Je ne fais pas ça pour être indiscrète, ou pour vous gêner. Mais j'ai besoin de tout connaître de Dominic afin de pouvoir le retrouver. Pendant la fête surprise que vous avez organisée, j'ai eu l'impression qu'il y avait quelque chose, je ne sais pas quoi. Quelque chose de bizarre entre vous.

Anne baissa la tête puis posa ses deux tasses de thé sur le plan de travail.

— C'était ma faute, dit-elle. J'en attendais trop. Ça s'est passé il y a un an. Steven commençait à évoquer l'idée d'acheter une part d'Encrypton. On venait de se marier et, disons que… je n'ai pas été emballée tout de suite.

— Je vois.

— La vérité, c'est que je suis une enfant gâtée, continua-t-elle avec un sourire sans joie. Mon papa m'a toujours donné tout ce que je voulais. Ce que j'aime chez Steven, entre autres, c'est qu'il ne cède pas à tous mes caprices. Et c'est aussi ce qui m'énerve chez lui. J'ai fait des avances ridicules à Dominic parce que je voulais faire souffrir Steven. Dominic a refusé, et c'en est resté là. Depuis, je crois que j'ai envie de m'assurer qu'on est amis. De bons amis. Pour qu'il oublie, avec un peu de chance, ce qui s'est passé. Voilà ce que vous avez ressenti lors de cette fête.

— D'accord, répondit Caroline.

— C'était une belle fête, malgré tout, dit Anne en souriant. Je suis douée pour ça.

Même si elle savait qu'Anne et elle ne deviendraient jamais très proches, Caroline ne put s'empêcher de sourire.

— Au fait, vous avez dit autre chose ce jour-là qui m'a étonnée : que le mariage de Dominic vous concernait tous. Je n'ai pas compris. Qu'est-ce que ce mariage a à voir avec vous ?

Anne fit la grimace.

— Vous finirez par comprendre, répondit-elle. Cela fait partie de l'accord au sein de l'entreprise, de la manière dont leur partenariat est organisé. Si quelque chose arrive à l'un d'entre eux, sa part de l'entreprise revient aux autres associés. La seule exception, c'est s'il a des enfants.

— Je ne comprends pas.

Mais elle avait bien peur de commencer à comprendre…

— Si quelque chose arrivait à Steven, sa part de l'entreprise reviendrait à Dominic. Je recevrais un dédommagement, mais l'entreprise ne m'appartiendrait pas. Sauf si nous avions des enfants. Dans ce cas, ils hériteraient de la part de leur père. J'imagine que Denny et Dominic avaient leurs raisons pour décider d'un tel accord. Et pour devenir associé, Steven a dû l'accepter. Ils voulaient certainement protéger l'entreprise d'éventuelles épouses grippe-sous… Ou peut-être simplement s'assurer que leur façon de voir les choses serait respectée. Quoi qu'il en soit, les associés ne peuvent faire hériter que leurs enfants.

« — Je peux vous donner ce que vous voulez.

— Ce que je veux ?

— Un enfant. Dans votre profil, vous dites que vous voulez des enfants. Vous m'avez même confié que vous aviez pensé à en faire un toute seule… »

Sa conversation avec Dominic, le soir de leur première rencontre, lui revint soudain à la mémoire avec la force d'un coup de poing. Lorsqu'il lui avait dit qu'il avait un héritage à léguer à son enfant, elle n'avait pas compris qu'il fallait l'entendre de façon littérale. Dominic voulait un enfant pour avoir quelqu'un à qui transmettre ses biens, pas parce qu'il désirait être père.

— Vous ne pensez quand même pas…, commença Anne. Il… il n'a pas pu vous épouser juste pour avoir des enfants. Je ne l'imagine pas comme ça. En plus, si ç'avait vraiment été son objectif, il aurait choisi quelqu'un…

— De plus jeune, termina Caroline d'une voix calme. S'il avait voulu s'assurer d'avoir des enfants, Dominic n'aurait pas choisi une femme de mon âge. Il aurait même pu demander des tests de fertilité. Mais il ne l'a pas fait.

Elle se demanda un instant qui elle essayait de convaincre…

— De plus, ses raisons de m'épouser n'ont rien à voir avec ses prétendus mobiles pour tuer Denny ou voler de l'argent à sa propre entreprise. Au contraire, tout cela se contredit.

— C'est vrai que rien n'a de sens, admit Anne. Personne n'est gagnant, dans l'histoire.

— Que va-t-il se passer si la police le retrouve ?

— S'il est pris, il ira en prison. Il devrait avoir le bon sens de donner sa part à Steven, intervint Russell.

Les deux hommes avaient terminé leurs recherches dans le bureau de Dominic et Russell se tenait sur le pas de la porte, les bras croisés sur le torse. Il n'avait pas l'air gêné le moins du monde par ce qu'il venait de dire.

Steven, en revanche, semblait embarrassé.

— On n'en viendra pas là, Russell. Dominic est innocent.

— Innocent du meurtre ou du détournement de fonds ? Je te rappelle que les relevés financiers ont été modifiés.

— Mais l'argent n'a pas été volé, dit Steven en se tournant vers Caroline. J'ai vérifié nos comptes. Presque tout l'argent y est.

— Presque ? fit Caroline.

Steven se pinça l'arête du nez comme s'il luttait contre une atroce migraine.

— Il manque dix mille dollars. Nous gardions un

peu d'argent sur un compte pour les petites dépenses. Dominic l'a retiré ce matin-là, juste après que je lui ai annoncé la mort de Denny.

— C'est bien ce que je disais, s'exclama Russell avec emphase. Si cela ne prouve pas sa culpabilité, je ne sais pas ce qu'il vous faut. Il avait prévu de s'enfuir, ce sale renard ! Il a mis en danger une entreprise prospère. L'emploi d'une centaine de personnes est en jeu !

— Je vous en prie, Russell, soupira Steven. Vous vous fichez des employés d'Encrypton. Tout ce qui vous intéresse, c'est l'argent que vous avez investi dans l'entreprise.

— Et comment ! Il s'agit de ton avenir, Steven, et de celui de ma fille, au cas où tu l'aurais oublié. Je ne veux pas voir tout ce que j'ai risqué anéanti à cause d'un ancien criminel qui s'est mis dans la tête de piquer l'argent et de s'enfuir. S'il se fait prendre, il devrait te donner sa part. Si la police ne parvient pas à mettre la main dessus, tu devrais le poursuivre en justice. On peut encore obtenir ce contrat avec le gouvernement. Le programme est bon, c'est le meilleur du marché. Tout peut encore être sauvé. Mais il faut agir. Et si tu ne le fais pas, je m'en chargerai.

— Papa, intervint Anne. S'il te plaît. On n'en est pas là. Dominic va nous contacter bientôt, j'en suis persuadée, dit-elle en posant la main sur le poignet de Caroline.

Caroline baissa les yeux sur cette main qui tentait de lui apporter du réconfort sans y parvenir. En regardant le visage rouge de colère de Russell et les poings serrés de Steven, elle se rendit compte que chacun d'entre eux avait ses raisons d'être là, avec elle. Et ces raisons n'avaient rien à voir avec son bien-être ou celui de Dominic.

— Je ne sais pas quoi faire, murmura-t-elle en s'appuyant contre le plan de travail, soudain vidée de toute son énergie.

— Vous ? Mais vous ne pouvez rien faire, ricana Russell. Vous n'avez aucun droit sur cette entreprise. Bon sang, votre mariage ne vaut même rien !

— Ça suffit, Russell ! l'interrompit Steven.

— Je suis réaliste, c'est tout, continua son beau-père. Ce mariage n'est pas légal. Elle n'a pas son mot à dire sur ce que devient l'entreprise.

Il se tourna vers elle.

— Si j'étais vous, je partirais. Je sauverais les meubles en rentrant chez moi.

Caroline pensa à sa maison en Virginie. A sa petite vie tranquille, son petit groupe d'amis. Ce serait tellement simple de rebrousser chemin ! Comme une poule mouillée.

Elle s'écarta du plan de travail et redressa les épaules.

— Je suis chez moi ici, répliqua-t-elle. Et je crois que *vous* devriez partir.

— Caroline, papa ne voulait pas dire…

— Je sais très bien ce qu'il voulait dire. Je ne dis pas qu'il a tort de le penser. Vous croyez Dominic coupable.

— Et comment.

— Alors nous ne sommes pas d'accord, car moi je crois qu'il est innocent. Je vous demande de partir.

Russell s'avança vers elle, le regard suspicieux.

— Si vous croyez qu'il y a une faille, un moyen pour vous de mettre la main sur cette entreprise, vous vous trompez, ma petite dame.

— L'entreprise ne m'intéresse pas, rétorqua Caroline

sans se laisser impressionner par le ton menaçant de Russell. Ce que je veux, c'est mon mari.

— Partons, dit Steven.

Caroline voyait à sa mine qu'il était épuisé. Il n'avait pas dû dormir beaucoup plus qu'elle ces derniers jours. Il laissa Russell et Anne quitter la pièce puis, lorsqu'il fut certain qu'ils ne pouvaient pas l'entendre, il prit la main de Caroline.

— Je suis avec vous, dit-il tout bas. Je ne pense pas que Dominic soit coupable.

Caroline ne répondit rien.

— Mais s'il vous contacte d'une façon ou d'une autre, prévenez-moi. Il faut qu'il sorte de sa cachette pour faire la lumière sur cette affaire. Mon beau-père est un sale rapiat, mais il a raison : nous avons encore une chance de sauver ce contrat. Plus que ça, l'entreprise a besoin de Dominic. Sans lui, elle n'est rien.

— O.K.

C'était une réponse facile, qui ne promettait rien. Mais Steven dut sentir qu'elle ne dirait rien de plus. Au bout de quelques secondes, il rejoignit sa femme et son beau-père.

Caroline regarda la porte un moment, pensive. Denny avait été enterré. L'enquête suivait son cours. Dominic était quelque part… mais que faisait-il ? Se cachait-il ou bien essayait-il de retrouver lui-même le meurtrier de Denny ?

Et elle, que pouvait-elle faire ? Sillonner les rues de Half Moon Bay en criant son nom ?

Accablée, elle monta à l'étage — et trouva Munch couchée sur le lit. La chienne releva la tête comme pour l'inviter à la rejoindre. Caroline se laissa tomber sur le lit, et tenta de se rappeler ce que cela faisait d'être allongée à côté de Dominic, de sentir son odeur, de l'entendre respirer.

Les larmes se mirent à ruisseler sur son visage ; avant qu'elle ait trouvé l'énergie de les essuyer, elle sombra dans un profond sommeil.

Une sonnerie puissante la réveilla en sursaut. La chambre était plongée dans l'obscurité, mais elle trouva sans peine le téléphone sur la table de nuit. C'était le même qui avait sonné lorsque Steven l'avait appelée à quatre heures du matin pour lui annoncer la mort de Denny.

— Allô ? dit-elle en s'asseyant, la voix embrumée. Allô ?

— Rentre chez toi.

Il lui fallut quelques secondes pour reconnaître cette voix grave et chaude.

— Dominic ! s'écria-t-elle.

— Rentre chez toi.

Il avait raccroché. Caroline resta un moment sans bouger, le téléphone plaqué contre l'oreille, jusqu'à ce qu'un « bip-bip » lui indique que le combiné était resté trop longtemps décroché.

C'était lui. Sa voix, ses mots, son ordre.

« Rentre chez toi. »

Elle aurait voulu hurler contre lui. S'il s'était tenu devant elle, elle lui aurait lancé le téléphone à la figure.

Rentre chez toi ? Mais elle était chez elle ! C'était ici, sa maison. N'est-ce pas ? Sauver les meubles, voilà ce que Russell lui avait conseillé. Et si Dominic ne voulait pas qu'elle reste…

Quel intérêt avait-elle à rester ici, si l'homme pour qui elle le faisait ne voulait pas d'elle ?

— Munch, dit-elle calmement. Nous partons.

9

— Je pars.

Caroline se tenait dans le bureau de Mark Hernandez, au poste de police de San Jose. La pièce était somptueusement équipée d'une table de travail et d'une chaise.

— Quand avez-vous dormi plus de trois heures pour la dernière fois ?

Ce n'était pas la réaction qu'elle attendait.

— Avez-vous entendu ce que j'ai dit ?

— J'ai bien entendu, mais je ne comprends pas.

— J'ai eu mon avocat au téléphone — je viens de Virginie. Il dit que vous ne pouvez pas me retenir ici si je ne suis suspectée de rien.

— Il a raison, répondit le détective en haussant les épaules. Mais pourquoi partir maintenant ? La dernière fois que nous nous sommes parlé, vous sembliez assez convaincue que votre homme allait revenir et qu'il était innocent.

— Il est innocent.

— Alors pourquoi partez-vous ?

Parce que même s'il était innocent, il n'avait pas l'intention de revenir. Du moins, pas pour elle.

— Je… Je dois partir, c'est tout, bégaya-t-elle.

— Caroline, je vais vous poser une question à laquelle vous devrez me répondre sincèrement. Dominic Santos vous a-t-il contactée ?

— Non.

Elle ne se sentait pas coupable de mentir à la police — juste stupide. Stupide, car Dominic venait de lui briser le cœur en lui ordonnant de rentrer chez elle, et elle continuait à faire son possible pour le protéger. Elle sortit une carte de son sac et la tendit au détective.

— Voici mes coordonnées, si vous avez besoin de me joindre pour une raison ou pour une autre.

— Vous partez ?

Caroline se retourna et vit l'agent du FBI s'avancer vers elle. Une fois de plus, elle eut l'impression de l'avoir déjà vue quelque part, sans savoir où.

— Oui, je m'en vais.

— Ne faites pas cela, Caroline. Il finira par revenir.

Caroline tenta de sourire malgré les larmes qui lui serraient la gorge.

— Je ne peux pas attendre. Je n'arrive pas à réfléchir. Je n'arrête pas de me faire du souci. Comment tout cela est-il arrivé ? Je n'avais personne, j'ai sauté le pas, et tout d'un coup, j'étais heureuse. Un coup de fil, et tout s'écroule. Je ne sais pas du tout s'il va revenir. Dois-je l'oublier ? Ou me battre pour lui ? Je n'en ai aucune idée. Vous ne me connaissez pas. Je ne suis pas assez courageuse pour supporter tout cela.

Elle reprit son souffle, avant d'ajouter :

— Vous ne pouvez pas m'obliger à rester.

— Personne ne vous oblige à rester, Caroline, répondit Nora d'une voix douce. Je crois juste que vous vous méprenez si vous pensez que vous serez moins triste ou moins inquiète en Virginie. Et je crois aussi que vous vous trompez. Je ne vous connais peut-être pas bien, mais vous me semblez très courageuse.

— Je dois partir, murmura Caroline, avant de se

tourner vers le détective. Vous savez où me joindre s'il revient.

— Je vous appellerai.

Nora regarda Caroline quitter le poste de police à pas prudents, comme si elle devait se concentrer pour ne pas s'effondrer.

— Il est arrivé quelque chose, observa-t-elle.

— Ouaip. C'est bien l'impression qu'elle me donne, répondit Mark. Mais elle ne veut pas dire quoi. En tout cas, elle a probablement raison de partir.

— Comment cela ?

— Pourquoi rester avec lui ? Ce type lui a menti. Leur mariage n'est pas légal, et elle ne le connaît que depuis deux mois. Elle peut encore rebondir et refaire sa vie.

Nora secoua la tête, visiblement écœurée.

— Vous ne voyez pas qu'elle est amoureuse ?

— Vous plaisantez, j'espère ?

— Non, je ne plaisante pas. Qu'est-ce qu'il y a de si drôle à cela ?

— Le coup de foudre ? Je n'y crois pas. Une histoire d'hormones, pourquoi pas. Mais personne ne mérite de finir sa vie avec un criminel juste pour une histoire d'hormones.

— Serait-ce vraiment cliché de ma part si je levais les yeux au ciel en soupirant « Ah, les hommes ! » ?

— Oui.

— Alors passons à autre chose, avant que je ne m'énerve. Parlez-moi de l'argent, de ces dix mille dollars.

Retour à l'enquête, songea Mark. En vérité, c'était une des qualités qu'il appréciait chez Nora. Elle avait la même façon que lui d'aborder le travail : elle savait à la fois se détendre et redevenir sérieuse — contrairement à la plupart des agents du FBI qui ne savaient qu'être sérieux.

Ce qu'il aimait bien aussi chez elle, c'était cette petite marque bizarre sur son nez. Qu'est-ce que cela pouvait bien être ? Oh ! et ses lèvres... Elles étaient épaisses, pleines, et vous donnaient envie de les croquer. Bien sûr, il garderait cela pour lui jusqu'à ce que l'affaire soit close.

Le travail d'abord, le plaisir ensuite. Telle était sa devise.

— Selon l'historique des opérations financières, Santos a retiré dix mille dollars du compte-chèques de l'entreprise à exactement 9 h 2 le matin où il a appris la mort de Denny. Assez suspect, comme agissement, non ?

— Pas si vous pensez que vous devez fuir. Dominic est un homme intelligent. Il savait qu'il aurait besoin d'argent pour s'enfuir. La vraie question, s'il est innocent, c'est pourquoi a-t-il cru nécessaire de se cacher ?

— Comment savez-vous que Santos est un homme intelligent ?

— Il est à la tête d'une société de logiciels informatiques estimée à plusieurs millions de dollars. Ce n'est pas le genre de poste accessible à n'importe quel imbécile. Il a aussi réussi à se débarrasser de son passé, ce qui n'est pas chose facile quand on est un peu simplet. On a affaire — vous avez affaire — à un homme intelligent. C'est pour ça que vous ne l'avez pas encore trouvé.

— Mmh.

— Pourquoi m'avez-vous posé cette question, au fait ?

— Je ne sais pas, répondit-il avec désinvolture. On dirait que vous êtes devenue complètement gaga de ce type. Comme si vous le connaissiez.

— J'ai lu un article sur lui dans un magazine informatique. Il m'a semblé… intéressant.

— Ah, voilà, fit Mark en tentant de se convaincre qu'il n'était pas jaloux.

— Quoi ?

— Vous avez un faible pour lui.

Nora leva les yeux au ciel.

— Qu'est-ce que vous êtes crétin !

— Je ne dis pas le contraire. Mais j'ai raison. Donc, vous êtes une allumée de l'informatique…

— Attention à ce que vous dites, grogna-t-elle.

— Une passionnée de l'informatique ?

— C'est mieux.

— Et Santos est à la tête d'une société de logiciels. Est-il votre idole ? Dites-moi, est-ce que vous trimballez sa photo partout avec vous dans votre portefeuille ?

— Très drôle. Il n'empêche que cet homme est intelligent, qu'il est en fuite, et que nous savons qu'il a assez d'argent sur lui pour se cacher pendant un moment.

— A l'heure où je vous parle il est peut-être à Mexico, en train de siroter des tequilas sur la plage. Il n'a pas pris les deux millions de dollars, mais cela ne veut pas dire qu'il n'a pas d'autre argent au chaud quelque part. Bon sang, il a certainement des comptes en banque disséminés partout dans le monde. On ne le retrouvera jamais.

Nora se laissa tomber sur la chaise en face du bureau de Mark. Lorsqu'elle croisa les jambes, sa petite jupe bleu marine remonta légèrement sur ses cuisses. Posant un regard rêveur sur ses talons de dix centimètres, Mark se demanda comment elle arrivait à marcher avec sans se tordre les chevilles. Bigre, cette fille lui faisait de l'effet.

— Cela n'a pas de sens, déclara Nora.

— Bien sûr que si.

— S'il ne s'agit que d'argent, pourquoi Santos s'intéresserait-il à deux petits millions de dollars alors qu'il en possède plusieurs dizaines ?

— Il en avait peut-être marre de la compétition.

— Dans ce cas, il aurait pu simplement vendre sa part de la société.

Mark réfléchit quelques instants.

— Il y a peut-être quelque chose qui cloche dans l'entreprise. Santos le savait, et il a préféré quitter le navire avant que celui-ci ne coule.

— Ça tient debout.

— Je suis doué, dit Mark avec un sourire prétentieux.

— Si vous êtes tellement doué, expliquez-moi ceci : pourquoi un homme, qui sait que son entreprise va couler, qui se prépare à détourner de l'argent et à s'enfuir, déciderait-il subitement de se marier ? Vous connaissez les termes du partenariat ?

— Pardon ?

— J'ai discuté avec l'avocat de l'entreprise au sujet des biens de Denny. Il m'a dit que la part de celui-ci revenait à Santos et à Ford. Que s'il arrivait quelque chose à l'un des associés, seuls ses enfants seraient en mesure d'hériter. Aucun d'entre eux n'a d'enfants. Pour moi, un homme qui décide de se marier pense à son avenir.

Mark était soufflé.

— Vous avez déjà dit qu'il ne pouvait pas s'être marié par amour, ajouta-t-elle.

— Pour une histoire d'hormones, oui.

— Si ce n'était que ça, il aurait pu se contenter de coucher avec elle, il n'avait pas besoin de l'épouser. Non, il voulait construire quelque chose avec elle. Un avenir.

Avec des enfants. Des enfants à qui il pourrait laisser ce pour quoi il avait travaillé si dur. Vu comme ça, il semble peu probable qu'il ait pu penser que son entreprise était prête à couler. Ce qui nous ramène à la question de savoir pourquoi un homme dans sa position déciderait de détourner de l'argent de son entreprise.

— Sauf s'il ne l'a pas fait, termina Mark.

— Sauf s'il ne l'a pas fait, répéta Nora. Réfléchissons à une autre possibilité.

Avant qu'elle n'ait eu le temps d'en dire plus, le téléphone se mit à sonner. Mark lança un regard mauvais à Nora ; il détestait avoir tort.

— C'est pour quoi ? aboya-t-il dans le téléphone. Oui. Mmh. O.K.

Il raccrocha et resta silencieux un moment.

— Du nouveau ? s'enquit Nora.

— On a les vidéo des caméras de surveillance d'Encrypton la nuit où Haskell a été tué.

— Et je peux vous demander pourquoi vous maintenez le suspense ?

Parce que les choses s'embrouillaient de plus en plus, et que Mark n'aimait pas cela. Il aimait que tout soit clair. Les méchants d'un côté, les gentils de l'autre. Les coupables, les innocents. Vous trouvez le type qui a tué, vous l'envoyez en prison, et ensuite, vous invitez la fille dans votre lit.

— Les bandes montrent que Santos s'est pointé vers minuit au bureau. Une heure plus tard, Haskell est reparti seul. La caméra du parking a filmé sa Porsche en train de s'éloigner. Quelques minutes plus tard, une Mercedes du même modèle que celle de Santos, avec les vitres teintées, quitte le parking.

Nora se redressa sur sa chaise de métal.

— Les traces de pneus qu'on a relevées sur le lieu du crime correspondent à celles des pneus vendus habituellement sur les Mercedes.

— Ah bon, grommela Nora. Ça n'a pas l'air de vous faire plaisir.

— Non, parce que la seule image qu'on ait de Santos en train de quitter le bâtiment a été prise à cinq heures le lendemain matin. On le voit traverser le hall d'entrée.

— Hum.

Mark leva les yeux vers Nora. La confusion se lisait sur son visage.

— Il est possible que Santos sache comment entrer et sortir du bâtiment sans être vu par les caméras, observa-t-il. C'est un ancien taulard, je vous rappelle. Il sait prendre des précautions.

— Mais il n'en a pas pris quand il est passé en voiture devant une caméra pour suivre Haskell.

— C'est la seule sortie possible en voiture.

— Vous dites qu'il est parti à pied le lendemain matin. Vous n'avez pas retrouvé la Mercedes ?

— Non.

— S'il s'en est servi pour pousser la voiture de Denny dans le ravin, il est fort probable qu'il l'ait abandonnée quelque part.

Mark acquiesça.

— Résumons, reprit Nora. Nous savons que Haskell et Santos se sont disputés cet après-midi-là. Quand Santos retourne au bureau, Denny est encore là. Ils reprennent leur discussion. Peut-être Haskell avait-il découvert qu'il manquait deux millions de dollars sur les relevés bancaires. Santos décide qu'il doit le supprimer. Il sort du bâtiment à l'insu des caméras, puis réussit à rejoindre sa voiture toujours sans être vu.

— Ce n'est pas impossible, l'interrompit Mark. Le parking est au rez-de-chaussée du bâtiment. Quelqu'un peut très bien passer par-dessus le mur et retomber dans le garage sans être pris par les caméras. Il n'y en a qu'une près des ascenseurs et une autre devant la porte d'entrée et de sortie.

— D'accord. Donc, il réussit à s'introduire dans le parking à temps pour suivre Haskell. Ensuite, il le file pendant quoi, trente ou quarante minutes ?

Mark calcula le temps qu'il fallait pour se rendre du siège d'Encrypton à l'endroit où Denny était mort.

— Oui, c'est à peu près ça.

— Santos pousse Denny dans le ravin. Il doit y avoir des marques sur sa voiture. Des traces de peinture, quelque chose. Donc, il se débarrasse de la Mercedes. Mais où ?

— Qui sait ? Au bord de la route. Dans un autre ravin.

— Ce qui signifie qu'une autre voiture devait l'attendre pour le ramener au bureau, ce qui fiche en l'air notre théorie selon laquelle son geste n'était pas prémédité. Il n'a pas pu revenir à pied et être là au moment où Steven l'a appelé, à quatre heures et demie. Il a peut-être pris un taxi.

— J'appellerai les compagnies de taxi.

— Ou alors, il est revenu en voiture jusqu'à San Jose et a laissé sa Mercedes pas très loin du bureau. Ensuite, il s'est de nouveau introduit dans le bâtiment sans être vu. Il devait être vraiment secoué à ce moment-là, parce qu'il n'a pas pensé à détruire le relevé bancaire trafiqué. Or, c'est le seul mobile de meurtre qu'on a pour l'instant. Il était assis devant son ordinateur quand Ford l'a appelé.

Nous savons qu'il a vérifié les comptes. Oui, il devait être vraiment troublé.

Mark la fusilla du regard.

— Finalement, je crois que je ne vous aime plus, grommela-t-il.

— Mais si, répliqua-t-elle avec insolence. Vous devriez concentrer vos recherches autour du bâtiment d'Encrypton. Parce que c'est là que vous trouverez la Mercedes si Santos est votre coupable.

Mark fronça les sourcils. Ce qu'elle venait de dire était d'une logique implacable. Mais il avait du mal à croire qu'un homme ayant décidé d'en tuer un autre sur un coup de tête ait réussi à faire un sans faute.

— Vous savez, Dominic n'aura pas besoin de grand-chose pour prouver qu'il était encore dans son bureau au moment où Denny a été tué, fit remarquer Nora. Un coup de fil suffirait, et même un e-mail.

— Les gars de la police scientifique sont en train de fouiller son ordinateur. Et nous attendons que l'opérateur téléphonique nous liste les coups de fil qu'il a envoyés et reçus au bureau. Nous attendons les mêmes informations au sujet de son portable et de celui de Haskell.

Il pointa son index sur elle.

— Vous savez, si je ne vous connaissais pas mieux…

— Vous ne me connaissez pas du tout, détective.

— Je commence. Eh bien, je vous trouverais presque suffisante. C'est comme si vous saviez déjà que ce type est innocent et que vous attendiez qu'on le découvre.

— Comment serait-ce possible ?

— Bonne question. Vous avez une réponse ?

Nora inspecta ses ongles.

— Non. Je vous ai dit que j'étais juste là pour observer et faire un rapport à mes supérieurs.

— Oui, c'est ce que vous m'avez dit.

Nora fit mine d'être offensée.

— Détective, vous me blessez. Vous insinuez que je ne suis pas totalement honnête.

— Mais pas du tout. Je dis juste que vous mentez complètement.

Il se leva de son fauteuil.

— J'ai d'autres chats à fouetter. En attendant d'avoir des nouvelles de l'opérateur — ou que Santos revienne —, vous n'avez aucune raison de rester dans le coin.

Nora se leva à son tour.

— Vous me traitez de menteuse, et maintenant vous me fichez dehors ? Qu'est-ce que je suis censée faire en attendant ?

— Faites du tourisme, Minipouce.

— Ne vous ai-je pas déjà dit de ne pas m'appeler Minipouce ?

— J'aime vivre dangereusement, répliqua-t-il tandis qu'elle s'emparait de son sac à main et quittait son bureau.

Dès que les portes se refermèrent derrière elle, il décrocha le téléphone.

10

Caroline posa sa valise dans l'entrée de la maison plongée dans l'obscurité, tandis que Munch se faufilait à l'intérieur en trottinant, à la recherche d'odeurs nouvelles. Le voyage avait été l'une des pires épreuves de sa vie. Entre la culpabilité qu'elle ressentait à partir, la colère d'avoir été chassée et le stress d'avoir à faire traverser le pays à un labrador de plus de cinquante kilos, elle était épuisée.

Elle jeta un œil sur la petite valise qu'elle avait remplie à la hâte. Irait-elle un jour récupérer le reste de ses affaires ? Dominic viendrait-il chercher Munch ? Elle n'avait pu faire autrement que de prendre la chienne avec elle. Qui s'en serait occupé, sinon ? Elle avait bien vite écarté la solution de la baby-sitter pour chien, tout simplement parce qu'elle avait envie d'avoir Munch avec elle. Ce n'était que justice.

Il lui avait brisé le cœur ; elle gardait sa chienne.

L'ordinateur portable avait rejoint la valise sans plus de cérémonie. L'histoire que Caroline avait commencé à écrire s'y trouvait en sécurité, mais elle n'avait plus goût à travailler. L'énigme tournait autour d'un meurtre, dont un homme et sa femme tentaient de résoudre l'énigme ; Caroline avait même imaginé se lancer dans une série de romans avec les mêmes personnages.

A présent, cette histoire de couple enquêtant sur un

meurtre lui paraissait bien trop proche de la réalité. Mais elle se remettrait bientôt à l'écriture… du moins l'espérait-elle.

Une semaine. Elle se donnait une semaine pour qu'il lui manque un peu moins. Dans un mois, elle aurait peut-être pris assez de recul pour se rendre compte qu'elle avait bien fait de partir. Et dans un an, elle repenserait sans doute à toute cette histoire avec le sourire…

Non, jamais elle ne rirait de son mariage.

Laissant sa valise dans l'entrée, elle se dirigea vers l'escalier. Inutile d'allumer la lumière — elle avait coupé l'électricité en partant. Elle connaissait assez bien la maison pour s'orienter dans la pénombre. A en croire les couleurs rouge et orange des arbres, l'automne arrivait à grands pas sur la côte Est ; à un peu plus de dix-neuf heures, la lumière déclinante du jour lui suffisait pour monter à l'étage et rejoindre la chambre qui avait été la sienne pendant de longues années.

Caroline avait défait le lit avant de fermer la maison, mais elle trouverait tout le nécessaire dans l'armoire. Des draps, sa couette familière, son oreiller moelleux…

Elle devait dormir avant tout, pour pouvoir réfléchir ensuite. Plus tard, il lui faudrait trouver à manger pour Munch et pour elle, mais pas dans l'immédiat. Dans quelques heures, elle serait peut-être capable d'accepter l'idée de revivre dans sa maison vide. Dans quelques heures, elle serait peut-être capable de se concentrer sur autre chose que sur le vide qui pesait dans son cœur.

Un léger *ouah !* derrière elle la fit sursauter, et Munch la dépassa dans l'escalier. Ayant fini de renifler le rez-de-chaussée, la chienne était prête à s'attaquer à l'étage. Caroline venait de franchir la dernière marche lorsqu'elle entendit un aboiement bref provenant de l'une des chambres d'amis.

Ce n'était pas un simple jappement de curiosité. Ce *ouah !* signifiait : *J'ai trouvé quelque chose.*

Un écureuil ou un raton laveur, sans doute, venu se réfugier dans la maison, les températures commençant à baisser. Caroline se sentait tellement peu le courage de chasser l'intrus qu'elle songea un instant à demander l'asile chez ses voisins. Mais la simple idée d'avoir à répondre aux questions de ses amis l'en dissuada.

Munch aboya de nouveau. Plus fort.

— Qu'est-ce qu'il y a, Munch ? C'est un écureuil ? N'aie pas peur. Souviens-toi, tu es plus grosse que lui !

Elle entra dans la chambre, s'apprêtant à faire face à une petite boule de poils, lorsqu'un mouvement dans l'ombre lui glaça le sang.

Trop gros, songea-t-elle. Trop gros pour un animal.

Elle fit volte-face, prête à courir, mais un bras l'attrapa par la taille et la plaqua contre un torse large et puissant. Une main s'abattit sur sa bouche, l'empêchant de crier — encore aurait-il fallu qu'elle en soit capable.

Puis une voix souffla tout contre son oreille, à la fois rude et douce. *Sa* voix.

— Ne crie pas. Je ne vais pas te faire de mal.

C'est déjà fait, songea-t-elle avant de sombrer dans l'inconscience.

C'est la sensation d'un linge frais sur son front qui la ramena à la réalité. Aussitôt, un souvenir refit surface — celui du jour où elle avait été accueillie dans cette maison, après les funérailles de ses parents. Caroline avait tellement pleuré, ce jour-là, qu'elle était tombée d'épuisement. Sa tante lui avait passé un gant de toilette humide sur le visage pour rafraîchir ses paupières gonflées. Elle entendait presque encore sa voix douce lui murmurer que tout irait bien.

Mais ça, c'était le passé. Et le présent…

Caroline ouvrit les yeux et se mit à hurler.

Aussitôt, une main se referma sur sa bouche, et un corps massif l'écrasa tout entière. Dans la nuit noire, elle ne pouvait voir les yeux de Dominic ; elle distinguait seulement le contour sévère de son visage. Les poumons en feu, elle tenta de le repousser, en vain.

En sentant contre ses jambes le tissu rêche de son jean, elle s'aperçut soudain qu'il l'avait déshabillée. Elle ne portait rien d'autre que son chemisier et sa culotte. Prise d'un accès de panique, elle se débattit encore plus fort.

— Arrête, chuchota Dominic.

Caroline se força à se détendre, non pas parce qu'il le lui avait demandé, mais parce qu'elle n'avait aucune chance de gagner contre lui. Immobile, elle sentit le contact de son corps contre le sien, de son érection pressée contre son ventre.

— Je veux bien retirer ma main, mais tu dois me promettre de ne pas crier. Tes voisins ne sont pas loin. Je ne veux pas qu'ils t'entendent.

Elle acquiesça. Prudemment, il se détacha d'elle et s'éloigna du lit. Elle ne le quitta pas des yeux tandis qu'il allait vérifier à la fenêtre que personne n'était sorti dans la rue. Puis il revint près du lit, et s'arrêta net en la voyant reculer.

— Tu as peur, remarqua-t-il comme pour lui-même, d'un ton écœuré.

Il alluma une bougie sur la table de nuit, puis s'assit au bord du lit. Il avait l'air d'attendre qu'elle fasse le premier pas.

— Je ne sais pas quoi te dire, Dominic.

— Alors ne dis rien. Tu es épuisée. Tu t'es évanouie.

— Non, je ne me suis pas évanouie.

C'étaient les poules mouillées qui s'évanouissaient. Les faibles. Et si elle était faible, elle ne pourrait pas endurer la discussion qu'elle avait besoin d'avoir avec lui.

— Je t'ai fait peur, je suis désolé. Mais tu n'as rien à craindre.

Caroline était incapable de nommer l'émotion qu'elle éprouvait. Etrangement, ce n'était pas de la peur. De la colère, peut-être. De la douleur et de la tristesse. Et aussi de l'espoir.

Quelle idiote elle faisait !

— Pourquoi ? demanda-t-elle. Je ne comprends pas.

— Chut, murmura-t-il en posant son index sur ses lèvres.

Même après tout ce qui était arrivé, Caroline se sentit frissonner sous le contact de sa peau. L'envie d'embrasser son doigt était presque irrésistible.

— Je t'expliquerai tout. Je te le promets, Caroline. Mais pas maintenant. Tu as besoin de dormir.

— Je ne peux pas.

— S'il te plaît.

Difficile de dire s'il s'agissait d'une supplique ou d'un ordre. Elle l'observa tandis qu'il retirait ses chaussures et sa chemise.

Elle aurait voulu lui dire d'arrêter. Lui dire qu'elle n'avait pas envie de le regarder, et encore moins de dormir avec lui, parce qu'elle était trop en colère. Mais à la lumière de la bougie, les mouvements de Dominic semblaient las, et elle songea qu'il était sans doute aussi fatigué qu'elle.

Elle savait qu'il n'était pas un meurtrier. Elle n'avait aucune idée du crime qu'il avait commis, mais il ne lui avait jamais fait de mal, à elle. Aussi insensé que cela puisse paraître, elle ne fit donc rien pour l'arrêter lorsqu'il s'allongea auprès d'elle et l'attira contre lui. Sentir son odeur, sentir ses jambes se mêler aux siennes, suffit à lui mettre les larmes aux yeux.

— Je ne peux pas faire ça, sanglota-t-elle en tentant de le repousser.

Il la serra plus fort encore, et déposa un baiser sur sa tempe.

— Chh… Ça va aller. Je répondrai à toutes tes questions plus tard, je te le promets. Dors avec moi, Caroline. Ça fait tellement longtemps que je n'ai pas dormi. J'ai juste besoin de me reposer avec toi un moment. Ensuite, nous parlerons.

Le ton de sa voix coupa court au débat qui se livrait en elle. Elle ne l'avait jamais entendu exprimer tout haut la moindre faiblesse, et elle devinait qu'il n'en avait pas l'habitude. Déjà, elle sentait son torse se soulever et s'abaisser à un rythme régulier, elle entendait sa respiration se faire plus profonde.

Mais il était hors de question qu'elle s'endorme. Elle avait trop de choses auxquelles penser, trop de questions à préparer.

Elle ferma les yeux et tâcha de réfléchir à tout ce qu'elle avait à lui demander, mais la chaleur qui émanait de son corps l'apaisait, et le son de sa respiration l'empêchait de se concentrer… Bientôt, elle s'endormit à son tour, la main de Dominic posée sur son cœur.

*
* *

Le bruit de la pluie qui tambourinait contre la vitre le tira d'un profond sommeil. La pâle lumière de l'aube filtrait à travers les rideaux ; ils avaient dormi plus de douze heures.

Dominic tourna la tête pour étudier le visage qui reposait sur son épaule. En sentant le souffle chaud contre sa peau, il eut l'impression que son monde retombait enfin sur ses pieds. S'il avait pu, il aurait crié son soulagement. Doucement, tendrement, il repoussa une mèche de cheveux blonds qui lui tombait sur la joue, puis suivit du doigt la fine ligne qui lui traversait le front — une ligne que l'inquiétude avait probablement creusée ces derniers jours.

Mon Dieu, comme elle lui avait manqué ! Inutile de le nier… Bien sûr, ce n'était pas censé se passer comme ça. Leur mariage n'aurait dû être qu'un arrangement, une transaction logique. Mais au premier regard jeté sur sa photo, au premier message qu'ils avaient échangé, et surtout depuis le jour où il lui avait fait l'amour, il avait compris.

Caroline était différente.

Se rappelait-elle l'une des dernières choses qu'elle lui avait dites, qu'elle était en train de tomber amoureuse ? Lui n'avait pas oublié. Cette déclaration, il la ruminait à chaque heure de la journée. C'était grâce à elle qu'il se démenait pour trouver une solution à cette pagaille.

Bien sûr, il ne se faisait pas d'illusions sur la nature des sentiments de Caroline, maintenant qu'elle connaissait son passé. Mais il n'était pas prêt à la laisser partir. D'une manière ou d'une autre, il avait réussi à la faire tomber amoureuse de lui une fois. Avec un peu de chance, il y parviendrait de nouveau…

Caroline ouvrit soudain les yeux.

Leurs regards se croisèrent, et la communication silencieuse qui s'établit entre eux fut tellement intense qu'il aurait juré l'entendre parler.

Tu as besoin de te raser.

Merci d'avoir pris soin de Munch.

Tu m'as manqué.

Toi aussi.

Sans réfléchir, Dominic posa ses lèvres sur les siennes et l'attira contre lui. Aurait-il la force de la laisser partir si elle lui résistait ?

Mais elle ne résista pas. Au contraire, elle le serra contre elle et entrouvrit les lèvres pour qu'il ait tout le loisir de la goûter, de l'explorer, de la respirer.

Oui, elle lui avait tellement manqué… Il avait envie de se plonger en elle pour faire disparaître la douleur. Il voulait effacer Denny de sa mémoire. Il n'avait pas envie de pleurer sa mort, de ressentir encore de la frustration et de la colère face à ce qu'on lui avait fait. Il n'avait plus envie d'avoir peur.

Et pourtant, il avait peur. Peur de la perdre.

Tout en approfondissant leur baiser, Dominic roula sur le dos et l'entraîna avec lui. Leurs jambes se mêlèrent. Il regretta de n'avoir pas retiré son pantalon en même temps que sa chemise pour sentir la douceur de ses cuisses contre les siennes. Il enveloppa ses fesses fermes de ses mains et la pressa contre son érection.

Il avait besoin qu'elle sache à quel point il avait envie d'elle, comme jamais il n'avait désiré aucune autre femme.

Mais brusquement, les mains de Caroline, posées sur son torse, se mirent à le repousser au lieu de le caresser.

— Non, je ne peux pas faire ça, murmura-t-elle, tout en se dégageant de son étreinte.

Dominic soupira, laissant retomber sa tête sur l'oreiller. Il lui suffirait d'un seul et bref mouvement pour l'allonger sur le dos. Il lui suffirait de défaire un bouton et de baisser une fermeture Eclair pour s'enfoncer en elle, dans la chaleur de son intimité.

Mais en un mois, il avait appris à la connaître. Il savait pouvoir la séduire. Lui prouver que leur union était unique et survivrait à tout. Il pourrait regagner son amour.

Sinon sa confiance.

Quel égoïste ! Il ne pensait absolument pas à elle. A lui seulement. Au fait qu'il avait besoin d'elle.

Pourtant, elle était en droit de vouloir fuir. Bon sang, elle était même fondée à appeler la police. Et même si l'idée de se faire arrêter lui donnait des sueurs froides, il savait qu'il ne ferait rien pour l'en empêcher. C'était à elle de décider, car rien de tout cela, depuis l'instant où il avait fait appel à cette fichue agence matrimoniale parce qu'il voulait une matrice pour son enfant, n'était sa faute.

En pensant à ce qu'il avait à lui dire, il se demanda à quel point il aurait à livrer son âme pour qu'elle le croie.

Caroline se leva du lit et croisa les bras sur sa poitrine, comme pour se protéger. Il n'arrivait pas à détacher son regard de ses jambes qui, il le savait par expérience, pouvaient se resserrer autour de sa taille comme un étau lorsqu'elle était excitée.

Il attendit que l'interrogatoire commence, curieux de voir quelle question elle poserait d'abord. Elle lui demanderait certainement s'il était un assassin. Ou le sommerait de lui parler de son passé, de son casier judiciaire.

Mais sa première question le déconcerta.

11

— Pourquoi m'as-tu quittée ?

Dominic sentit sa gorge se serrer. Il déglutit péniblement, puis se leva à son tour du lit pour se camper face à Caroline. Munch, qui dormait sur la moquette, s'éveilla en sursaut et regarda tour à tour son maître et sa maîtresse.

— En bas, Munch, ordonna Dominic.

La chienne obéit aussitôt et s'en alla en trottinant vers de nouvelles explorations.

— Pourquoi ? répéta Caroline d'une voix plus tendue.

— Il le fallait, répondit-il simplement.

Il tenta de rassembler ses pensées, de classer les événements dans un ordre qui ferait sens. Il n'était pas doué pour raconter les histoires.

— Si tu n'as pas l'intention de m'en dire plus, je te quitte, prévint-elle. Je suis sérieuse.

Ces mots lui firent l'effet d'un coup de poing.

— Je savais qu'on m'avait tendu un piège, expliqua-t-il. Qu'il ne faudrait pas longtemps avant que la police découvre qui j'étais. Je n'avais pas assez de temps.

— De temps pour quoi ?

— Pour comprendre ce qui était arrivé à Denny ! explosa-t-il avant de se passer une main dans les cheveux. Après notre dispute ce soir-là, je suis allé au bureau.

Denny y était. Nous avions parlé dans l'après-midi, il m'avait dévoilé le projet sur lequel il travaillait.

— Tu as dit que c'était dangereux.

— Oui. Mais ce n'était pas tout, et il avait décidé qu'il ne voulait plus de secrets entre nous.

— Qu'est-ce qui n'allait pas dans ce projet ?

— Il était susceptible de nous attirer des ennuis. De gros ennuis. Je n'en voulais pas pour Encrypton, ça, je peux te le dire. J'ai conseillé à Denny de rentrer chez lui, je lui ai dit que je contacterais des gens. Alors il est parti. Il était vivant, il faut que tu le saches, Caroline. Il faut que tu me croies, je ne l'ai pas tué.

— Je te crois.

Trois petits mots, et toute la peur, l'inquiétude, l'angoisse qu'il avait ressenties la semaine passée s'envolèrent. Trois petits mots, et Caroline venait de régler son propre sort autant que lorsqu'elle avait prononcé « Je le veux » devant le maire. Car il ne la laisserait jamais partir.

Caroline se tenait devant lui, de l'autre côté du lit. Elle était en sécurité, avec lui. Et elle le croyait. Plus rien n'avait d'importance.

Il respira profondément, savourant le soulagement que la réponse de Caroline lui procurait. Il se sentait soudain capable de lui raconter tout ce qui s'était passé lors de cette horrible nuit.

— Il était tard. Les pensées se bousculaient dans ma tête. J'ai envoyé un e-mail à un contact à Washington. Avec le décalage horaire, il y avait peu de chances que j'obtienne une réponse tout de suite, mais j'étais trop tendu pour songer à rentrer. Je me suis mis à étudier les relevés financiers de l'entreprise avant la réunion avec le gouvernement, le mois prochain. Ces dossiers se trouvaient sur mon disque dur. Et j'ai découvert un paiement effectué au profit d'une société avec laquelle je savais que nous n'avions pas traité.

— Une somme de deux millions de dollars.

— Tu es donc au courant.

Ce n'était pas étonnant. La police avait besoin d'une raison, au-delà de son passé de criminel, pour qu'il ait tué Denny. L'argent était un mobile idéal. Un coup monté parfait…

— Je savais que cela ne pouvait être une erreur, continua-t-il. Quelqu'un s'était introduit dans mon ordinateur pour remplacer les vrais relevés par des faux. C'est à ce moment-là que Steven m'a appelé pour m'annoncer que Denny avait été tué. Soudain, tout se tenait.

— Tout se tenait ? Apprendre que ton associé avait été poussé dans un ravin, pour toi, cela avait du sens ?

— Tu ne connais pas la nature du programme que Denny avait mis au point, ni ses implications. Si ce qu'il m'a dit est vrai, alors il doit y avoir des centaines, voire des milliers de personnes prêtes à tout pour mettre la main dessus.

— Mais qui d'autre savait sur quoi il travaillait ?

— Je ne sais pas, répondit Dominic en haussant les épaules. Je lui ai demandé s'il en avait parlé à quelqu'un d'autre. Il m'a dit que non, mais il mentait.

— Comment peux-tu le savoir ?

— Je connaissais bien Denny. Il ne savait pas mentir. Le mensonge est une technique de communication, et Denny était vraiment nul dans ce domaine. Je n'ai pas insisté, parce que je pensais qu'on avait le temps. Je me suis dit que je pouvais appeler la cavalerie à la rescousse avant que tout cela ne nous échappe. J'avais tort. La personne à qui il en avait parlé l'a tué et a fait en sorte que je sois accusé. Quand j'ai quitté le bureau et que je me suis rendu compte que ma voiture n'était plus là, j'ai compris qu'on s'en était servi pour pousser Denny dans le ravin.

— Pourquoi n'es-tu pas allé voir la police ?

— J'ai un passé de criminel ! cria Dominic, sentant toute sa frustration refaire surface. Tu le sais, maintenant. Si j'étais allé voir la police, j'aurais été obligé de tout leur raconter. Qui je suis réellement, mon passé, tout. Ils auraient envoyé un détective, qui aurait vu les deux millions de dollars manquants, une Mercedes avec des traces de peinture, et un ex-taulard avec une fausse identité. Ils m'auraient jeté en prison en moins de temps qu'il n'en faut pour le dire.

Caroline pinça les lèvres, les mâchoires crispées. Il regrettait d'avoir crié, aurait voulu ravaler ses mots. Mais il avait peur de faire un geste vers elle, peur qu'elle le repousse. Il ne l'aurait pas supporté.

— Nous aurions pu prouver ton innocence, dit-elle doucement. Tu ne l'as pas fait, donc il y aura des preuves. Le message que tu as envoyé à Washington, par exemple. C'est un alibi suffisant. Tu croyais gagner quoi, en fuyant ?

Dominic se détourna d'elle et s'assit sur le lit, le regard perdu sur le petit terrain qui s'étendait à l'arrière de sa maison. Une bande de terre avait été retournée. Elle avait dû tenir un petit jardin potager. Il l'imagina à genoux par terre, un grand chapeau sur la tête pour se protéger du soleil, cueillant une tomate mûre. Une image paisible. Comment pouvait-il faire comprendre à une femme comme elle ce que la prison lui avait fait ?

Il l'entendit contourner le lit pour se placer devant lui, une main sur son épaule. La chaleur de ce contact se diffusa dans tout son corps.

— Parle-moi, dit-elle.

— Je ne pouvais pas prendre le risque de passer ne serait-ce qu'une journée en prison. Etre enfermé dans une cage a failli me détruire. Et je savais que si je voyais la porte d'une cellule se refermer de nouveau sur moi, je deviendrais fou. Oui, j'ai envoyé ce message à Washington, mais je ne sais pas à quelle heure Denny a été tué. J'étais seul dans un bureau désert, et j'avais un mobile. Je ne pouvais pas prendre ce risque.

— O.K.

Il leva les yeux vers elle.

— O.K. ? C'est tout, tu acceptes cette réponse ?

Elle lui prit le visage entre les mains.

— Tu crois que je ne devrais pas ?

— C'est la seule réponse que je puisse te donner.

— Alors je m'en contenterai.

— Parce que tu m'aimes, devina-t-il, choqué par la puissance de cette révélation.

Qu'avait-il fait de bien dans sa vie pour mériter cette femme et la confiance qu'elle lui portait ?

Caroline s'assit à côté de lui en soupirant. Depuis le jour où elle avait rencontré cet homme, elle avait agi de manière irréfléchie, en totale contradiction avec son habituelle prudence. Mais elle ne regrettait rien.

— Dis-moi que je ne suis pas folle, demanda-t-elle.

Il eut un rire sans joie.

— J'aimerais pouvoir te dire que tu as raison de m'aimer, Caroline, mais c'est impossible. Je n'ai rien fait pour te mériter. Mais je sais que si tu décidais de partir, je te suivrais jusqu'au bout du monde pour te ramener près de moi.

— C'est bon à savoir. Mais ce n'est pas suffisant. J'ai encore besoin de réponses, et je te préviens, je sais quand tu mens. Toi non plus, tu n'es pas un bon menteur. Tu te mets à rougir, ça se voit tout de suite.

Il lui prit la main pour la poser sur sa joue.

— Merci, murmura-t-il.

— On n'a pas fini. Quand es-tu arrivé ici ?

— J'ai retiré dix mille dollars d'un compte de l'entreprise et j'ai pris l'avion avant que la police ne se mette à me rechercher activement. Le premier endroit auquel j'ai pensé, c'est ta maison. Je suis passé par la porte de derrière — entre parenthèses, la serrure ne vaut rien. Il faudra la changer avant de partir.

Changer la serrure… Caroline ne put s'empêcher de sourire. C'était une préoccupation tellement domestique !

— J'ai allumé des bougies quand j'en avais besoin, et je suis sorti de temps en temps pour manger. Et puis j'ai attendu. J'ai attendu aussi longtemps que j'ai pu.

Caroline s'apprêtait à lui demander ce qu'il avait tant attendu lorsqu'elle se souvint qu'elle se trouvait ici parce qu'il le lui avait demandé.

« Rentre chez toi », avait-il dit.

Il ne l'avait pas chassée, il l'avait appelée à lui. Une sensation de vertige s'empara d'elle.

— Tu savais qu'en me disant de partir, je n'aurais pas d'autre solution que de revenir ici, dit-elle. Tu voulais que je vienne !

Il lui agrippa la main.

— Je le voulais à tout prix, oui ! Quelqu'un a monté un coup contre moi. Quelqu'un a tué Denny, quelqu'un qui avait accès aux relevés financiers de l'entreprise, à mon ordinateur, à ma voiture. Quelqu'un qui connaissait mon passé. Il y a un meurtrier là-bas, un meurtrier qui me connaît, et qui te connaît. Il fallait que je te sorte de là.

— Un meurtrier, répéta-t-elle.

C'était un mot qu'elle avait allègrement utilisé dans ses romans. Un personnage mauvais, qui avait un mobile, des moyens de tuer et aucune valeur morale. Elle avait supprimé des dizaines de gens de façon imaginaire, mais là, il s'agissait de la réalité. Quelqu'un avait tué Denny, quelqu'un que Dominic et elle connaissaient.

— J'ai pensé que si je t'appelais trop tôt, la police se poserait des questions. Mais après quelques jours, eh bien, il paraissait logique que tu partes. Après tout, tu n'avais pas vraiment de liens avec moi. J'ai attendu, malade d'angoisse pour toi. Je savais aussi que tu étais la seule personne sur qui je pouvais compter.

— Parle-moi de ton contact à Washington.

— Elle est partie, je ne sais pas où. Je ne sais même pas si elle a eu mon message. On ne peut pas compter sur elle.

— Je crois que tu te trompes, répliqua Caroline. Tu peux compter sur elle. C'est ton ancienne employée, c'est ça ?

— Oui.

— Qui est-elle ? Je veux dire, à part un agent du FBI portant le nom d'Eleanor Rodgers ?

Dominic tressaillit.

— Comment la connais-tu ?

— Elle est à San Jose en ce moment. Elle est venue à la maison avec le détective en charge de l'enquête. En qualité d'observatrice, selon ses dires. Elle m'a donné sa carte et recommandé de l'appeler si j'avais besoin de quelque chose. J'ai eu l'impression que… qu'elle était de mon côté. Qui est-elle ?

— Elle a travaillé pour moi à Encrypton. Etant jeune, elle a eu quelques soucis avec la police, mais elle avait un talent impressionnant en informatique. Je lui ai donné une chance, je lui ai payé des études. Il y a quelques années, elle a été recrutée par le FBI. Elle pense qu'elle m'est redevable de quelque chose. Je savais que je pouvais lui faire confiance et, plus que cela, je savais qu'elle comprendrait tout de suite les implications du programme de Denny.

Caroline l'écouta tout en étudiant son visage. Il ne mentait pas, mais il semblait de nouveau distant, comme s'il choisissait soigneusement ses mots. Elle l'avait taquiné sur sa manière de rougir lorsqu'il mentait, mais en vérité, elle n'avait pas besoin de cela pour deviner qu'il ne lui disait pas tout.

— Tu me caches quelque chose. A-t-elle été ta maîtresse ?

— Non.

— Alors quoi ?

Caroline cherchait une réponse logique. Si Nora n'était pas une ex-petite amie de Dominic, pourquoi ne voulait-il pas lui dire qui elle était ? Le visage de la jeune femme lui revint soudain à la mémoire — ses cheveux noirs et ses yeux sombres, qui lui avaient paru étrangement familiers.

— Quelle importance ? demanda-t-il.

— Parce que tu as besoin de mon aide. Et pour t'aider, je dois te faire confiance. Totalement. C'est impossible si tu me caches quelque chose. Je te secouerais bien jusqu'à ce que la vérité sorte de toi, mais tu es trop fort pour moi. Tu dois accepter de t'ouvrir à moi.

— C'est déjà fait.

— Non, ce n'est pas assez. Tu ne te rends pas compte

du nombre de barrières que tu as érigées autour de toi.

— J'essaye.

C'était à peine un murmure, mais cela lui donna de l'espoir.

— Je sais. Alors, qui est Nora ?

— C'est ma demi-sœur.

— Tu m'as dit que tu n'avais pas de famille.

— C'est la fille de mon père. Il l'a abandonnée, comme moi. Sauf que sa mère a eu de la chance, elle s'est remariée. Le beau-père de Nora l'a adoptée, mais ils ne se sont jamais bien entendus. Adolescente, elle a eu des problèmes de comportement. L'envie de vengeance, la rancune, qui sait pourquoi les adolescents font ce qu'ils font ? Elle est partie à la recherche de son vrai père, pour s'entendre dire qu'il ne voulait pas d'elle.

— Comment t'a-t-elle retrouvé ?

— Grâce à son talent en informatique. Elle a réussi à retrouver ma trace, malgré ma nouvelle identité.

Dominic sourit au souvenir de ce jour-là.

— Elle s'est pointée dans mon bureau avec des cheveux violets en pétard, le visage couvert de fond de teint blanc, des chaînes sur tout le corps, des rangers et un piercing dans le nez. Au début, j'ai cru qu'elle sortait d'un cirque, mais elle m'a dit qui elle était et m'a menacé de révéler mon identité si je ne lui donnais pas l'argent dont elle avait besoin pour s'enfuir.

— Et à la place, tu lui as donné un travail.

— Oui, et ensuite j'ai appelé sa mère.

Caroline avala difficilement sa salive. Sous ses airs austère, son mari était vraiment quelqu'un de bien.

— Nora et moi ne sommes pas proches. C'est ma

faute. Elle a tenté plus d'une fois de se rapprocher de moi, mais j'ai fait tout ce que j'ai pu pour garder mes distances. Elle pouvait travailler pour moi, mais il était hors de question qu'elle vienne habiter chez moi. Je n'ai dit à personne qu'on avait des liens de famille. C'était une employée, voilà tout.

— Tu le regrettes.

— Oui. J'ai assisté à la remise des diplômes à son école de police, mais elle ne savait pas que j'étais là. Je me disais que si nous obtenions ce contrat avec le gouvernement, j'aurais l'occasion de me rendre régulièrement à Washington, et qu'on pourrait essayer de se connaître mieux.

Caroline posa une main sur son épaule.

— Tu sais que tu es pathétique ? Tu as fait tout ce que tu as pu pour garder cette fille à distance, mais à la seconde où tu lui as envoyé un e-mail en lui demandant de l'aide, elle a pris le premier avion pour la Californie. Pour quelqu'un qui fait tout pour rester inaccessible, tu as beaucoup de chance d'avoir trouvé ces femmes qui t'aiment. Ou bien il ne s'agit pas de chance.

En levant les yeux, elle croisa son regard et y vit ce qu'elle avait vu la première fois où il l'avait regardée : de l'intensité, du désir, une soif d'attention. C'était cela qui avait dû avoir raison d'elle dès le début. Ce besoin criant d'être aimé.

Elle se pencha pour l'embrasser, amusée par la surprise qui se lisait dans ses yeux. Elle aimait passer sa langue sur ses lèvres, le caresser. La douleur de son absence s'était envolée, elle avait l'impression d'avoir perdu cent kilos. Mais lorsqu'il entrouvrit les lèvres pour approfondir leur baiser, elle s'écarta de lui.

Elle avait hâte que tout cela soit terminé, mais il ne lui avait pas encore tout dit. Il restait une chose qu'elle avait besoin de savoir.

— Dis-moi pourquoi tu es allé en prison, Dominic.

12

— Il faut que je le sache.

Dominic ne répondit pas.

— Ils disent que tu as agressé un homme.

Il ferma les yeux, l'air tendu, comme s'il était conscient qu'il ne pourrait pas échapper à cette question. Ils étaient allés trop loin maintenant, ils devaient tout se dire.

— C'est vrai, répondit-il enfin.

— Pourquoi ?

— Parce que je le détestais. Et quand j'avais dix-huit ans, j'avais plus de mal à contrôler mes émotions que maintenant.

— Qui était-il ?

Elle se doutait de la réponse, mais elle voulait l'entendre de sa bouche.

— Mon père, souffla-t-il.

— Parle-moi de lui.

— Il n'y a pas grand-chose à dire. C'était un sale type. Un vaurien, un homme mesquin. Ma mère avait dix-sept ans quand elle l'a rencontré. C'était une immigrée qui travaillait dans les vignes de la Californie centrale. Ça me rassure de penser que c'était sa faute à lui, qu'il a séduit une fille qui connaissait à peine l'anglais. Mais elle l'aimait.

— Parfois, c'est contre notre volonté.

— On dirait que tu parles en connaissance de cause.

— Je dois admettre qu'il m'est arrivé un certain nombre de fois la semaine passée de me demander pourquoi je ne m'étais pas contentée de prendre un chaton.

Dominic eut un sourire triste.

— Quoi qu'il en soit, ils se sont mariés. Je ne sais pas comment elle l'a convaincu de l'épouser, mais leur mariage était légal. Alors, elle est tombée enceinte de moi, et il est parti. Cela l'a anéantie. Mais au moins, on était ensemble.

— Elle t'aimait.

Caroline se rappela comment il avait réagi lorsqu'elle lui avait demandé si sa mère l'avait abandonné. Il était évident que Dominic était profondément attaché à sa mère. Mais était-ce réciproque ?

— Oui, elle m'aimait, concéda-t-il. Mais peut-être seulement parce que je venais de lui.

Caroline accusa le coup sans rien dire. Elle avait trouvé cet homme froid, presque cruel, mais il n'était rien de tout cela. Juste un garçon qui avait été abandonné par son père et qui avait cru toute son enfance que sa mère tenait à lui seulement parce qu'il lui rappelait l'homme qu'elle aimait.

C'était un miracle qu'il reste encore un peu de douceur en lui. Serait-il capable un jour de lui rendre l'amour qu'elle était prête à lui donner ? Mais il ne fallait pas penser à cela maintenant. Elle voulait connaître toute l'histoire, et ensuite seulement ils décideraient de la prochaine étape.

— Elle est tombée malade, reprit-il. Cancer du sein. Quand ils l'ont diagnostiqué, le cancer s'était généralisé. Nous n'avions pas assez d'argent pour payer des médecins ou l'hôpital, pas assez pour le genre de soins dont elle avait besoin. J'étais mort d'inquiétude, mais pas elle. Elle semblait l'accepter, me disait que tout irait bien. J'avais dix-sept ans, j'étais intelligent. Elle m'a dit que j'avais une chance de faire quelque chose de ma vie. Mais je n'avais pas envie de la laisser partir.

— Personne ne peut laisser partir sa mère.

— Elle était si jeune ! Trop jeune pour mourir. Je faisais déjà trois petits boulots, mais ça suffisait tout juste à payer le loyer et la nourriture. Les médicaments, c'était beaucoup trop cher. Alors j'avais le choix entre aller voir mon père et braquer une banque.

— Il ne t'a pas aidé ?

— Il m'a dit qu'il se souvenait à peine d'elle. Je suis resté là, à regarder cet homme qui était censé être mon père, un homme que ma mère avait aimé lorsque j'avais été conçu, et il ne savait même pas qui j'étais. L'ironie, c'est que je lui ressemble. J'ai la couleur de peau de ma mère, mais son nez, ses yeux, son menton à lui. Ça me rendait malade de penser que je ressemblais autant à quelqu'un que je détestais.

— C'est à ce moment-là que c'est arrivé ?

— Non. Je suis rentré chez moi et j'ai tenu la main de ma mère pendant les derniers mois qui lui restaient à vivre.

Caroline aurait voulu le serrer contre elle pour le réconforter, mais il se leva du lit et s'éloigna d'elle, les bras croisés sur le torse.

— Je suis désolée, murmura-t-elle.

— Tu l'aurais bien aimée. Elle était douce. Très détendue. Je sais qu'elle souffrait d'avoir été abandonnée par mon père, mais elle portait cette douleur comme une preuve de mérite.

— Tu devais être observateur pour comprendre tout cela. J'essaie toujours d'imaginer le petit garçon que tu étais. Tu devais être très sérieux.

— Oui, je l'étais. Je ne m'amusais pas aussi facilement que les autres enfants. Ça doit être ma nature. En revanche, pour ce qui est de la maîtrise de mes émotions, ma colère, ma rage, tout cela vient de mon passage en prison.

Caroline cessa de sourire.

— Continue, l'encouragea-t-elle.

— Après la mort de ma mère, j'ai traîné çà et là. Un soir, j'étais dans un bar avec une bande de types. On n'était encore que des gamins, mais on jouait aux méchants. On détestait tout le monde, et tout le monde nous détestait. J'avais bu beaucoup de bière, j'étais mal dans ma tête et dans ma peau. C'est à ce moment-là que mon père est entré — une vraie coïncidence, mais ça tombait très mal. Je lui ai dit qu'il avait tué ma mère, que tout était sa faute. En fait, j'avais tort ; j'aurais dû travailler plus dur, trouver de l'argent pour l'emmener voir un docteur. J'aurais pu la sauver.

— Non, tu n'aurais pas pu.

Cette fois-ci, Caroline se leva pour s'approcher de lui, sans toutefois le toucher.

— Après toutes ces années, tu devrais savoir que tu ne pouvais rien faire pour empêcher ce qui se passait dans son corps, ajouta-t-elle. Pas sans son aide, en tout cas. Et j'ai l'impression qu'elle n'avait pas envie de se battre.

— Non, admit Dominic. Mais pourquoi ? Pourquoi n'a-t-elle pas au moins essayé de survivre ? Pour moi.

— Je n'ai pas la réponse, et toi non plus. Mais cela

fait vingt ans que tu traînes cette culpabilité. Ce doit être lourd. Libère-t'en.

Dominic se passa une main sur le visage en soupirant.

— C'est moi qui ai déclenché la bagarre. On est allés dehors et je me suis rué sur lui avec toute la force de mes poings. J'ai déchargé ma colère sur lui jusqu'à ce que les flics m'arrachent à son corps inerte. Il s'était évanoui.

Il marqua une pause, s'éloignant d'elle.

— Il faut que tu saches ça, Caroline. Ce que j'ai en moi. Je ne savais même pas que j'en étais capable avant ce soir-là. Je ne m'étais jamais senti autant enragé. Mais je ne pouvais pas m'arrêter. J'avais totalement perdu le contrôle.

— Tu avais bu.

— Ce n'était pas le plus gros problème. Je pense même que cela m'a aidé. J'étais tellement soûl que je ne voyais pas assez clair pour le frapper. C'est certainement la seule chose qui lui a sauvé la vie, et la mienne par la même occasion.

— Qu'est-il devenu ?

— Je ne sais pas. J'imagine qu'ils l'ont emmené à l'hôpital. Moi, ils m'ont jeté en prison. Un type est venu me voir pour m'annoncer que l'homme que j'avais agressé avait l'intention de porter plainte. J'ai expliqué qu'il s'agissait de mon père, mais cela ne semblait pas avoir d'importance. Ce n'est pas tout à fait légal de tabasser son père biologique. Ils m'ont assigné un avocat commis d'office, et la dernière chose dont je me souvienne, c'est du juge en train de me condamner à dix-huit mois de prison.

Caroline sentit les larmes lui monter aux yeux. Il n'avait été qu'un gosse. Un gosse en colère qui avait perdu sa mère. Elle aurait voulu crier à l'injustice. Elle aurait voulu retrouver son père et le rouer de coups une seconde fois, mais c'était inutile. Car s'il y avait une chose dont elle était certaine, c'était que dans la vie, il fallait aller de l'avant, chose qu'elle avait mis du temps à accepter après la mort de ses parents.

— D'accord, souffla-t-elle. Que fait-on, maintenant ?

Dominic lui lança un regard étonné.

— Maintenant ?

— Tu m'as dit pourquoi tu étais parti, pourquoi tu étais allé en prison. Tu m'as dit que tu n'as pas tué Denny et je te crois. Cela signifie que quelqu'un d'autre l'a fait. J'imagine que tu as quelques théories, et j'ai les miennes, aussi. Tu as de la chance d'avoir épousé une auteur de romans à énigmes.

— On n'est pas dans un de tes livres, je te le rappelle.

— Ce n'est pas ce que je dis, et je n'ai pas l'intention de jouer aux détectives amateurs. La première chose qu'il faut faire en rentrant à San Jose, c'est appeler la police.

— Non, répondit-il sèchement.

— Dominic, tu crois que tu as le choix ? Tu es innocent, je le sais. Ta sœur le sait. Ils trouveront le coupable, et en attendant…

— En attendant, j'irai en prison, gronda-t-il. Je crois que tu ne comprends pas bien ce que j'ai essayé de te dire. Je ne peux pas y retourner.

— Mais ce sera temporaire, tenta-t-elle de le raisonner.

— Ce n'est pas une question de volonté. Je ne peux pas y retourner, martela-t-il.

— Alors c'est tout ? fit-elle, frustrée. On oublie tout ça, et on part ? On fuit, toute notre vie ?

Il ne répondit rien. Tandis que les secondes s'écoulaient et que Dominic gardait la même expression butée, Caroline comprit enfin. C'était comme s'il venait de la chasser de son lit une deuxième fois. Elle était tellement déçue qu'elle avait l'impression de se retrouver comme la veille, lorsqu'elle n'avait plus aucun espoir d'une fin heureuse.

— Tu n'as jamais eu l'intention de partir avec moi, devina-t-elle.

— Il fallait que je te fasse quitter la Californie. Je te voulais en sécurité.

— Pourquoi ? Qu'est-ce que ça pouvait te faire ?

Son regard s'assombrit davantage.

— Tu as vraiment besoin que je te réponde ?

— Oui. Il y a seulement quelques minutes, tu disais que tu serais capable de me suivre au bout du monde, et maintenant tu veux disparaître de nouveau. Tu finis toujours par me repousser, d'une manière ou d'une autre. Est-ce que tu tiens vraiment à moi ?

Il fit un geste vers elle, mais elle recula.

— Caroline…

— Quoi ? aboya-t-elle. Si tu veux que je croie autre chose, alors dis-le-moi.

— Ecoute, je n'ai pas l'intention de disparaître. Je dois retourner en Californie. Je dois trouver qui a fait ça à Denny, et je veux savoir si son programme est quelque part dans la nature. Je t'ai dit que s'il tombait entre de mauvaises mains, il pouvait s'avérer dangereux.

— Ne me fais pas le coup du logiciel dangereux, je t'en prie, railla-t-elle. Très bien. Si tu ne veux pas aller voir la police…

— Je ne peux pas ! hurla-t-il si fort qu'elle sursauta.

Ce n'était pas la première fois qu'il haussait le ton, mais elle ne l'avait jamais vu dans une telle colère. Les veines saillaient sur son cou. Ses yeux lançaient des éclairs. Soudain, elle n'eut aucune peine à l'imaginer en train de battre son père à mort.

C'était comme si elle avait déclenché quelque chose en lui. Le contrôle qu'il exerçait d'habitude sur tous ses gestes avait disparu. Il se frappa le torse d'un poing rageur.

— Ce n'est pas un jeu, tonna-t-il. La prison m'a tout pris, tu peux comprendre ça ? Non, tu ne peux pas ! Toi, tu étais là, dans ta tour d'ivoire, en train d'écrire tes histoires, de maîtriser les actions et les émotions de tes personnages. Moi, je n'avais aucun contrôle. Aucun !

Sa respiration était entrecoupée, son visage rouge de colère. Caroline était partagée entre l'envie de le prendre dans ses bras et celle de s'enfuir en courant.

— Chaque minute de chaque journée échappait à mon contrôle. Je passais mon temps à surveiller mes arrières, à tenter de survivre. Là-bas, les ennemis étaient partout. Pendant dix-sept mois et vingt jours, je n'étais rien. Je ne connaissais que la peur et la folie. Tu as dit que je suis froid, c'est vrai. Je n'irai pas voir la police. Je ne retournerai pas en prison. Mais il faut que je sache ce qui est arrivé à Denny. Je n'ai pas le choix.

— Alors laisse-moi partir avec toi, murmura-t-elle.

Sa voix douce le prit par surprise, et il se ressaisit aussitôt. Il avait encore crié. Elle ne lui demandait rien d'autre qu'une explication, et il avait hurlé comme un homme qui avait perdu ses moyens.

— Excuse-moi de m'être emporté.

— Je n'ai pas besoin de tes excuses. Je veux partir avec toi. Je veux t'aider à faire ce que tu dois faire.

— Je viens juste de te faire partir de là-bas. Tu crois que je vais accepter de te laisser y retourner ?

Ne comprenait-elle pas ? songea Dominic. Ne voyait-elle pas que l'idée de ce qu'il lui avait fait subir rendait les choses encore plus difficiles ? Il l'avait arrachée à sa petite vie tranquille, lui avait fait traverser tout le pays en lui promettant une famille. Et c'est seulement lorsqu'il avait commencé à avoir peur de ce qu'elle lui faisait ressentir qu'il s'était aperçu qu'il ne serait pas capable de lui offrir ce qu'elle désirait.

Elle était devenue trop proche. Elle en demandait trop. La nuit où Denny était mort, il avait réfléchi, assis à son bureau, au temps qu'il faudrait pour divorcer. Pour la faire partir avant de l'entendre dire qu'elle ne l'aimait plus.

Puis il l'avait laissée avec un meurtrier… Il n'avait pas eu le choix, mais cette décision l'avait rendu malade. L'assassin était-il entré dans leur maison ? Avait-il communiqué avec elle ? Autant de questions qui avaient tourné en boucle dans sa tête, menaçant de lui faire perdre la raison.

Mais c'était fini. Elle était là, en sécurité, et elle le croyait. Elle cesserait peut-être de l'aimer, elle finirait peut-être même par le détester, mais il ne pouvait pas prendre le risque de la mettre en danger. Ce serait dur de la quitter, mais il n'avait pas le choix.

Soudain, Caroline fit volte-face et se dirigea vers l'escalier.

— Où vas-tu ? s'enquit-il tout en la suivant.

— Je vais ouvrir la porte du jardin à Munch. Ensuite, j'appelle une compagnie aérienne pour réserver un billet.

Bon sang…

— Caroline !

Elle était dans la cuisine lorsqu'il la rattrapa. Munch, reconnaissante, était en train de faire ses besoins sur le petit carré d'herbe de l'autre côté de la porte-fenêtre.

Caroline tendit la main vers le téléphone accroché au mur. Dominic la retint par le bras.

— Tu n'as plus de ligne téléphonique, lui rappela-t-il.

— Alors je vais me servir de mon portable.

— Non, je ne te laisserai pas faire.

— Il me semble que je suis une grande fille, siffla-t-elle. Et il me semble aussi que notre mariage n'est pas légal, alors si tu penses que tu as un quelconque pouvoir sur moi, tu te trompes.

Il lui serra le bras assez fort pour lui signifier sa frustration.

— Ne peux-tu pas comprendre que je m'inquiète pour ta sécurité ?

— Si. Et toi, ne peux-tu pas comprendre que je veux aller en Californie pour t'aider à résoudre cette affaire ? Que je tiens à toi même si tout de suite j'aurais plutôt envie de te gifler, et que je n'ai pas envie non plus qu'il t'arrive quelque chose ?

Il tenta un moment de trouver une réponse, mais il n'y en avait pas.

— Est-ce que j'ai le choix ? finit-il par demander.

— Pas vraiment. Si tu pars, je te suis, répondit-elle en dégageant son bras de son étreinte.

— Tu es vraiment une tête de mule.

— C'est bien, tu commences à me connaître. Mon instinct me dit qu'on doit rester ensemble. Vu que je ne fais rien d'autre que l'écouter depuis des semaines, autant continuer.

— Regarde où cela t'a menée, observa-t-il sans humour.

— Je pars avec toi.

— Je ne veux pas te faire de mal, dit-il, tout en sachant que c'était probablement déjà fait.

— Nous sommes d'accord. Je n'ai pas envie que tu me fasses du mal, moi non plus.

13

— Que penses-tu d'Anne ?

Ils roulaient depuis plusieurs heures sur une autoroute interminable. Dominic avait décidé qu'il était plus sûr de rouler que de prendre l'avion, au cas où la police surveillerait le trafic aérien. De plus, les trois ou quatre jours qu'il leur faudrait pour atteindre la Californie leur laisseraient le temps de réfléchir à un plan. La BMW de Caroline se trouvait toujours dans son garage ; il avait suffi de faire le plein d'essence pour qu'ils se mettent en route.

Bien sûr, ils avaient été obligés de confier Munch à des voisins de Caroline. La chienne était visiblement triste de les voir partir, mais dans cette maison, elle pourrait au moins bénéficier de repas réguliers et de l'attention de deux petits garçons aux anges à l'idée de s'occuper d'un animal. Cela n'empêchait pas Caroline d'avoir pitié de Munch : elle comprenait très bien ce qu'elle pouvait ressentir.

Dominic ne répondit pas à sa question, mais indiqua d'un haussement d'épaules qu'il n'avait pas envie de s'expliquer de nouveau.

— Pourquoi es-tu persuadé que c'est Steven ? demanda-t-elle.

Steven avait été le suspect numéro un de Dominic depuis le début. Caroline connaissait ses raisons. En tant que dernier associé, il avait beaucoup à gagner, il était le seul en dehors de Serena à avoir accès aux relevés financiers, et il avait subi les pressions de son beau-père pour faire frucitfier l'argent que celui-ci lui avait prêté.

— Pourquoi rejettes-tu l'idée que ça puisse être lui ? rétorqua Dominic.

— Parce que je l'aime bien, admit-elle. Je préférerais que ce soit Anne ou Russell. Ou même quelqu'un d'autre, un personnage surprise. Un vieil ennemi de Denny, un meurtrier fou que la police aurait déjà arrêté.

— Ça ne se passe pas comme ça dans tes livres. Il y a toujours une raison. Un meurtre comme celui-ci, avec le coup monté contre moi, est un acte mûrement réfléchi. Le meurtrier devait avoir beaucoup à gagner pour prendre le risque.

— Comment sais-tu ce qui se passe dans mes livres ?

Caroline l'observa à la dérobée. Son regard restait braqué sur la route, mais elle crut voir ses joues rougir légèrement.

— Tu en as lu un ?

— Il y en a des dizaines dans ta bibliothèque. C'était un moyen de passer le temps.

— Merci, je suis flattée, dit-elle d'un ton pince-sans-rire.

— Il était bien écrit, lui assura Dominic. Seulement, l'identité du tueur était évidente. Dans celui que j'ai lu, il n'y avait qu'un seul méchant parmi les personnages.

— C'est sans doute pour ça que j'ai du mal à imaginer que Steven soit le coupable. Il n'a pas l'air méchant. Il semble souvent un peu dépassé, autant avec sa femme et son beau-père qu'avec toi. Je ne l'ai jamais ressenti comme quelqu'un de mauvais.

— Et tu veux croire que c'est Anne parce tu ne l'aimes pas.

C'était peut-être vrai — et dans ce cas, c'était plutôt injuste.

— Elle m'a dit ce qui s'était passé entre vous.

Dominic accusa le coup.

— Ah bon ? finit-il par dire.

— Tu sembles surpris.

— C'est juste que ce n'est pas le genre de choses qui se disent au cours d'une conversation banale.

— J'avais senti quelque chose entre vous, même si tu ne voulais pas en parler. Je lui ai donc posé la question directement, et elle a avoué qu'elle t'avait fait des avances. Elle m'a dit que depuis, elle avait tout fait pour être ton amie, en espérant que tu oublierais ce qui s'était passé.

— J'ai oublié tout de suite.

Caroline se demanda si Anne serait heureuse de le savoir. Ce n'était pas très flatteur. Mais si elle avait voulu se venger d'avoir été éconduite, pourquoi avoir tué Denny ? Il était innocent, dans cette histoire.

— Parle-moi du projet sur lequel Denny travaillait. Tu m'as dit qu'il était dangereux. Que peut-il y avoir de si dangereux dans un logiciel informatique ?

Elle vit un muscle tressauter sur la joue de Dominic, comme si la simple évocation du programme de Denny le rendait nerveux.

— Notre entreprise créé des logiciels de cryptage de données. Je t'ai expliqué ce que cela signifie.

— Vous enfermez les données dans une boîte, vous les envoyez par Internet et à l'autre bout, quelqu'un ouvre la boîte avec une clé, récita Caroline.

— Exactement. Eh bien, Denny a mis au point un

programme qui agit comme passe-partout. Un programme qui peut ouvrir toutes les boîtes.

— Je ne comprends pas.

— Nous avons des concurrents. D'autres vendeurs de logiciels qui créent le même genre de programmes que nous pour crypter les données. Nous commencions à avoir la réputation d'être plus fiables, parce que les codes de nos concurrents ont été déchiffrés. Des gens ont pu intercepter les données sur Internet et les décrypter. La presse s'y est intéressée, et cela a déclenché un véritable tollé, parce que les entreprises sont très pointilleuses sur la sécurité de leurs données. Et elles ont raison. Les transactions financières ne sont que la partie émergée de l'iceberg. On parle de numéros de sécurité sociale, d'informations médicales privées.

Caroline eut soudain le déclic. Un passe-partout…

— C'était Denny, n'est-ce pas ? C'est lui qui a fait ça.

Les mains de Dominic se crispèrent sur le volant.

— Oui. Alors qu'il tentait de rendre notre logiciel impénétrable, il est tombé sur ce programme. Il a pris pour cible quelques grandes sociétés. Deux sur la côte Est, une à Los Angeles. Des entreprises qui transmettent des informations personnelles sur leurs employés aux compagnies d'assurance. Il a réussi à s'introduire dans leur système de sécurité et à intercepter les dossiers. Puis il a rendu les données publiques. Il m'a promis qu'il n'avait rien fait avec ce qu'il avait trouvé, qu'il avait juste fait savoir aux deux parties ce qui s'était passé. Un organe de presse local a eu vent de l'affaire… Un pirate informatique vole des numéros de sécurité sociale. Ça n'a pas fait la une, mais imagine-toi dans la peau d'un député qui doit choisir à quelle entreprise il doit faire confiance pour crypter des données gouvernementales.

— Ça ne donne pas une bonne image, concéda Caroline.

— Pas pour nos concurrents, mais pour nous, oui. J'étais furieux quand Denny m'a raconté ça. Je n'arrivais pas à y croire. Si Denny était démasqué, notre réputation serait anéantie. Il serait arrêté. Sans parler de ce qui risquait de se passer si des gens venaient à apprendre qu'il existait un programme capable de décrypter n'importe quelles données protégées. Les organisations criminelles s'y intéresseraient très vite, je peux te le dire.

— Pourquoi a-t-il fait cela ? Ce contrat était-il si important pour vous, financièrement ?

Dominic réfléchit un moment à la question.

— Oui et non. On se portait déjà bien, on commençait à marcher sur les plates-bandes des plus grands du secteur. Mais ce contrat nous aurait permis de nous solidifier, nous aurait propulsés en tête des meilleures entreprises. Ce qui n'a aucun sens, c'est d'imaginer Denny faisant tout cela pour l'argent. Il se fichait de l'argent, ce qui l'intéressait, c'était son travail. Le défi de créer quelque chose que personne ne pourrait surpasser.

— Il a fait ça par fierté, alors, suggéra Caroline. Il voulait prouver qu'il était le meilleur dans ce qu'il faisait.

— Possible. Mais pour cela, il faut en général deux personnes : on veut prouver quelque chose à *quelqu'un*. Je ne crois pas que Denny avait l'intention de me dire quoi que ce soit. C'est à force d'insister qu'il a fini par me parler d'abord du programme, et ensuite de ce qu'il avait fait.

— Où est-il ?

— Le programme ? Je ne sais pas. Il ne l'a sûrement pas mis sur le réseau de l'entreprise. Il se déplaçait toujours avec son ordinateur portable, qui devait être dans sa voiture au moment de l'accident. Je suppose qu'il a été détruit dans l'incendie.

— Dans ce cas, le programme a disparu lui aussi.

— Denny l'avait sûrement sauvegardé.

— Tu veux essayer de le retrouver, n'est-ce pas ? C'est aussi pour cela qu'on retourne en Californie.

— Oui. Je pense que la mort de Denny est liée à ce logiciel. J'ai besoin de savoir qui l'a tué, mais aussi si le meurtrier a mis la main sur ce fichu programme.

— Je peux te poser une question ? Qu'est-ce qui t'inquiète le plus : que quelqu'un se serve de ce programme avec de mauvaises intentions, ou bien qu'on découvre ce que Denny a fait à vos concurrents ?

Dominic se frotta les yeux, puis se concentra de nouveau sur la route. Il resta silencieux un long moment.

— J'aimerais pouvoir te dire que je suis un héros et que mon seul but est de protéger les informations confidentielles de mes concitoyens. Mais ce n'est pas vrai. Cette entreprise est toute ma vie, tout ce que j'ai réussi à faire par moi-même. Je ne pourrais pas supporter de la voir s'effondrer. Je trouverai donc ce logiciel pour le détruire, et je détruirai aussi toutes les preuves de ce que Denny a fait. Ensuite, je débusquerai le meurtrier de Denny.

Caroline n'osa pas lui demander ce qu'il ferait lorsqu'il aurait retrouvé l'assassin.

— Il est tard, dit-il brusquement en montrant un panneau indiquant une aire d'autoroute. Arrêtons-nous pour la nuit.

L'aire se composait d'une station-service, d'un fast-food

et d'un motel d'un étage qui paraissait tout juste habitable. Dominic laissa Caroline dans la voiture pendant qu'il allait réserver une chambre, puis revint garer la BMW à l'arrière du motel, de telle sorte que personne ne puisse l'apercevoir depuis la route. Cette précaution semblait exagérée dans un endroit aussi isolé, mais Dominic ne voulait prendre aucun risque.

En sortant, Caroline s'étira. Un bain bien chaud l'aiderait à détendre ses muscles endoloris… Mais lorsque Dominic ouvrit la porte de leur chambre, elle préféra oublier aussitôt cette idée.

Prendre ne serait-ce qu'une douche dans cet hôtel n'était peut-être pas conseillé… et elle ferait certainement aussi bien de se laver dans les toilettes du fast-food.

— Excuse-moi pour le manque de confort, dit Dominic en posant leurs sacs dans la chambre.

— Ça ira, ne t'en fais pas.

Caroline retira le dessus-de-lit pour examiner les draps. Heureusement, ceux-ci semblaient propres. Ils dégageaient une forte odeur de détergent.

— Ça fera bien l'affaire, dit-elle. Mais avant toute chose, j'ai faim.

— Je suis sûr qu'ils vendent des plats micro-ondables à la station-service. Ou si tu veux quelque chose de plus classe, il y a le fast-food.

Caroline ne put se retenir de rire — cela faisait si longtemps qu'elle n'avait même pas souri !

— Je choisis le plus classe, répondit-elle. J'ai mes exigences, tout de même.

— Je vais chercher des hamburgers-frites, alors, répondit Dominic en souriant.

— De mon côté, je prie pour ce soit de l'eau propre qui sorte de la douche.

Dominic revint dans la chambre avec deux sacs de nourriture grasse, qu'il déposa sur la seule table de la petite pièce. Caroline était en train de prendre une douche. Il espérait qu'elle n'avait pas trouvé celle-ci trop sale — il ne supportait pas de l'imaginer se lavant au milieu de la crasse. Elle méritait mieux que ça.

Elle méritait mieux que d'être en cavale avec lui, que d'être avec lui tout court, songea-t-il en soupirant. Il s'assit au bord du lit et se demanda pour la centième fois pourquoi il l'avait laissée l'accompagner.

Puis il tenta d'imaginer à quoi aurait ressemblé ce voyage sans elle. Elle lui avait parlé tout du long, l'avait forcé à réfléchir, en lui rappelant chaque fois qu'il n'était pas seul dans cette histoire. Qu'il avait une partenaire.

Dominic repensa à Denny, à la façon dont ce partenariat s'était terminé. Une vague de regrets le submergea. C'est par un stupide hasard qu'ils s'étaient connus en prison. Avant cela, Dominic s'était évertué à rester seul. Il ne parlait à personne, personne ne lui parlait. Quiconque avait tenté de lui créer des problèmes s'en souvenait certainement encore.

Mais Denny n'était pas comme les autres. Denny était comme un zèbre blessé au milieu d'une horde de lions, et les prédateurs le savaient. Le hasard avait voulu que Dominic entre dans la buanderie au moment où Denny avait été encerclé par trois brutes qui voulaient s'en prendre à lui. L'espace d'une seconde, Dominic avait hésité entre passer son chemin en faisant mine de n'avoir rien vu, ou se battre pour quelqu'un qu'il ne connaissait même pas.

Il se demanda s'il avouerait un jour à Caroline qu'il avait failli partir. Mais il ne l'avait pas fait. Il était resté, s'était battu comme un forcené, avait failli y laisser sa peau, jusqu'à ce que les gardiens les séparent.

Ils avaient passé chacun deux jours en cellule de confinement, mais à leur sortie, Denny était venu le voir pour lui jurer son éternel dévouement. Et il avait tenu sa promesse, jusqu'au bout.

— A qui d'autre as-tu parlé de ce programme, Denny ? demanda-t-il tout haut.

Le bruit de la douche fut sa seule réponse.

Dominic se tourna vers la porte de la petite salle de bains, et se mit à imaginer Caroline, nue sous une pluie d'eau chaude. Sa femme. Il n'aurait jamais cru être du genre possessif, mais il n'avait pas supporté de se trouver loin d'elle, de ne pas pouvoir la toucher. Et de savoir, surtout, que quelqu'un finirait par lui dévoiler la vérité sur son nom et son passé, lui annonçant du même coup que leur mariage n'était pas légal.

Cette mince connexion qui la liait à lui avait été brisée en quelques mots, et elle aurait très bien pu le quitter. Mais elle n'en avait rien fait. Elle était restée chez lui à l'attendre, pendant qu'il l'attendait chez elle, tellement avide d'un contact avec elle qu'il avait cherché à la retrouver entre les pages d'un de ses romans.

En baissant les yeux, il s'aperçut que son corps avait réagi à la seule idée de la savoir si proche dans le plus simple appareil. Il se demanda ce qu'elle penserait s'il ouvrait la porte de la salle de bains et la rejoignait sous la douche.

Il soulèverait ses jambes pour les passer autour de sa taille, s'enfoncerait profondément en elle, et laisserait l'eau ruisseler sur leurs corps… Un grognement sourd s'échappa de sa gorge.

C'était toujours comme ça avec elle. Elle faisait ressortir

quelque chose de sauvage en lui, quelque chose qu'il croyait avoir laissé derrière lui en prison. Pourtant, le contrôle était devenu le maître mot de sa vie. Contrôle des émotions, des actions, des décisions…

Mais avec la mort de Denny, tout cela s'était envolé.

Il avait commencé à lutter contre Caroline parce qu'elle lui faisait perdre la maîtrise de ses sentiments et de ses désirs. Il était même prêt à divorcer à cause de cela. Mais quel intérêt à lui résister, à présent ?

L'empire qu'il pensait avoir sur sa vie n'était qu'une illusion. La vérité, c'était qu'il ne contrôlait pas grand-chose.

Il avait envie de sa femme, et il se fichait de savoir si ce désir était excessif. Il en avait marre de fuir, marre de se demander ce qui se passerait s'il la laissait devenir trop proche. Il se débarrassa de sa chemise et de ses chaussures. Lorsque ses mains s'attaquèrent aux boutons de son jean, il s'aperçut qu'elles tremblaient.

Il s'arrêta aussitôt et respira profondément, calmement. Il n'avait pas l'intention de lui faire l'amour contre sa volonté, et comme il n'était pas sûr de ce qu'elle voulait, il fallait qu'il se ressaisisse. Il retira son pantalon et se dirigea vers la salle de bains. En ouvrant la porte, un nuage de vapeur l'enveloppa. Il voyait sa silhouette se dessiner derrière le rideau de douche. Elle s'était figée.

Lorsqu'il tira le rideau, leurs regards se rivèrent l'un à l'autre. Dominic ne chercha pas à cacher son désir. L'incertitude qu'il lut dans les yeux de Caroline le transperça comme un coup de couteau, mais il s'avança tout de même sous l'eau chaude. Caroline était là, ruisselante, légèrement tremblante. Il la prit dans ses bras pour la serrer contre lui. Son sexe était pressé contre son ventre, la poitrine de Caroline s'écrasait contre son torse. Elle avait posé les mains sur ses épaules, et il ne savait pas encore si elle le repousserait ou si elle l'étreindrait.

« Je t'en prie, serre-moi. S'il te plaît. »

— Caroline, murmura-t-il, avant de se pencher pour l'embrasser.

Mais elle recula — la tête seulement, car son corps était prisonnier de l'étreinte de Dominic. Elle plongea les yeux dans les siens, et il lui sembla qu'elle lui posait une question à laquelle il n'avait pas de réponse.

De sa main libre, il lui maintint le visage pour l'embrasser avec une férocité à peine contenue, priant pour qu'elle accepte ce moment avec lui. Sa langue passait et repassait sur ses lèvres closes, et lorsqu'elle ouvrit la bouche pour reprendre son souffle, il l'envahit sauvagement.

Mais il n'avait pas envie de prendre plus que ce qu'elle était prête à lui offrir.

Il releva la tête et murmura encore son nom, à peine audible dans le bruit de la douche.

— Je t'en prie, chuchota-t-il.

Alors, sans détacher son regard du sien, comme si elle voulait qu'il comprenne l'importance de ce qu'elle lui offrait, elle fit remonter lentement sa jambe sur la sienne pour venir l'enrouler autour de sa taille.

Elle s'ouvrait à lui, complètement.

— Caroline…, dit-il d'une voix rauque.

Il la souleva pour la plaquer contre le mur de la douche, puis il la pénétra d'un puissant coup de reins. Il la sentit frissonner sous le choc, mais elle était prête à l'accueillir malgré l'absence de préliminaires. Il s'immobilisa, le temps qu'elle se détende, qu'elle cède à son assaut. Elle enroula ses jambes autour de sa taille et l'enserra dans son étau tandis que ses talons s'enfonçaient dans ses fesses. L'espace d'un instant, elle se tortilla comme si elle cherchait à se libérer du pieu qui l'empalait, mais il ne lui laissa aucun répit. Il se mit à bouger en elle, sans douceur.

— C'est comme ça que je te veux, murmura-t-il à son oreille. Je ne veux rien retenir. Es-tu prête pour cela ?

Il continua ses mouvements longs et brusques.

— Dis-le-moi, insista-t-il.

Etait-elle prête ? Non, probablement pas, mais elle n'avait pas l'intention de l'arrêter. Il était en train de lui offrir quelque chose, elle le savait instinctivement. Et il la testait aussi, pour voir si elle était capable de l'accepter entièrement, tel qu'il était.

Elle rejeta la tête en arrière contre la paroi de la douche et s'agrippa à ses épaules. Son corps était arrimé au sien, tous ses sens étaient concentrés sur le point de leur union. Une chaleur brûlante irradiait à la vitesse de l'éclair depuis cet endroit dans son corps tout entier. C'était une sensation presque douloureuse — de se sentir si soudainement et si entièrement excitée.

Il se remit à bouger en elle, en se retirant un peu plus chaque fois pour pouvoir s'enfoncer davantage. Elle se sentait transpercée. Etirée au-delà de ses limites. Comment était-il possible qu'elle ait à la fois envie qu'il s'arrête et qu'il continue ?

Il lui agrippa les fesses, ses doigts pétrissant sa chair. Mais la douleur ne fit qu'accroître son plaisir. Elle se tortilla contre le mur glissant de la douche et s'entendit gémir.

Dominic ralentit ses mouvements, se retirant presque entièrement avant de la pénétrer de nouveau complètement. Elle cria à chacun de ses assauts en enfonçant les doigts dans ses épaules.

— Plus vite ! supplia-t-elle.

— Non.

Il se retira jusqu'à ne laisser que l'extrémité de son sexe en elle, puis, d'un puissant coup de reins, la pénétra jusqu'à la garde.

— Ahhh !

Les larmes ruisselaient sur son visage, perdues parmi les trombes d'eau qui tombaient sur eux. Jamais Caroline n'avait été si consciente de son corps. Jamais elle n'avait ressenti avec autant de force chacun de ses muscles, chacune de ses terminaisons nerveuses, chacun des battements de son cœur. On était en train de lui faire l'amour sans douceur contre le mur d'une douche, et son corps chantait de joie.

Elle s'était abandonnée à lui, entièrement.

Et il s'était abandonné à elle, tout aussi entièrement. Mais elle n'était pas sûre qu'il s'en rendait bien compte.

Elle contracta ses muscles intimes, retenant son sexe chaque fois qu'il voulait se retirer. Elle l'entendit gémir.

— Ne fais pas ça, grogna-t-il, le visage torturé de plaisir.

— Alors prends-moi plus vite, marchanda-t-elle.

Elle le sentit sourire contre sa joue, et soudain, elle eut l'envie diabolique de voir leur étreinte, de voir ce qu'il était en train de lui faire. De regarder ses fesses se contracter chaque fois qu'il la pénétrait, tout en ressentant tout de l'intérieur.

Au lieu de cela, elle observa son visage et vit la puissance de son désir. Ses lèvres étaient serrées, ses joues rouges. Et ses yeux… tellement durs. Elle aurait dû avoir peur, mais il n'en était rien. Jamais elle n'aurait peur de lui. Il avait perdu le contrôle, il avait perdu la tête parce qu'il la désirait, mais il ne lui ferait jamais de mal.

Dominic fit remonter ses mains le long de son dos pour la serrer encore plus intimement contre lui. Se campant solidement sur ses jambes, il s'appuya contre elle et la pressa contre le mur.

Leurs yeux n'étaient qu'à quelques centimètres. Leurs lèvres étaient entrouvertes, leur souffle mêlé.

— Ne ferme pas les yeux, ordonna-t-il.

— Je ne les fermerai pas, souffla-t-elle tandis qu'il reprenait ses mouvements, plus rapides cette fois.

C'était dur d'obéir, mais tellement intense de le regarder qu'elle se força à garder les yeux ouverts. Il se dévoilait à elle, dans toute sa vulnérabilité, sa force et son courage.

Alors qu'il la pénétrait de plus en plus vite, de plus en plus fort, Caroline eut l'impression que quelque chose implosait en elle et fut aussitôt envahie d'une telle vague de chaleur qu'elle crut fondre de l'intérieur.

Elle l'entendit crier, sentit la force de son orgasme jaillir au plus profond d'elle-même, puis il retomba contre elle, à bout de forces.

— Je t'aime, chuchota-t-elle contre son épaule. Des fois, je n'en ai pas envie, mais je ne peux pas faire autrement.

Il retint son souffle, sans rien répondre. Puis il coupa l'eau, la souleva dans ses bras et l'emmena jusqu'au lit.

Elle était étendue sur lui, le visage contre son cœur qu'elle sentait battre tout contre son oreille. En l'entendant murmurer, elle releva la tête.

— S'il te plaît, ne fais pas autrement, disait-il. Je n'ai pas envie que tu fasses autrement.

14

Nora se gara le long de la route qui sinuait jusqu'à la résidence de Dominic. Par chance, un des voisins, un peu plus bas, devait organiser une fête. La voiture de location de Nora passerait inaperçue parmi les dizaines de véhicules stationnés sur le bas-côté. Elle ferma la portière et commença à gravir la colline.

Il lui restait une certaine distance à parcourir avant d'atteindre la maison ; mais elle ne voulait pas prendre le risque de se garer plus près, sachant que la police patrouillait encore plusieurs fois par nuit dans les parages.

Plutôt que de rester sur la route, elle décida de passer par les sous-bois. La pente n'était pas raide au point d'être impraticable. Cependant, lorsque Nora arriva devant la maison, elle était à bout de souffle.

Elle s'arrêta pour reprendre haleine. Elle n'avait pas fait de sport depuis bien trop longtemps… Elle commençait à ressembler à ces maniaques de l'ordinateur dont le seul exercice physique consistait à manipuler une souris.

« Je m'y remets dès mon retour », se promit-elle, tout en se dirigeant vers la piscine intérieure.

La serrure de la porte-fenêtre qui menait du patio à la piscine se forcerait facilement. La maison était sans doute protégée par un système d'alarme, ce qui signifiait que Nora ne disposerait que de quelques secondes pour entrer et le désactiver. Fouillant dans la petite trousse à outils qu'elle avait rangée dans sa banane, elle s'empara d'un tournevis à lame plate qu'elle inséra entre la porte et la paroi de verre.

Dès l'instant où la serrure céda, l'alarme se déclencha. Au pas de course, elle contourna la piscine, ouvrit une autre porte-fenêtre qui, par chance, n'avait pas été fermée à clé, et se retrouva dans le bureau de Dominic. Le boîtier de l'alarme était fixé au mur, derrière la table de travail. Après avoir retiré la protection plastique, elle s'attaqua aux fils électriques à l'aide d'une paire de pinces coupantes.

Le cri strident de l'alarme s'éteignit aussitôt.

— Simple comme bonjour, murmura Nora, tout en notant qu'il faudrait conseiller à Dominic d'adopter un meilleur système de protection.

Elle détacha une petite lampe torche de sa ceinture, l'alluma et promena son faisceau autour de la pièce. Mais le clair de lune qui brillait derrière les grandes portes-fenêtres lui procurait bien assez de lumière pour voir que le bureau de Dominic était vide. Seul l'écran de l'ordinateur s'y trouvait encore.

Mark Hernandez était passé la voir à son hôtel sans prévenir, ce matin-là. Nora, très inquiète de le savoir encore en fuite, attendait désespérément des nouvelles de Dominic. S'il s'était mis dans la tête de disparaître, il y avait très peu de chances qu'il change d'avis. Tant que Caroline était encore là, Nora avait espéré qu'il reviendrait pour elle, sachant qu'il n'était pas homme à se marier à la légère.

Mais Caroline était partie, et Dominic n'avait toujours pas donné signe de vie. Et pour couronner le tout, Mark s'était contenté de lui dire qu'ils n'avaient rien trouvé dans les ordinateurs de Dominic — ce qui ne l'étonnait pas, car Nora savait très bien cacher ce qu'elle voulait cacher — et qu'ils les avaient rapportés chez lui.

Seulement, les ordinateurs n'étaient pas là.

Songeant que les policiers les avaient peut-être déposés à l'étage, Nora y monta. Elle étouffa un juron en voyant que les machines n'étaient pas là non plus.

Soudain, elle perçut un bruit et se figea. Devant elle, une silhouette sombre s'avançait depuis le hall.

— Dominic ? chuchota-t-elle avec espoir.

Pas de réponse.

Tandis qu'elle tendait la main vers son arme, la silhouette fonça sur elle. Un bras lui enserra la taille pour la précipiter au sol. Sans perdre une seconde, Nora envoya un violent coup de genou dans l'entrejambe de son agresseur.

Elle entendit un « ouch ! » suivi d'un grognement, et l'homme la relâcha. Nora en profita pour s'asseoir à califourchon sur son torse, bloquant ses bras au sol avec ses genoux.

— Qui êtes-vous ? fit-elle en brandissant son arme.

— Je suis vexé, Minipouce. Vous ne me reconnaissez pas ?

— Bon sang de bois, Hernandez !

Le visage du détective était à peine visible dans le noir, mais la blancheur éclatante de son sourire était reconnaissable entre mille.

— Vous savez, j'ai déjà rêvé de nous deux dans cette position, mais vous aviez beaucoup moins de vêtements.

Ecœurée, Nora s'écarta de lui.

— Que diable faites-vous ici ?

— Vous plaisantez, j'espère ? répliqua-t-il en se levant à son tour.

Alors, elle comprit ce qui s'était passé. La police n'aurait jamais rapporté les ordinateurs de Dominic chez lui, même s'ils n'avaient rien trouvé dedans. Elle avait été stupide. Vraiment stupide. Si elle n'avait pas été autant préoccupée par ce qu'elle avait à faire, elle n'aurait pas commis cette erreur.

— C'était un piège, devina-t-elle. Vous m'avez dit que la police avait rapporté les ordinateurs ici parce que vous saviez que je viendrais.

Mark secoua sa jambe droite plusieurs fois, comme pour s'assurer qu'il n'avait rien de cassé.

— Une précision, pour commencer, répondit-il. J'ai fait exprès de vous laisser me plaquer au sol.

— Dans vos rêves, grommela-t-elle.

— Deuxièmement, vous êtes incapable de vous rendre compte que vous êtes suivie. J'étais à dix centimètres de votre pare-chocs pendant tout le trajet.

— J'avais la tête ailleurs, se défendit-elle.

Irritée contre elle-même, Nora alla s'asseoir sur le canapé du salon. Hernandez exigerait sûrement des réponses, autant se mettre à l'aise.

Mark alluma quelques lumières en la rejoignant, puis s'arrêta pour admirer la vue sur l'océan.

— Bigre, j'adorerais avoir une maison comme celle-là…

— Oui, c'est une belle maison. Avez-vous l'intention de me dire pourquoi vous m'avez tendu un piège ?

Lorsque Mark se retourna vers elle, son sourire avait disparu.

— Avez-vous l'intention de me dire pourquoi vous êtes tombée dedans ?

Parce qu'elle était stupide, songea Nora. Pour tout dire, elle n'avait pas vraiment d'expérience en tant qu'agent de terrain. Résoudre des histoires de meurtre, s'introduire dans les maisons et se battre avec des policiers n'étaient pas son domaine, même si elle ne s'en sortait pas si mal. Elle passait ses journées au siège du FBI, derrière l'écran d'un ordinateur.

— Je connais quelqu'un au département de la Justice, commença Mark. Je l'ai appelé il y a quelques jours. De son côté, il a contacté un de ses amis qui travaille au FBI, et m'a confirmé que vous aviez été embauchée au labo informatique.

Il s'installa à côté d'elle sur le canapé, le regard rivé sur la vue qui s'offrait derrière les fenêtres.

— Vous n'êtes pas un agent de terrain, et vous êtes certainement la dernière personne que le FBI aurait envoyée ici, si toutefois ils avaient décidé d'envoyer quelqu'un. Ça, je l'avais deviné dès le début. Mon instinct ne me trompe jamais. Bref, j'ai appelé au FBI, je vous ai demandée, et on m'a informé que vous étiez partie en vacances pour deux semaines. J'ai hésité à demander votre chef. J'ai pensé qu'il pourrait peut-être me dire ce que vous fichez ici, mais j'ai décidé finalement de vous poser la question directement.

— Voilà, maintenant vous savez. Vous êtes content ?

— Je ne sais rien du tout. Je sais juste que vous n'avez pas envie que ce type soit coupable. Qui est-il ? Votre amant ? S'il vous plaît, répondez non.

— Non, dit-elle avec un rire sans joie.

— Un ex, alors.

— Non.

— Allez-vous encore m'obliger à vous malmener ?

— Je crois que nous savons tous les deux que vous ne me faites pas peur.

— Allez, accouchez, Minipouce. Sinon, j'appelle votre chef. Je ne crois pas que le FBI considère avec bienveillance ce genre de comportement.

— Dominic Santos…, commença Nora.

— Butler, corrigea Mark. Ne l'oubliez pas.

— Je ne risque pas. Dominic est mon frère.

Mark poussa un gros soupir.

— Pourquoi ai-je l'impression de mettre le pied dans un mauvais feuilleton ?

— Dick Butler était mon père. Il nous a abandonnées, ma mère et moi, comme il l'avait fait avec Dominic et sa mère. Ma mère s'est remariée, et mon beau-père m'a adoptée.

— Pourquoi n'avez-vous pas… Ah, j'ai compris. Vous étiez au courant pour la fausse identité. Cela vous rendait complice d'une activité criminelle.

— Exactement. Bien sûr, je n'aurais jamais trahi Dominic, mais si mes supérieurs découvraient que je suis au courant, je ne sais pas ce qui arriverait. Dominic m'a fait promettre de ne parler à personne de nos liens de parenté.

— Que pensiez-vous trouver sur son ordinateur ?

— Un e-mail qu'il m'a envoyé la nuit où Denny a été tué. Il me parlait du logiciel que Denny avait créé, de ses possibles conséquences. Il pensait que le gouvernement devait être mis au courant, et il avait raison. Lorsque j'ai réussi à contourner son système de sécurité le premier jour, dans son bureau, j'ai transféré le message vers un dossier où personne ne le retrouverait, car je voulais gagner quelques jours pour comprendre ce qui se passait. Je savais qu'il n'avait pas tué Denny. Mais il y a trop longtemps qu'il est parti, et j'ai peur qu'il ait décidé de rester en cavale. Il faut que je prouve son innocence et que je trouve un moyen de le faire revenir.

— Si je comprends bien, vous êtes venue ici pour remettre cet e-mail dans sa messagerie ? Et ensuite ?

— J'avais prévu de vous dire de regarder encore dans l'ordinateur. Bien sûr, j'ai cet e-mail sur mon ordinateur, à Washington, mais j'ai pensé que ce serait plus efficace que vous le trouviez vous-mêmes.

— Quoi qu'il en soit, vous auriez été démasquée.

— Me faire renvoyer, ce n'est pas cher payer pour sauver la vie de mon frère.

— Vous devez être sacrément proches, tous les deux.

— Pas vraiment. Mais Dominic m'a sauvé la vie. Il n'y a pas si longtemps, j'étais une jeune fille rebelle et insolente, aigrie parce que mon vrai père ne m'aimait pas. J'avais une tendance naturelle à poser problème.

Mark eut un grand sourire.

— Rebelle ? Aigrie ? Vous plaisantez, Minipouce. Ça ne vous ressemble pas.

Nora lui donna un petit coup d'épaule pour lui faire savoir que ses sarcasmes ne l'atteignaient pas.

— Disons simplement que ma personnalité était très… accentuée à l'époque. J'étais douée en informatique, et j'ai fini par retrouver la trace de Dominic. Je l'ai menacé de le dénoncer s'il ne me donnait pas assez d'argent pour fuguer. Au lieu de ça, il m'a offert un travail. J'ai été l'assistante de Denny pendant quelques années, bien avant l'arrivée de Steven. Dominic m'a payé des études, et quand le FBI a voulu me recruter, nous avons décidé d'un commun accord qu'il valait mieux garder notre relation pour nous.

— Le FBI aurait fait une enquête sur vous et votre famille.

— Dick Butler n'existait plus, à ce moment-là. Ils n'ont jamais cherché plus loin.

— Vous avez donc connu Denny.

— Oui, admit-elle avec tristesse. C'était un type gentil, inoffensif. Il avait toujours la tête dans les programmes sur lesquels il travaillait. Je suis convaincue qu'il n'aurait pas pensé à se nourrir si je ne le lui avais pas rappelé. Je n'arrive toujours pas à comprendre comment quelqu'un a pu le tuer.

— C'était quoi, ce programme ?

Nora s'apprêtait à répondre quand Mark leva une main pour l'arrêter.

— Je ne veux pas de charabia informatique, de mégawatts, de RAM et tout ces termes obscurs. Juste l'essentiel.

— Selon Dominic, Denny a créé un programme capable de décrypter n'importe quel code informatique, n'importe quelles données, peu importe le logiciel utilisé au départ pour les crypter.

— Pour l'instant, je vous suis. Et c'est grave ?

— Très grave. Imaginez que vous ayez le pouvoir d'accéder à n'importe quelle information sécurisée transmise par Internet. Ce genre de logiciel peut s'avérer très dangereux s'il tombe entre de mauvaises mains.

— D'accord. Ça simplifie les choses. Quelqu'un a tué Denny pour s'emparer du programme, et cette personne a brouillé les pistes en faisant en sorte que Dominic soit accusé. Qui était au courant de l'existence de ce logiciel ?

— C'est une bonne question. Malheureusement, la seule personne à qui je pense, c'est…

— Dominic, conclut Mark.

— Dominic.

— Alors on n'a plus qu'à espérer qu'il veuille bien se montrer.

— Il reviendra, j'en suis sûre.

— Vous venez de dire que vous aviez peur qu'il reste en cavale toute sa vie.

— Je panique, c'est tout. Il ne s'est pas enfui parce qu'il a tué Denny, mais parce qu'il avait besoin de temps pour trouver qui l'a fait. Lorsqu'il aura trouvé, il reviendra. En attendant, tout ce que nous pouvons faire, c'est l'aider à résoudre cette affaire.

Nora posa les pieds sur la table basse et s'enfonça plus confortablement dans le canapé. D'une certaine manière, elle était soulagée de pouvoir enfin partager ses pensées avec quelqu'un. Et Hernandez n'était pas stupide. Pour tout dire, il était peut-être le meilleur allié que Dominic puisse avoir, même s'il se montrait réticent pour l'instant.

— Maintenant que vous savez que ce n'est pas lui, qui pensez-vous que ça peut être ? lui demanda-t-elle.

Mark lui lança un regard méfiant.

— Je ne sais rien du tout.

— Je vous ai dit qu'il m'avait envoyé un message cette nuit-là. Cela prouvera son innocence.

— Vous avez trafiqué son ordinateur pour cacher cet e-mail, Minipouce. Qui me dit que vous ne l'avez pas inventé ? Ce message ne prouve rien.

— Très bien. Alors quelle est votre théorie ? Dominic a tué Denny, puis il m'a contactée moi, agent du FBI, pour que je vienne l'aider à effacer les traces de son meurtre et de son détournement d'argent, en inventant une histoire de dangereux programme informatique ?

— Dit comme ça, ça semble un peu tiré par les cheveux.

— Hernandez, gronda-t-elle.

— Rodgers, répliqua-t-il. Laissez tomber. J'ai déjà un ex-taulard en fuite, une jeune mariée qui s'est fait la malle, un associé affublé d'une femme gâtée et d'un beau-père grippe-sou, et maintenant je me retrouve avec une demi-sœur persuadée que son frère est innocent et prête à mentir et à falsifier des preuves pour le protéger.

— Vous savez, dit comme ça..., grommela-t-elle.

— Exactement.

— Et maintenant ?

— Maintenant, vous allez poser votre joli petit derrière dans un avion en partance pour Washington, et me laisser régler cette affaire sans vous en mêler, ce qui d'ailleurs constitue un acte criminel.

— Je ne partirai pas.

— Très bien. Dans ce cas, je vais appeler votre chef pour lui dire que vous aimez bien enfreindre la loi pendant vos vacances, jeta Mark en se levant. Que pensez-vous qu'il dira de ça ?

— Vous ne feriez pas ça.

Il se contenta de la regarder.

— D'accord, vous le feriez. Je m'en fiche. Allez-y, dénoncez-moi. Je ne partirai pas d'ici avant de savoir qui a tué Denny et de m'être assurée que Dominic est lavé de tout soupçon.

Mark soupira. Il s'était attendu à cette réponse. Cela ne voulait pas dire qu'il ne mettrait pas sa menace à exécution. Non pas qu'il se réjouisse à l'idée de vendre une collègue, mais il avait encore moins envie qu'elle fiche en l'air son enquête. Aussi attirante soit-elle, et même s'il l'avait appréciée comme partenaire.

— Par curiosité, qui pensez-vous que ça puisse être ? lui demanda-t-il. Steven Ford ?

— Possible. Mais c'est peut-être aussi quelqu'un à qui l'on n'a pas pensé, une autre personne qui aurait pu avoir accès à l'ordinateur de Dominic.

— La secrétaire, murmura Mark.

— Qui ?

— Serena. Souvenez-vous, Ford a dit qu'elle connaissait peut-être le mot de passe de Dominic. Selon lui, cela arrivait à Dominic de le lui donner et de le changer tout de suite après. Il a peut-être oublié, la dernière fois.

— On ferait bien de parler avec Serena, alors.

— *Je* ferais bien de parler avec Serena, rectifia Mark. Vous, vous rentrez chez vous.

— Non, dit-elle en se levant, les bras croisés sur la poitrine.

— Si.

— Non.

Mark serra les dents. Après tout, il n'avait plus cinq ans.

— Si, vous allez rentrer chez vous.

— Non, je ne partirai pas.

La nuit allait être longue, songea-t-il avec lassitude.

15

— Quelle heure est-il ?

— Trop tôt, murmura Dominic. Rendors-toi.

— Je n'y arrive pas. Je n'arrête pas de penser.

Penser à quoi ? songea-t-il. A le quitter ? Ou à l'aimer ? Il aurait voulu lui poser la question, s'il n'avait pas craint d'entendre la réponse. Quarante-huit heures plus tôt, il avait été prêt à divorcer, à la laisser en sécurité chez elle, loin de la laideur de son passé. A présent, il avait envie de l'envelopper de ses bras et de son corps pour qu'elle fasse partie de lui.

Il détestait cet état d'esprit. Il détestait la manière dont cela le rendait vulnérable. Mais elle avait ouvert une brèche en lui, et il n'était pas certain d'avoir la force de la refermer.

S'il détestait cette sensation, il ne pouvait pas la détester, elle. Pas quand elle était blottie contre lui, la main sur son cœur, effleurant de ses lèvres la peau de son torse.

— Quand penses-tu que nous arriverons à Half Moon Bay ? demanda-t-elle.

Elle ne pensait donc pas du tout à lui, mais à leur situation. Dominic n'était pas sûr d'en être satisfait.

— Encore deux jours. Moins si on fait tout d'une traite.

— Je voudrais que tout cela se termine.

Bel euphémisme… Il connaissait ses propres raisons, mais quelles étaient les siennes ?

Elle l'aimait, elle l'avait dit deux fois. Mais elle avait aussi dit que parfois, elle n'avait pas envie de l'aimer, et Dominic se demandait si sa volonté serait plus forte que ses sentiments. Pouvait-elle se forcer à ne pas l'aimer ?

Lui n'en avait pas été capable. C'était pour cette raison qu'en la quittant, ce fameux soir après leur dispute, il avait été certain qu'il ne pouvait pas rester avec elle. Il ne pouvait pas maîtriser ses émotions comme il l'avait espéré. Il avait donc décidé de la chasser de son cœur, de sa peau. C'était la seule solution.

C'était ce qu'il avait fait en prison — se débarrasser de tout sentiment, de toute émotion. Cela lui avait permis de survivre. Et lorsqu'il était sorti, il avait continué à rester à l'écart des autres.

Mais Nora était arrivée et l'avait fait rire. Denny avait eu besoin de sa protection. Et Steven était devenu son ami. Dominic s'aperçut qu'en fin de compte, ces gens l'avaient préparé, petit à petit. Si bien que lorsqu'il avait rencontré Caroline, la fissure qui avait commencé à se former dans ses défenses avait tout fait craquer, si vite qu'il avait pris peur et avait voulu tout refermer.

Pas sans raison, d'ailleurs.

Denny était mort. Steven était sans doute son meurtrier et l'ennemi de Dominic, et Caroline n'avait pas envie de l'aimer. De plus, il doutait que Nora soit capable de le faire rire s'ils se retrouvaient. Leur secret avait-il été dévoilé ? Si c'était le cas, il n'osait pas imaginer les problèmes qu'elle rencontrerait au travail.

Tout refermer, ne penser à rien. Vivre comme un zombie. Dominic se rappelait très bien cette vie-là, et il fut surpris de découvrir à quel point il aurait horreur d'y revenir. Même si cela faisait peur et mal de s'ouvrir aux autres.

Caroline remua contre lui, il sentit son corps glisser contre le sien. Aussitôt, ses reins s'embrasèrent, et il se tourna légèrement pour lui cacher son émoi. Inutile de lui faire connaître son état alors qu'elle ne pouvait pas être intéressée.

Il avait été brutal avec elle. Trop exigeant pour son corps menu. A la fin, elle s'était littéralement écroulée sur lui. Les yeux clos, il se remémora ce qu'il avait ressenti en s'abandonnant en elle — une violente secousse qui l'avait ébranlé de part en part. Il avait aimé faire l'amour avec elle auparavant, mais rien de l'avait préparé à une telle onde de choc.

— Je n'ai pas mis de préservatif, dit-il soudain.

— Mmh ?

Elle déposa un baiser juste au-dessus de son téton. Il fit l'erreur de l'imaginer le prenant dans sa bouche, et sentit son sexe durcir encore plus.

— Tout à l'heure, je n'avais pas mis de préservatif, répéta-t-il.

Elle s'assit dans le lit, le drap glissant sur son corps.

— Nous n'en avons jamais mis.

— Oui, mais à ce moment-là, on essayait de fonder une famille.

— Et tu n'en as plus envie, murmura-t-elle en baissant les yeux.

— Tu en as envie, toi ?

— Je…

Il l'observa tandis qu'elle cherchait ses mots, mais elle ne répondit rien. Il ne pouvait pas lui en vouloir.

— Tu n'es pas obligée de répondre, dit-il doucement. Je comprends.

— Que crois-tu comprendre ?

— Déjà, je suis allé en prison.

— Ça m'est complètement égal, répliqua-t-elle.

— Pourtant, tu aurais des raisons de t'en soucier.

Il la sentit frémir.

— Pas par rapport aux relations non protégées, s'empressa-t-il de préciser. Je sais ce qu'on dit sur ce qui se passe en prison. Malheureusement, il y a beaucoup de vrai. Mais rien ne m'est jamais arrivé… Je veux dire, je n'ai jamais eu ce genre de problème, parce que j'avais une réputation de gros dur. Et je ne me droguais pas. De toute façon, j'ai fait des prises de sang à ma sortie. J'avais besoin de savoir que j'étais en parfaite santé.

Elle posa une main sur son visage.

— Je te connais. Tu ne me mettrais pas en danger.

— Ce n'est pas la question, Caroline. Je ne pourrai plus cacher mon passé, à présent. Cela aura une influence sur mon travail, sur la manière dont les gens se comporteront avec moi. Sur tout. C'est pour ça que j'ai tout fait pour effacer ce passé. Tu seras mariée à un ex-prisonnier. Le père de tes enfants sera un ex-prisonnier. Cette tache ne partira jamais.

— C'est une tache qui ne reste que si tu le lui permets. Moi, je ne la vois pas.

Il aurait voulu souffrir de sa naïveté, plutôt que de se sentir aussi soulagé.

— Caroline, je ne veux pas que tu tombes enceinte. Du moins pas maintenant, alors que tout est si incertain.

Elle roula sur le dos, le drap remonté jusque sous le menton. Il l'avait vexée. Mais il savait aussi qu'il avait raison : à quoi bon lui faire un enfant alors qu'il risquait fort d'aller en prison ? S'ils s'en sortaient, pourquoi pas.

Mais avant, il devait être sûr qu'elle comprenait bien ce que cela signifiait de vivre avec quelqu'un comme lui.

— Pourquoi m'as-tu choisie ? demanda Caroline après un long silence.

— Je ne comprends pas ta question.

— Pourquoi m'as-tu choisie parmi les différentes candidates ? Et ne me dis pas que c'est parce que mon métier s'adaptait bien à la solitude. Tu ne pensais pas à ça au début. Tu recherchais sûrement un modèle de femme particulier.

Un modèle, exactement, songea Dominic. Un robot comme lui. Une femme belle, tranquille, impassible, discrète. Une femme qui ne tomberait pas amoureuse. Pas comme Caroline.

— C'est vrai, répondit-il.

— J'imagine que dans tes exigences, il devait y avoir l'âge. Tu m'as dit que tu voulais des enfants. En fait, je suis prête à parier que ta seule motivation quand tu as fait appel aux services de cette agence, au départ, c'était ton désir de faire un enfant, à cause de l'accord que tu avais signé avec tes associés. Dis-moi que j'ai tort.

— Tu as raison. Je voulais un enfant à qui léguer mon entreprise.

— Bien. Mais j'ai trente-cinq ans et mon horloge biologique commence à me rappeler à l'ordre. Pourquoi m'as-tu choisie ?

Il y avait une tension dans sa voix qu'il ne comprenait pas.

— Tu es énervée parce que je veux attendre que tout soit fini avant de mettre un bébé en route. Je ne te parle pas de plusieurs années, Caroline.

— Je sais, dit-elle en posant une main sur son bras. C'est juste que je n'ai pas l'impression qu'il nous reste beaucoup de temps. Mais ce n'est pas pour ça que je te demande pourquoi tu m'as choisie. Tu cherchais quelqu'un avec qui faire un enfant. Tu aurais dû choisir une femme plus jeune, Dominic. Je te connais, tu es quelqu'un de logique, de rationnel. Alors pourquoi m'as-tu choisie ?

— Pour ton sourire.

La vérité lui échappa sans qu'il ait pu la retenir. Il croisa les mains derrière sa tête en souriant.

— Pas très rationnel, comme décision, n'est-ce pas ?

— Non.

— C'est la première chose que j'ai vue sur la photo qu'ils m'ont envoyée, expliqua-t-il — puisqu'il avait décidé d'être sincère, autant tout lui dire. J'ai pensé que ce sourire m'était adressé. Quand tu as répondu à mon premier e-mail, j'ai su qu'il fallait que je te rencontre. Je me fichais de ton âge ou de savoir si tu pouvais avoir des enfants. Et quand on s'est parlé au téléphone, j'ai eu envie de toi. Il n'y avait plus rien de rationnel dans tout ça.

Caroline se tourna vers lui, et cette fois-ci, elle ne lui toucha pas le bras. Sa main descendit le long de son ventre jusqu'à ce qu'elle s'empare de l'érection qu'il avait tenté de lui cacher. Il ferma les yeux et soupira en pensant aux préservatifs qu'il n'avait pas.

— Caroline, souffla-t-il, prêt à repousser sa main.

— Tu n'es pas obligé de me faire un enfant, dit-elle en l'embrassant sur le torse, avant de glisser sa langue dans son nombril. En fait, je suis certaine que ça n'arrivera pas de cette façon. Mais au moins, tu pourras sentir mon sourire, de près, rien que pour toi.

Et il le sentit bien… Son sourire, d'abord, puis sa

langue, puis sa bouche. Puis il n'y eut rien d'autre que le plaisir.

— Il reste combien de temps encore ?

Le regard amusé de Dominic la fit grimacer.

— Bon, ajouta-t-elle, il faut que tu saches une chose : je déteste les longs trajets en voiture, même quand c'est moi qui conduis.

— Encore huit ou dix heures, répondit-il en souriant.

Caroline enfonça la pédale de l'accélérateur. Tout autour, le paysage était morne, gris, stérile. Incapable de se changer les idées, elle repensa à ce qu'elle avait dit à Dominic : que par moments, elle n'avait pas envie de l'aimer. Mais avait-elle un quelconque contrôle sur ses sentiments ? De son côté, il ne lui avait rien dit sur ce qu'il ressentait pour elle. Seulement qu'il ne voulait pas lui faire d'enfant. Avec lui, c'était toujours un pas en avant, un pas en arrière.

Pourtant, elle savait qu'il éprouvait quelque chose à son endroit. Quelque chose de fort. Elle l'avait senti dans sa voix lorsqu'il lui avait parlé de sa photo. Elle le sentait aussi lorsqu'ils se touchaient. Une connexion. Ils avaient au moins le sexe pour eux.

Ce genre de lien n'existait pas chez tout le monde, c'était déjà ça. Et elle se sentait un peu moins folle de suivre un ex-prisonnier dans sa recherche d'un assassin. Bonnie avait-elle ressenti la même chose vis-à-vis de Clyde ?

Rien n'avait été réglé la veille. Leur nuit d'amour avait été exceptionnelle, mais il ne s'agissait que de sexe, et cela ne suffirait pas s'ils voulaient que leur mariage tienne le coup.

— Quel est le plan, une fois que nous serons arrivés ?

— Je crois qu'on devrait essayer de contacter ma secrétaire.

— Tu penses qu'elle a quelque chose à voir avec cette histoire ?

— Non, pas avec la mort de Denny. Mais il a bien fallu que quelqu'un ait accès à mon ordinateur pour manipuler les relevés financiers. Elle a peut-être remarqué quelque chose, surpris des conversations derrière les portes. Je ne sais pas. Serena parle peu, mais elle écoute beaucoup. Je peux lui faire confiance.

Il marqua une pause, puis ajouta :

— Enfin, je pense.

Ce n'était pas très rassurant, songea-t-elle. Mais elle était soulagée qu'il ait un plan. Ils contacteraient Serena pour lui demander ce qu'elle savait. Ensuite, ils tenteraient de trouver l'endroit où Denny avait caché son programme explosif. Et lorsqu'ils auraient réuni toutes les pièces du puzzle, ils iraient voir Nora et la police.

Tout finirait par s'arranger.

Après quoi, Caroline aurait à décider si elle était prête à se marier. De nouveau.

16

— Bon sang ! jura Mark. Pas encore !

Lui et Nora se tenaient dans le bureau de Denny, qui ressemblait à un champ de bataille.

— Vous imaginez qu'un simple ruban jaune de la police suffit à empêcher un meurtrier d'entrer ? ironisa Nora.

— Ne vous fichez pas de moi, Minipouce. Je suis assez énervé comme ça.

Nora préféra se taire. La journée n'avait pas été très fructueuse, mais au moins, Mark l'avait laissée venir avec lui, et voilà bien une heure qu'il ne l'avait pas menacée d'appeler son chef à Washington — sauf lorsqu'elle l'avait enquiquiné parce qu'il voulait acheter un paquet de cigarettes. Finalement, il n'avait pas appelé son chef, et il n'avait pas non plus acheté les cigarettes. Elle avait gagné.

En revanche, ils s'étaient rendu compte en arrivant chez Serena pour l'interroger que celle-ci avait fait ses valises et s'était volatilisée. Il ne restait plus aucun objet personnel dans son appartement, en dehors de quelques meubles défraîchis. Le propriétaire n'avait pas cessé de râler car il serait obligé de payer quelqu'un pour faire emmener le canapé, le lit et l'armoire, mais comme Serena était partie sans laisser d'adresse, il n'aurait pas à lui restituer sa caution.

Nora n'avait pas cru bon de faire remarquer à Mark que la disparition de la secrétaire était terriblement suspecte. Elle ne souligna pas non plus qu'une femme qui semblait vivre aussi chichement que Serena ne renoncerait pas à un mois de caution sans avoir de bonnes raisons.

Irrité par l'absence de la secrétaire, et prenant sans doute plaisir à contrarier Nora, Mark avait émis l'idée que Serena ait pu fuir pour protéger Dominic. Si celui-ci lui avait offert assez d'argent, il n'y avait pas de raison pour qu'elle ait refusé. Après tout, elle avait été sa fidèle secrétaire pendant dix ans.

Nora avait dit à Mark que sa théorie était boiteuse. Cela n'avait pas arrangé son humeur.

Ils avaient ensuite décidé de revenir chez Denny, puisqu'ils savaient maintenant quoi chercher. Les scellés de la police avaient été rompus et toutes les pièces du luxueux appartement saccagées. Un vrai chaos.

Les étagères couchées au sol. La vaisselle brisée sur le carrelage. Tous les tiroirs de meubles ouverts. Les vêtements éparpillés partout. Les dossiers déchirés, les CD brisés et jetés à terre.

Le bureau de Denny, au siège d'Encrypton, avait subi le même sort : un mug en miettes, une chaise de bureau retournée, des manuels, des magazines et des blocs-notes dispersés dans tous les coins… Nora se rappelait que Denny n'avait jamais été très ordonné, mais cela semblait tout de même un peu extrême.

— A mon avis, le type a été pris d'une colère destructrice quand il n'a pas trouvé ce qu'il cherchait, avança Mark. Exactement comme dans l'appartement de Denny.

— Vraiment ? Et qu'est-ce qui vous fait dire ça ? Moi, c'est cette fourchette en plastique plantée dans l'écran qui m'a mis la puce à l'oreille.

Elle posa l'ordinateur portable qu'elle avait apporté et remit la chaise de bureau sur ses pieds.

— Jamais vous ne vous taisez ?

Nora s'assit sur la chaise et la fit rouler pour s'approcher du bureau.

— Si, quand je dors, répondit-elle. Et quand j'embrasse.

Mark baissa aussitôt les yeux sur sa bouche, comme elle s'y attendait.

— Je vous déteste, marmonna-t-il.

— Ce n'est pas vrai. Mais laissons ça de côté pour le moment. De toute évidence, quelqu'un est venu ici pour chercher quelque chose. Et comme vous l'avez si adroitement deviné, il n'a certainement rien trouvé. Sinon, il n'aurait pas détruit ce mug et cet écran.

— Alors trouvez cette chose, vous.

— Ah oui, et comment ? demanda-t-elle en jetant un regard sur le champ de bataille qui les entourait. Avant tout, vous devez appeler vos hommes pour qu'ils relèvent les empreintes.

— Les empreintes ne vont pas beaucoup m'aider si je ne sais pas à qui elles appartiennent. Je dois trouver ce que cette personne recherche. Je vous demande donc de mettre à profit vos talents en informatique pour deviner où Denny a pu cacher ce programme.

Nora avait mis au point assez de programmes elle-même pour savoir combien il est important de tout sauvegarder. Et connaissant Denny, il avait dû prévoir plus d'une copie — une dans un autre lieu, en cas d'incendie ou d'inondation dans le bureau, et une à laquelle il aurait facilement accès s'il ratait quelque chose et voulait tout reprendre de zéro.

En ouvrant l'un des tiroirs du bureau, elle découvrit

une trentaine de clés USB. Le deuxième tiroir contenait une grosse pile de CD, certains rangés dans des boîtes, d'autres en vrac. Une vingtaine de CD avaient été jetés par terre et brisés en deux.

Cela n'avait pas de sens. Pourquoi le cambrioleur n'avait-il pas tout emporté avec lui ? Si Denny avait sauvegardé son programme, la copie se trouvait certainement sur une clé USB, facile à transporter et à cacher. Mais il l'avait peut-être aussi mis sur CD.

Détruire les disques n'avait de sens que si le meurtrier les avait tous consultés, de même que les clés USB, et qu'il n'avait rien trouvé. Cela faisait beaucoup de temps passé sur une scène de crime…

— Vous avez des gants ?

— Oui, dans la voiture.

— Vous devriez aller les chercher. Le cambrioleur a forcément manipulé les CD et les clés USB, je n'ai pas envie de brouiller les empreintes. J'imagine que tout a déjà été vérifié, mais je n'ai pas d'autre choix que de tout regarder de nouveau.

Mark souleva l'une des clés par la petite chaînette qui permettait de la porter au poignet.

— Vous savez ce que vous cherchez ?

— Pas vraiment, mais je devrais être capable de reconnaître le style de Denny. Si quelque chose me paraît suspect, je le saurai.

Mark grogna en voyant les tiroirs remplis à bloc.

— Ça va prendre un temps fou.

— C'est probablement ce qu'a pensé celui qui a dévasté la pièce. Mais j'ai quelque chose qu'il n'avait pas.

— Quoi donc ?

— De la patience, répondit-elle d'un ton suffisant.

Mark sortit du bureau et revint quelques instants plus

tard avec une paire de gants en plastique. Il appela les hommes de la police technique pour leur dire de se présenter au siège d'Encrypton dès qu'ils en auraient fini avec l'appartement de Denny. Nora avait l'air de plus en plus agacée à mesure qu'elle entrait les CD dans son lecteur de disques.

— Bon, j'abandonne, finit-elle par dire. Je n'arriverai jamais à tout voir.

— Qu'est-il arrivé à votre patience ?

— J'ai dû la perdre au vingtième CD et à la dixième clé USB.

— Continuez à chercher.

Nora s'apprêtait à lui demander ce qu'il comptait faire pendant ce temps-là, mais il se mit à ramasser les magazines et les manuels, à regarder tout ce que Denny avait écrit sur les blocs-notes. Elle faillit lui dire qu'il perdait son temps : Denny avait son propre langage, il n'aurait jamais rien écrit d'important sur du papier.

Mark jura lorsque l'une des piles qu'il avait formées sur le bureau s'écroula par terre. Puis il ramassa quelque chose, les sourcils froncés.

— Voilà qui est intéressant.

— Qu'avez-vous trouvé ? fit Nora en glissant un énième CD dans le lecteur.

— *Glamour.*

Elle jeta un œil sur le magazine qu'il tenait à la main.

— Cinquante façons d'améliorer votre vie sexuelle, lut-elle. C'est à la page 162, si cela vous intéresse.

— C'est le magazine, qui m'intéresse, rétorqua-t-il d'un ton agacé.

— Vous aimez la mode, maintenant ?

Mark ignora son commentaire et montra les magazines éparpillés sur le sol.

— Ce sont toutes des revues pour les fanatiques de l'ordinateur. Qu'est-ce qu'un type comme Haskell ferait avec un magazine pour filles ?

— Il y a une femme à moitié nue en couverture. Il s'intéressait peut-être aux photos.

— Croyez-moi, ce n'est pas la meilleure revue pour regarder des filles nues. Vous pensez qu'il avait une petite copine ?

— J'en doute. Vous n'avez pas connu Denny. S'il avait une quelconque vie sexuelle, ce devait être en ligne.

— Je demanderai quand même à mes hommes de vérifier les empreintes sur ce magazine. Vous avez trouvé quelque chose ?

— Non.

Chaque tentative menait au même résultat : plus de dossiers, plus de programmes. Tandis qu'elle vérifiait chacun d'entre eux, elle sentit Mark penché au-dessus de son épaule. Puis elle entendit sa respiration.

— J'ai une nouvelle théorie, annonça-t-elle. La personne qui a planté la fourchette dans l'écran avait un partenaire qui aimait se pencher au-dessus de son épaule, ce qui est très horripilant. Elle a fini par craquer. Mais ce que vous ne savez pas, c'est qu'avant d'enfoncer la fourchette dans l'écran, elle l'a plantée dans l'entrejambe de son partenaire.

Les mains levées en signe de paix, Mark recula à une distance respectable.

— J'ai compris, j'ai compris. Je reste dans mon coin.

— Occupez-vous à autre chose. Un homme peut

toujours trouver cinquante façons d'améliorer sa vie amoureuse.

Depuis la voiture, Dominic observait Caroline dans la cabine téléphonique, de l'autre côté de la rue. Il avait l'impression qu'elle s'y trouvait depuis une éternité. Il leur avait fallu près d'une heure pour trouver une cabine qui fonctionne — Dominic ne voulait pas prendre le risque d'utiliser son portable, maintenant qu'ils étaient de retour à San Jose. Cette partie de la ville n'était pas la plus agréable, mais il craignait moins la menace des junkies et des voleurs que celle de policiers qui viendraient patrouiller dans les parages et se demanderaient ce qu'une BMW faisait dans le quartier.

La pluie, qu'ils avaient trouvée en arrivant en ville, se mit à tomber tellement fort que Dominic distinguait à peine Caroline. Il s'apprêtait à la rejoindre, ne supportant pas l'idée de la perdre de vue, quand il la vit traverser la rue en courant vers la voiture.

— Elle n'est pas là, dit-elle lorsqu'elle eut refermé la portière. Ou alors, elle ne répond pas. Sur aucun des numéros que tu m'as donnés. Et il n'y a pas de répondeur à son domicile, c'est bizarre.

Où était donc passée Serena ? Sa ligne directe au bureau, ses portables professionnel et privé ne donnaient rien. Ils avaient essayé de la joindre le matin dès qu'ils étaient entrés dans San Jose, puis à midi. C'était leur troisième tentative infructueuse.

— J'aurais voulu en savoir plus avant de passer à l'étape suivante, grommela-t-il.

— Et l'étape suivante consiste à trouver l'endroit où Denny a caché son programme ?

Dominic acquiesça.

— Le plus probable, c'est au bureau. Denny avait changé sa manière de sauvegarder ses dossiers. Il disait que les clés USB l'agaçaient, parce qu'il n'arrêtait pas de les perdre. A la place, il a créé un support de stockage spécial sur le réseau de l'entreprise, auquel lui seul avait accès. Si je peux mettre la main sur la cartouche de sauvegarde du réseau, Nora pourra peut-être accéder à ce support.

Caroline lui prit la main et la lui serra.

— Très bien. Allons-y, alors.

Dominic conduisit avec la prudence d'un homme qui se savait traqué par tous les services de police de la ville. Lorsqu'ils parvinrent au siège d'Encrypton, il se gara en face de l'entrée, de l'autre côté de la rue.

— Attends-moi ici, dit-il machinalement.

— Non, répondit-elle en le saisissant par le bras avant qu'il n'ait pu descendre. Tu ne peux pas y aller. Il y a certainement des gardiens à l'intérieur, sans parler des caméras.

— C'est moi qui ai embauché ces gardiens.

— Tu connais donc leur professionnalisme. Ils n'hésiteront pas à appeler la police, avec ce qu'ils pensent savoir sur toi.

Il soupira et referma la porte.

— Il y a peut-être un moyen d'entrer par le parking.

— Il y a un moyen d'entrer par la porte, tout simplement. Moi, je peux y aller.

— Hors de question.

— Pourquoi ? Je ne suis pas un suspect. Je peux leur dire que je suis revenue ici et que j'ai eu envie de récupérer une photo de nous que tu as laissée dans ton bureau.

L'idée semblait ridicule.

— Je pleurerai en le disant, ajouta Caroline. Les hommes ne savent jamais quoi faire face à une femme qui sanglote.

Bravo. Il était en train de transformer sa femme en comédienne. Malheureusement, elle avait raison, et quelques larmes pouvaient s'avérer efficaces.

— D'accord, se résigna-t-il. Je vais te dessiner un plan de l'endroit où se trouve le serveur. Cette cartouche de sauvegarde fera l'affaire.

Dominic attrapa un sac en papier de fast-food qu'il avait jeté à l'arrière de la voiture, et Caroline lui trouva un crayon dans la boîte à gants.

Il lui indiqua l'étage à atteindre, l'emplacement des ascenseurs et de l'escalier, la disposition des pièces, et barra d'une croix la salle où se trouvait le serveur du réseau.

— Tu verras une grosse tour noire. C'est le seul ordinateur de la pièce. Il y a un petit bouton bleu pour éjecter la cartouche. Prends-la et reviens.

Alors qu'elle ouvrait sa portière, ce fut au tour de Dominic de la retenir par le bras. Il ne pouvait pas lui dire tout ce qu'il avait sur le cœur. Mais il se pencha pour l'embrasser.

— Sois prudente.

Elle acquiesça, avant de s'élancer vers le bâtiment.

— Bon, maintenant c'est moi qui abandonne, grogna Mark. Ça fait des heures qu'on y est.

Nora lui jeta un coup d'œil par-dessus son épaule. Avachi dans un fauteuil, il avait les pieds posés sur une chaise devant lui et lisait le dernier numéro de *Computer*

Science en grignotant une barre chocolatée. Pas de doute, ces dernières heures avaient été un enfer pour lui…

— Vous voulez trouver ce programme, oui ou non ?

— Je crois qu'on aurait plus de chances de retrouver Santos. Vous êtes sûre que vous n'avez rien raté ?

— Certaine. Il n'y a rien d'intéressant sur aucun des CD et clés USB que j'ai vérifiés.

C'était étrange, d'ailleurs. Non seulement elle n'arrivait pas à trouver le programme magique, mais elle n'avait vu aucune trace des autres logiciels plus classiques sur lesquels Denny avait travaillé. S'il n'avait rien conservé sur CD ou sur clé USB, la solution était à chercher ailleurs. Nora allait suggérer un autre mode d'action lorsqu'on frappa à la porte ouverte du bureau.

L'agent de sécurité se tenait dans l'encadrement, l'air pensif.

— On peut vous aider ? lui demanda Mark.

— Je ne sais pas si c'est important, mais cela me semble étrange, dit l'homme. Mme Santos vient d'entrer pour récupérer une photo dans le bureau de M. Santos.

— Caroline Santos ? s'écria Mark en bondissant sur ses pieds. Elle est ici ?

— Oui, elle a dit qu'elle venait chercher une photo. Elle avait l'air vraiment bouleversée. J'ai pensé que cela ne posait pas de problème, mais le bureau de M. Santos se trouve au quinzième étage et l'ascenseur s'est arrêté au dixième.

Mark et Nora échangèrent un regard. Sans perdre une seconde, le détective se rua dans le couloir. Nora le suivit aussi vite qu'elle put — ce qui n'était pas aisé avec des talons de dix centimètres.

*
* *

Caroline jeta un coup d'œil sur son plan de fortune, puis s'arrêta devant une porte en métal. Elle composa le code que Dominic lui avait fourni et ouvrit la lourde porte. Dans la petite pièce se trouvait une tour qui renfermait ce qui ressemblait à une dizaine d'ordinateurs empilés derrière une vitre de verre. Des lumières clignotaient partout, dans un enchevêtrement de fils.

Caroline ouvrit la porte vitrée, repéra le bouton « eject » et appuya dessus. Aussitôt, la cartouche de sauvegarde jaillit de la tour. Elle la prit et ressortit bien vite de la pièce. Elle se dirigeait vers les ascenseurs lorsqu'un bruit de pas précipités lui glaça le sang. En se retournant, elle vit un homme et une petite femme surgir au coin du couloir.

— Que faites-vous ici, Caroline ? cria Mark Hernandez.

Elle ne pouvait pas répondre à cette question. La logique aurait voulu qu'elle s'avance vers eux et qu'elle leur tende la cartouche pour qu'ils puissent trouver ce qu'ils cherchaient, mais son instinct l'en empêchait.

L'adrénaline coulait à flots dans ses veines. Les choses n'étaient pas censées se passer comme ça, Dominic et elle devaient obtenir les réponses en premier avant d'aller voir la police. S'ils se faisaient prendre maintenant, Dominic serait placé en garde à vue, dans une cellule. Il lui avait dit qu'il ne supporterait pas l'enfermement une seconde fois. Il fallait qu'elle le protège.

Dans un mouvement de panique, elle se mit à courir, la cartouche serrée dans sa main. Elle n'avait aucune idée d'où elle allait, mais arrivée au bout d'un couloir, elle vit un panneau SORTIE au-dessus d'une porte. Sans hésiter, elle poussa celle-ci et s'élança dans l'escalier de métal. Après avoir descendu trois étages, elle s'arrêta pour reprendre son souffle. Elle entendait des bruits de pas au-dessus d'elle.

— Caroline, vous n'êtes pas obligée de vous enfuir. Nous essayons de vous aider, cria Nora d'une voix essoufflée.

En levant la tête, Caroline aperçut la jeune femme penchée au-dessus de la rampe, à bout de souffle.

— Vous devez le laisser partir, répondit-elle, surprise d'entendre son propre désespoir résonner dans la cage d'escalier. Ensuite, je vous donnerai ce que vous cherchez. Mais vous ne pouvez pas l'emmener.

— Il n'a pas le choix, dit Nora. Il faut qu'il nous parle pour que tout cela se termine.

Caroline ne pouvait pas les laisser faire ça. Elle devait rejoindre Dominic, l'aider à s'enfuir. Ensuite, elle remettrait la cartouche à Nora et lui dirait quoi faire. Elle accéléra sa course, descendant les marches deux par deux, jusqu'à ce qu'elle entende un gros bruit de chute au-dessus d'elle.

— Fichus talons ! jura Nora.

Arrivée tout en bas, Caroline se jeta sur la porte de l'escalier et déboula dans le hall d'entrée, prête à foncer sur l'agent de sécurité s'il le fallait — heureusement, il n'était plus là. Lorsque les portes coulissantes qui menaient dehors s'ouvrirent devant elle, Caroline s'arrêta net.

La pluie tombait à flots autour d'elle. Elle glissa la cartouche dans la poche de son jean pour la protéger.

Elle arrivait trop tard.

Dominic était à moitié couché sur le capot de la BMW. Mark Hernandez se tenait debout derrière lui, et il lui passait les menottes. Bien qu'elle ne pût entendre ce qu'il disait à cette distance, Caroline comprit que le détective lui lisait ses droits.

Quelque chose se brisa en elle. Ce n'était pas censé se passer comme ça. Il était innocent, il ne pouvait pas aller en prison. Elle ne voulait pas le perdre de nouveau.

Il était sa seule famille.

— Laissez-le !

Surpris par ce cri hystérique, Mark releva la tête et recula d'un pas. Il sentit deux mains s'abattre sur son torse avec une force stupéfiante qui faillit le faire tomber par terre.

— Mais enfin ! s'exclama-t-il.

Il ne s'attendait pas à cela de la part de Caroline. Nora, peut-être, mais sûrement pas Caroline.

— Caroline, arrête ! cria Dominic.

— Enlevez-lui les menottes ! hurla-t-elle, d'une voix si féroce que Mark songea à sortir son arme.

— Caroline ! répéta Dominic.

Celui-ci réussit à se redresser et vint se planter devant elle.

— Ils ne peuvent pas faire ça, dit-elle, les poings serrés. Je ne les laisserai pas faire !

Mark haussa les sourcils. Il se demandait comment elle avait l'intention de l'en empêcher, mais ne dit rien, puisque Santos tentait de la calmer.

— Ça va aller, lui disait-il. Tu vas venir avec moi au poste.

Elle leva les mains vers le visage de Dominic, tentant bêtement d'essuyer la pluie sur ses joues. Quel regard ! songea Mark. Bon sang, quand il se marierait, d'ici trente ou quarante ans, il voulait que sa femme le regarde comme ça.

— J'ai la cartouche, chuchota-t-elle à Dominic.

— Très bien. Nous allons la donner à la police. Ça va aller.

— Il n'a pas besoin d'être menotté ! aboya Caroline.

Mark cligna des yeux.

— C'est peut-être vous que je devrais menotter, répondit-il. Ecoutez, il faut que je l'emmène au poste pour l'interroger. Il est recherché par la police. Il n'aurait pas dû s'enfuir, et il le sait. Alors reculez, et laissez-moi faire mon travail. Plus vite ce sera terminé, mieux ce sera. Pour vous deux.

A ce moment-là, Nora les rejoignit enfin en trottinant, ses chaussures à la main.

— Waouh ! Vous manquez vraiment d'entraînement ! observa Mark tandis qu'elle se pliait en deux pour reprendre son souffle. Il faudrait faire un peu plus de sport.

— Vous vous fichez de moi ? rétorqua-t-elle. Vous avez pris l'ascenseur !

17

— Vous ne pouvez pas l'enfermer dans une cellule.

Nora tendit un gobelet de café à Caroline.

— Mark n'est pas un ennemi, ne vous trompez pas. Il veut trouver celui qui a fait ça, pas seulement arrêter quelqu'un. C'est un bon policier.

Caroline accepta la boisson sans rien répondre. Les deux femmes, trempées jusqu'aux os, étaient assises sur un banc dans le hall du bureau de police. Des agents et des criminels, des avocats et des victimes allaient et venaient. La nuit était déjà bien avancée, mais il y avait tant d'agitation qu'on aurait pu se croire en pleine journée.

— Est-ce que je peux vous poser une question ? demanda Nora, qui n'aimait pas les longs silences.

Caroline acquiesça.

— Pourquoi êtes-vous restée avec lui ? J'étais là quand vous avez appris ce qu'il avait fait étant plus jeune. Vous êtes partie en Virginie, et je me suis dit que c'était compréhensible. Mais si vous êtes revenue, c'est qu'il devait y avoir une raison.

— Je ne suis pas revenue seule, lui rappela Caroline. Dominic m'attendait chez moi. C'est là qu'il se cachait. Il m'a appelée, m'a dit de rentrer chez moi. Je pensais qu'il me chassait, mais ce n'était pas le cas.

— Vous êtes donc revenue avec lui. Mais vous n'étiez pas obligée.

— Non, c'est moi qui ai insisté. Je voulais l'aider à prouver son innocence.

Caroline remua sur le banc.

— Je suis venue parce que je l'aime, ajouta-t-elle.

Nora sourit. Elle n'était pas sûre de savoir pourquoi, mais cela lui faisait plaisir d'apprendre que cette femme resterait avec lui.

— C'est bien ce que je pensais, dit-elle. Vous aviez l'air amoureuse.

— Je ne suis pas du genre à avoir le coup de foudre, se défendit Caroline. Je suis bien trop poule mouillée pour prendre un tel risque. Mais il y avait quelque chose chez cet homme qui m'intriguait… Quand j'ai vu sa photo pour la première fois, j'ai trouvé qu'il avait l'air seul. Ne lui dites pas que je vous ai dit ça, je crois qu'il ne serait pas content. Mais j'ai regardé cette photo pendant des heures. J'avais le sentiment que je pouvais lui être utile.

— Et vous le serez, quand toute cette histoire sera réglée. Dominic a besoin de quelqu'un — il a toujours eu besoin de quelqu'un. Il n'a pas voulu que ce soit moi…

Nora s'interrompit.

— Oh ! je ne voulais pas dire que… Nous n'étions pas en couple, nous travaillions juste ensemble.

— Je sais que vous êtes sa sœur, la rassura Caroline.

— Ah, il vous l'a dit.

Nora sentit une douce chaleur lui réchauffer le cœur. Elle avait toujours su pourquoi il voulait tenir leur relation secrète : il fallait qu'il garde le contrôle sur son passé. Il lui avait fourni un emploi, une vie, elle ne pouvait donc pas lui en vouloir. Elle s'était cependant sentie mise à l'écart. Bien sûr, il avait certainement été contraint de révéler ce secret à Caroline, mais Nora avait enfin l'impression d'être liée à lui.

— Ça veut dire qu'on est un peu comme des sœurs, observa-t-elle.

Lentement, elles se tournèrent l'une vers l'autre.

— Je n'ai jamais eu de sœur, murmura Caroline, les yeux embués de larmes.

— Moi non plus, répondit Nora, la gorge serrée par l'émotion. On pourrait peut-être aller faire les magasins ensemble, un jour ?

— Ça me plairait, oui.

— Super, conclut Nora, avant de sourire d'un air triste. Enfin, quand nous aurons prouvé que Dominic est innocent, ajouta-t-elle.

L'énormité de la situation s'imposa de nouveau à elles.

— Il ne peut pas aller en prison, murmura Caroline.

Nora lui prit la main.

Dominic était assis sur une chaise en métal dans la salle d'interrogatoire. L'équipement de la pièce était spartiate : deux chaises, une table et l'habituel miroir sans tain. Il n'y avait pas de fenêtre.

Il savait qu'on le faisait attendre pour accroître son sentiment d'isolement et d'angoisse et, déjà, la claustrophobie le gagnait. Mais il lutta. Il ne pouvait plus avoir peur pour sa peau. Plus maintenant.

Seule Caroline occupait ses pensées. S'il ne parvenait pas à prouver que Steven avait tué Denny, il aurait le choix entre s'enfuir et aller en prison. Et dans les deux cas, Caroline souffrirait.

Parce qu'elle l'aimait, qu'elle le veuille ou non. Et cette réalité l'ennuyait bien plus que de se trouver dans une petite pièce fermée.

La porte s'ouvrit enfin, et le détective qui s'était présenté sous le nom de Mark Hernandez entra dans la salle.

— Ça va, vous tenez le coup ? lui demanda-t-il.

C'était un bon flic, Dominic le sentit tout de suite.

— A votre avis ?

— Vous voulez quelque chose à boire ?

— Non.

— Vous avez tué Denny Haskell ?

Dominic leva les yeux vers Hernandez.

— Non.

— Qui, alors ?

— C'est vous l'enquêteur, pas moi.

— Moi, je pense que c'est vous qui l'avez tué.

Dominic soutint son regard.

— Je ne vous crois pas.

Mark écarta la chaise libre de la table, faisant crisser les pieds sur le sol. Il l'enfourcha et croisa les bras sur le dossier.

— Vous avez raison. Je ne pense pas que vous l'ayez tué.

— J'ai envoyé un e-mail…

— Oui, je sais, l'interrompit Mark. Mais pour moi, cet e-mail n'a aucune valeur. Nora est une as de l'informatique et elle fait tout ce qu'elle peut pour me convaincre que vous êtes innocent. Vous êtes au courant, pour votre secrétaire ?

Dominic fronça les sourcils.

— Serena ? Que lui est-il arrivé ?

— Elle est morte.

La nouvelle, annoncée sans aucune préparation, lui coupa le souffle. Il eut du mal à comprendre tout de suite le sens des mots. Serena morte. Serena, morte.

— Qui a fait ça ? Comment ? balbutia-t-il.

— Eh bien, voilà ce que le bon sens nous pousse à croire : vous voliez de l'argent à votre propre entreprise. Haskell l'a découvert et vous est tombé dessus. Vous l'avez suivi avec votre Mercedes, vous l'avez poussé dans le ravin, vous avez abandonné la voiture quelque part, puis vous êtes revenu au bureau en douce, pour que les caméras ne vous voient repartir que le lendemain matin. Mais ensuite, vous avez eu peur, alors vous avez retiré de l'argent liquide sur un des comptes de l'entreprise pour vous enfuir. Au bout d'un moment, vous vous êtes avisé que votre secrétaire était peut-être au courant de votre projet de détournement de fonds, alors vous l'avez supprimée, elle aussi. Elle est également morte dans un accident de voiture, et on a retrouvé des traces de peinture provenant de la même Mercedes.

— Pourquoi volerais-je de l'argent à une entreprise prospère qui m'appartient ?

— C'est moi qui suis censé poser les questions.

— Vous ne m'en avez pas encore posé, fit remarquer Dominic.

— J'y viens, répliqua Mark sèchement. Vous savez, je commence déjà à voir une ressemblance entre vous et votre sœur.

Dominic haussa les sourcils.

— Oui, je suis aussi au courant de ça. Je connais votre passé de criminel, je sais ce qui s'est passé avec votre père. Et je sais aussi ce que vous avez fait pour Nora.

Dominic garda le silence.

— Aviez-vous prévu de détourner ces deux millions de dollars ?

— Non.

— Quand avez-vous découvert que les relevés avaient été modifiés ?

— Cette nuit-là. Quand j'ai vu que les chiffres avaient été changés, je me suis dit que c'était une erreur. Ou une blague. Mais après le coup de fil de Steven, j'ai compris qu'on m'avait tendu un piège. Du fait de mon passé, je ne pouvais pas espérer que quiconque, et en particulier la police, me croirait. Je suis donc parti.

— Parlez-moi de ce programme pour lequel vous êtes revenu ici. Celui dont vous avez parlé à Nora.

— Il est très dangereux. Entre de mauvaises mains, il pourrait faire des ravages.

— Vous pensez que Denny a été tué à cause de ça ?

— C'est la seule explication. Il en a parlé à quelqu'un, c'est tout ce que je sais. Je crois qu'on l'a tué pour l'empêcher d'en parler à d'autres gens.

Hernandez secoua la tête.

— Haskell n'a pas été tué sans préméditation. Les relevés financiers ont été modifiés avant sa mort. Celui qui a fait ça avait un plan. Il voulait faire d'une pierre deux coups.

Soudain, Dominic comprit que Serena avait été impliquée dans ce piège qu'on lui avait tendu. Elle avait accès à ses dossiers, elle pouvait très bien avoir changé les chiffres des relevés financiers. De savoir qu'elle l'avait trahi lui faisait presque autant mal que d'avoir appris sa mort.

— J'imagine que vous soupçonnez Steven Ford, avança Mark.

— Oui, répondit Dominic, les lèvres serrées.

— Pourquoi ?

— Peut-être qu'un tiers des bénéfices de l'entreprise ne lui suffisait plus. Je n'aurais jamais approuvé le développement du projet de Denny. Jamais. Si Steven était au courant et qu'il voulait nous rayer de la carte, Denny et moi, c'était la meilleure solution pour parvenir à ses fins. Il faisait d'une pierre deux coups, et l'entreprise était à lui.

— Je vais faire venir Steven pour l'interroger, annonça Mark en se levant. En attendant, je vous mets en garde à vue. Vous pouvez appeler un avocat.

— Je n'ai pas encore besoin d'un avocat.

— Très bien. Mais je veux que vous restiez tranquille jusqu'à ce que Ford me donne sa version de l'histoire.

Dominic acquiesça.

— Bon, j'imagine que quand votre femme va apprendre que je vous garde, elle va encore me frapper ?

Pour la première fois depuis bien longtemps, Dominic se sentit sourire.

— Oui, c'est probable.

Le détective se dirigea vers la porte, avant de s'arrêter.

— Est-ce que vous savez si Denny avait une petite amie ?

— Denny ? Non. Vous ne le connaissiez pas, ce n'était pas un adepte des relations sociales.

Dominic regardait ses mains lorsqu'un souvenir lui revint soudain à la mémoire.

— Attendez. Caroline m'a dit quelque chose, un jour où l'on se disputait. Que des rumeurs couraient au bureau sur le fait que Denny était amoureux. Je n'y croyais pas, je pensais qu'il ne s'agissait que de commérages.

Hernandez l'observa un moment, l'air pensif.

— Je reviens bientôt, dit-il, avant de refermer la porte derrière lui.

Mark s'arrêta devant les deux femmes, qui s'appuyaient l'une contre l'autre comme pour se soutenir.

— Pourquoi vous ne rentrez pas chez vous, toutes les deux ?

— Je ne partirai pas sans Dominic, répondit Caroline.

— Ecoutez, ça risque de prendre du temps. Je dois le garder ici le temps de régler certaines questions. Ça ne sert à rien de rester là toute la nuit à l'attendre.

— Je ne…

— … partirai pas, finit-il à sa place. Non seulement vous êtes violente, mais vous êtes têtue comme une mule. Hé ! Minipouce, réveillez-vous !

Mark donna un léger coup dans la jambe de Nora, qui releva brusquement la tête.

— Quoi ? Je ne dormais pas.

— Ramenez Mme Santos chez elle. C'est bien Mme Santos ?

— Parfaitement.

Mark s'accroupit devant Caroline.

— Ecoutez, je comprends que vous ayez envie de soutenir votre homme, mais vous ne lui êtes d'aucune utilité en restant assise sur une chaise sans dormir. Rentrez chez vous. Prenez un bain chaud, faites je ne sais quoi, ce que les femmes font. Vous reviendrez demain et vous serez prête pour la suite.

— C'est quoi, la suite ? s'enquit-elle avec lassitude.

— Je ne sais pas. Mais je veux la vérité, Caroline, même si ce n'est pas la réponse la plus facile.

Il détestait la lueur de doute qu'il percevait dans son regard.

— Faites-moi confiance, ajouta-t-il.

— Je vous l'ai dit, intervint Nora. Hernandez n'est

pas le pire détective au monde. Je crois qu'on peut lui faire confiance.

Mark se redressa et sourit à sa petite partenaire.

— Vous savez, Minipouce, continuez à parler comme ça et je vais finir par croire que vous m'aimez bien.

— Je vais faire attention, alors. Venez, Caroline. Partons d'ici.

Nora prit Caroline par le bras et s'apprêtait à l'entraîner dehors, quand elles s'arrêtèrent brusquement. Mark se demanda ce qui se passait jusqu'à ce qu'il remarque que Steven Ford venait d'entrer.

— Caroline ! cria celui-ci en se précipitant vers elle. Est-ce que c'est vrai ? Dominic est ici ? Il va bien ?

— Ne m'approchez pas, grogna Caroline.

Mark vit qu'elle s'accrochait au bras de Nora comme à une bouée de sauvetage.

— Partons d'ici. Maintenant.

Les deux femmes sortirent du poste de police, laissant Steven visiblement déconcerté.

— Je ne comprends pas, dit-il. Attendez !

— Laissez-les partir, fit Mark en s'approchant de lui.

— Je ne comprends pas. Qu'est-ce qui se passe ? Je veux voir Dominic.

— Chaque chose en son temps. J'ai quelques questions à vous poser, lui annonça Mark en l'entraînant dans le couloir qui menait à la salle d'interrogatoire.

— Où est Dominic ?

— Asseyez-vous, monsieur Ford. Si vous le voulez, vous pouvez appeler votre avocat.

— Mais je ne veux pas d'avocat ! Je veux qu'on m'explique ce qui se passe.

— Ce qui se passe ? Denny Haskell et Serena Almonde sont morts.

— Serena ? murmura Steven en se laissant tomber sur une chaise. Non, ce n'est pas possible !

— Des policiers l'ont retrouvée dans sa voiture il y a quelques heures. Elle a été tuée hier en début d'après-midi.

— Comment ?

— Sa voiture a percuté un arbre.

Steven Ford grimaça.

— Où étiez-vous hier aux alentours de midi, monsieur Ford ?

— Au bureau.

— Avez-vous une idée des raisons qui auraient pu pousser quelqu'un à tuer Serena ?

— Je n'ai toujours aucune idée des raisons qui ont pu pousser quelqu'un à tuer Denny ! s'écria Steven. Tout cela n'a aucun sens.

On frappa discrètement à la porte. Un officier en uniforme tendit un bout de papier à Mark, puis repartit.

Après avoir parcouru le message, Mark leva les yeux vers Steven et décida de tenter le tout pour le tout.

— Vous ne savez donc pas pourquoi quelqu'un a pu vouloir tuer Denny ? lui demanda-t-il.

— Non.

— Monsieur Ford, saviez-vous que votre femme avait une liaison avec lui ?

Dominic était assis dans un coin de la cellule de garde à vue. Il tentait de se persuader, en vain, que ce n'était pas comme la vraie prison. Les barreaux étaient tout aussi solides, la perte de liberté tout aussi forte. Ceux qui avaient conçu cette cage savaient. A l'intérieur, un homme perdait sa dignité, sa liberté et son ego. A l'intérieur, un homme n'était pas le même qu'à l'extérieur.

Pour ne plus y penser, il ferma les yeux. Serena était morte. Assassinée. Pourquoi s'était-elle mêlée à toute cette histoire ? Pour l'argent, sans doute. Caroline ne lui avait-elle pas dit que Serena tentait de faire entrer des membres de sa famille sur le territoire américain ? Au moins, il pouvait se dire qu'elle avait fait cela par désespoir.

Les raisons de Steven étaient beaucoup moins claires.

Dominic retraça en esprit la chronologie des événements. Steven avait dû apprendre l'existence du programme que Denny avait créé, se rendre compte de son potentiel et décider qu'il le voulait pour lui tout seul. Il avait donc altéré les comptes, demandé à Serena d'intégrer les modifications sur l'ordinateur de Dominic, avant de tuer Denny et d'attendre que son plan porte ses fruits.

Seulement, l'argent se trouvait toujours sur les comptes de l'entreprise. S'il s'agissait d'un coup monté, celui-ci était tout de même bancal. Dominic ne se serait sans doute pas enfui s'il n'avait pas eu de passé criminel, et ç'aurait été sa parole contre celle de Steven.

Etait-il possible que Denny ait révélé à Steven leur passé commun en prison ? Dominic avait du mal à imaginer Denny se confiant à Steven. Les deux hommes n'avaient jamais été proches.

C'était étrange. Steven gagnait déjà énormément d'argent avec sa part des profits de l'entreprise, même s'il devait rembourser l'emprunt qu'il avait contracté auprès de Russell. Des trois associés, c'était le moins ambitieux. D'ailleurs, sans l'influence de son beau-père, il n'aurait certainement jamais songé à devenir partenaire. Alors que prévoyait-il de faire avec le programme de Denny, après l'avoir récupéré ?

*
* *

— Denny ?

Mark observait la réaction de son suspect, qui semblait sincèrement choqué et incrédule. Mais cela ne l'impressionnait pas : la plupart des criminels pouvaient simuler ce genre de réaction très facilement.

— C'est impossible.

— Denny avait votre numéro dans le répertoire de son téléphone.

— Cela ne veut rien dire.

— Le journal des appels indique qu'il a téléphoné chez vous la nuit où il a été tué. A mon avis, il a parlé avec votre femme. C'est ça qui a tout déclenché ? Vous l'avez surprise en train de parler avec lui, et vous avez pété un plomb ?

— Ne soyez pas ridicule ! C'est du délire. Anne détestait Denny. Il la dégoûtait.

— C'est un mot un peu fort. S'il la dégoûtait, comment se fait-il qu'on ait retrouvé les empreintes de votre femme sur un magazine dans le bureau de Denny ? Je vous rappelle qu'on a pris les empreintes de toutes les personnes en lien avec cette affaire, pour pouvoir repérer celles de personnes étrangères. Avez-vous une idée de ce que votre épouse pouvait bien faire dans le bureau de votre collègue ?

Steven ouvrit la bouche, puis la referma.

Mark tira sa chaise tout près de lui pour pouvoir scruter son visage.

— Je voudrais vous poser une question, Steven. Savez-vous si votre femme vous a déjà trompé avant ?

L'espace d'une seconde, le regard de Steven s'assombrit de rage. Cette réponse suffisait amplement à Mark.

— Je suis désolé, dit-il. Sincèrement désolé. Qui était-ce ?

— Dominic Santos, grommela Steven.

— Vous vous trompiez complètement, Santos.

Dominic bondit sur ses pieds en entendant le détective approcher de sa cellule.

— Il ne s'agissait pas de votre obscur programme informatique, continua Hernandez en ouvrant la porte. Il s'agissait du deuxième plus grand motif de meurtre : la vengeance. Tout simplement.

— Qu'est-ce que vous dites ? Steven voulait se venger ? De moi ?

— De vous, et de Denny. Mais pas pour les raisons que vous pensez. J'ai une question à vous poser, Santos. Avez-vous eu une aventure avec Anne Ford ?

Dominic se laissa retomber sur le banc de la cellule.

— Ce n'était pas une aventure. Anne m'a fait des avances, mais il ne s'est rien passé.

— Mais elle a essayé quand même. Et ce n'est pas très plaisant quand on se trouve à la place du mari. Ensuite, elle fait la même chose avec l'autre associé et…

— Anne et Denny ? C'est ridicule !

— C'est ce que tout le monde me dit. Mais j'ai trouvé un magazine dans le bureau de Denny avec les empreintes de Mme Ford partout dessus. Le numéro des Ford apparaissait dans le répertoire du portable de Denny, qui a appelé chez eux la nuit de sa mort. Et en ce moment, j'ai le mari cocu en train de pleurer comme un bébé dans la salle d'interrogatoire.

— Il a avoué ?

— Pas encore, mais ça ne saurait tarder. Tout colle. Il

voulait faire payer Denny pour avoir couché avec sa femme. Il voulait vous faire payer parce qu'elle s'est intéressée à vous. Denny est mort, vous êtes en prison. Il garde l'entreprise pour lui, et quittera sans doute sa femme.

Dominic réfléchit à cette théorie. Il avait du mal à y croire.

— Vous ne connaissez pas Anne, dit-il. Ça ne lui ressemble vraiment pas d'avoir une aventure avec quelqu'un comme Denny.

— Oui, Ford m'a dit que Denny la dégoûtait, mais on ne sait jamais ce qui se passe dans la tête d'une femme. Prenez Nora, par exemple. Quel genre de type l'attire, à votre avis ? Ce n'est pas que ça m'intéresse particulièrement, j'essaie juste de vous convaincre.

Dominic ignora sa question. Anne et Denny… Anne détestait son allure débraillée. Elle détestait sa manière de parler constamment de ses programmes. Elle le méprisait. Alors qu'est-ce qui l'avait poussée à coucher avec lui ? Essayait-elle de faire payer quelque chose à Steven ?

Non.

Dominic sentit une sensation de froid se répandre dans son corps.

— Vous aviez raison, dit-il à Hernandez, qui discourait toujours sur les goûts de Nora en matière d'hommes.

Le détective se tut.

— A propos de quoi ? lui demanda-t-il.

— Il ne s'agissait pas du programme, mais de vengeance.

— Je sais, c'est ce que je vous ai dit. Ford voulait se venger des hommes auxquels sa femme s'intéressait plus qu'à lui.

— Non, dit Dominic en se ruant hors de la cellule. Il s'agit bien d'une vengeance, mais pas celle de Steven.

18

— Une piscine intérieure. Une maison en bord de mer. Une belle-sœur qui écrit des romans à succès. Je crois qu'il va vraiment falloir que je vous rende visite plus souvent.

Caroline sourit à Nora, qui se mit à l'aise sur le canapé.

Quel bonheur de rentrer à la maison ! Car chez elle, c'était ici. Elle le savait. C'était toute la différence entre la peur qu'elle avait ressentie dans sa maison de Leesburg et l'espoir qu'elle ressentait maintenant. Steven était en garde à vue, la vérité éclaterait et tout serait fini.

Dès que Dominic pousserait la porte, elle le demanderait en mariage.

Caroline repensa à leur premier mariage, à Las Vegas. Il avait été rapide, efficace. Elle n'avait pas voulu autre chose. Et de toute façon, même si elle avait voulu plus, elle n'était pas sûre qu'il aurait accepté.

Les choses étaient différentes, à présent. Ils étaient honnêtes l'un envers l'autre, ouverts, et elle n'avait pas l'intention de garder pour elle ce qu'elle désirait de leur mariage. Elle ne marcherait plus jamais sur des œufs ; la poule mouillée était définitivement morte et enterrée.

En pensant à la manière dont Dominic admirait sa sérénité, elle se demanda comment il apprécierait sa fougue.

— Tu as déjà été demoiselle d'honneur, Nora ?

Nora haussa les sourcils, exactement comme son frère avait l'habitude de le faire.

— Tu veux me voir avec un gros nœud rose sur les fesses ?

Caroline se mit à rire.

— Peut-être pas rose.

— C'est d'accord. Tout ce qui peut le rendre heureux, j'accepte.

— Parce que tu penses que tu lui dois quelque chose, devina Caroline. Tu sais que ça ne lui plairait pas de savoir cela.

— Je ne peux pas faire autrement, répondit Nora. Il m'a sauvé la vie.

— Tu sais qu'il était là, le jour de la remise des diplômes de ton école ? Et l'une des raisons pour lesquelles il tenait à obtenir ce contrat avec le gouvernement, c'était pour avoir l'occasion de venir de te voir plus souvent. Il voulait te connaître mieux.

La surprise de Nora était manifeste, et son sourire en disait long sur ce qu'elle ressentait.

— Merci de me l'avoir dit. Et si je me mets à l'appeler frangin, tu crois qu'il va s'énerver ?

— Oui, je crois. Mais je pense aussi que tu devrais l'appeler comme ça si ça te fait plaisir. Bon, je vais aller nager un peu pour essayer de me détendre. Tu veux venir ?

— Faire du sport ? Ce soir ? Eh ! tu m'as déjà fait courir un cent mètres dans des escaliers, je te rappelle ! J'ai eu ma dose d'exercice physique pour la semaine.

Nora s'empara de la télécommande et se mit à faire défiler les chaînes sur l'écran plat.

— Si tu as envie de dormir, il y a une chambre d'amis à l'étage, lui proposa Caroline.

— Non, je reste ici. Je suis sûre que Hernandez va passer dès qu'il aura du nouveau.

Lorsqu'elle eut enfilé son maillot de bain, Caroline alluma uniquement les lumières du bassin, préférant laisser le reste de la pièce dans le noir. De cette manière, elle pouvait mieux voir les étoiles qui brillaient dans le ciel, maintenant que le vent avait chassé les nuages.

Elle savoura le plaisir de plonger dans l'eau tiède d'un seul coup, de sentir ses mains briser la surface et son corps s'enfoncer profondément.

Combien de temps pourrait-elle rester sous l'eau, loin du bruit ? Prolonger cette sensation d'être en train de voler…

Parvenue au centre de la piscine, elle remonta à la surface pour reprendre son souffle, puis replongea aussitôt.

Elle se concentrait sur la lumière qui brillait au milieu des marches de l'échelle, devant elle, quand soudain, celle-ci s'éteignit. Caroline sortit la tête de l'eau, pensant que l'ampoule avait grillé. Elle se trompait.

— Bonjour, Caroline.

— Anne, souffla-t-elle, tentant de recouvrer sa respiration. Qu'est-ce que vous faites ici ?

Caroline monta les marches pour sortir de la piscine. Anne lui tendait une serviette, qu'elle prit d'une main hésitante. Anne avait dû apprendre que Steven était accusé de meurtre. C'était suffisant pour mettre une femme en colère — Caroline était bien placée pour le savoir.

Se sentant vulnérable dans son maillot de bain, elle

s'enroula dans la serviette et repoussa ses cheveux mouillés de son visage.

— Qu'est-ce que vous faites ici ? répéta-t-elle.

Anne se contenta de sourire.

— J'ai entendu dire que Dominic était revenu. Tu dois être aux anges.

— C'est vrai, répondit Caroline, un peu surprise qu'Anne se mette soudain à la tutoyer.

Elle n'avait pas besoin de s'interroger sur la sensation qui s'emparait d'elle et transformait ses jambes en guimauve. C'était sa vieille amie la peur.

— Nora t'a fait entrer ?

Elle tourna la tête pour regarder en direction du salon, mais de là où elle était, elle ne voyait pas le canapé.

— Oui, elle était en train de regarder la télé. Elle m'a dit que tu étais ici.

La sensation se fit plus forte, ses oreilles se mirent à bourdonner. Nora n'aurait jamais envoyé Anne ici. Elle aurait d'abord cherché à savoir ce qu'elle faisait ici, pourquoi elle n'était pas au poste de police en train de soutenir son mari.

Anne avait fait quelque chose à Nora, c'était la seule explication.

— Toi et Steven, vous êtes de mèche dans cette histoire, devina-t-elle.

— Faux ! répondit Anne en ricanant. Allons, Caroline. Tu écris des romans à énigmes. Tu peux sans doute faire mieux que ça. Steven ? Tu penses qu'il est derrière tout ça ? Oh ! je t'en prie ! Steven n'aurait pas été capable de trouver les toilettes de son bureau si je ne l'avais pas accompagné.

— Je ne suis pas d'humeur à jouer aux devinettes, Anne, dit Caroline en reculant d'un pas.

— Mais tu n'es pas curieuse ? Tu vas mourir, Caroline. Tu ne veux pas savoir pourquoi ?

C'est seulement en entendant le mot *mourir* que Caroline vit le pistolet que la jeune femme tenait à la main, contre sa cuisse. Elle ne put détacher son regard de l'objet luisant.

— Allez, pose-moi la question, insista Anne.

— Pourquoi ? fit Caroline dans un filet de voix.

— Eh bien, il y a le programme de Denny. Il va m'être très utile lorsque j'aurai récupéré l'entreprise. Papa dit que nous allons nous faire plus d'argent que dans nos rêves les plus fous.

— Alors Russell est dans le coup, lui aussi.

— Il est au courant pour le programme, mais il ne sait pas tout ce que j'ai dû faire pour l'obtenir. Et j'ai dû en faire, des choses. L'argent sera ma récompense. D'ailleurs, je ne crois pas que tout cela en aurait valu la peine sans cela.

Anne parut réfléchir à ce qu'elle venait de dire.

— Ou peut-être que si, je ne suis pas sûre. En fait, ç'a été très excitant pour moi. J'ai toujours entendu dire que la vengeance avait un goût exquis, mais je ne savais pas à quel point ça pouvait être amusant, aussi.

— Pourquoi veux-tu te venger de moi ? Je te connais à peine.

— Pas de toi, imbécile. De Dominic. Tu n'es peut-être pas consciente de ça, mais ton mari a fait quelque chose que personne d'autre n'avait fait avant.

— Il t'a dit non, répondit Caroline en se rappelant ce qu'Anne lui avait confié — qu'on ne lui avait jamais rien refusé.

— Et je n'aime vraiment pas ça, répondit Anne.

Il était temps pour Caroline de penser à sauver sa peau.

Elle n'avait entendu aucun coup de feu, ce qui signifiait que Nora n'était peut-être pas morte. Avec un peu de chance, Anne l'avait simplement assommée, et elle avait déjà repris ses esprits. Elle appellerait peut-être à l'aide. Il fallait qu'elle se raccroche à cet espoir.

— Je n'ai pas supporté, reprit Anne. Regarde-moi, Caroline. C'est moi que Dominic aurait dû choisir.

— Bien sûr, marmonna Caroline, le regard toujours rivé sur le pistolet. Donc, tout a commencé quand Dominic m'a épousée ?

— Avant, ma chérie. Dès qu'il m'a rejetée. Tu vois, papa m'a appris à ne jamais accepter une réponse négative. C'est comme ça qu'on obtient ce qu'on veut dans la vie. Mais ça n'a pas marché avec Dominic. Ça m'a mise très en colère. Alors j'ai décidé que si je ne pouvais pas l'avoir lui, je prendrais ce qui lui tient le plus à cœur.

— Son entreprise.

— Bingo !

Anne approchait de la fin de son histoire. Aucun son ne leur parvenait depuis le salon. Caroline devait agir vite.

— J'ai commencé à coucher avec Denny, reprit Anne. Laisse-moi te dire que ça n'a pas été de la tarte, mais c'était la seule solution pour obtenir les informations dont j'avais besoin sur Dominic. J'ai appris que Denny et lui s'étaient connus en prison, et c'est à ce moment-là que j'ai su comment j'allais assouvir ma vengeance.

— Ce n'était pas juste pour Denny.

— Je suppose que non. Et naturellement, il a failli tout gâcher en parlant à Dominic du projet sur lequel il travaillait. Je voulais avoir le programme en main avant de faire quoi que ce soit d'autre. De toute façon, Denny devait mourir pour que sa part de l'entreprise revienne à Steven et à Dominic. J'ai trafiqué les comptes pour faire croire que Dominic détournait de l'argent. Serena m'a beaucoup aidée, pour la modique somme de cent mille dollars. Tu comprends, sa nièce à Mexico est malade, la pauvrette, et son frère n'arrive pas à obtenir de visa pour venir ici. Serena voulait payer un passeur pour leur faire traverser la frontière. J'ai hésité à lui laisser l'argent et la vie sauve, mais ce n'était pas possible. Elle en savait trop.

Caroline avait la nausée en entendant cette femme expliquer, sans la moindre émotion, pourquoi elle avait ôté la vie à deux personnes.

— Voilà comment je voyais les choses, continua Anne. Dominic retourne en prison, juste vengeance. Il vend sa part à Steven pour sauver l'entreprise. Je donne naissance à un enfant pour m'assurer que l'entreprise nous revient, ou plutôt, *me* revient. Et je gagne. La seule chose à laquelle je n'avais pas pensé, c'est…

— Moi.

— Toi. Tu tombes enceinte, et Dominic ne vend plus sa part. Tu as un bébé, je suis obligée de partager l'entreprise. Je n'aime pas partager. Je prévoyais de me débarrasser de toi d'abord, mais, comme je l'ai dit, Denny a tout gâché. Si tu étais rentrée chez toi et que tu n'étais pas revenue, j'aurais pu t'épargner. Je ne suis pas un monstre, Caroline. J'ai déjà obtenu tout ce que je voulais. Mais quand Steven m'a appris que vous étiez rentrés tous les deux, je n'ai plus eu le choix. Tu dois mourir. Désolée.

Anne haussa les épaules comme si elle l'était réellement.

— Steven est en garde à vue, à l'heure qu'il est, rétorqua Caroline. Ils savent que Dominic n'a pas tué Denny. Tu as perdu. Tu ne pourras pas t'échapper.

— Sauf si Dominic revient chez lui et tue sa femme ainsi que l'agent du FBI dans un accès de rage. La prison peut faire des ravages chez un homme. Ensuite, il se tue, et on retourne à la case départ. Tu écris des romans policiers, Caroline. Tu sais comment ça marche, il faut des preuves. On ne peut pas arrêter quelqu'un sans cela. Or, il n'y a aucune preuve que Steven a tué Denny, aucune preuve non plus que je l'ai tué. Les gens auront peut-être des doutes, mais ils ne pourront rien faire. Nous allons monter dans le salon, attendre que Dominic rentre, et tout se déroulera selon mes plans. Heureusement pour moi, papa est en train de se promener en ville avec une jeune femme qui, bizarrement, me ressemble beaucoup, et il y aura un certain nombre de caméras de surveillance pour me fournir un solide alibi.

Anne secoua le pistolet dans sa main pour faire signe à Caroline d'avancer.

— Allons-y. Finissons-en.

Oui, finissons-en, songea Caroline en prenant une grande inspiration. Elle se mit en marche, comme pour se diriger vers le salon. Mais au dernier moment, elle se retourna et se jeta sur Anne.

Caroline avait eu l'effet de surprise pour elle. Les deux femmes plongèrent ensemble dans l'eau sombre de la piscine.

— Il faut que je parle à Steven, dit Dominic à Mark.

Sa panique devait être palpable, car le détective le conduisit sans poser de questions en salle d'interrogatoire.

Steven était toujours assis, bouche bée, comme si le monde venait de s'effondrer autour de lui. Il pouvait avoir l'air coupable, mais Dominic savait qu'il ne l'était pas.

— Steven, l'appela-t-il.

Son associé se retourna et le regarda.

— Je l'ai vu venir, dit-il sans préambule. A cette stupide fête qu'elle avait organisée l'an dernier pour Halloween. Elle avait envie de toi, je le sentais. Quand je l'ai vue t'entraîner vers une chambre à l'arrière de la maison, je n'ai pas pu vous suivre, parce que je savais que je la perdrais.

— Je suis navré que tu t'en sois rendu compte, répondit Dominic en s'asseyant en face de Steven. Mais il ne s'est rien passé.

— Je sais. Elle était tellement furieuse en rejoignant le reste des invités ! Elle prétendait que c'était à cause du traiteur qui avait mal fait son boulot, mais je savais bien que ce n'était pas ça. Tu lui avais dit non. Elle ne supporte pas bien qu'on lui refuse quelque chose.

Dominic ferma les yeux.

— Tu sais que c'est elle, n'est-ce pas ?

Steven acquiesça, puis se prit la tête entre les mains. Il se mit à rire nerveusement. Dominic posa une main sur son épaule pour le calmer.

— Ça lui ressemble tellement ! s'exclama Steven. Elle fait toujours tout à fond, intensément.

— Où est-elle, en ce moment ?

— Je l'ai laissée à la maison. Je lui ai dit que tu étais revenu, que tu avais été arrêté et que je devais aller te voir. Elle m'a répondu qu'elle attendrait à côté du téléphone.

Sa voix s'étrangla.

— Elle a couché avec Denny. Elle l'a fait uniquement pour que tout ça arrive.

— Appelez-la, lui suggéra Mark. Dites-lui qu'elle doit venir pour confirmer votre alibi. Dites-lui que la police vous soupçonne et que vous avez besoin de son aide.

Steven sortit son téléphone portable et le serra dans sa main.

— C'est ma femme, murmura-t-il en levant les yeux vers les deux hommes.

— C'est une meurtrière, répliqua Mark froidement. Appelez-la, ou nous allons la chercher avec les sirènes.

Steven s'exécuta.

— Elle ne répond pas, dit-il au bout d'un moment.

— Essayez sur son portable.

— Elle n'y répond jamais. Elle m'a dit qu'elle serait à la maison. Peut-être qu'elle n'a pas entendu le téléphone.

— Je ne veux pas prendre de risque, intervint Dominic, avant de se tourner vers le détective. Nous devons nous assurer que Caroline va bien. Maintenant.

— Vous, vous restez tranquille, dit Mark à Steven. Je vais vous envoyer un agent pour vous surveiller.

Lorsque ce fut fait, il entraîna Dominic jusqu'à sa voiture.

— Je conduis, dit ce dernier.

— Non, *je* conduis, fit Mark. Vous êtes trop stressé.

— Je jure devant Dieu que s'il lui arrive quelque chose…, grommela Dominic en s'installant sur le siège passager.

— Nora est avec elle, et elle est sans doute armée. Et même si elle ne l'est pas, je crois qu'on peut quand même compter sur elle.

Nora roula sur le dos en gémissant. Elle aurait juré que sa tête avait explosé. L'espace d'un instant, elle se demanda si ce n'était pas le cas. Mais non, c'était idiot. Si sa tête avait explosé, elle serait morte. Et les morts ne gémissent pas.

« Réfléchis », s'enjoignit-elle.

Si cela n'avait tenu qu'à elle, elle aurait fermé les yeux

pour fuir la douleur, mais il y avait cette angoisse qui la taraudait… et ce sentiment de danger et d'urgence, qui la poussaient à agir.

Agir, mais pour faire quoi ? Où était-elle ?

Chez Dominic. Elle était chez Dominic avec Caroline.

Où était Caroline ? Etait-ce elle qui l'avait frappée ? Non, il y avait quelqu'un d'autre dans la maison. Oh ! Seigneur…

Elle comprit soudain où était l'urgence : la vie de Caroline était menacée. Elle se souvint qu'elle était allée nager — elle devait être dans la piscine.

Un « plouf » retentissant le lui confirma bientôt.

L'eau les engloutit instantanément. Mais Caroline, sachant où elle allait, put s'adapter plus vite. En se dégageant de l'étreinte d'Anne, elle sentit un objet glisser le long de sa cuisse.

Le pistolet ! Anne l'avait laissé tomber, et il était en train de couler. Caroline battit énergiquement des jambes pour atteindre le fond de la piscine, mais elle ne voyait rien, l'éclairage du bassin ayant été éteint.

Elle remonta à la surface pour reprendre son souffle. Seul le clair de lune, à travers les nuages, offrait un semblant de lumière dans la pièce vitrée. Caroline entendait Anne respirer bruyamment.

— Sale garce ! pesta celle-ci.

Caroline resta immobile tandis que son ennemie se débattait dans l'eau, probablement gênée par ses vêtements. Plutôt que de répondre, elle replongea à la recherche du pistolet. Soudain, elle sentit une main se refermer autour de sa cheville. Elle agita furieusement le pied jusqu'à ce que l'étau se desserre, et refit surface un peu plus loin.

Mais le bruit rauque de sa respiration trahit sa position. Anne se retourna vers elle au moment où un nuage passait devant la lune, plongeant la pièce dans le noir. Anne ricana.

— Tu ne t'en sortiras pas comme ça !

Caroline devait récupérer cette arme. La piscine était grande, elle pouvait se trouver n'importe où ; mais en toute logique, elle n'avait pas dû tomber très loin de l'endroit où elles avaient plongé. Ce qui signifiait que Caroline devait faire en sorte de contourner Anne.

— Je suis là, Anne, lança-t-elle.

Aussitôt, la jeune femme se précipita dans sa direction. Caroline plongea et passa sous Anne. Lorsqu'elles refirent surface, cette dernière se trouvait à l'autre bout du bassin.

Sans un bruit, Caroline se glissa de nouveau sous l'eau. Sentant un objet solide frôler son pied, elle se contorsionna pour s'emparer de l'arme, puis poussa sur ses jambes pour remonter.

Tout en nageant le plus vite possible le long du rebord, elle entendit Anne qui se rapprochait dangereusement d'elle. Si seulement elle parvenait à sortir de la piscine avant elle… Caroline monta les marches de l'échelle, se retourna et tira un coup de feu en l'air.

La violence de la détonation faillit la faire tomber en arrière. Sans se déconcentrer, elle chercha Anne des yeux. Celle-ci s'était immobilisée au milieu du bassin, de l'eau jusqu'à la taille.

— Tu crois que tu auras le courage de me tirer dessus ? la provoqua-t-elle.

Caroline la maintenait en joue, mais ses mains tremblaient.

— Je ne veux pas te tuer, Anne. Rends-toi.

— Me rendre ? Tu n'as pas dû bien comprendre. Je ne renonce jamais !

Lentement, elle se dirigea vers l'échelle et sortit de l'eau.

— Il va falloir me tirer dessus, si tu veux m'arrêter. Tu n'as qu'à appuyer sur la détente.

« Tire ! s'ordonna Caroline. Appuie sur cette détente, et tu sauves ta peau et celle de Dominic. Ta famille. »

— Qu'est-ce qui se passe ? Tu n'y arrives pas ? Poule mouillée, va !

Anne s'apprêtait à se ruer sur Caroline, quand une vive lumière s'abattit sur la pièce. Les deux femmes clignèrent des yeux, aveuglées.

— Elle ne tirera peut-être pas, mais moi je n'hésiterai pas une seconde.

C'était la voix de Nora. La jeune femme se tenait au bord de la piscine, son arme pointée sur Anne. Son visage était couvert de sang, et Caroline craignit qu'elle ne s'écroule d'un instant à l'autre ; mais la main qui tenait le pistolet ne tremblait pas.

Tandis que Caroline baissait son arme, des bruits de pas se firent entendre. Mark Hernandez et Dominic surgirent dans la pièce. Ce dernier se rua sur elle et la souleva dans ses bras.

— Arghh ! cria Anne en frappant la surface de l'eau, furieuse. Non, non, non et non ! Ça ne devait pas se passer comme ça ! Je ne perds pas. Je ne perds jamais !

— Cette fois, si, dit Caroline en passant les bras autour du cou de Dominic. Emmène-moi loin d'elle. Elle me sort par les yeux !

Quelques instants plus tard, des policiers en uniforme affluèrent autour de la piscine. Tandis que l'un d'eux tenait Anne en joue, deux autres entrèrent dans l'eau pour la traîner hors du bassin. Durant toute l'opération, elle se débattit, cria, frappa des poings et des pieds.

Nora rengaina son arme avant de se diriger vers l'endroit où Mark se tenait, les mains sur les hanches, l'air sinistre. Il essuya une traînée de sang sur la joue de Nora.

— Bon Dieu, que vous est-il arrivé ?

— Je n'ai rien vu venir. Elle devait déjà se trouver dans la maison quand Caroline et moi sommes arrivées. J'étais en train de regarder la télé, et la seconde d'après, je me suis réveillée étalée sur le sol.

— Approchez.

Il lui prit le bras et l'attira vers lui pour lui tâter le crâne.

— Aïe !

— Il faut qu'un médecin vous examine.

Sans prévenir, il la souleva dans ses bras. Elle faillit protester qu'elle pouvait marcher toute seule, mais en vérité, elle n'avait plus beaucoup d'énergie et se laissa volontiers porter jusqu'à l'ambulance qui attendait dehors.

Et, pour tout dire, la sensation n'était pas désagréable.

— Lorsque vous sortirez de l'hôpital, dit Mark quand il l'eut déposée à l'arrière du véhicule, nous reverrons ensemble vos techniques de surveillance. Vous êtes vraiment nulle. Un éléphant pourrait vous prendre par surprise.

— Allez vous faire voir, Hernandez, marmonna-t-elle faiblement.

— J'aime quand vous me parlez comme ça, Minipouce.

Épilogue

— Mes chers amis, nous sommes réunis ici sous le regard de Dieu, et de ces gens, pour unir cet homme et cette femme par un saint mariage et créer une famille.

Mark jeta un coup d'œil sur les fesses de Nora et sourit.

— Pst ! Bien content qu'on ne t'aie pas obligée à porter un gros nœud rose.

— Chut ! répondit-elle. J'essaie d'écouter. C'est mon frère qui se marie, je te signale.

— Pff, c'est la partie la plus barbante. C'est seulement à la fin que ça devient intéressant.

Cette fois, elle lui décocha un coup de coude dans les côtes pour le faire taire. Comme elle lui avait officiellement demandé de l'accompagner à ce mariage, il décida de tenir sa langue.

— Caroline, voulez-vous prendre Dominic Butler pour époux ?

— Oui.

— Oh non ! chuchota Mark. Elle pleure.

— Bien sûr qu'elle pleure. Elle l'aime, répliqua Nora en s'essuyant la joue avec un mouchoir.

— Dominic, voulez-vous prendre Caroline Sommerville pour femme ?

— Oui.

— S'il se met à pleurer, je sors.

— Si tu ne te tais pas, tu peux dire adieu à ta nuit d'amour ! chuchota Nora en le fusillant du regard.

Mark prit la menace au sérieux et se tut aussitôt, même s'il ne voyait vraiment pas pourquoi tout le monde faisait tout un plat de cette cérémonie : après tout, ces deux tourtereaux s'étaient déjà mariés une fois.

Caroline aimait Dominic et Dominic aimait Caroline, c'était entendu. Et à en croire l'élargissement du tour de taille de cette dernière, ils n'avaient pas attendu leur second mariage pour s'amuser ensemble.

Mais Mark n'était pas assez fou pour risquer d'être privé d'une nuit d'amour avec Nora. Sans compter que ce serait leur première, et qu'elle serait sans aucun doute mémorable. Il avait tout intérêt à se tenir à carreau.

Il écouta donc patiemment le discours du curé, jusqu'au bout. Finalement, le mariage n'était pas si mal. Et dans trente ou quarante ans, il pourrait bien s'y essayer lui-même.

Nora reniflait dans son mouchoir. En scutant le petit point rouge qu'il avait repéré sur son nez la première fois où ils s'étaient rencontrés, il comprit soudain qu'il s'agissait d'une marque de piercing. Hum.

Il ne put s'empêcher d'imaginer les autres endroits de son corps qu'elle avait peut-être fait percer. Et qui l'étaient peut-être encore. Minipouce le surprendrait toujours.

Trente ou quarante ans ? Peut-être dix ou vingt, finalement.

ALICE SHARPE

Une famille à protéger

éditions Harlequin

Titre original : MULTIPLES MYSTERY

Traduction française de HERVÉ PERNETTE

© 2009, Alice Sharpe. © 2009, Harlequin S.A.
83/85 boulevard Vincent-Auriol 75646 PARIS CEDEX 13.
Service Lectrices — Tél. : 01 45 82 47 47
www.harlequin.fr

1

Olivia Capri se redressa et, remuant ses jambes engourdies, s'assit sur le bord du lit d'hôpital. Elle resta immobile quelques instants, prise de vertiges. Pas étonnant, après deux mois de repos forcé. Elle respira profondément, contempla par la fenêtre la ligne des gratte-ciel de Seattle, et se prépara à se mettre debout.

Où était Anthony ? Pourquoi n'était-il pas venu ? Ces derniers temps, il s'était comporté d'une façon tellement étrange, et montré si distant…

Elle avait accepté son sort de bonne grâce tant qu'elle était enceinte : plus ses bébés restaient longtemps dans son ventre, plus grandes étaient leurs chances de survie. Mais à présent qu'elle leur avait donné la vie à tous quatre, et que, miracle de la nature, ils étaient en bonne santé, bien que prématurés — ils avaient été transférés dans l'unité de soins spéciaux, où l'on veillait sur eux —, elle ne pouvait pas rester couchée plus longtemps

Elle posa ses pieds sur le sol et se leva précautionneusement. Elle esquissa une grimace, la cicatrice de sa césarienne lui faisant un peu mal ; mais la douleur était supportable.

Elle serra la barre du lit pour rester d'aplomb. Un bruit à la porte la fit lever les yeux et elle vit Faith entrer dans la chambre.

— Que fais-tu ? s'enquit celle-ci.

Olivia se sentit extrêmement déçue. Elle adorait son amie Faith, mais ce n'était pas elle dont elle espérait la venue.

— Je vais voir mes bébés, et ensuite, tenter de savoir où peut bien être mon mari. A moins que tu n'aies des nouvelles de lui ? ajouta-t-elle, pleine d'espoir.

— Pas la moindre, répondit son amie en s'avançant vers elle.

Elle prit doucement Olivia par le bras.

— Recouche-toi, idiote.

— Faith, je te préviens. Si…

— Même une grande fille comme toi n'est pas capable de se lever et d'arpenter les couloirs après ce que tu as enduré. Alors recouche-toi et attends que je revienne avec un fauteuil roulant.

— L'infirmière ne me laissera pas sortir tant que le médecin ne m'aura pas examinée, et pour le moment, il est en chirurgie.

— Recouche-toi, répéta Faith d'une voix ferme.

Elle était petite — pas plus d'un mètre soixante, Olivia la dépassait de quinze bons centimètres — mais elle savait se faire respecter. Olivia obtempéra et se rassit sur le lit.

— Je deviens folle. Mes bébés sont tout seuls alors que…

— Mais non. Ta mère et deux de tes sœurs sont auprès d'eux, et elles mènent la vie dure aux infirmières. Quand nous les rejoindrons et qu'Anthony arrivera, les membres du personnel de l'hôpital seront en infériorité numérique !

— Ne prononce pas son nom, marmonna Olivia avec mauvaise humeur.

Faith repoussa une mèche de ses cheveux blonds derrière l'oreille.

— Allons, il va venir. Il a dû être retardé. Pris dans les embouteillages ou quelque chose comme ça.

— Et depuis quand les embouteillages empêchent-ils les portables de fonctionner ? Tu sais qu'il ne se déplace jamais sans son téléphone.

— Oui, je sais.

— Je te promets que dès que je le verrai, je le tuerai !

Faith secoua la tête.

— Tsss, tu ne penses pas ce que tu dis.

Olivia fondit en larmes.

Faith la serra dans ses bras.

— Ce n'est rien ma chérie, tu es inquiète, c'est tout.

Après quelques secondes, elle reprit :

— J'ai parlé à Zac, aujourd'hui. Il va passer dans la journée. Nous lui demanderons de partir à la recherche d'Anthony.

— Je ne veux pas déranger Zac, dit Olivia en hoquetant. C'est quelqu'un, maintenant, dans la police. Et en plus, il me déteste.

— Mais non, il ne te déteste pas.

— Je lui ai dit que je ne voulais plus jamais lui parler.

— C'est de l'histoire ancienne. Je connais bien mon frère, crois-moi.

— Et moi je ne suis pas une pleurnicheuse. Tu sais bien que d'habitude, je ne pleure jamais.

— Mais oui, je sais. Allons, calme-toi, tu fais de la fatigue nerveuse. Tiens, je sais ce qui va te redonner le sourire. J'ai des photos des bébés sur mon portable. Tu veux les voir ?

— Bien sûr que je veux les voir, répondit Olivia, qui accepta le mouchoir que lui tendait Faith pour sécher ses larmes.

Elle respira à fond pour retrouver son calme et Faith l'aida à s'étendre confortablement sur le lit avant de rabattre une petite couverture sur ses jambes nues.

Olivia soupira. De nouveau allongée sur ce fichu lit.

Elle aurait tellement voulu rassembler toute sa petite famille et rentrer chez elle, à Westerly. Quelle ironie ! Pendant vingt-sept ans, elle n'avait songé qu'à quitter cette ville, et aujourd'hui, son seul désir était d'y retourner.

Faith s'assit sur le lit à côté d'elle et manipula son téléphone.

— Voilà. Je les ai prises dans l'ordre afin que tu saches qui est qui.

Sur le petit écran apparut l'image d'un petit bébé au teint rose et aux yeux clos. Quelques semaines auparavant, Olivia avait décidé comment elle appellerait ses enfants. Le seul critère d'attribution du prénom serait l'ordre dans lequel ils viendraient au monde. Elle avait demandé à Anthony ce qu'il en pensait, et il s'était contenté de répondre que ça lui allait très bien.

Le sujet avait paru l'ennuyer…

Non, elle ne devait pas avoir de telles pensées. Ce n'était pas juste.

— C'est Jillian, murmura-t-elle, de nouveau au bord des larmes.

— C'est la plus forte, commenta Faith. Elle pèse presque deux kilos. Regarde, elle a les mêmes cheveux que toi.

— Elles ont toutes mes cheveux, dit Olivia d'un ton plein d'amour.

— Imagine un peu comment seront les photos de

famille dans quelques années. Les filles et toi, toutes avec de longs cheveux noirs, et Anthony, seul avec ses cheveux blonds coupés court !

Olivia sentit une boule se former dans sa gorge et déglutit avant de passer à la photo suivante. Un bébé au teint plus clair, au visage plus détendu. Elle fut rassurée de voir qu'elles portaient toutes un petit bracelet au poignet, car elle était angoissée à l'idée de les confondre… Se sentirait-elle assez sûre d'elle, un jour, pour leur ôter leurs bracelets ?

— Ça c'est Brianna, reprit Faith.

— Un kilo six cents, c'est ça ?

— As-tu entendu le médecin ?

— Oui.

Comme elle se sentait frustrée de ne pas être avec ses filles !

— Où est la sonnette ? Je voudrais parler à l'infirmière pour…

— Termine d'abord de regarder les photos, ensuite je me mettrai en quête d'un fauteuil roulant et nous te ferons sortir de cet espace confiné.

— Que ferais-je sans toi ? demanda Olivia en levant les yeux vers son amie.

— Tu errerais comme une âme en peine ?

Olivia sourit puis regarda la photo suivante. Celle-ci était le portrait craché de sa sœur Brianna. Cela dit, vêtues de simples couches et de petites socquettes, elles se ressemblaient toutes plus ou moins… Peut-être qu'avec le temps, des différences apparaîtraient. Il était encore trop tôt pour dire si elle avait accouché de véritables quadruplées, de deux paires de jumelles, ou bien encore de triplées plus une.

— Ça c'est Juliet, dit Faith. Regarde-moi ce joli petit nez.

Juliet était aussi le prénom de la mère d'Olivia.

— Elles ont toutes un joli petit nez et de petites bouches semblables à des boutons de roses…

Toutes les quatre étaient adorables.

— Et enfin la dernière, Antoinette.

— Qui porte le prénom de son papa, dit Olivia en tapotant l'écran du bout du doigt.

Elles étaient tellement petites, tellement vulnérables. Elles auraient besoin de temps et d'attention pour atteindre un poids et une taille normaux, puis pour devenir fortes et robustes. Ce serait à elle seule d'y veiller, de faire en sorte qu'elles ne manquent de rien.

D'où avait surgi cette idée ? Anthony allait revenir, elle ne serait pas toute seule, n'est-ce pas ?

Soudain, en elle, la colère remplaça l'inquiétude. En ce moment même, Anthony aurait dû être auprès de ses filles, à veiller sur elles tant qu'elle n'était pas encore en mesure de le faire. Au lieu de quoi c'était sa famille et ses amies à elle qui étaient à leurs côtés.

Un sentiment de honte l'envahit. Et s'il lui était arrivé un accident ? Et s'il avait essayé de venir ? Et s'il avait été agressé et laissé pour mort ?

Quel genre de monstre était-elle ?

Une nouvelle fois, la porte s'ouvrit, et les deux jeunes femmes tournèrent vivement la tête. Ce n'était pas Anthony qui entrait dans la pièce, mais Zac Bishop, le frère de Faith. Il considéra les deux visages inquiets tournés vers lui et s'arrêta net.

— Si ce n'est pas le bon moment, je…

— Entre, Zac, dit Faith en se levant.

Il sourit à sa sœur qui s'avançait vers lui. Puis son sourire s'estompa lorsqu'il croisa le regard d'Olivia.

Contrairement à sa sœur, Zac était grand et élancé. Ses cheveux bruns et raides étaient coupés plus court que d'habitude, son regard bleu était intense, et la légère bosse de son nez, qu'il s'était cassé, ajoutait à son charme. Il portait encore une petite cicatrice sur le menton et une autre au niveau du sourcil gauche : des vestiges d'une bagarre entre ivrognes dans laquelle il avait dû intervenir à ses débuts dans la police à Westerly.

Aujourd'hui, il n'était plus un simple agent. Il avait pris du grade et avait intégré le service de police de Seattle. Cette promotion avait eu lieu pendant qu'Anthony et elle étaient en lune de miel. Mais elle aurait parié qu'il était resté le Zac qu'elle avait toujours connu : un homme qui aimait agir et parlait peu.

— Comment va la nouvelle maman ? demanda-t-il.

Olivia fut soulagée de constater que le ton de sa voix n'avait pas changé. Peut-être parviendraient-ils à oublier le passé et à redevenir amis.

— Tu veux la vérité ? Je commence à devenir dingue à force de vivre comme une recluse.

Zac fit apparaître les quatre roses qu'il tenait derrière son dos et les lui tendit.

Olivia avait reçu d'énormes bouquets de ses amis, d'autres envoyés par des gens qu'elle ne connaissait même pas. Mais aucun ne l'avait touché comme le modeste bouquet de Zac.

— Une pour chaque bébé…, souffla-t-elle en effleurant les pétales éclatants.

Elle releva les yeux vers lui.

— Merci beaucoup, Zac.

Il se contenta d'opiner du chef.

— Les as-tu vues ?

— Très brièvement. Il a fallu que je sorte mon insigne pour qu'on me laisse entrer. Les mesures de sécurité sont drastiques. Elles sont mignonnes, mais elles m'ont parues tellement petites…

— Elles vont grandir, dit Faith.

Le silence se fit. Autrefois, lorsqu'ils étaient tous trois ensemble, ils pouvaient passer des heures à parler de tout et de rien. Après un temps, Olivia demanda :

— Comment ça se passe, ton nouveau travail ?

— Ça m'occupe pas mal, répondit-il en enfonçant les mains dans ses poches.

Ses doigts jouaient nerveusement avec ses clés ou de la monnaie.

— Et la vie à Seattle ?

Il haussa les épaules.

— Y a de bons côtés.

— Mon frère, ce grand bavard, intervint Faith, sarcastique.

— J'imagine que ce doit être très stimulant. Il se passe beaucoup plus de choses ici que chez nous, à Westerly. Es-tu sur une affaire importante, en ce moment ?

— Eh bien… la situation ne cesse d'évoluer.

— Qu'est-ce que ça veut dire ? demanda Faith.

— Que la situation ne cesse d'évoluer.

— Zac !

Il regarda sa sœur, un large sourire éclairant son visage.

— Toi, tu n'as pas changé depuis que tu as dix ans.

Il se tourna vers Olivia et ajouta :

— Toi non plus, d'ailleurs. Toutes les deux, il faut toujours que vous fourriez votre nez dans les affaires des autres.

— A cet égard, tu peux parler, dit Olivia à voix basse.

Zac la regarda.

— Touché ! Bon, d'accord, vous avez gagné. J'en dirai plus si vous me promettez de ne rien dire à personne.

Faith eut une mimique signifiant qu'elle resterait bouche cousue. Zac leva les yeux au ciel, puis :

— En fait, le shérif Knotts s'est fait prendre en train de voler de la marijuana dans la salle des pièces à conviction.

Les deux jeunes femmes écarquillèrent les yeux.

— Notre shérif Knotts ? se récria Olivia. Bobby Knotts, de Westerly ?

— Celui-là même.

— Et quel rapport entre un shérif malhonnête à Westerly et toi ? s'enquit Faith.

— Knotts a été sommé de démissionner, le temps de l'instruction. Qui plus est, la moitié du service est impliquée dans son trafic. Et comme moi, j'ai quitté Westerly depuis un moment mais que je connais bien la maison, on a pensé que Knotts ne m'a pas corrompu et que je suis le plus à même d'assurer sa succession.

— Papa va sortir danser dans la rue et annoncer la nouvelle à la cantonade ! s'exclama Faith. Donc, tu es de retour à Westerly ?

Zac fit oui de la tête.

— C'est génial, s'entousiasma sa sœur.

Zac leva la main pour calmer son ardeur.

— Je n'ai pas encore officiellement accepté. Peux-tu aller chercher un vase pour les fleurs ?

— Tu te débarrasses de moi, j'ai compris. Pas de problème, j'y vais. Je reviens dans un moment.

— N'oublie pas de subtiliser un fauteuil roulant, lui lança Olivia.

Sur le pas de la porte, Faith acquiesça, puis, à l'adresse de son frère :

— Il faudra que je te parle avant que tu t'en ailles.

Olivia contemplait Zac. A trente-cinq ans, il semblait avoir atteint sa plénitude. Il avait perdu ses manières de petit garçon et affichait une assurance tranquille. Elle savait que sous sa tenue de flic de la métropole battait le cœur d'un homme bâti pour faire régner l'ordre dans une petite ville comme Westerly. Un homme qui savait quelle était sa place dans le monde. Qu'est-ce qui avait bien pu le pousser à quitter Westerly ? Elle s'était souvent posé la question.

Ce ne pouvait pas être l'incident qui avait eu lieu entre eux. Un événement de ce genre n'était pas assez grave pour pousser un homme à s'éloigner de sa famille, de ses amis et de sa carrière.

Comme s'il avait deviné ses pensées, il baissa les yeux avant de la dévisager de nouveau.

— Je souhaitais être seul avec toi quelques instants afin de m'excuser, Olivia.

Inutile de demander à quel sujet.

— Je n'aurais pas dû te parler comme je l'ai fait. Je n'en avais pas le droit.

— Non, en effet, répliqua Olivia. Surtout pas le jour de mon mariage. C'était extrêmement mesquin, Zac.

— Ouais. En fait, je t'ai toujours considérée comme ma petite sœur, mais… c'était une erreur.

— Franchement, même si tu avais été mon frère, j'aurais trouvé ta sortie outrancière. Me dire je ne devais en aucun cas épouser Anthony Capri était totalement déplacé.

— Je l'ai bien compris.

— Tu m'as vraiment fait mal.

— J'en suis désolé. Aujourd'hui, suis-je pardonné ?

Elle le regarda intensément puis sourit.

— Bien sûr que tu es pardonné.

Il lui avait manqué. Elle était prête à tirer un trait sur ce qui s'était passé ce jour-là. Zac était comme un membre de sa famille, et dans une famille, il fallait savoir passer l'éponge.

— Songes-tu sérieusement à accepter de devenir le shérif de Westerly et à t'y réinstaller ?

— En fait, ça dépend de toi.

Elle fronça les sourcils, perplexe.

— De moi ?

— De toi et d'Anthony, aussi. Je ne voudrais pas que mon retour vous mette mal à l'aise.

— Je n'ai jamais parlé à Anthony de ce que tu m'avais dit à son sujet, Zac. A quoi cela aurait-il servi ? Alors, si tu veux vraiment ce poste, accepte-le sans te poser de questions. De toute façon, Westerly est assez grand pour nous trois.

— Merci. Ça me va. Alors, sais-tu de quoi Faith veut me parler ?

Il fureta autour de lui puis ajouta :

— Mais au fait, où est Anthony ?

— C'est précisément de cela que Faith veut t'entretenir, répondit Olivia.

Elle se pencha pour prendre son verre d'eau mais elle avait repoussé le plateau trop loin. Zac le lui tendit en l'interrogeant du regard. Elle lui donna les fleurs, qu'il posa sur le plateau.

— Est-il déjà parti ?

Elle aurait aimé lui répondre : « Oui, il y a tout juste

cinq minutes. C'est un mari tellement dévoué. Tu t'es complètement trompé sur lui ».

— Il n'est pas venu du tout, avoua-t-elle en buvant quelques gorgées d'eau pour camoufler son dépit.

— Il n'est pas venu ? répéta Zac en s'approchant. Qu'entends-tu par là ?

— Ce que j'ai dit. Il n'est pas venu et je ne sais pas pourquoi. Je suis morte d'inquiétude, il n'a pas appelé, ni prévenu… rien.

— Peut-être a-t-il eu un accident ?

— L'éventualité m'a traversé l'esprit. Faith pense que nous devrions te demander de faire quelque chose, mais je ne veux pas te déranger.

Il lui reprit le verre, le déposa à côté des fleurs, puis posa les mains sur ses hanches et la contempla d'un air grave.

— Quand l'as-tu vu ou lui as-tu parlé pour la dernière fois ?

— Avant-hier.

— Et il savait que l'accouchement était prévu pour aujourd'hui ?

— Oui.

— Avait-il l'intention d'être présent ?

— Oui, évidemment.

— Aurait-il pu oublier ?

— Je ne vois vraiment pas comment, même si je sais qu'il est au milieu d'une transaction pour un projet…

— Du style de celui qu'il a lancé à Westerly ? De quoi s'agissait-il, déjà, de lancer une chaîne de magasins de matériel de ski, c'est cela ? Il avait convaincu les frères Robinson d'investir de grosses sommes, je crois.

— Il avait également investi lui-même. Il a de l'argent.

Sans doute avait-elle éprouvé le besoin d'apporter cette précision parce que le ton suffisant de Zac l'agaçait.

— Ce doit être grâce à son éducation à Harvard.

— Ou bien parce qu'il a placé avant tout le monde des capitaux dans Midas Touch Computers. Jaloux ?

Il leva les mains, comme pour montrer qu'il ne voulait pas déclencher une nouvelle querelle.

— Désolé. Quand même, admets que ce type est insensé. Il a été pilote dans la Navy, il a gagné le Super Bowl… Il a tout fait.

C'était plus fort que lui. Chaque fois qu'il parlait des exploits d'Anthony, Zac se montrait sarcastique. Déterminée à faire en sorte qu'une nouvelle brouille ne vienne pas gâcher leur amitié retrouvée, Olivia coupa court :

— Oui, il a tout fait.

En fait, après avoir passé plusieurs semaines à douter de lui et une matinée entière à le maudire pour son absence, ça lui faisait du bien de prendre la défense de son mari.

— Je vois, dit Zac.

Au ton de sa voix, Olivia perçut qu'il en comprenait beaucoup plus qu'elle voulait bien lui en dire.

— Je sais qu'il voulait être là, insista-t-elle.

« Menteuse. Dis-lui la vérité. Dis-lui qu'en ton for intérieur, tu penses que ton mari a pris peur et s'est enfui, qu'il craignait moins d'investir plusieurs millions de dollars et de les perdre que de se retrouver face à toi et quatre bébés. »

— J'ai entendu dire que vous faisiez construire une maison, reprit Zac.

— Oui.

— Vit-il là-bas depuis que tu es entrée ici ?

— Non, il est resté dans mon ancienne maison en

ville, afin de mettre la pression sur les entrepreneurs. Il faut qu'ils finissent les travaux au plus vite pour que nous puissions tous nous y installer à ma sortie de la maternité.

— Quand dois-tu sortir ?

— Bientôt. Le médecin souhaite garder les filles en observation jusqu'à ce qu'elles aient toutes atteint les deux kilos. Ce qui ne saurait tarder. Cependant, elles risquent de perdre un tout petit peu de poids avant de recommencer à se développer. La situation évolue au jour le jour.

— Où résidait-il lorsqu'il n'était pas à Westerly ?

— Il a une suite au Marina Inn, ici à Seattle.

— Le Marina Inn. Le meilleur sinon rien, hein ?

Une fois encore, il leva une main et secoua la tête.

— Désolé.

— Tu ne peux pas t'en empêcher.

— Je fais de mon mieux pour me retenir. Bon, j'en sais assez pour entamer des recherches. Je vais passer à l'hôtel. Tâche de ne pas te faire de mouron. Je suis persuadé qu'un imprévu l'a retenu.

Il la regarda droit dans les yeux, puis lui sourit, de ce sourire qu'elle avait toujours connu.

Elle lui prit la main.

— Tu reviendras ? Tu me raconteras ce qui se passe, même si c'est… une mauvaise nouvelle ?

— Que veux-tu dire par « une mauvaise nouvelle » ?

— S'il est blessé ou… je ne sais pas. S'il a disparu sans laisser de traces.

— Quoi que je découvre, je te le dirai.

Il la contempla encore quelques secondes avant de se pencher et de déposer un léger baiser sur son front.

— J'ai toujours tenu notre amitié en haute estime, dit-elle d'une voix émue lorsqu'elle croisa son regard.

— Je sais, répondit-il doucement avant de partir.

Zac trouva Faith au bureau d'accueil, une main posée sur le comptoir, l'autre tenant un vase. Elle était en grande conversation avec une infirmière. Toutes deux avaient une expression grave, et seule la blouse colorée de l'infirmière ajoutait une touche de gaieté à cette scène.

— Impossible de faire avancer les choses, lui dit-elle lorsqu'il la rejoignit, le règlement, c'est le règlement. Olivia va devoir attendre pour voir ses bébés.

Zac se tourna vers l'infirmière.

— Ayez un peu de cœur.

— Comme je l'ai expliqué à cette demoiselle, dit patiemment l'infirmière, nous devons attendre que le médecin qui suit Mme Capri donne son feu vert. Il a été appelé en salle d'opération. Dès qu'il le pourra, il ira la voir. Je suis sûre qu'il donnera son accord.

— C'est une nouvelle maman. Il n'y a aucune raison qu'elle attende. Elle est en bonne santé et elle a toujours été robuste. Ne décidez pas à sa place de ce qu'elle peut faire ou pas.

— Pas sans…

— Ce que je veux dire, la coupa Zac, c'est : est-ce qu'à votre avis, serait-ce une bonne chose pour l'hôpital si la presse venait à apprendre que vous empêchez une jeune maman qui vient de donner naissance à des quadruplés de voir ses bébés ?

L'infirmière haussa les sourcils, interloquée.

— Eh bien, en fait vous avez peut-être raison. Elle n'est pas forcée d'être otage du règlement, répondit-elle.

— Je suis d'accord avec vous, dit Zac avec un sourire.

— Je vais aller l'examiner, et si tout est normal, j'apporterai un fauteuil roulant.

— Parfait. Merci beaucoup.

Faith et lui regardèrent l'infirmière se hâter vers la chambre d'Olivia.

— Bien joué, frangin !

— Peut-être a-t-elle senti que, si elle ne coopérait pas, j'étais prêt à la tuer.

Zac sourit. Autant Olivia était grande et sculpturale, avec une peau mate et un charme exotique, autant sa sœur était une jeune femme au teint clair, toute simple, svelte et mignonne. Enseignante, elle était d'un naturel patient, plutôt casanière, et elle avait bon caractère. Tout le contraire d'Olivia, qui était impulsive et ne tenait pas en place. Faith avait régulièrement des compagnons, mais n'avait pas encore rencontré l'homme de sa vie. Olivia tenait les hommes à distance, trop occupée à attendre le jour où elle pourrait mettre les voiles et parcourir le monde. Du moins était-elle ainsi avant l'entrée en scène d'Anthony Capri.

— Juliet Hart est-elle toujours avec les bébés ? demanda Zac.

— Non. Je viens de lui parler. Elle a laissé les sœurs d'Olivia à leur chevet pour s'occuper d'organiser une conférence de presse. Elle veut s'assurer que la nouvelle de la naissance de ses quatre petites filles fasse le tour de l'Etat avant qu'Olivia revienne avec elles à Westerly. Elle tient à avoir son heure de gloire comme grand-mère des nouveaux quadruplés de la nation.

— Je voulais lui demander si elle avait eu des nouvelles d'Anthony.

— Je lui ai posé la question, et elle n'en a aucune. Olivia t'a parlé de lui ?

— Tu veux savoir si elle m'a dit qu'il n'avait pas assisté à l'accouchement ? Qu'il l'avait laissée seule ici ?

Il serra la mâchoire pour contenir sa colère.

— Elle est convaincue qu'il a eu un accident ou bien un empêchement de dernière minute.

— Vraiment ?

— N'est-ce pas ce qu'elle pense ?

Faith haussa les épaules, perplexe.

— Je n'en suis pas persuadée.

Elle observa le visage de son frère avant d'ajouter :

— Je suis heureuse que tu sois venu, Zac. Je pensais même que tu serais venu plus tôt, alors qu'elle était clouée au lit à cause de…

— Je ne voulais pas que ma présence la mette mal à l'aise, l'interrompit-il. Reste auprès d'elle, d'accord ?

— Ce sont les vacances de printemps, je n'ai pas à aller à l'école, et ensuite je serai libre tout l'été. Donc, je ne serai jamais loin.

— Tant mieux. Elle aura besoin d'aide.

— Elle en aura. Même sans en avoir le titre officiel, je serai la nounou des filles. Qui plus est, l'ensemble de Westerly la soutient, elle et Anthony.

— Tout le monde là-bas a toujours connu Olivia. En plus, c'est elle qui tient la comptabilité de la moitié des commerces de la ville…

— Et tout le monde apprécie Anthony, renchérit Faith, même s'il n'est pas originaire de Westerly. De plus, tu sais qu'il roule sur l'or. Olivia peut se permettre de s'arrêter de travailler et d'engager quelqu'un pour s'occuper des enfants.

Zac ne trouva rien à répliquer. Anthony avait les moyens

d'offrir à Olivia la vie qu'elle souhaitait. Pleine de voyages, d'aventures et de distractions. Mais pour le moment, tout ce qu'elle voulait, c'était savoir où il était.

— J'ai un rendez-vous dans la journée que je ne peux pas annuler. Avant de m'y rendre, je vais faire mon possible pour savoir ce qu'il est advenu de notre jeune père. Si jamais il fait son apparition, appelle-moi.

Faith posa la main sur son avant-bras.

— Zac, la vérité c'est qu'Olivia a le sentiment qu'Anthony n'est pas ravi de devenir papa. Je crois qu'elle redoute qu'il l'ait abandonnée et se soit enfui.

— J'en suis navré, dit Zac.

En revanche, il n'était pas surpris. Pour lui, les types comme Anthony Capri aimaient avant tout être au centre de toutes les attentions. Etre relégués au second plan par une superbe épouse et quatre ravissants bambins n'était pas pour leur plaire.

— Peut-être a-t-il tout simplement le trac, ou peur de ne pas être un père à la hauteur. Si je le retrouve, je tenterai de le raisonner.

Faith se mordit la lèvre inférieure, ce qu'elle faisait souvent lorsqu'elle hésitait à dire quelque chose. Elle finit par se lancer.

— Il y a encore autre chose. Grant Robinson fait du raffut depuis quelque temps. Il répand la rumeur comme quoi Anthony n'honore pas ses engagements. Hugh lui aussi est furieux, mais tu sais combien Grant peut être impétueux. C'est lui qui profère des menaces.

— Génial ! Donc, si j'accepte de devenir shérif de Westerly, j'hériterai aussi du problème des frères Robinson... Bon, chaque chose en son temps. D'abord, je m'occupe de retrouver Anthony.

— Dépêche-toi. Je ne l'ai pas dit à Olivia, mais j'ai

appelé l'hôtel pour demander qu'on frappe à la porte de sa chambre, au cas où il ne se serait pas réveillé ou aurait été malade, tu comprends.

— Et ?

— Il n'y avait aucune trace de sa réservation. Je n'ai pas eu le temps de leur demander de mieux chercher, mais je dois avouer que j'ai un mauvais pressentiment.

2

L'absence d'Anthony Capri n'avait encore rien d'officiel. Jusque-là, il n'avait pas disparu, il n'était simplement pas là où il aurait dû être.

Pourquoi ? Comment un homme peut-il oublier que sa femme va donner la vie à des quadruplés ? Tout le monde entre Westerly et Seattle était au courant.

Ce qui signifiait que, soit il avait été victime d'un accident, soit il avait joué un coup tordu. Zac ne l'aimait pas. Capri, vendeur-né, avait du bagou et du charme, savait jouer les modestes et nouer connaissance avec n'importe qui. Ce qui, pour lui, en faisait quelqu'un d'aussi insaisissable qu'une anguille, un type capable de convaincre le premier venu de vendre sa chemise. Il ne lui faisait aucunement confiance.

Cependant, Olivia était amoureuse de lui, et, pour le moment, c'est tout ce qui comptait.

En mai, il pouvait faire très beau à Seattle. De petits nuages inoffensifs se promenaient dans le ciel bleu azur ; au loin on apercevait le sommet du mont Rainier. Tout concourait à donner à la cité un aspect de carte postale.

Elle n'en était pas moins tentaculaire, et lui n'avait jamais été attiré par la vie dans une grande ville et ses tracas. Olivia lui avait assuré n'avoir aucune objection à ce qu'il revienne à Westerly. Anthony, lui, s'il réapparaissait, serait indifférent à son retour. C'était désormais à lui seul de décider.

Il n'allait pas recommencer à peser le pour et le contre. Il s'était mis en tête que si Olivia et lui parvenaient à se réconcilier, il accepterait le poste. Il l'avait revue, et ils s'étaient quittés bons amis. Evidemment, il n'avait pas eu à supporter de voir Anthony la couvrir de compliments et de flatteries. Mais peu importait ; si ça se produisait à l'avenir, il saurait gérer ces moments. Il n'y avait donc plus à hésiter.

Bâti avant qu'explose le prix des terrains constructibles en bord de mer, Le Marina Inn était devenu au fil du temps un établissement de luxe. Zac ordonna au voiturier de laisser son véhicule où il était, brandissant son insigne pour bien se faire comprendre, puis pénétra dans le vaste hall dont la baie vitrée surplombait Puget Sound et une demi-douzaine de marinas.

Dix ans plus tôt, lorsqu'il s'était marié, il avait passé sa lune de miel dans cet hôtel. Depuis, l'hôtel avait prospéré et son mariage avait sombré.

A la réception, il montra de nouveau son insigne et demanda dans quelle luxueuse suite résidait un dénommé Anthony Capri. L'employée à qui il s'était adressé était une jeune femme à l'accent chantant. Elle tapota sur le clavier de son ordinateur et lui répondit qu'il n'y avait aucun Anthony Capri enregistré à l'hôtel. Il voulut savoir s'il y avait résidé au cours des deux derniers mois. La jeune femme secoua la tête et voulut savoir s'il souhaitait parler à un membre de la direction.

— Tout à fait, répondit-il.

La gérante était une femme d'une quarantaine d'années qui portait de grosses lunettes à monture noire et de minuscules boucles d'oreilles. Elle luttait contre une allergie et reniflait toutes les vingt secondes. Après avoir passé un long moment à éplucher les fichiers de son ordinateur, elle l'informa que même le Marina Overloook et le Marina Cove, les deux autres hôtels affiliés au Marina Inn, n'avaient jamais eu l'honneur d'avoir pour client M. Capri.

Zac prit congé et resta un moment debout dans le vent frais venu de la mer qui faisait flotter les drapeaux et tanguer le mât des voiliers des millionnaires. Que devait-il faire ?

Il sortit son portable, appela Faith et lui laissa un message. Elle le rappela quelques minutes plus tard, après être passée voir Olivia. Elle lui confirma qu'il ne s'était pas trompé d'hôtel, et que, par conséquent, Anthony avait dû mentir sur son lieu de résidence.

Mais pour quelle raison ? Et si l'hôpital avait eu besoin de le contacter et avait demandé à lui parler ?

D'ailleurs, c'est ce qu'avait fait Faith, et elle avait pensé que c'était l'hôtel qui avait commis une erreur. Certes, il était toujours possible de l'appeler sur son portable, et, tôt ou tard, il finirait par consulter ses messages. Zac ne doutait d'ailleurs pas qu'Anthony parviendrait sans problème à inventer une explication plausible à l'embrouille avec l'hôtel.

Il retourna à sa voiture. Olivia devait en savoir plus et lui fournirait un indice qui lui permettrait de comprendre ce qui se passait. Lorsqu'il l'avait interrogée, elle s'était montrée sur la défensive. Cela lui avait rappelé le jour où, alors qu'ils étaient encore adolescents, il l'avait surprise dans sa chambre en compagnie de Faith. Toutes deux avaient fouillé dans son placard et découvert les magazines de charme qu'il y avait cachés. Faith était devenue toute rouge et s'était mise à bafouiller. Olivia, elle, avait eu l'audace de retourner la situation en lui reprochant de regarder des photos de femmes nues.

Il sourit en repensant au regard outré qu'elle avait dardé sur lui. Mais cette fois, la situation exigeait de faire preuve de franchise. Plus d'esbrouffe.

Une partie de lui-même lui disait qu'il aurait dû demander à un autre membre du service de police de rechercher Anthony, un homme qui n'aurait pas eu autant d'affection pour son épouse.

Quelqu'un qui n'aurait pas eu la sensation de mourir à petit feu chaque fois qu'il voyait Olivia.

Il serra les dents et relégua cette pensée au fond de sa tête.

Il était déterminé à agir en tant qu'ami, et il ferait tout son possible pour lui ramener l'homme qu'elle avait choisi.

Son téléphone sonna et il s'empressa de l'ouvrir, s'attendant à parler à Faith. Au lieu de quoi on lui apprit que son indicateur — l'homme avec qui il avait rendez-vous plus tard dans l'après-midi — s'était fait agresser près du port et avait pris un coup de couteau dans le ventre. Il actionna le gyrophare et la sirène, puis s'inséra dans la circulation, dense à cette heure.

Il s'occuperait du mystère Anthony Capri plus tard.

Avec ses moniteurs, ses tubes dans tous les sens et ses couveuses semblables à de petits vaisseaux spatiaux, l'unité de soins pour prématurés paraissait tout droit sortie d'un film de science-fiction. Mais, au grand soulagement d'Olivia, au second jour de leur vie, ses quatre petites filles allaient bien.

Certes, elles étaient placées sous lampes à ultra-violets,

afin de leur éviter d'attraper l'ictère du nourrisson ; elles portaient également de petits masques à oxygène, et le médecin lui avait dit que, de temps en temps, le rythme cardiaque de Brianna avait tendance à devenir plus irrégulier — c'est pourquoi il y avait un appareil supplémentaire à côté d'elle. Mais on lui avait assuré que ses jours n'étaient pas en danger et qu'elle ne resterait pas plus longtemps que les autres en observation.

Bientôt, elle pourrait rentrer à la maison avec ses quatre bébés.

La première fois qu'elle était entrée dans la pièce, elle avait eu peur de les toucher. Elle était restée un long moment à les regarder avant d'oser poser un doigt sur le tout petit bras de Juliet. Vingt-quatre heures plus tard, elle était à l'aise avec ses filles. Elle s'était habituée à leur frêle apparence et avait compris combien elles avaient besoin d'amour.

Les tenir contre elle, l'une après l'autre, les sentir tout contre sa peau lui paraissait naturel et bienfaisant. Se substituant à Anthony, qui était toujours aux abonnés absents, Faith, ainsi que sa mère, l'aidaient à leur donner le biberon. Toutes trois leur chantaient des berceuses, les caressaient, leur parlaient.

L'amour d'Olivia pour ses enfants, ainsi que son admiration et sa reconnaissance pour sa famille dévouée et son amie Faith, ne cessaient de grandir.

La bonne nouvelle, c'était que grâce à Zac, la police avait mené des recherches. Anthony n'était ni à l'hôpital ni à la morgue. La mauvaise nouvelle, c'était le même constat : s'il n'était pas mort ou blessé, cela signifiait qu'il avait décidé de disparaître. Elle n'avait pas revu Zac depuis qu'il était venu lui rendre visite dans sa chambre, mais elle l'avait eu au téléphone. Il lui avait expliqué qu'il était accaparé par une autre affaire, mais qu'il viendrait lui parler dès que possible. Au ton de sa voix, elle avait senti qu'elle devait se préparer à entendre des choses qui ne lui feraient pas plaisir.

Elle commençait à se résigner à deux cas de figure possibles : soit le corps d'Anthony n'avait pas été retrouvé, soit il avait pris soin de disparaître sans laisser de traces. Elle savait qu'il n'était pas du genre à s'être enfui dans le désert et à se laisser mourir dans un coin. Ce qui ne laissait plus qu'une possibilité.

Elle posa le regard sur le gros diamant de fiançailles qu'elle avait remis à son doigt le matin même. Pas franchement le genre de bijou adapté pour une future maman. Pourquoi Anthony avait-il insisté pour lui offrir une bague aussi clinquante ? En fait, la bonne question, c'était plutôt : pourquoi avait-elle renoncé à ses goûts modestes et accepté ce bijou ?

Plutôt que d'y répondre, elle préféra regarder la petite tête d'Antoinette, couverte de quelques cheveux soyeux, admirer sa petite oreille bien faite, sentir sa peau douce comme du velours, et tenta de lui transmettre des pensées calmes et rassurantes.

Le médecin avait affirmé que, dans trois jours, elles pourraient partir. Le jour qu'elle attendait depuis si longtemps était tout proche. Oui, bientôt, elle rentrerait à Westerly avec quatre bébés en bonne santé.

Mais sans mari.

Zac s'engouffra dans le vestibule de l'hôpital et se retrouva au milieu d'une foule constituée de deux équipes de télévision et d'une kyrielle de journalistes, dont un du Westerly Herald qu'il identifia. Puis il repéra Faith, appuyée contre le mur, et la rejoignit.

— Des nouvelles d'Anthony ?

— Non. Et ici ?

— Rien.

Elle regarda devant elle. Zac suivit son regard et découvrit une grande table derrière laquelle était assise Olivia. La jeune femme était flanquée de sa mère d'un côté et de Megan et Tabitha, ses deux sœurs cadettes, de l'autre.

Olivia portait un petit pull rouge décolleté. Sa gorge semblait douce et lisse comme du satin et ses seins un peu plus gros qu'avant. Ils remplissaient son pull à la perfection, au point qu'il était difficile d'en détacher son regard. Elle était plus maquillée qu'à son habitude, et il reconnut la patte de Megan, qui n'y allait pas de main morte sur le rouge à lèvres et l'eye-liner. Sous les spots, ses cheveux scintillaient et, même si sa mère et ses sœurs étaient séduisantes, Olivia les éclipsait par sa beauté.

— Tu as piètre allure, Zac, lui dit Faith.

— Merci.

— Tu n'as même pas eu le temps de te changer depuis deux jours.

— Ça, je le sais, tu ne m'apprends rien.

— As-tu arrêté le type qui a poignardé ton indic ?

— En fait, il semblerait que ce soit son épouse la responsable. Difficile de lui en vouloir, d'ailleurs, car notre homme avait non pas une mais deux maîtresses. Bref, de toute façon, désormais, ce n'est plus mon problème.

Faith resta silencieuse quelques secondes avant de comprendre ce qu'il avait voulu dire. Elle étouffa un petit cri de surprise.

— Tu as accepté le poste de shérif de Westerly !

— Pas plus tard que ce matin.

— C'est génial ! Je suppose que tu es content d'avoir suivi le conseil de papa et de ne pas avoir vendu ta maison ?

Zac sourit. La raison pour laquelle il n'avait pas vendu sa maison n'avait aucun rapport avec son père.

— Ai-je manqué quelque chose ?

— Non, la conférence de presse vient juste de débuter. La mère d'Olivia a bavardé avec les journalistes. Elle leur a donné la permission de prendre des photos des petites, et Olivia est furax.

Les premières questions concernèrent le déroulement de l'accouchement, et beaucoup insistèrent sur le fait qu'il était rare qu'une femme donne naissance à des quadruplés de manière naturelle. Olivia répondit avec calme et politesse, mais il était évident qu'elle le faisait sans aucun enthousiame. Sa mère, en revanche, ne cessait de rajouter des détails. Ses deux sœurs, pour leur part, paraissaient tétanisées par le trac et avaient l'air un peu hagard.

Inévitablement, les journalistes en vinrent à s'enquérir du père. Où était-il ? Qu'est-ce que cela lui faisait d'être le père de quatre enfants ? Et sa famille ? Il n'avait plus de famille proche, quel dommage ! Lorsqu'ils perçurent que l'absence d'Anthony pouvait avoir des motifs non avouables, leurs questions se firent plus précises, pleines d'allusions déguisées. Olivia les traita avec négligence, se contentant de hausser les épaules.

Mais pas sa mère. Elle, elle s'était préparée à faire face. Elle prit le micro et soutint :

— Le mari d'Olivia est hélas ! retenu par ses affaires.

Olivia observa l'impression que produisit cette déclaration

sur l'ensemble des visages. Son regard se posa soudain sur Zac, et elle sentit en elle une réaction physique à sa présence. Cela n'échappa pas à un des cameramen qui se trouvait à proximité. Il se tourna et braqua sa caméra sur le policier. Tous les regards convergèrent alors dans sa direction, et Zac résista à l'envie de lever les bras pour se cacher. L'un des journalistes s'exclama :

— Cet homme est-il votre mari, madame Capri ?

— Non, ce n'est qu'un ami, s'empressa d'intervenir la mère d'Olivia.

Et Juliet Hart de brandir une grande photo du mariage de sa fille, qui semblait avoir été prise par un professionnel. Zac en fut surpris, car il avait entendu dire que l'atelier du photographe qui avait couvert le mariage avait été victime d'un incendie avant que le développement des clichés soit terminé. Le caméraman zooma sur la photo.

— Cet homme est Anthony Capri, le mari d'Olivia, un homme d'affaires en vue, dit Juliet avec fierté.

Zac savait que la mère d'Olivia n'était pas une snob. Mais lorsque son mari était décédé, elle s'était retrouvée sans le sou du jour au lendemain… Voir Olivia épouser Anthony Capri avait dû lui donner le sentiment de prendre par procuration une revanche sur le sort.

— Vous êtes mariés depuis seulement quelques mois, n'est-ce pas, madame Capri ? demanda un des journalistes.

— Oui.

— Si les affaires de votre mari sont aussi florissantes, pourquoi n'a-t-il pas pris quelques jours de congé pour un événement aussi important ?

Olivia jeta un regard noir à la femme qui, sur sa droite, venait de lui poser cette question.

— Je sais qu'il aurait vraiment voulu être là.

— Où avez-vous dit qu'il était ?

— Je ne l'ai pas précisé. En fait il… il n'a même pas eu le temps de me dire où il allait.

Brusquement, l'ensemble des journalistes, que jusque-là l'obligation de couvrir une nouvelle histoire de naissances multiples avait paru ennuyer beaucoup, sembla flairer l'odeur du sang.

— Diriez-vous que votre mari est un homme secret ?

— Pas du tout, fit vivement Olivia, mais son regard trahit un manque de conviction.

Elle redressa les épaules et ajouta :

— Anthony me dit tout. Nous sommes associés, nous n'avons aucun secret l'un pour l'autre. Mais ces derniers temps, j'ai dû prendre du recul par rapport aux affaires… Je suis sûre que vous pouvez comprendre pourquoi.

Associés. Olivia pensait-elle réellement ce qu'elle disait ?

Zac observa les journalistes. Il lut dans leurs yeux l'envie de dénicher le scoop. Le caméraman à côté de lui zooma de plus en plus serré sur le visage d'Olivia. Il imaginait déjà les titres des journaux du lendemain : *Une femme donne naissance à des quadruplés, le père disparaît.* Il eut mal pour elle. Il fallait qu'il retrouve Anthony au plus vite afin d'étouffer ces rumeurs dans l'œuf.

— Quels sont vos projets, madame Capri ? demanda quelqu'un.

— Tout ce que je veux, c'est rentrer chez moi avec mes bébés, à Westerly.

— Et avec votre mari ?

— Cela va sans dire.

— Bien, ça suffit, déclara Juliet en enveloppant Olivia un regard protecteur.

La foule commença à se disperser dans le bruit. Au pied de l'ascenseur, Zac parvint à rejoindre Olivia, et salua sa famille. Elles lui expliquèrent qu'elles montaient donner à manger aux bébés et leur faire un câlin. Il demanda à Olivia de rester quelques instants avec lui. Faith, qui l'avait suivi, poussa tout le monde dans l'ascenseur.

— Rejoignez-nous quand vous voulez, leur lança-t-elle comme les portes se refermaient.

Tandis que personnel de maintenance de l'hôpital se mettait à démonter les tables et à ranger les chaises utilisées pour la conférence de presse, Zac posa la main sur le coude d'Olivia pour l'inviter à se diriger vers un canapé, de l'autre côté du vestibule. Dans ce petit coin, ils auraient un peu de tranquillité.

L'expression d'Olivia était fermée.

— Je n'arrive pas à croire que des journalistes puissent se comporter ainsi, dit-elle. Ils cherchaient absolument à dénicher une histoire sordide.

Zac fit de son mieux pour se montrer compatissant, mais il n'en pensait pas moins.

— C'est inutile que je cherche à édulcorer ce que j'ai à te dire. Anthony n'a jamais résidé au Marina Inn.

Il ne le lui avait pas dit au téléphone, car cela lui avait semblé trop abrupt. Ensuite, il avait été retardé par l'autre affaire dont il avait dû s'occuper. Enfin, comme le grand naïf qu'il était, il avait espéré qu'entre-temps, Anthony aurait recouvré ses esprits et qu'il n'aurait jamais à lui avouer que son mari lui avait menti.

Hélas ! Anthony n'avait pas réapparu, et il ne pouvait plus la ménager.

Elle fronça les sourcils.

— Que veux-tu dire ? Il a quitté l'hôtel ?

— Il n'y a jamais mis les pieds.

— Mais il m'a dit qu'il était descendu là-bas.

Zac ne répondit pas.

Elle battit des paupières, troublée, au bord des larmes.

— Il m'a menti.

Au cours des dernières quarante-huit heures, Zac n'avait que peu dormi, et pas dans un véritable lit. Il avait la tête qui tournait et les paupières lourdes. Sans revenir sur le mensonge d'Anthony, il reprit :

— J'ai vu ta mère brandir une photo de votre mariage. Si tu pouvais la convaincre de me la prêter, je pourrais retourner à l'hôtel et la montrer au personnel afin de voir si quelqu'un le reconnait.

— Tu insinues qu'il a utilisé un faux nom ?

— Je n'insinue rien du tout. Ça me paraît simplement être la chose la plus logique à faire.

Elle le dévisagea un instant.

— Tu as l'air épuisé, Zac.

— Dès que j'aurai eu l'occasion de dormir huit heures d'affilée, ça ira mieux. Va chercher la photo. Je t'attends ici.

Elle acquiesça et se leva lentement, sans doute à cause de la césarienne qu'elle avait subie, songea-t-il. Sa jupe grise frotta contre ses longues jambes, tandis qu'elle se tenait debout devant lui.

Quand avait-il commencé à prêter attention au physique d'Olivia, à ses seins, à ses longues jambes effilées, à ses courbes gracieuses ? Quand s'était-il aperçu qu'elle n'était plus une enfant ? Lorsqu'elle avait quitté l'université pour soutenir sa mère et ses sœurs après la mort de son père ? A ce moment-là, lui était en plein divorce. S'il avait du mal à se rappeler ce qui s'était passé d'autre à cette époque, il avait néanmoins remarqué, alors, qu'elle avait changé.

Et pourtant, il ne lui avait jamais avoué ce qu'il ressentait pour elle. Ce n'était jamais le bon moment. Et puis, il avait eu peur qu'elle lui rie au nez, aussi.

— Je reviens aussi vite que possible, mais ça risque de me prendre quand même un peu de temps, lui dit-elle.

Il prit conscience qu'il avait les yeux posés sur ses lèvres.

— Je t'attends ici.

Il la regarda traverser le hall, avec précaution et pourtant avec classe. Et il n'y avait rien à redire sur le balancement de ses hanches.

Rien du tout.

Olivia consacra un petit moment à chacune de ses filles, leur chuchota des paroles apaisantes. Elle embrassa leurs petits fronts soyeux et leur promit qu'elle allait retrouver leur papa. En réponse, chacune agita les bras et les jambes et lui fit de petites moues qui la firent craquer.

Olivia informa Faith de ce qu'elle allait faire et profita de ce que sa mère berçait Brianna pour subtiliser la photo dans son sac à main.

Tandis qu'elle se dirigeait vers l'ascenseur, elle considéra le cliché en se concentrant sur Anthony.

Leur mariage avait eu lieu en septembre. Anthony était très bronzé et ses cheveux blonds, après plusieurs mois d'exposition au soleil de l'été, étaient encore plus clairs qu'à l'accoutumée. Avec son allure sportive, il ressemblait à un surfeur ou à un skipper. Il en avait le sourire éblouissant. Elle repensa à leur lune de miel à

Key West, et eut un pincement au cœur. Au cours du séjour, il s'était montré attentif, charmant. Il ne s'était jamais départi de son sourire. Plus d'une fois, elle s'était surprise à penser qu'elle avait épousé un très bon acteur, pour immédiatement se le reprocher et se demander d'où une telle idée pouvait bien lui venir.

Peu de temps après leur retour à la maison, elle avait été prise de nausées. Elle était allée voir son gynécologue, qui lui avait appris quelque temps plus tard qu'elle portait des quadruplés. Elle était rentrée à la maison dans un état second, l'image de l'échographie à la main. Leur avenir venait d'être bouleversé…

Il avait été aussi abasourdi qu'elle. Une semaine plus tard, cependant, elle s'était faite à cette réalité, et lorsqu'elle avait appris à sa mère et à Faith qu'elle allait avoir quatre bébés, elle était déjà impatiente de vivre cette expérience.

Mais Anthony, lui, avait eu l'air de ne pas avoir digéré la nouvelle.

Plus les mois passaient, et plus son intérêt pour elle semblait décroître. Il avait épousé une femme qui aimait l'aventure, et il se retrouvait avec une épouse qui gonflait à vue d'œil, prise de nausées à tout moment. Il faudrait qu'ils se débarrassent de leur coupé sport, au profit d'une grosse berline familiale. La suite pour invités de la nouvelle maison qu'il faisait construire devrait se transformer en nursery.

Tout laissait à penser que ces changements de projets avaient été plus qu'il ne pouvait en supporter.

Lorsqu'elle redescendit, elle trouva Zac là où elle l'avait laissé. Il était affalé sur les coussins du canapé, la tête posée sur la paume de la main, les jambes étendues devant lui. Il avait les yeux fermés et sa respiration profonde et régulière indiquait qu'il dormait.

Lui, il n'était pas bronzé, et il ne souriait pas très souvent. Son nez cassé et ses cicatrices donnaient du caractère à son visage, le rendaient plus viril. Pourquoi ne s'était-il jamais remarié ? L'échec de son bref mariage lui avait-il fait perdre toutes ses illusions ?

Elle le connaissait depuis qu'ils étaient enfants. Elle était la meilleure amie de sa sœur, et il l'avait d'abord ignorée. Ensuite, il l'avait draguée, et un jour, il l'avait même embrassée. C'était il y a très longtemps. Une éternité. Parfois, il l'avait consolée, quelquefois il l'avait engueulée.

Elle tendit la main pour le réveiller avant de se raviser, hésitant à le toucher, sans savoir pourquoi. Son estomac se noua, son cœur battit un peu plus vite. Pourquoi se sentait-elle ainsi ? N'avait-elle pas assez mangé ?

Non. Ce n'était pas ça.

Soudain, sans ouvrir les yeux, Zac lui demanda :

— L'as-tu récupérée ?

— Oui.

Il tendit la main et ouvrit les yeux. Son regard bleu profond la transperça et la cloua sur place. Elle mit de côté des pensées qu'elle n'aurait pas dû avoir.

— Je viens avec toi, dit-elle.

— Mais les bébés…

— … sont avec leur grand-mère, leurs tantes et Faith. Ce qui fait une adulte par enfant. Tout ira bien pour elles et ça ne fera pas de mal à la nouvelle maman de prendre un peu l'air.

Elle le fixa intensément, histoire de lui faire comprendre qu'il n'était pas question qu'il refuse. Comprenait-il qu'elle *devait* venir, qu'elle *devait* savoir ? Anthony Capri était son mari, le père de ses filles. Elle leur devait à toutes les quatre de découvrir la vérité.

— D'accord, pas de problème, répondit Zac.

Dehors, l'air était frais, et Olivia fut reconnaissante à Faith de lui avoir acheté un pull pour la conférence de presse. Ça lui faisait tellement de bien de marcher de nouveau sur un trottoir — enfin elle revoyait ses pieds ! — , de s'installer sur le siège avant d'une voiture sans avoir besoin d'aide. Ça lui faisait du bien d'être à l'aise sans être obligée de repousser le siège à fond. Même si sa grossesse s'était bien déroulée, elle avait dû garder le lit pendant plusieurs mois, sans pouvoir sortir. Elle en avait assez de passer ses journées à surfer sur Internet, regarder la télévision, lire et regarder par la fenêtre. Humer l'air, sentir le vent dans ses cheveux, et même l'humidité apportée par le brouillard, tout cela lui avait manqué.

Elle proposa à Zac de conduire, mais ce dernier refusa, prétendant que sa sieste-éclair lui avait fait du bien. Effectivement, il semblait avoir recouvré ses esprits, et sa conduite était assurée et calme.

Elle ne put s'empêcher de compter les hôtels devant lesquels ils passèrent. Entre l'hôpital et le Marina Inn, elle en dénombra dix-neuf. Dix-neuf hôtels dans lesquels Anthony aurait pu s'installer s'il avait voulu être plus près d'elle.

Cependant, il n'avait apparemment pas résidé au Marina Inn non plus.

— Alors, qu'est-ce que ça te fait d'être libre ? lui demanda Zac.

Elle observa son profil familier. Elle était heureuse qu'ils soient redevenus amis.

— Un bien fou.

— Combien de temps dois-tu encore rester à l'hôpital ?

— En fait, techniquement, je suis censée avoir rendu ma chambre et m'être installée avec Faith dans l'hôtel en face de l'hôpital. Mais en réalité, je passe mes journées à la nursery. Ma mère et mes sœurs, elles, rentrent à Westerly demain.

— Les bébés ont tous atteint les deux kilos ?

— Non, pas tous. Les médecins aimeraient les garder encore quelques jours, et je ne sais que faire. A Westerly, nous avons un très bon hôpital, comme tu le sais. De plus, ma sœur qui vit en Californie doit arriver très prochainement.

— Sandy ?

— Oui. Le médecin a vu d'un bon œil que je puisse, pour ainsi dire, avoir une véritable infirmière à domicile pendant deux semaines. Je pense qu'il sera possible de le convaincre de laisser sortir les petites un peu plus tôt que prévu. Du moins je l'espère, car j'ai vraiment envie de rentrer.

Zac désigna la photo de mariage qu'elle avait posée sur ses genoux.

— Il me semblait que l'atelier du photographe avait brûlé pendant que vous étiez en lune de miel, non ?

— Juste avant que nous partions, en fait. Mais c'est maman qui a pris cette photo. Anthony ne souhaitait pas que tout le monde nous tourne autour et prenne des photos personnelles. Mais tu sais comment est maman. Elle voulait absolument avoir une photo à elle, alors elle l'a prise discrètement, sans rien dire.

Elle baissa les yeux sur le cliché. Un large sourire éclairait son visage. Anthony était à côté d'elle, imposant, une flûte de champagne à la main, et il tournait la tête vers la droite. Le soleil faisait scintiller sa bague de vainqueur du Super Bowl, qu'il ne quittait jamais. Il prétendait que, depuis qu'il l'avait passée à son doigt pour la première fois, il avait pris du poids, et qu'il ne parvenait plus à l'enlever.

Au début, leur histoire avait été intense et passionnée, et elle s'était laissé entraîner dans le monde plein de paillettes qu'il lui offrait. C'avait été comme s'il avait deviné précisément chacun de ses désirs — qu'il avait su de quoi sa vie manquait — et lui avait tout apporté sur un plateau d'argent. Elle s'était convaincue que son amour était sincère et qu'elle l'aimait en retour. Elle l'avait épousé deux mois seulement après l'avoir rencontré.

Deux mois !

Elle fouilla dans son sac à main pour y trouver les clés de sa maison, accrochées à un mini couteau suisse. Elle ouvrit la petite paire de ciseaux, découpa la photo en deux et rangea dans son sac la moitié sur laquelle elle apparaissait.

Zac la regarda faire sans rien dire.

Ils se garèrent sur le parking de l'hôtel. Olivia eut un peu de mal à descendre de la voiture qui était très basse, et fut heureuse que Zac lui tende la main pour l'aider.

A l'intérieur, il brandit son insigne afin de brûler la politesse aux clients qui faisaient la queue à la réception et montra la photo au personnel derrière le comptoir.

— Quelqu'un parmi vous a-t-il déjà vu cet homme ?

Presque tous le reconnurent immédiatement.

— C'est M. Gray, dit une des employées, qui avait de beaux yeux légèrement bridés. Paul Gray.

— C'est un pilote de sport automobile, dit un jeune homme à l'allure enfantine.

— Il fait de la plongée sous-marine, aussi, ajouta un autre.

— Il distribuait les pourboires à tour de bras.

— « Distribuait » ? répéta Zac.

— Eh bien, oui. Il a quitté l'hôtel hier.

Hier ! Deux jours après la naissance des bébés ? Olivia n'aurait pas su dire à quoi elle s'était attendue, mais en tout cas pas à ça. Et d'abord, depuis quand Anthony était-il pilote de sport automobile ? Elle se sentit mal et dut s'appuyer contre le comptoir pour ne pas vaciller.

— A-t-il précisé où il allait ? demanda Zac.

— Il rentrait chez lui, répondit le petit jeune homme sans hésiter. Il a dit que son épouse allait accoucher et qu'il devait rentrer très vite.

— Et a-t-il dit où il habitait ?

— Euh, non, je ne crois pas.

— Pas très loin d'ici, je pense, déclara une autre employée, car il semblait très bien connaître Seattle.

— Tant qu'a duré son séjour ici, il est sorti tous les soirs. Sinon, c'était vraiment un type bien. Très généreux.

— Avait-il l'air distrait ou troublé lorsqu'il vous a signifié son départ ?

Tous se regardèrent puis secouèrent la tête.

— Réfléchissez bien, reprit Zac. Etait-il seul lorsqu'il est parti ?

— Il y avait d'autres personnes dans le hall, dit une fille.

— Non, il n'y avait personne. C'était en milieu de matinée, et tous les gens là pour affaires étaient déjà partis, soutint le jeune homme.

— Non, c'est faux. Il y avait un type à l'air nerveux qui se tenait près des plantes vertes, ainsi qu'une femme avec deux enfants vers les ascenseurs.

Le jeune homme haussa les épaules.

— Tout ce que je sais, c'est qu'il a demandé au voiturier d'aller chercher sa voiture.

— Quel genre de voiture conduisait-il, vous en souvenez-vous ? Etait-ce une berline familiale ? intervint Olivia.

— Non, c'était un coupé sport blanc, dit la fille. Au fait, Joey, tu ne l'as pas pris en photo avec Alyssa et Tommy ?

— Mais si, répondit le dénommé Joey en mettant la main à sa poche.

Il en sortit un téléphone portable qui faisait également appareil photo.

La date sur l'écran indiquait que la photo avait bel et bien été prise la veille. Anthony souriait, comme à son habitude. En fond, Olivia reconnaissait la façade de l'hôtel, et, garée devant, une voiture blanche qu'elle identifia immédiatement comme étant la sienne.

Cette vision lui fut tellement insupportable qu'elle n'eut pas la force de rester dans cet hôtel une seconde de plus. Elle tourna brusquement les talons, et, malgré la douleur que lui causa ce mouvement brutal, marcha résolument vers la sortie, intérieurement déchirée.

Elle réussit à sortir, mais fut incapable d'aller plus loin. Elle se pencha, les mains appuyées sur ses cuisses. Elle était secouée de sanglots, et de grosses larmes tombèrent sur le sol devant elle. Un petit groupe de touristes qui passait par là détourna la tête, comme s'ils étaient gênés pour elle.

Elle ne pouvait pas s'arrêter de pleurer, elle respirait par saccades. Alors c'était ça que ça faisait, lorsqu'on sentait sa vie s'écrouler ?

Elle entendit un bruit de pas près d'elle. Les yeux

toujours baissés, elle reconnut les chaussures de Zac. Il passa un bras protecteur autour de ses épaules. Elle se redressa et se pressa contre lui tandis qu'il la tirait un peu à l'écart.

— Ça va ?

— Non, répondit-elle d'une voix faible.

— Je vais te raccompagner à l'hôpital, dit Zac tout bas.

— Je veux aller à Westerly.

— Mais…

— Ils ont dit qu'il rentrait chez lui.

— Olivia, je t'en prie…

— Peut-être est-il allé à la maison pour y laisser ma voiture et revenir avec la berline, afin que nous puissions rentrer ensemble avec les bébés. Peut-être trouverai-je une explication. Il faut que je sache ce qui s'est passé. Il faut que j'aille voir. Alors soit tu m'emmènes, soit j'y vais seule.

— Tu n'es pas en état de conduire…

Elle se dirigea vers sa voiture, malgré ses jambes qui la portaient à peine et sa vision brouillée par les larmes. Son maquillage avait coulé.

— Olivia…

Elle s'arrêta et se retourna vers lui.

— Attends-moi.

3

Zac s'enfonça dans les rues encombrées de Seattle tandis qu'Olivia laissait un message à Faith lui demandant de la rappeler. Penchée en avant, elle attendit avec impatience.

Le téléphone sonna enfin comme ils franchissaient le pont menant à la nationale en direction du sud-ouest. Olivia répondit immédiatement, d'une voix fatiguée. Elle demanda d'abord à Faith comment se portaient ses bébés avant de lui expliquer où ils allaient et de lui promettre qu'ils seraient de retour dans quatre heures au plus tard. Il fallait un peu plus d'une heure pour se rendre à Westerly, autant pour revenir. Cela leur laissait donc peu de temps sur place. Zac s'interrogeait sur les intentions d'Olivia, mais il préférait ne rien dire pour le moment.

La circulation était fluide, mais des nappes de brouillard les ralentirent un peu. Lorsqu'ils quittèrent la nationale, la grisaille avait tout envahi.

Westerly s'était développée au XIXe siècle grâce à la prospérité d'une scierie. Depuis, la scierie avait disparu, et la ville avait dû se réinventer. Au fil des années, elle était devenue un nid pour artistes de toutes disciplines. En outre, aspect non négligeable, la ville attirait les touristes. Le centre-ville était donc ancien mais très animé, accueillait de nombreuses manifestations pendant l'été, et regorgeait de parterres de fleurs, de façades pimpantes et de galeries d'art. Les quartiers d'origine étaient de style victorien tandis que de nouveaux lotissements se multipliaient sur les collines. On retrouvait la même disparité au sein de la population : une partie des habitants vivait là depuis trois générations, l'autre s'était installée à Westerly dix ans plus tôt au maximum.

— Par où veux-tu commencer ? demanda Zac lorsqu'ils atteignirent l'enseigne qui disait « Bienvenue à Westerly ».

Une bannière à peine visible dans le brouillard avait été rajoutée et proclamait : « Westerly est heureuse d'accueillir ses quatre nouvelles citoyennes, les quadruplées de la famille Capri ! Félicitations, Anthony et Olivia ! ».

— Tu remarqueras qu'ils ont mis son nom en premier, marmonna la jeune femme.

Zac l'observa brièvement et fut rassuré de constater qu'elle ne pleurait plus. Elle croisa son regard.

— S'il a bel et bien eu l'intention de s'enfuir, il y a peu de chances qu'il soit revenu ici, n'est-ce pas ?

— Je pense que c'est peu probable, en effet.

Zac était même convaincu que c'était le dernier endroit où Anthony serait venu se réfugier. C'était ici que son épouse était née, et il y était lui-même très connu.

Si Capri avait pris la poudre d'escampette, Olivia ne devrait pas uniquement faire face à l'humiliation d'être abandonnée par son mari alors qu'elle venait de mettre au monde quatre bébés. Anthony avait emprunté plus d'un million de dollars aux frères Robinson, et ceux-ci n'étaient pas du genre à tirer un trait sur de telles pertes. Il ne fallait pas espérer qu'ils prennent conscience qu'ils avaient eux-mêmes été trop gourmands. Allaient-ils poursuivre Olivia en justice ? C'était plus que probable.

Les citoyens de Westerly ne feraient pas tous preuve de compassion à son égard.

Si Anthony avait abusé la banque ou pris la fuite avec des capitaux destinés à de prétendus investissements, ce serait la curée.

— Allons d'abord à la maison, dit-elle en se calant dans son siège.

Au cours du trajet, elle s'était frotté les yeux. Son maquillage ayant coulé, son regard était encore plus sombre que d'habitude et contrastait avec la pâleur de son teint. Il était clair qu'elle ne souhaitait pas être vue et qu'on pense que c'était son grand retour chez elle. Il en allait de même pour lui. Il avait encore quelques jours à assurer à son poste actuel, et il comptait les employer à faire quelques aller et retour entre Westerly et Seattle. Mais chaque chose en son temps. Il quitta la rue principale, pour prendre un itinéraire plus discret.

— De quelle maison parles-tu ? De celle que vous faites construire ?

— Non, emmène-moi là où je vis depuis six ans, à la maison que je loue sur Queen Street. Je suis persuadée qu'Anthony l'a déjà vidée, mais peut-être y est-il repassé récemment pour une raison ou une autre. Qui plus est, c'est plus près d'ici.

— Peut-être, répondit Zac. Peut-être est-il passé récupérer le reste de ses affaires avant de quitter la ville.

— C'est là que nous habitions avant que je parte pour l'hôpital, dit Olivia d'une voix éraillée. Autant commencer par là.

Autrement dit, songea Zac tandis qu'il s'engageait sur Queen Street quelques instants plus tard, cette maison représentait pour Olivia son véritable foyer. Elle ne s'imaginait certainement pas, en revanche, que c'était ce qu'Anthony ressentait aussi.

La maison d'Olivia était tout au bout de la rue. De son sac, elle sortit la commande d'ouverture automatique du garage. Elle l'actionna et la porte s'ouvrit sur une toute nouvelle voiture de luxe blanche.

— Il doit être là, dit-elle.

Zac était pour le moins surpris. Et extrêmement perplexe. Qu'est-ce que ce type avait en tête ?

— Pourquoi conduit-il cette voiture-là ? Je croyais qu'il avait une voiture de sport rouge.

— On la lui avait prêtée. Nous nous étions mis d'accord pour acheter une voiture plus grande pour les bébés, et sur le fait qu'entre-temps il pourrait se servir de ma voiture qui elle a déjà été payée. Il voulait attendre quelques mois pour se décider, le temps que de nouveaux modèles arrivent sur le marché.

Elle marqua un temps d'arrêt avant de reprendre :

— Il m'a dit, il y a environ deux semaines, qu'il avait acheté la berline familiale. Peut-être est-elle à la nouvelle maison.

— Souhaites-tu que je t'attende…

— Non. Je ne suis pas sûre de pouvoir me contrôler si je me retrouve seule avec lui.

Ils sortirent de voiture et se dirigèrent vers la porte au fond du garage, qui communiquait avec la cuisine.

Olivia fit de son mieux pour maîtriser son émotion.

Elle n'était plus revenue dans cette maison depuis le jour où les médecins lui avaient dit qu'elle devait prendre très au sérieux les contractions qu'elle avait ressenties. Ils lui avaient ordonné de se rendre à l'hôpital de Seattle et expliqué qu'elle devrait rester allongée jusqu'au terme de sa grossesse, afin d'éviter toute complication.

Anthony, quand ils étaient partis pour l'hôpital, n'avait cessé de lui rappeler qu'elle n'aurait plus à revenir dans cette vieille bicoque, et qu'après la naissance des enfants, les travaux de la nouvelle maison en bord de mer seraient terminés.

Elle avait été à la fois heureuse de le voir aussi enthousiaste à l'idée de rendre leur cadre de vie plus agréable, mais également — aujourd'hui elle pouvait bien se l'avouer — quelque peu blessée par ses propos. Certes, la maison qu'ils habitaient alors n'était qu'une location, mais elle aimait son charme victorien, ses hauts plafonds, ses grandes fenêtres, les moulures et la petite pièce en rotonde dont elle avait fait son bureau.

Elle rassembla ses forces et se prépara à l'éventualité de se retrouver face à lui. Il aurait quelques explications à lui fournir.

Zac lui prit sa clé et ouvrit la porte. A peine eut-il franchi le seuil qu'il s'arrêta net, de manière tellement abrupte qu'elle le percuta.

— Oh non !

Elle leva les yeux et, pour la seconde fois de la journée, manqua défaillir.

Zac se retourna et la soutint.

— Ça va ?

Elle s'appuya contre le bras qu'il lui offrait et parvint simplement à inspirer à fond et à acquiescer d'un faible signe de tête. Ils restèrent quelques instants à contempler avec consternation la tornade qui semblait s'être abattue sur la maison.

Toutes les portes de placards étaient grandes ouvertes et leur contenu se répandait partout. Tous les tiroirs avaient été retournés. Le sol était jonché de vaisselle brisée mélangée à divers papiers et objets. Le réfrigérateur était ouvert et soufflait un air froid dans la maison ainsi qu'une odeur ignoble due à restes de nourriture commençant à pourrir. Du congélateur s'écoulaient des rigoles d'eau et de crème glacée.

Olivia resta sans voix et passa les bras autour de son buste pour contenir la nausée qui s'emparait d'elle.

— Il faut que nous appelions le bureau du shérif, dit Zac.

— Où est Anthony ? Nous devons faire le tour de la maison. Je ne toucherai à rien.

Ils contournèrent avec précaution le bourbier du sol de la cuisine et passèrent dans le salon. La pièce avait également été fouillée de fond en comble. Les livres avaient été vidés des étagères, le papier peint arraché, les tapis éventrés et retournés. Mais ce qui frappa Olivia, c'est qu'apparemment, Anthony n'avait pas emporté une seule affaire, pas un seul meuble, pour l'installer dans leur nouvelle maison. Comment auraient-ils pu y vivre à sa sortie de la maternité, s'il n'avait rien déplacé ?

— Anthony ? appela-t-elle.

La maison était silencieuse, le seul bruit venait du réfrigérateur.

— On dirait que quelqu'un voulait mettre la main sur un objet précis et a tout tenté pour le trouver, dit Zac.

— Oui mais quoi ? répondit-elle d'une voix faible.

Une pensée la traversa.

— Mon bureau ! J'y garde tous les dossiers de mes clients…

— Je vais aller voir.

Zac s'élança dans l'escalier. Il redescendit quelques instants plus tard en secouant la tête.

— C'est pareil qu'ici. L'ordinateur et l'imprimante semblent intacts.

— Le coffre a-t-il été ouvert ?

— Non.

— C'est là que je mets les éléments de comptabilité les plus sensibles. Mais de toute façon, il n'y avait pas grand-chose. Lorsque j'ai appris que j'attendais des quadruplés, j'ai dû laisser un peu de côté mon travail.

Elle fit un pas et buta contre une lampe brisée. Zac la rattrapa par le bras.

— Ne tombe pas.

— Merci. J'aimerais aller voir les chambres, notamment celle qu'Anthony et moi partagions.

Elle y gardait les objets auxquels elle tenait le plus. La plupart des affaires d'Anthony, elles, étaient rassemblées dans des cartons au sous-sol. Peut-être les avait-il transférés à la nouvelle maison, d'ailleurs. Elle se dirigea vers la chambre, faisant de son mieux pour se préparer au pire.

Or, la pièce était quasiment telle qu'elle l'avait laissée. On y avait bien cassé quelques objets, mais beaucoup moins qu'ailleurs. Comme si la fouille de cette pièce avait été interrompue. De grosses larmes coulèrent sur ses joues. Elle n'aurait pas su dire si la cause en était un sentiment de perte, de colère, ou de soulagement de découvrir que certaines de ses affaires étaient encore en bon état.

Sur la table de toilette reposait une boîte remplie de souvenirs de sa jeunesse, boîte que son père, un amoureux de la mer, lui avait léguée. A côté, une autre boîte contenant une montre d'Anthony et ses boutons de manchettes, avait été fouillée. Deux tiroirs étaient ouverts, quelques vêtements éparpillés sur le sol. Sur le dessus de l'armoire, à côté d'une cloche en plâtre que la mère d'Anthony avait faite elle-même, se tenaient six poupées en porcelaine qu'elle lui avait données. Non, corrigea-t-elle très vite, il n'y en avait plus que cinq. La sixième gisait, brisée en mille morceaux.

Elle se retourna brusquement et chercha des yeux la boîte à bijoux ancienne de sa mère. Elle était à sa place. Le couvercle était déplacé. Elle bondit pour inspecter l'intérieur. Ouf ! rien n'avait été dérobé. Le placard rempli de linge brodé par sa grand-mère était resté fermé. Un autre placard était entrouvert, et elle se rendit compte que tous les vêtements d'Anthony étaient là : ses vestes, ses pantalons, ses chaussures…

— Le responsable de ce désordre ne semble pas s'être attardé ici, observa Zac.

— Il a dû être dérangé.

Olivia se perdait en conjectures. Pourquoi Anthony n'avait-il pas déménagé d'affaires, pas même ses effets personnels ? Ils en avaient parlé plusieurs fois. Elle voulait s'occuper de la décoration de la nouvelle maison elle-même, mais ils avaient convenu que s'ils ne déménageaient pas avant, cela ne ferait que retarder leur installation. Ensuite, après son retour, lorsqu'elle aurait eu un peu de temps, elle se serait occupée de choisir de nouveaux meubles…

S'il n'avait rien transféré, cela signifiait-il que les travaux de la nouvelle maison n'étaient pas terminés ? Pire encore ?

— Olivia ? Tu es bien silencieuse.

— Et si Anthony était venu ici pour commencer le déménagement et avait surpris des cambrioleurs ?

— Oui, mais alors où est-il ?

Elle fureta autour d'elle avec nervosité.

— Je ne sais pas. Peut-être l'ont-ils enlevé.

Elle sentit la culpabilité l'assaillir. Des sueurs froides

lui parcoururent l'échine. Elle avait été folle de colère contre Anthony parce qu'il n'était pas venu à l'hôpital et n'avait pas prévenu, et voilà que maintenant elle avait la conviction qu'il était aux mains de malfaiteurs. Elle s'était trompée sur lui. Elle avait fait preuve d'égoïsme.

— Pourquoi ? demanda Zac.

— Pourquoi quoi ?

— S'il les a surpris en plein cambriolage et qu'ils sont parvenus à le neutraliser, pourquoi n'ont-ils pas fini le boulot ? Pourquoi n'ont-ils pas emporté l'ordinateur, les bijoux, la nouvelle télévision ? Pourquoi ont-ils laissé tous les objets de valeur ?

— Parce qu'ils ont eu peur qu'il ne soit pas seul, peut-être ?

— D'accord, mais alors où est-il ? Pourquoi n'a-t-il prévenu personne ?

— Je ne sais pas, il a pu être enlevé ou…

— Je vais inspecter le sous-sol, occupe-toi des deux autres chambres. Si tu as besoin de moi, appelle-moi.

Le sous-sol ne semblait pas avoir été visité. Zac regarda dans chaque recoin, évitant les cartons qui portaient la mention « Privé, ne pas toucher » empilés dans un angle. Il n'y avait rien ni personne.

Ça ne lui plaisait pas qu'Olivia se sente coupable d'avoir suspecté son mari de mauvaises intentions. Anthony n'avait pas cessé de lui mentir, et pourtant, elle lui cherchait encore des excuses. Elle paraissait avoir oublié que, le lendemain de la naissance des bébés, il était encore à l'hôtel, à un quart d'heure de route de l'hôpital, et n'avait pourtant pas daigné s'y montrer. Comment pouvait-on excuser un tel comportement ?

Et d'abord, que s'était-il passé au juste ici ? Pourquoi la maison avait-elle été fouillée ? Car c'était bien ce qui s'était passé, il en était certain. Alors où était Anthony, et pourquoi n'avait-il pas porté plainte pour effraction ? En outre, la police avait passé en revue l'ensemble des personnes qui avaient été victimes d'agression au cours des trois derniers jours, et aucune ne correspondait à la description physique d'Anthony.

Il perçut un cri étouffé qui venait du rez-de-chaussée. Il remonta l'escalier quatre à quatre, sauta par-dessus un fauteuil renversé et manqua tomber en se réceptionnant sur une pile de livres. Il avait réagi d'instinct, sans réfléchir. Pas à proprement parler un comportement professionnel. Il ralentit un peu, se calma et chercha son arme.

— Par là, entendit-il Olivia l'appeler d'une voix chevrotante.

Il la vit sortir de la chambre au fond du couloir. Elle était aussi pâle que le mur contre lequel elle s'appuyait.

— Viens voir.

Il traversa le couloir à grandes enjambées. Comme les autres, la pièce avait été saccagée, mais en plus, des taches de sang maculaient le bureau et le mur du fond.

— Ne bouge pas, je vais inspecter tous les placards. Reste ici.

Arme à la main, il refit le tour de la maison, ouvrit chaque porte. Anthony n'était ni dans la maison, ni dans le garage, ni dans la voiture. Zac retourna auprès d'Olivia, et la trouva adossée au mur, les yeux fermés.

— Nous allons appeler le bureau du shérif, dit-il.

Elle ouvrit brusquement les yeux.

— Je ne peux pas rester là à attendre…

— Nous resterons dans la voiture le temps que les renforts arrivent. Viens.

Ils ressortirent en prenant garde à ne pas déranger

l'aspect des lieux plus qu'ils ne l'avaient déjà fait. Une fois dehors, Olivia lui dit :

— Donne-moi tes clés, s'il te plaît.

— Pour quoi faire ?

— Parce que c'est moi qui conduis.

— Qui conduis ? Pour aller où ? Nous allons attendre ici…

— Je t'en prie, Zac. Donne-moi tes clés.

Il sortit ses clés et les lui tendit.

— Je te promets de revenir aussi vite que possible.

— Inutile, je viens avec toi.

— Non, ce n'est pas la peine de…

— Olivia, allons-y.

Il ne la laisserait pas seule, où qu'elle veuille aller.

Une fois en voiture, elle fit marche arrière, puis prit la direction de l'est.

— Le bureau du shérif, c'est dans l'autre sens, dit-il en sortant son téléphone.

— Appelle, je t'en prie, fais ce que tu as à faire.

— Où allons-nous, Olivia ?

— Moi aussi je fais ce que je dois faire.

Sa réponse était énigmatique, mais Westerly était une petite ville. Il devina où elle voulait aller. Il appela le bureau du shérif et déclina son identité auprès de Terry, qui répondait toujours au téléphone les week-ends.

— Envoyez au plus vite une équipe d'analyse de scène de crime chez Olivia Hart, 333, Queen Street.

— Capri, corrigea Olivia d'un ton sec.

— Ah oui, c'est vrai, désolé. Chez Olivia et Anthony Capri. Attention, apparemment il y a eu effraction, et il y a des traces de sang dans la chambre du fond. Je reviens sur les lieux dès que possible. Prévenez Hoopes et Dilly.

Il raccrocha avant que Terry ait le temps de lui demander pourquoi il se comportait déjà comme le shérif alors qu'il n'avait pas encore pris ses fonctions ni pourquoi il ne restait pas sur les lieux du crime pour les attendre. De toute façon, il aurait été incapable de lui répondre.

— Tu as l'intention d'aller à la nouvelle maison, je présume, dit-il alors qu'Olivia bifurquait en faisant crisser les pneus arrière. Ralentis. Tu as toujours conduit trop vite.

— C'est seulement parce que je suis inquiète, répondit Olivia sans quitter la route des yeux.

— Je te rappelle que tu es la maman de quatre petites filles, et qu'elles ont besoin de toi. Alors ralentis.

Elle s'exécuta, mais c'était avant tout parce qu'ils venaient de quitter la route pour s'engager sur un chemin de terre.

Il serpentait parmi les arbres, avant de déboucher sur une clairière.

Perchée au sommet de la pointe qui surplombait l'océan, et qui, lorsque le brouillard se levait, devait offrir une vue à cent quatre vingts degrés sur Puget Sound, se dressait une immense maison de bois et de verre. Tout autour couraient de vastes balcons couverts.

Le terrain devait encore être aplani et ressemblait à un chantier. Le sol était jonché de restes de tuiles et de blocs de béton.

— C'est un véritable manoir, dit Zac, abasourdi.

Jamais il n'avait pris aussi pleinement conscience de la richesse d'Anthony Capri. La maison était une immense villa, qui devait dépasser les deux mille mètres carré.

— Et elle est au milieu de nulle part, dit Olivia en coupant le moteur. Anthony prétend qu'il y a une crique naturelle au bout de la pointe. Mais avec ce brouillard, on ne peut pas la voir.

— Je n'arrive pas à croire qu'elle soit aussi grande.

— Il avait commencé à la faire bâtir bien avant que nous nous rencontrions. Bon, au moins, il semblerait qu'il ne m'ait pas menti sur ce point. Les travaux paraissent presque terminés. Certes, le terrain n'est pas encore déblayé, mais nous pourrons…

Sa voix faiblit, comme si elle ne savait pas comment terminer sa phrase. Après les événements des derniers jours, ce n'était guère étonnant.

Elle sortit de voiture, et chercha de nouveau un jeu de clés dans son sac.

— Je suis étonné qu'il n'y ait pas de système d'alarme, dit Zac tandis qu'ils montaient le large escalier de bois.

— Anthony m'a dit que la société d'installation avait pris du retard. Normalement, il doit être posé la semaine prochaine.

Elle ouvrit la porte, entra. Il lui emboîta le pas.

Tous deux s'arrêtèrent net.

C'était comme pénétrer dans un immense squelette de bois. Toute la structure de la maison était apparente, aucune cloison n'était posée.

— Il m'a menti, dit Olivia. Une fois de plus.

— Il t'a dit que tout était terminé et que vous pourriez entrer dans les murs ?

— Oui.

Zac désigna de la main le fond de la maison.

— Je vois une masse sombre, là-bas.

— C'est l'endroit où nous devions installer la nursery, dit-elle d'une voix à peine audible.

Il la prit par le bras et ils avancèrent, contournant une immense cheminée, en suivant le tracé des couloirs. Ni la plomberie ni l'installation électrique ne semblaient avoir été faites. La maison était très loin d'être habitable. Zac repensa à l'autre maison. La seule dont disposait Olivia, qui avait été retournée et où ils avaient vu des traces de sang.

Ils se retrouvèrent dans un large espace central ouvert.

— Ici, ce devait être la salle de jeu. Nous l'avions choisi parce que toutes les autres pièces devaient donner dessus. Là-bas, côté sud, nous voulions installer notre chambre.

A travers les fenêtres, on ne voyait rien d'autre que le brouillard, mais Olivia semblait attirée par cette faible source de lumière. Pendant ce temps, Zac s'approcha d'une pile de cartons qui n'avaient pas encore été ouverts. C'était la masse qu'il avait aperçue depuis l'entrée. Il en lut les étiquettes : berceaux, tables à langer, sièges bébé pour voiture, vêtements pour bébés, couches, et même chaises à bascule.

Olivia apparut à côté de lui.

— C'est le matériel que j'ai commandé sur Internet pendant mon séjour à l'hôpital. J'avais demandé à ce que tout soit livré ici.

Elle passa la main sur un des cartons.

— Anthony m'a dit pas plus tard que la semaine dernière qu'il avait monté les tables à langer. Je l'avais cru.

Elle se détourna et se prit le visage entre les mains. Zac resta sans rien faire, à regarder ses épaules soulevées par les sanglots. En son for intérieur, il mourait d'envie de la consoler, mais il manquait de confiance en lui, dans ses gestes comme dans ses mots.

Depuis combien de temps l'aimait-il, sans être capable de le lui avouer ou d'avoir un geste d'affection pour elle ?

Il l'aimait au point qu'être près d'elle était une torture.

Elle se retourna lentement et laissa tomber ses bras le long du corps. Leurs regards se croisèrent. Les yeux sombres et angoissés d'Olivia l'attiraient irrésistiblement. Il ne supportait pas de la voir souffrir. Il s'exhorta à agir comme un ami et ouvrit les bras. Lentement, elle fit un pas en avant, se serra contre lui et posa la tête sur son épaule. Il ferma les yeux, enivré par la douceur et le parfum de ses cheveux qui caressaient sa joue. Il sentait ses seins contre son buste, la chaleur et la délicatesse qui émanaient d'elle. Bien sûr, au fil des années, il l'avait serrée plusieurs fois contre lui, mais jamais de manière aussi intense. Songer que sa peine et les larmes qu'elle versait étaient causées par un autre homme lui fit honte de ses sentiments.

— Je ne suis pas une pleurnicheuse, dit-elle au bout de quelques instants, en relevant la tête pour le regarder.

— Je me serais laissé prendre, répondit-il, faisant un trait d'humour maladroit.

Il passa deux doigts sur ses joues pour sécher ses larmes. Ils continuaient à se dévisager. Ce moment dura encore et encore, comme s'ils étaient deux amants qui ne voulaient pas se séparer.

— C'est normal de craquer dans de telles circonstances, finit-il par dire.

Elle poussa un long soupir et s'écarta de lui.

— Anthony a de gros problèmes, n'est-ce pas ?

— On dirait bien, oui, répondit-il en la regardant sortir un paquet de mouchoirs de son sac.

Le paquet était vide. Zac en sortit un intact de sa poche et le lui tendit.

— Je sais que je devrais être inquiète pour lui, mais pour être franche, ce qui m'inquiète le plus, ce sont mes filles et les conséquences qu'auront tous ces événements pour elles.

— Je te comprends très bien. Mais n'oublie pas que tu n'es pas seule pour traverser cette épreuve.

Elle haussa les sourcils, perplexe.

— La ville entière sera prête à te porter assistance, Olivia. Et tu sais que tu peux aussi compter sur Faith.

— Oui, je sais, murmura-t-elle.

— Maintenant que nous savons qu'un crime a peut-être été commis, les recherches pour retrouver Anthony vont prendre une toute autre ampleur.

— Un crime commis contre lui ou bien par lui ?

— Je ne sais pas, Olivia.

— Moi, ce que je ne comprends toujours pas, c'est pourquoi il a fait tout ça, dit-elle dans un soupir. Je ne comprends pas pourquoi il m'a séduite, épousée, et pourquoi il est resté avec moi jusqu'à la naissance des bébés, pour au final ne même pas venir les voir. A-t-il volé de l'argent, Zac ? Ou bien a-t-il fait pire encore ?

— Je ne peux pas répondre à cette question-là non plus, ma chérie. Mais nous finirons par le découvrir.

Elle resta silencieuse quelques instants. Puis, soudain :

— Où sont tous mes cadeaux de naissance ? s'exclama-t-elle.

— Quels cadeaux de naissance ?

— Faith avait organisé une soirée à mon intention pour célébrer les naissances à venir. Tous les gens que je connaissais sont venus, et ils m'ont couverte de cadeaux somptueux. Qu'en a fait Anthony ? Parmi les cadeaux, il y avait de véritables objets d'art, des objets anciens… As-tu vu des affaires ou des jouets pour bébés au sous-sol de la maison de Queen Street ?

— Non. Tout ce que j'ai vu, c'est une table de billard et un immense écran plat. Ah, oui, et également une pile de cartons marqués « ne pas ouvrir ».

— Ça se sont des affaires à lui. Peut-être a-t-il apporté les cadeaux ici.

Zac regarda autour de lui.

— Et où les aurait-il cachés ?

— Dans le garage ? Peut-être la dalle de ciment a-t-elle été coulée.

Etant donné l'état d'avancement des travaux, Zac jugeait cette hypothèse hasardeuse. Cependant il suivit Olivia quand elle se dirigea avec détermination à travers la forêt de poutres de bois. Pourquoi s'inquiétait-elle tant pour du matériel de puériculture ? Peut-être était-ce parce que ses enfants étaient le dernier élément de sa vie auquel elle pouvait se raccrocher.

Ils traversèrent ce qui était censé devenir une vaste cuisine et un salon, puis descendirent un escalier. Olivia ouvrit une porte qui donnait sur un vaste sous-sol. Vide. Il n'y avait qu'une épaisse couche de sable par terre, quelques outils éparpillés, une vieille bâche bleue. Ça sentait la terre humide.

— Qu'est-ce qu'il y a sous cette bâche ?

— J'espère de tout cœur que ce n'est pas ce que je recherche, répondit-elle d'une voix menaçante.

Elle traversa le sous-sol. Le sable était réparti de manière irrégulière. Zac fut époustouflé par l'adresse et l'assurance de sa démarche. Elle avait tout de même subi une césarienne quelques jours avant, et elle était encore convalescente. Peut-être les soucis décuplaient-ils ses capacités.

— Ç'aurait été stupide de tout stocker là, dit-elle en saisissant un coin de la bâche.

Il n'y avait rien en dessous.

— Bon au moins…

Elle s'interrompit. Un petit objet avait attiré son attention. Elle s'agenouilla pour voir de plus près.

— C'est la bague de vainqueur du Super Bowl d'Anthony, dit-elle en se penchant pour la ramasser.

Elle se retourna vers Zac et ajouta :

— Ça ne lui ressemble pas de la laisser…

A cet instant, Zac eut une intuition sinistre. Il repéra des sillons dans le sable, comme si on avait traîné un lourd objet, puis une pelle dans un coin…

— Olivia, arrête ! s'exclama-t-il en bondissant en avant.

Mais elle avait déjà commencé à écarter le sable et tirait fort, comme si elle rencontrait de la résistance. Non seulement elle sortit la bague, mais également une main d'homme. Le sable roula et laissa apparaître une manche de chemise…

Olivia lâcha le tout et leva les mains avec effroi. Le bras mort retomba sur le sable. Elle vacilla en arrière, un gémissement de terreur s'échappa de sa gorge. Zac la prit aussitôt dans ses bras, et elle enfouit son visage dans les plis de sa chemise, tremblant de tous ses membres.

La grosse bague voyante et cette main imposante ne laissaient guère de doute : Anthony Capri n'était plus porté disparu.

4

— Une fichue façon de commencer ton nouveau boulot de shérif, pas vrai ?

L'enquêteur Roger Dilly était un homme menu au regard brun et vif. Son uniforme semblait avoir été taillé pour lui. Il portait des chaussures noires brillantes et une arme de poing à la ceinture. Lorsque Zac le voyait, il pensait toujours à l'agent Barney Fife, le personnage de série télévisée.

Zac frotta ses yeux fatigués et injectés de sang. Il regardait le Dr Wheeler, le médecin légiste, effectuer une inspection préliminaire du cadavre d'Anthony. Zac savait déjà ce qui avait causé sa mort : plusieurs impacts de balles au niveau du dos.

— En fait, je serai officiellement shérif après-demain, répondit-il. Et pour le moment, c'est toi qui assures l'intérim, non ?

Dilly leva un sourcil.

— Plus maintenant.

— Je n'ai pas l'intention de hâter les procédures et de…

— Je n'ai jamais mené d'enquête pour meurtre, l'interrompit Dilly. Le conseil supérieur te fera prêter serment dès demain. Donc, l'enquête est à toi. Mais évidemment, je ferai tout mon possible pour t'aider, tu le sais.

Zac fit signe que oui. Le Dr Wheeler se redressa.

— Je suppose que je n'ai pas besoin de vous préciser les causes de la mort, dit-il.

— Non. Pouvez-vous déterminer l'heure du décès ?

— D'après la raideur cadavérique, je dirais que la mort remonte à moins de vingt-quatre heures.

Selon le personnel de l'hôtel, Capri était parti le matin précédent. Il était maintenant près de 21 heures. Ce qui signifiait qu'Anthony avait dû revenir à Westerly la veille et se faire tuer entre midi et 21 heures. Le médecin légiste ramassa sa sacoche.

— Je pratiquerai une autopsie demain matin. Mais je crois déjà pouvoir dire que les marques sur son visage datent d'avant sa mort. En outre, le doigt auquel il portait sa bague est écorché. A mon avis, quelqu'un a essayé de la lui retirer. J'ai fait envelopper ses mains, car ses phalanges sont égratignées, comme s'il avait lui-même donné quelques coups de poing. J'en saurai plus demain.

— Merci, docteur.

Celui-ci salua d'un geste à sa casquette de base-ball, qu'il portait en toutes circonstances depuis une vingtaine d'années, puis suivit les infirmiers qui évacuaient le corps sur un brancard.

Zac se tourna vers Dilly.

— Je n'étais pas là ces derniers mois. Parle-moi de ce que tu sais des agissements de Capri durant cette période.

— Pas grand-chose. En fait, il n'était pas souvent à Westerly. Tout le monde pensait qu'il passait le plus clair de son temps à l'hôpital, auprès d'Olivia. Cela dit, je ne crois pas que ce sera très difficile de trouver l'assassin.

— Pourquoi ça ?

— Parce que je pense que c'est l'un des frères Robinson

qui a fait le coup, ou bien les deux. Ça faisait un moment que Grant Robinson racontait à qui voulait bien l'entendre que Capri était un arnaqueur, et que Hugh et lui avaient l'intention de s'occuper de lui. Et toi ? Penses-tu aussi que Capri était un arnaqueur ?

— Oui, répondit Zac. J'en ai la conviction.

— Ouais. Et dire que l'été dernier, je me maudissais de ne pas avoir assez d'argent de côté pour investir dans ses affaires. Je suppose que finalement, c'était une chance.

— Je ne peux pas être catégorique à ce sujet.

— J'ai vu des extraits de la conférence de presse aux infos, hier soir. Olivia a fait bonne impression, mais les commentaires suggéraient qu'Anthony était parti en cavale, ou quelque chose comme ça.

Zac haussa les épaules. Il avait déjà oublié la conférence de presse.

— Tu as vu ça aux infos locales ?

— Non, les chaînes nationales se sont emparées de l'affaire. Qadruplées plus disparition suspecte, tu penses… Lorsqu'elles vont apprendre que le père des bébés s'est fait assassiner le lendemain de leur naissance, à soixante bornes de l'hôpital, je n'ose même pas imaginer ce qu'elles vont raconter.

Zac serra la mâchoire. La télévision allait repasser en boucle le moment où Olivia avait déclaré qu'Anthony et elle étaient associés et n'avaient aucun secret l'un pour l'autre. Compte tenu des circonstances de la mort d'Anthony, cela ne présageait rien de bon pour elle.

— Nous ferions mieux de boucler cette affaire au plus vite, dit Zac. Olivia et sa famille ont assez de soucis sans avoir besoin d'être harcelées par la presse.

— J'ai déjà envoyé deux nouvelles recrues interroger

les voisins pour déterminer si quelqu'un a entendu des coups de feu hier soir. Car ça a dû faire du bruit.

Par la porte ouverte du garage, Zac observa la cime des arbres qui se dressaient au-dessus des nappes de brouillard. Le vent s'était levé et l'obscurité tombait sur la surface de l'eau. La silhouette d'un ponton relié à la maison commençait à s'estomper.

— La maison est loin de tout. Les voisins les plus proches habitent à plus de cinq cents mètres.

— Peut-être quelqu'un a-t-il vu ou entendu quelque chose malgré tout. Et Olivia, comment réagit-elle ?

— Elle est un peu dans un état second.

Zac avait demandé à un agent de la raccompagner au poste, afin de lui épargner d'assister à toutes les procédures.

— Je vais passer la chercher et la reconduire à Seattle. Ensuite, je reviendrai ici.

— Si tu veux, je peux demander à un de nos gars de s'en charger et…

— Non, ça va. En fait, j'aimerais lui poser quelques questions.

— Ecoute, ne le prends pas mal, mais tu as l'air épuisé. Essaye de dormir un peu avant de reprendre la route, d'accord ? Nous passerons la maison et celle d'Olivia au peigne fin ce soir. Nous en saurons plus demain.

Zac opina.

— Ça me donnera l'occasion de passer au Marina Inn et de visionner les bandes de leurs caméras de surveillance. Je veux m'assurer qu'Anthony Capri était bien seul lorsqu'il a quitté l'hôtel. Un des employés a parlé d'un type qui traînait dans le hall.

Dilly s'éclaircit la gorge.

— Capri s'est fait tirer dans le dos. A mon avis, ça

veut dire qu'il tentait de fuir. Crois-tu que son meurtre et l'effraction au domicile d'Olivia soient liés ?

— Je pense, oui. Sinon, comment Capri serait-il arrivé jusqu'ici ? Sa voiture était dans le garage de Queen Street. Et ici, il n'y a aucune trace d'un autre véhicule. Mais si, comme tu le penses, ce sont les frères Robinson qui ont fait le coup, pourquoi ont-ils retourné la maison d'Olivia de fond en comble ?

— Pour récupérer leur argent ?

— Donc, ils auraient pensé que Capri avait caché plus d'un million de dollars chez lui ? Il faut que nous demandions à la banque d'éplucher ses comptes.

— Si les frères Robinson sont innocents, que c'est quelqu'un d'autre le coupable et qu'il n'a pas trouvé ce qu'il cherchait, qu'est-ce que ça signifie ?

— Qu'il va continuer à chercher, j'imagine.

— Et s'il pense qu'Olivia peut lui permettre de mettre la main sur ce qu'il convoite ?

— J'y ai déjà pensé. C'est pourquoi je veux rester auprès d'elle autant que possible.

— Anthony est mort, murmura Olivia dans la voiture.

Elle voulait savoir ce que ça faisait de prononcer ces mots.

Ils lui parurent lointains, sans résonnance. Irréels. Elle avait envie de demander à Zac d'aller plus vite, mais elle l'avait déjà fait plusieurs fois, et au fond, elle savait qu'il roulait à une allure raisonnable. Mais elle avait un besoin viscéral de se retrouver auprès de ses bébés. Elle glissa les mains sous ses cuisses pour se calmer.

— Olivia, dit Zac, je te promets que nous retrouverons celui qui a fait ça. Justice sera rendue.

— Selon un type au poste, le coupable est un des frères Robinson, dit-elle doucement. Il pense que c'est Grant. Mais moi, je n'arrive pas à imaginer que Hugh ou lui aient pu faire une chose pareille à Anthony.

— Attends. Tu es en train de me dire qu'un agent a eu l'audace de te faire part de ses soupçons personnels sur cette enquête alors qu'elle a à peine débuté et que nous n'avons pas l'once d'une preuve ?

— Non, ce n'était pas un agent, c'était le concierge, l'aîné des frères Casey. Je me reposais dans le bureau de Dilly et il est entré pour passer un coup de balai. Nous en sommes venus à discuter.

— Ce gamin ne sait pas tenir sa langue. Oublie ce qu'il t'a dit.

Elle se laissa reposer contre l'appuie-tête. Qu'est-ce que la mort d'Anthony lui faisait ? La réponse lui fit froid dans le dos. La vérité, c'est qu'elle n'éprouvait rien. Elle n'était même pas sûre de savoir qui était mort. Car au cours de ces trois derniers jours, elle avait eu le sentiment de ne jamais avoir su qui était vraiment Anthony Capri.

« Au cours de ces trois derniers jours ? Dis plutôt au cours de ces trois derniers mois. Sois franche. Ça faisait un moment que tu sentais qu'il s'éloignait petit à petit… »

Au bout de la rue, Olivia aperçut enfin l'hôpital. Elle fixa la façade et chercha les fenêtres du cinquième étage. C'était là qu'étaient ses petites filles : Jillian, Brianna, Juliet et Antoinette. Antoinette, qui portait le prénom de son papa.

— Il ne les a jamais vues, dit-elle.

Même en le disant, elle avait du mal à croire que ça puisse être vrai.

— Il aurait pu, mais il a préféré ne pas venir les voir.

— Peut-être ne le pouvait-il pas. Peut-être craignait-il d'être suivi et a-t-il pensé que ce serait dangereux pour les enfants et toi de se montrer à la maternité.

Elle regarda par la fenêtre. Peut-être…

— Je suis désolé, Olivia, mais je dois te poser quelques questions.

— Ça va, je t'en prie, dit-elle, le regard toujours sur la façade.

— As-tu une idée de qui aurait pu haïr ton mari au point de vouloir sa mort ?

— A part les frères Robinson ? En fait, je n'ai même pas souvenir d'avoir entendu l'un d'eux avoir une parole désagréable à l'encontre d'Anthony. Leurs relations ont dû se détériorer après mon départ de Westerly.

— Et tu ne vois personne d'autre ? Des associés en affaires, par exemple. Ou bien des amis ?

— Non, personne, répondit-elle immédiatement.

C'était la vérité. Elle avait épousé Anthony en septembre. Après quoi ils étaient partis deux mois en lune de miel en Floride. Chaque fois qu'ils avaient rencontré quelqu'un, Anthony avait noué connaissance, et tout le monde avait paru l'apprécier. Il s'était fait un tas d'amis au cours du séjour. L'un d'entre eux s'était-il comporté de manière étrange ? Non.

Ensuite, ils étaient rentrés, et peu de temps après, elle avait commencé à avoir des nausées. Dans les semaines qui avaient suivi leur retour, Anthony avait passé pas mal de temps entre Westerly et Seattle, pour ses affaires. Souvent, il rentrait tard. Quand il assistait à un dîner, elle ne l'accompagnait pas, car elle n'était pas en état. Elle l'avait été de moins en moins. Sa mère et sa sœur étaient venues l'aider à la maison pendant la semaine, Faith pendant les week-ends. Anthony et elle ne s'étaient quasiment jamais retrouvés seuls. Enfin elle avait dû partir à l'hôpital et garder le lit. A partir de là, elle avait encore moins vu son mari.

— En fait, la vérité, c'est que je ne le connaissais pas bien, dit-elle sombrement. Je n'ai pas eu le temps de le connaître.

— J'imagine que ces derniers mois ont passé très vite, dit Zac, qui s'engageait dans le parking souterrain.

Olivia lui jeta un regard.

— Je n'arrête pas de repenser à la question de ce journaliste. Quand était-ce, déjà ? Aujourd'hui ?

— Hier, corriga Zac en se garant. Il est plus de minuit.

Il coupa le moteur.

— Oui, je n'arrête pas de repenser à cette question : Anthony était-il un homme secret ? Eh bien, la réponse est oui, il était très secret, du moins avec moi. Je n'en ai jamais vraiment eu conscience, car il était bavard et plaisantait tout le temps. Je n'ai donc jamais prêté attention au fait qu'il ne me parlait pour ainsi dire jamais de choses importantes. Comment ai-je pu être aussi aveugle, Zac ?

— Olivia…

— Si je lui avais posé des questions précises, si je n'avais pas été aussi obnubilée par ma grossesse, si je m'étais plus intéressée à lui, tout ça ne serait peut-être jamais arrivé et…

— Ne fais pas ça, Olivia. Ne te sens pas responsable.

Il sortit de voiture et la contourna pour lui ouvrir sa portière. Il attendit qu'elle s'extirpe de son siège. Elle était fatiguée, elle avait mal un peu partout. Une douleur lancinante lui serrait le cœur et l'âme. Zac lui posa les mains sur les épaules et la fixa d'un air grave.

— Ecoute, Olivia, je ne sais pas encore dans quel sac de nœuds Anthony s'était fourré, mais ce que je sais, c'est que tu n'y es pour rien.

Elle était au bord des larmes, ses yeux la piquaient. Si ses larmes avaient coulé, elle ne les aurait pas retenues, mais elles ne vinrent pas. Il laissa glisser ses mains le long de ses bras puis prit ses mains dans les siennes. Il serrait encore sa main avec force et chaleur tandis qu'ils traversaient le parking jusqu'à l'ascenseur. Lorsqu'ils atteignirent l'étage de la nursery, elle le retint sur le seuil de la cabine.

— Zac, promets-moi de ne jamais dire à mes enfants que leur père n'est pas venu les voir. Je ne veux pas qu'elles le sachent.

— Je te le promets.

Elle le remercia d'un signe de tête. Ils entrèrent dans la nursery. Faith reposait Brianna dans son berceau. Dès qu'elle les vit, elle s'avança vers eux, un biberon encore à la main. La mère d'Olivia, qui somnolait sur une chaise, leva les yeux. Faith prit Olivia dans ses bras, sa mère les rejoignit et serra les deux jeunes femmes contre elle. Toutes trois restèrent un long moment ainsi, front contre front.

Olivia se laissa aller au réconfort que lui offraient sa mère et son amie, puis elle prit chacune de ses filles dans ses bras, l'une après l'autre, et les berça doucement, bouleversée par leur innocence et leur fragilité.

C'était ses filles. A elle seule.

Au fond d'elle-même, sans savoir d'où lui était venue cette intuition, elle avait su dès leur naissance qu'il en serait ainsi.

— Trois balles dans le dos.

Zac reposa le dossier et croisa le regard de Dilly.

— Quel type d'arme ?

— Un A.38. J'ai envoyé au laboratoire de Seattle les projectiles que le médecin a extraits du corps ainsi que les autres prélèvements. Mais en fait, ce ne sont pas les tirs qui ont causé sa mort. Le médecin m'a expliqué que la première balle lui a brisé la colonne vertébrale, mais ne l'a pas tué. Il a été enterré vivant. Il est mort par suffocation.

— Bon sang, quelle horreur !

— Selon le médecin, c'est pour cela que sa main était ensevelie si peu profond. Nous avons retrouvé du sang près des arbres dehors, ainsi qu'une traînée sanglante qui mène au garage. J'ai demandé à nos hommes de passer la zone au peigne fin. Nous avons également retrouvé quelques traces de pneus et une empreinte de chaussure. Environ la même pointure que Capri, mais pas le même modèle de chaussures.

— Et qu'en est-il des taches de sang retrouvées chez Olivia ?

— Selon le Dr Wheeler, elles appartiennent à deux individus différents. Certaines sont du même groupe sanguin qu'Anthony Capri.

— Et ses mains ? Le légiste a-t-il retrouvé de la peau sous ses ongles ou parlé des traces de coups qu'il avait remarquées sur son visage hier soir ?

— Il a en effet réussi à retrouver de la peau sous les

ongles de la main droite, malgré le sable. Il pense qu'avant de mourir, Capri s'est battu avec son meurtrier.

— Ce qui expliquerait la présence des traces de sang chez Olivia. Capri a sans doute surpris un intrus dans la maison. En revanche, comment il s'est retouvé dans la voiture de son assaillant et pourquoi ils sont allés à la maison du bord de mer, ça reste un mystère. J'ai visionné les cassettes de vidéo-surveillance de l'hôtel et je n'y ai rien remarqué d'intéressant pour l'enquête. Quoi qu'il en soit, il faut que nous ayons terminé à la maison de Queen Street aujourd'hui. Dans un jour ou deux, Olivia va rentrer avec ses filles. Il faudrait envoyer des hommes nettoyer les lieux.

— Ce sera fait, assura Dilly.

Lorsque Zac tourna dans la rue principale, Olivia eut les larmes aux yeux. L'ensemble de la ville semblait s'être rassemblé, malgré la pluie fine et la température anormalement basse pour la saison. Parmi la foule figuraient aussi quelques inconnus et une équipe de Metro News.

Ce n'était pas facile de passer en quelques jours du statut d'anonyme à celui de sujet favori des médias.

Olivia était assise à l'arrière du véhicule, entre Brianna et Antoinette. Faith était assise derrière elle, serrée entre Jillian et Juliet. Zac était au volant et à côté de lui Sandy, la sœur d'Olivia, qui avait récemment arrêté de fumer, ne cessait de mastiquer un chewing-gum. Assise côté vitre, la mère d'Olivia saluait les badauds, comme s'ils participaient à une sorte de parade.

Mais après tout, c'était leur retour à Westerly après une longue absence, et son geste n'était pas si incongru.

Lorsque Zac était revenu à l'hôpital, il avait demandé à Olivia où elle souhaitait qu'il l'emmène. Sans hésiter, elle avait répondu « à ma maison ». Elle ne voulait plus revoir la propriété du bord de mer. Résider chez sa mère avec quatre bébés et tout l'attirail nécessaire alors que ses deux sœurs cadettes y habitaient encore était matériellement impossible. Zac lui avait proposé de l'héberger provisoirement, mais elle avait refusé. Elle voulait rentrer chez elle.

Le personnel de l'hôpital l'avait préparée à faire face. Avec l'aide de Faith et de Sandy, elle ne doutait pas d'être capable de s'occuper de ses petites filles, même si elles requéraient des soins particuliers. Faith lui avait dit cent fois qu'elle serait toujours disponible pour l'aider, et, avant leur départ de l'hôpital, même Zac s'était dévoué pour donner le biberon à Jillian. Le voir tenir dans ses mains viriles ce tout petit être fragile, lui donner à manger avec précaution et sans la quitter des yeux, l'avait fascinée et remuée.

Maintenant, ils étaient à la maison. Elle baissa les yeux sur Brianna qui dormait, sur ses petites lèvres serrées et ses petites joues rondes, et se sentit submergée par l'émotion. Zac avait-il vu juste ? Anthony avait-il volontairement évité de venir à l'hôpital pour ne pas la mettre, elle et ses enfants, en danger ?

Elle aurait aimé le croire. Qui sait, d'ailleurs, c'est peut-être ce qu'elle raconterait à ses filles lorsqu'elles seraient plus grandes. Mais pour le moment, elle n'arrivait pas à adhérer à cette version. Zac lui avait appris que le téléphone portable d'Anthony avait été retrouvé dans sa poche. Le jour de son accouchement, il avait passé deux appels, mais aucun ne lui avait été destiné. Il avait aussi effacé les nombreux messages qu'elle-même, sa mère, Faith et l'hôpital lui avaient laissés.

Désormais, il était mort. Il n'y avait plus aucune chance qu'il avoue toutes ses fautes et devienne un jour un véritable père. Quelqu'un lui avait tiré dessus puis l'avait enterré vivant.

Elle tourna la tête vers Antoinette qui la regardait, les yeux mi-clos. Comment autant d'horreur et autant d'innocence pouvaient-elles cohabiter dans ce monde ?

— Nous y sommes, dit Zac en se retournant.

Olivia releva la tête. Une nouvelle émotion l'étreignit lorsqu'elle vit tous ses voisins rassemblés dans l'allée pour l'accueillir. Elle se prépara à affronter les condoléances et les mots de réconfort qu'on n'allait pas manquer de lui adresser. Bien sûr, ces manifestations de sollicitude seraient sincères et bienveillantes ; elles n'en seraient pas moins éprouvantes.

Une heure plus tard, Olivia se tenait au milieu du salon et regardait autour d'elle, ébahie. Elle avait du mal à croire que c'était la même pièce qu'elle avait vue deux jours plus tôt.

La maison était parfaitement en ordre et d'une propreté impeccable. La veille encore, Zac et ses hommes y travaillaient à la recherche d'indices. Il fallait croire que la moitié de la ville s'était proposée pour venir nettoyer et ranger. Elle aperçut dans un coin des jouets pour bébés qui lui étaient familiers : c'était une partie des cadeaux qu'elle avait cherchés et qui avaient été offerts au cours de la fameuse soirée donnée en son honneur. Elle avait appris qu'Anthony avait tout déposé dans une boutique de seconde main. Mais la gérante du magasin, ayant elle-même pris part à la soirée, avait reconnu les objets et avait immédiatement fait renvoyer le tout chez elle.

Olivia se souvenait qu'Anthony avait décrit ces cadeaux comme « des bibelots sans intérêt », et elle lutta contre un sentiment de colère. Mais à quoi bon s'irriter de l'attitude méprisante qu'il affectait parfois ?

Elle traversa le couloir en direction de la pièce qui, avant, était sa chambre, et regarda par la porte ouverte. A la place du grand lit, quatre petits berceaux étaient alignés contre le mur. Ils n'étaient pas assortis, car ils avaient été rassemblés en urgence par des voisins, mais ils étaient propres et offraient toutes les garanties de sécurité. Olivia était extrêmement reconnaissante envers les habitants de Westerly. Il y avait également des bonbonnes d'oxygène, deux tables à langer et tout le matériel nécessaire. De l'aménagement d'origine, seule restait sa vieille armoire, sur les rayonnages de laquelle étaient exposées les poupées en porcelaine de la mère d'Anthony et la boîte à souvenirs de son père à elle. Dans le bas du meuble, des piles de couches remplaçaient ses vêtements d'hiver.

Sa sœur Sandy était assise dans un fauteuil à bascule, un bébé dans les bras. Toutes deux étaient apparemment endormies. Faith était penchée sur un des berceaux. Elle tourna la tête, quand Olivia s'avança dans la pièce, et croisa son regard. Elle posa un doigt sur ses lèvres pour lui faire comprendre de ne pas faire de bruit. Elle rejoignit Olivia en marchant sur la pointe des pieds, et toutes deux retournèrent dans le salon.

— Elles se sont toutes endormies en même temps, dit-elle d'un ton qui trahissait son émerveillement.

— C'est un véritable miracle, dit Olivia.

— D'après Sandy, qui a tout noté sur leurs rythmes, aucune ne devrait se réveiller et réclamer à manger avant au moins une heure. En attendant, je vais aller me reposer sur le canapé. Tu as vu que Sandy et Jillian s'étaient endormies dans le fauteuil. Elles avaient l'air tellement bien que je n'ai pas osé les déranger. Toi aussi, tu ferais bien d'en profiter pour dormir un peu. Où est Zac ?

— Il est à l'étage. Il range mon bureau.

— Va dormir, dit Faith de sa voix qui ne souffrait pas la contestation.

— D'accord.

Faith lui sourit tandis qu'elle gagnait la salle de bains. Olivia regarda le fond du couloir, où se trouvait désormais sa chambre ; Elle savait déjà qu'elle ne parviendrait pas à fermer l'œil. Elle avait trop d'idées en tête. Un instant, elle songea à sortir marcher un peu, mais il faisait de plus en plus froid dehors et il tombait des cordes. Elle décida d'aller voir où en était Zac.

Elle le trouva assis devant le bureau, le regard tourné vers la fenêtre, des montagnes de papiers autour de lui. Apparemment, il ne l'avait pas entendue monter.

Il semblait aussi fatigué qu'elle. Il perçut qu'elle était derrière lui et se retourna en lui souriant. Il voulut se lever.

— Reste assis, lui dit-elle en écartant quelques papiers du futon pour s'asseoir dessus.

La cicatrice de sa césarienne lui faisait un peu mal aujourd'hui, et monter l'escalier n'avait pas contribué à atténuer la douleur. Elle avait toujours été sportive, elle faisait régulièrement son jogging jusqu'à ce que les médecins le lui interdisent au début de sa grossesse. Mais elle devait admettre que ces deux derniers mois avaient été éreintants.

Ils parlèrent quelques minutes des bébés, du moment où il fallait leur donner à manger — c'était le sujet de rigueur — mais Olivia perçut que Zac avait autre chose en tête. Elle posa la main sur son avant-bras.

— Qu'est-ce qu'il y a, Zac ? Dis-le-moi, s'il te plaît.

Il garda les yeux posés sur ses doigts. Lorsque, enfin il les releva, une expression de gêne sourdait de son regard bleu profond.

— La banque a gelé l'ensemble de tes capitaux.

— Mes capitaux ? Tu veux parler de ceux d'Anthony.

— Vous étiez mariés. Donc, il n'y a pas de distinction entre vos biens. Tout est gelé.

Elle se massa le front.

— Super.

— Anthony faisait n'importe quoi avec de l'argent emprunté. A ce que j'ai compris — et crois-moi, ce n'est pas simple — il avait convaincu les frères Robinson et d'autres investisseurs de Seattle de miser sur une chaîne de magasins de matériel de ski. Ensuite, grâce à ces fonds, il a obtenu des prêts auprès de plusieurs organismes financiers. Il a également convaincu la banque de financer son projet de développement d'une chaîne d'hôtels de luxe dans le nord-ouest. La maison du bord de mer était censée être le prototype des hôtels en question. La banque et les promoteurs immobiliers n'étaient absolument pas au courant que ce devait être votre résidence personnelle. Il leur avait également affirmé qu'il était sur le point d'obtenir l'autorisation de draguer les fonds sous-marins pour aménager une petite marina…

— En gros, il a menti a tout le monde, le coupa Olivia.

— Attends, il y a pire encore. Il a semble-t-il détourné des fonds au profit de Dieu sait qui — sans doute lui-même — sous une autre identité, pour alimenter un compte enregistré dans un autre Etat. Mais évidemment, on ne peut éviter de se poser la question : s'appelait-il bien Anthony Capri ?

Olivia s'assit plus confortablement sur le futon et fit un gros effort pour rester silencieuse. Pourquoi cet homme l'avait-il épousée ? Qui était-il vraiment ? Qu'y avait-il eu de réel dans ce qu'elle avait aimé en lui ? Avait-il vraiment été pilote, joueur de football américain ? Avait-il effectivement fait fortune en investissant dans Midas Touch ?

— La fraude bancaire et le détournement de fonds sont des délits fédéraux, reprit Zac doucement. Avec la mort d'Anthony, tout devient très compliqué. Par exemple, tout le matériel pour bébés que tu avais fait livrer à la maison du bord de mer ne t'appartient pas. Tu as utilisé une carte de crédit dont la banque bloque les fonds. Tout doit repartir chez le fournisseur.

— Finalement, c'est plutôt une chance qu'ici, je ne sois que locataire, et non propriétaire, dit Olivia d'une voix blanche.

— En effet, si tu l'étais, ton titre de propriété te serait retiré. La banque a déjà lancé plusieurs procédures judiciaires.

— Et en tant que son épouse, je suis considérée comme solidaire des dettes qu'il a contractées ?

— Ça, je n'en suis pas sûr. Il faudra que tu parles à un avocat.

— Quand je pense ne serait-ce qu'aux frais d'hospitalisation…

— Je sais.

— As-tu déjà parlé aux frères Robinson ?

— Non. Il semblerait qu'ils aient brusquement quitté la ville. Dilly les cherche partout.

— Ils se seraient enfuis ?

Des frissons la parcoururent. Elle avait toujours connu les frères Robinson. Ils avaient toujours été très riches, et pour elle, apprendre qu'ils avaient quitté la ville ne présageait rien de bon. Ils avaient des raisons de s'en prendre à Anthony. Ils avaient tous deux vingt ans de plus que lui, mais ils étaient en pleine forme et Grant avait mauvais caractère. Cependant, elle ne les croyait pas capables d'aller jusqu'à mettre sa maison à sac et enterrer Anthony dans le garage.

— J'ai plutôt l'impression qu'ils ont eu vent que des rumeurs couraient sur leur compte et qu'ils ont décidé de prendre un peu l'air.

— Tous ces événements me paraissent irréels.

— C'est complètement fou, c'est vrai. Ecoute, Olivia, si tu as besoin d'argent…

— Non, merci, je m'en sortirai. Toute ma vie, j'ai travaillé. Je peux m'y remettre.

— Tu as d'ores et déjà pas mal de travail. Tu dois t'occuper de tes quatre filles, et ça va te coûter cher.

— Voyons, réfléchissons un peu. Anthony a payé la voiture comptant, et elle est enregistrée à mon nom, mon nom de jeune fille, il me semble. Peut-être aurai-je le droit de la garder. Dans ce cas, je la revendrai. Et ma bague de fiançailles ? Je sais qu'elle lui a coûté une petite fortune, et il me l'a offerte avant que nous soyons mariés.

— Il faut que tu voies un avocat.

— Oui.

— Il y a encore autre chose. Jusque-là, je n'ai pas voulu te faire peur, mais tu ne dois pas oublier qu'Anthony était un escroc, et cet aspect nous amène à considérer l'effraction qui a eu lieu ici sous un jour nouveau.

— Que veux-tu dire ?

— Je pense que l'intrus était à la recherche d'un objet de valeur, et je ne suis pas persuadé qu'Anthony le lui ait livré. On a retrouvé sa voiture ici, et son corps dans la maison du bord de mer. Je le soupçonne d'avoir fait croire à son agresseur qu'il avait dissimulé là-bas l'objet qu'il recherchait. Bien sûr, nous allons continuer à enquêter pour reconstituer le film exact des événements. Mais il existe un risque que l'agresseur revienne. Tu dois donc rester sur tes gardes.

— Ça, tu me l'as déjà dit à l'hôpital. Mais ne t'inquiète pas, je ne vais pas partir sans prévenir.

— Bien. De mon côté, j'ai donné des ordres pour qu'on patrouille jour et nuit dans la rue.

— Je me demande bien ce que je ferais sans Faith et toi.

Il esquissa un demi-sourire, puis baissa les yeux et regarda ses chaussures. Qu'est-ce qui le rendait pensif ansi ? Il avait réendossé l'uniforme de la police de Westerly, dont la couleur seyait bien à sa silhouette élancée et à ses cheveux noirs. Il avait belle allure.

— Je ne sais pas pourquoi tu es aussi gentil avec moi, dit-elle. En fait, tu aurais le droit de chanter partout que tu avais essayé de me mettre en garde contre Anthony Capri, mais que je ne t'ai pas écouté. Si je n'avais pas été aussi têtue…

— Tu n'aurais pas quatre jolies petites filles aujourd'hui.

Elle acquiesça. Elles avaient moins d'une semaine, et déjà, elles étaient tout ce qu'elle avait de plus précieux au monde.

— Regrettes-tu parfois que Lynn et toi n'ayez pas eu d'enfants ?

— Avant, je n'y pensais jamais. Mais récemment, je me suis mis à le regretter, oui. Lorsque nous étions encore mariés, elle avait évoqué la question des enfants. Mais moi, je n'étais pas prêt.

Il secoua la tête.

— Depuis, de l'eau a coulé sous les ponts…

Les occasions où Zac se livrait étaient extrêmement rares, et Olivia aurait voulu lui poser d'autres questions. D'abord parce que ça la reposait de parler de la vie de quelqu'un d'autre, et pas de la sienne… Hélas ! la sonnerie du téléphone de Zac l'en empêcha.

Elle se crispa lorsqu'il se mit à parler à voix basse et lui tourna le dos. Que se passait-il encore ? De nouveaux ennuis ? Il y avait fort à parier qu'elle connaîtrait d'autres tourments avant que sa vie reprenne un tour plus souriant. Et si par exemple on découvrait que l'assassin d'Anthony était quelqu'un qu'elle connaissait et aimait ? Ou pire — ou plutôt dans un autre genre de « pire » — que se passerait-il si c'était un étranger qui n'avait qu'une idée en tête et qu'il revenait fouiller la maison ?

Zac rangea son téléphone et se leva, puis lui tendit la main pour l'aider à se lever. Serrer sa main lui fit du bien, sentir sa chaleur la rassurait. Il posa son autre main sur son épaule et murmura :

— Tu trembles.

— Ces derniers jours ont été longs et éprouvants. Qui était-ce au téléphone ?

— Dilly. Il a une piste pour les frères Robinson. Apparemment, ils sont allés se réfugier dans leur chalet en dehors de la ville. Je vais le retrouver au poste et nous allons aller leur poser quelques questions.

Elle acquiesça, réprimant l'envie de lui demander de rester avec elle. Elle n'en avait pas le droit. Il faisait déjà tout son possible pour l'aider.

— Je repasserai dans deux heures environ.

Il la regarda un long moment avant d'ajouter :

— Malgré les rumeurs, j'avoue avoir du mal à croire que les frères Robinson soient responsables de la mort d'Anthony. Laisse bien toutes les portes de la maison verrouillées, d'accord ?

— D'accord, dit-elle alors qu'une larme coulait sur sa joue.

Il l'arrêta du bout du doigt.

— Eh bien, dit-il, je croyais que tu ne pleurais jamais.

— C'est la vérité. C'est à cause des hormones. J'en ai trop, elles me fragilisent. Je perds le contrôle de mes émotions.

— Je connais ce sentiment.

Il inclina la tête et lui déposa un baiser sur la joue.

Elle le regarda partir, les doigts sur la joue qu'il venait d'embrasser.

Les révélations de Zac lui avaient fait peur, c'était indéniable. Mais derrière la peur, un autre sentiment se faisait jour et cherchait à percer.

Elle le repoussa.

5

Hugh et Grant Robinson avaient respectivement soixante et soixante-deux ans. Hugh ne s'était jamais marié. Grant avait été marié une fois pendant douze minutes. Ils vivaient tous deux dans la grande maison familiale de Main Street où ils avaient grandi. Mais ils possédaient également plusieurs résidences secondaires un peu partout dans l'Etat de Washington, l'Idaho et le Montana, dont des chalets. Ils s'étaient réfugiés dans l'un d'eux, situé juste en dehors de Westerly. Ce qui rendait peu crédible l'hypothèse selon laquelle ils seraient venus s'y cacher.

Il était plus probable qu'ils avaient souhaité s'éloigner des ragots qui circulaient sur leur compte.

Zac et Dilly inspectèrent la camionnette rouge garée devant le chalet et plus particulièrement les pneus.

— Il se pourrait qu'ils soient de la même taille que les traces retrouvées sur le lieu du crime, mais je serais incapable de l'affirmer. Le labo travaille actuellement sur les empreintes pour déterminer de quel type de pneus il s'agit. J'aimerais bien faire un moulage de ceux-là.

— As-tu emporté le matériel de relevé de formes ?

— Oui, tout est dans le coffre.

— Allons d'abord parler aux frangins, fit Zac. S'ils refusent de coopérer, nous obtiendrons un mandat du tribunal.

— Je vais passer par-derrière au cas où ils tenteraient de s'échapper, dit Dilly.

Ils avaient garé leur voiture à l'entrée du chemin qui menait au chalet et avaient continué à pied. Ils jugeaient plus prudent de ne pas annoncer leur arrivée.

Zac acquiesça et Dilly disparut derrière le bâtiment. Le brouillard tombait, ce qui rendait plus facile de se cacher dans un coin sans être repéré. Il faisait froid et humide. Lorsque Zac s'avança en direction de la porte d'entrée, sans sortir son arme, il regretta de ne pas avoir pris sa veste. Il gravit l'escalier de bois et frappa à la porte.

— C'est toi, Bishop ? demanda un des deux frères à l'intérieur.

Bravo pour l'effet de surprise. Il aurait dû se douter qu'il y avait une caméra de surveillance à l'entrée.

— Ouais, c'est moi. Ouvre, s'il te plaît, il fait froid.

La porte s'ouvrit. Grant Robinson apparut dans l'encadrement. Comme d'habitude, ses cheveux blonds et rares n'étaient pas peignés. Il portait une chemise en flanelle rouge et bleue, des bretelles noires, et tenait une bouteille de bière à la main. Derrière lui, Zac aperçut Hugh assis dans un des deux fauteuils en cuir installés devant la cheminée. Un feu vif crépitait dans l'âtre. L'aspect extérieur du chalet ne payait pas de mine, mais l'intérieur était douillet et richement meublé.

— Nous n'avons pas entendu de bruit de voiture.

— Je me suis dit qu'un peu de marche ne me ferait pas de mal, répliqua Zac en serrant la main imposante de Grant.

Hugh posa sa tasse de café sur la table à côté de lui. Il était un peu plus petit que son frère et avait une allure plus soignée, moins rustique. Zac baissa les yeux pour observer leurs chaussures. Ils devaient faire tous deux du quarante-quatre environ.

— Par la fenêtre, il me semble avoir vu passer Dilly, à l'instant. Grant, tu ferais aussi bien d'aller lui ouvrir la porte arrière. Et prends garde qu'il ne te tire pas dessus.

Les deux frères éclatèrent de rire. Zac traversa la pièce et serra la main de Hugh.

— Alors il paraît que tu es devenu shérif depuis que le vieux Knotts s'est fait prendre la main dans le sac ? dit Hugh. Toutes mes félicitations. Je suis content que tu sois de retour à Westerly.

La manière de s'habiller de Hugh était aux antipodes de celle de son frère. Il portait un pantalon en chinos et une chemise à manches longues impeccablement repassée. Grant ressemblait à un bûcheron, Hugh faisait plutôt penser à un professeur d'université décontracté.

— Je dois vous demander, à toi et à Grant, où vous étiez lundi dernier, dit Zac, tandis que Grant revenait dans la pièce, avec, sur ses talons, un Dilly tout penaud.

— Nous étions chez nous, répondit Grant.

Il but une gorgée de sa bière puis fixa Zac avec un air qui le mettait au défi de douter de sa parole.

— Quelqu'un peut-il en témoigner ? demanda Zac.

— Moi je sais que Hugh y était. Et lui sait que j'y étais. Nous avons monté un puzzle en trois dimensions que nous a offert notre nièce. Un drôle de truc. Ce doit être le château de Windsor, il me semble. Quelle idée d'offrir un machin pareil à deux vieux célibataires !

— Moi j'ai trouvé ça plutôt divertissant.

— Tu parles !

— Revenons à lundi, fit Zac. Aucun de vous deux n'est sorti ?

— Non. On a assemblé ce fichu puzzle, ensuite on s'est fait des burgers. J'ai bu trois bières, Hugh a bu un verre de vin blanc. Nous avons regardé un peu la télé et ensuite nous sommes allés nous coucher.

— Ça vous dérange si nous faisons un moulage de vos pneus de voiture ? s'enquit Dilly.

Grant reposa si brusquement sa bière sur le dessus de la cheminée que Zac crut qu'elle allait se briser.

— Ah ouais, un peu que ça me dérange ! Alors comme ça, simplement parce que cet escroc nous a arnaqués de deux millions de dollars, vous croyez que nous l'avons tué ? Tout le monde en ville cause dans notre dos. J'ai presque envie de demander à notre avocat de porter plainte contre l'ensemble du Comté pour dif…

Hugh interrompit la diatribe de son frère.

— Ne serait-ce pas plus simple d'accéder à leur demande et de les laisser prendre l'empreinte des pneus ?

Il jeta un regard à Dilly et ajouta :

— Faites de même avec la berline qui est chez nous dans le garage, pendant que vous y êtes. Et aussi avec les quads et les motos. Prenez les empreintes de tous les pneus que vous trouverez. Nous n'avons rien à cacher.

— Vous savez quoi ? reprit Grant, furieux. Je regrette de ne pas avoir eu l'idée de tuer Capri.

Il fourra ses mains dans ses poches et dévisagea Zac avec un regard noir.

— Tu ne penses pas ce que tu dis, Grant, se récria Hugh. Pense un peu à la pauvre Olivia. Elle se retrouve seule avec tous ces bébés et sans mari.

— Elle est beaucoup mieux sans lui, continua Grant. Ce type n'était qu'un baratineur, une vermine rampante.

— Sur ce point, tu as raison.

Zac ne dit rien, mais il n'était pas loin de penser comme eux.

Puis Grant reprit :

— Cela dit, autant que je sache, Olivia était plus ou moins sa complice.

Cette fois, c'est Zac qui fixa Grant d'un air sombre :

— Ne dis pas des choses pareilles.

— J'ai quand même le droit de dire ce quc je…

— Pas sur elle, et surtout pas à moi.

Grant secoua la tête d'un air borné, mais il n'osa pas rouvrir la bouche.

Le repas des filles se passa sans stress ni précipitation, grâce à la présence de trois employées de la quincaillerie dont Olivia faisait la comptabilité, venues prêter main-forte. Elles promirent de revenir le lendemain. Olivia était tellement touchée qu'elle aurait voulu les embrasser.

Elle ne voyait pas le temps passer : elle devait sans cesse repousser des sollicitations de journalistes qui appelaient ou se présentaient à la porte, préparer les biberons, donner à manger aux bébés, changer leurs couches, les bercer pour qu'ils se rendorment… Ça ne s'arrêtait jamais. Lorsqu'elle entendit frapper, elle fut persuadée que c'était Zac et elle sentit son cœur battre plus fort. Sandy s'était endormie sur le futon dans le bureau à l'étage et Faith s'était allongée un moment sur son lit. Elle avait renvoyé sa mère chez elle afin qu'elle se repose dans de bonnes conditions. Quant à ses autres sœurs, Megan était sortie avec un ami et Tabitha avait rejoint une soirée étudiante.

Elle glissa dans sa poche un écoute bébés — Zac aurait peut-être quelques minutes pour faire un rapide petit tour à pied dans le quartier. Elle jeta un regard par la fenêtre pour s'assurer que la voiture d'une équipe de télévison n'était pas garée au coin de la rue ; elle vit passer un homme, le col de son manteau relevé sur son visage comme s'il avait froid. Elle n'y prêta pas attention. L'idée de pouvoir prendre un peu l'air, même pour quelques minutes, et même s'il gelait, était pour elle synonyme de liberté. Elle attrapa son manteau posé sur un dossier de chaise, puis ouvrit la porte.

Trois hommes se tenaient sous le porche, éclairés par la faible lumière de l'ampoule de l'entrée. Aucun des trois visages ne lui était familier. Elle eut d'abord envie de leur claquer la porte au nez, mais elle l'avait ouverte en grand, s'attendant à trouver Zac, et l'un d'eux avait posé la main sur le montant, rendant leur présence encore plus inquiétante.

— Madame Capri ? fit le plus grand des trois hommes.

Il avait une carrure imposante, le regard noir, le front large et le nez droit. Le type à côté de lui était plus mince, et avait une allure plus commune. Le dernier, chauve, semblait ne pas avoir de sourcils et il était blême comme un linge. Tous trois portaient un manteau sombre.

Peut-être étaient-ce des journalistes, ou bien des anciens associés d'Anthony, furieux de s'être fait rouler dans la farine. Méfiante, elle demanda :

— Que puis-je pour vous ?

— Nous sommes venus vous parler de votre mari, dit le chauve.

— Je ne donne pas d'interviews.

Brusquement, le chauve lui attrapa le bras et la tira sous le porche. Le plus grand passa dans son dos et la bâillonna d'une main, tandis que le dernier refermait doucement la porte d'entrée.

Le plus grand lui dit à l'oreille :

— Vous n'êtes pas seule, et si vous criez, quelqu'un va venir à votre aide, n'est-ce pas ?

Elle regarda dans la rue, priant pour que l'homme qu'elle avait vu passer soit encore dans les environs, mais il n'y avait plus personne. Elle acquiesça d'un signe de tête.

— Si jamais ils approchent, Shorty les accueillira avec sa lame. Montre-lui, Shorty.

Le chauve écarta brièvement le revers de son manteau, et elle aperçut une longue lame métallique.

— Alors je vais vous lâcher, et vous, vous allez gentiment répondre à une question ou deux. Ensuite, nous partirons. D'accord ?

De nouveau elle acquiesça, priant pour que Faith ou Sandy ne se réveillent pas et ne cherchent pas à savoir où elle était. L'inconnu relâcha son étreinte et se posta face à elle.

— Nous avons appris la mort de votre mari ce matin à la télévision. Vous nous en voyez désolés.

Elle ne pipa mot.

— Nous connaissions votre époux sous le nom de Gray. Paul Gray.

— Le nom qu'il utilisait à Seattle, chuchota-t-elle.

— Exact. Il y a deux jours, nous avons vu les images de la conférence de presse que vous avez donnée. Votre mère a brandi une photo de votre mari, et c'est ainsi que nous avons appris que son vrai nom était Anthony Capri.

— Que voulez-vous ?

— L'homme pour qui nous travaillons, disons notre

patron, espère que vous aurez l'obligeance de rembourser les dettes de votre mari.

— Il doit cinquante mille dollars à notre patron, précisa le type mince au physique passe-partout.

Il avait une voix grave et inquiétante.

Le regard d'Olivia passa de l'un à l'autre. Ces hommes lui faisaient peur, mais elle devait accepter la vérité.

— Ecoutez, mon mari devait de l'argent à beaucoup de monde. Hélas ! je crains que votre patron doive prendre son mal en patience. Je vais voir mon avocate dès que possible. Si vous me laissez vos noms et un numéro où je peux vous joindre, je vous ferai savoir quelle procédure vous devez suivre pour obtenir votre argent de la banque.

Les trois hommes éclatèrent d'un rire sardonique.

— Non, non, madame, dit le plus grand, vous ne comprenez pas. Nous ne sommes pas du genre à aller chercher notre argent à la banque. Montre-lui le billet, Shorty.

Le dénommé Shorty produisit un papier écrit à la main, qui devait être une reconnaissance de dette. Elle reconnut l'écriture d'Anthony, même s'il avait signé Paul Gray.

— Le patron a gagné cet argent à la régulière, sans discussion possible. Et il le veut maintenant.

— Il l'a *gagné* ? Comment ?

— Au poker. Au cours de quelques parties amicales. Votre mari a commencé par avoir de la chance avant que celle-ci ne se retourne et qu'il se mette à perdre. Beaucoup. La dernière fois que ça lui était arrivé, il avait payé sans faire d'histoires. Il aurait payé cette fois encore s'il n'avait pas été tué.

— Ecoutez, je suis désolée, mais je ne dispose pas

de liquidités. Je n'ai même aucun argent disponible, à vrai dire.

— Ah oui ? Pourtant, vous avez clamé que votre mari et vous, vous n'aviez aucun secret l'un pour l'autre, que vous étiez associés.

— C'était vraiment intéressant, ajouta Shorty. Surtout maintenant qu'il est mort. La dernière fois, il a payé ses dettes en faisant du recel. Apparemment, il pouvait le refaire. Et comme il s'est fait tuer ici, il y a tout lieu de penser que ce qu'il pouvait revendre s'y trouve.

— Mon mari ne s'est pas fait tuer ici. C'était à l'autre maison, en bord de mer.

Elle ne comprenait rien à ce que lui racontaient les trois hommes, elle nageait en eaux troubles.

— Vous coupez les cheveux en quatre, madame. Bref, il vous suffit de faire comme lui.

— Faire comme lui ? Je ne comprends pas de quoi vous parlez.

— Débrouillez-vous pour mettre la main sur son butin, revendre le tout et payer le patron, dit le plus grand avec patience. Sans quoi quelqu'un que vous aimez pourrait prochainement faire connaissance avec la lame de Shorty.

Olivia avait la gorge nouée. Ces hommes avaient-ils suivi Anthony jusqu'ici avant de le tuer ? Elle lorgna de nouveau la rue, dans l'espoir que Zac fasse son apparition. S'ils l'avaient voulu, ils n'auraient eu aucun mal à la neutraliser et à investir la maison.

— On pourrait peut-être entrer et emmener un ou deux de ses gosses ? suggéra le troisième homme, comme s'il avait lu dans ses pensées. Je suis sûr que ça l'aiderait à se souvenir plus vite de l'endroit où se trouve la marchandise.

— C'est absurde, dit Olivia. Je n'ai rien oublié. Je vous jure que je ne sais pas de quoi vous parlez.

Une voiture tourna au coin de la rue. Les phares éclairèrent brièvement le porche. *Pourvu que ce soit Zac !* Les trois hommes reculèrent prudemment. La voiture passa devant la maison et Olivia reconnut un voisin. Mais dans la foulée, une seconde voiture tourna, et cette fois, elle eut la conviction que c'était un véhicule de police.

— Vous feriez mieux de partir, lança-t-elle aux trois hommes. J'attends le shérif. Et ne revenez pas, je ne peux rien pour vous.

— Cette affaire est entre nous, répondit le plus grand. Vous avez vingt-quatre heures. Souvenez-vous de ce que je vous ai dit à propos des gens que vous aimez et du couteau de Shorty. Et sachez que, où que vous alliez, nous vous retrouverons.

Ils firent tous trois volte-face, bondirent sur le trottoir et se glissèrent dans une voiture noire avant de démarrer en trombe. Olivia sortit sur le trottoir pour les regarder s'éloigner et tenter de relever la plaque minéralogique. Mais l'ampoule qui normalement éclairait la plaque ne marchait pas, la rendant illisible dans l'obscurité.

La voiture qu'elle avait prise pour un véhicule de police passa devant elle sans s'arrêter.

Elle resta immobile, encore secouée, et jura.

— Bon sang, Anthony, dans quel pétrin nous as-tu mis ?

Olivia se tenait devant la maison, appuyée contre la porte de garage. Dans la pénombre, c'était une longue silhouette élancée enveloppée dans un manteau de laine bleu. Ses cheveux noirs tombaient sur ses épaules, elle était très pâle.

D'une main elle tenait le petit écoute bébés, de l'autre elle serrait son manteau contre elle, comme si elle n'avait pas la force de le boutonner.

Zac sentit l'inquiétude le gagner. A peine fut-il sorti de voiture qu'elle vint se jeter dans ses bras, toute tremblante. Il la serra tendrement contre lui et lui demanda, le visage tout près de son oreille :

— Allons, ma chérie, qu'est-ce qui se passe ?

Il lui fallut quelques instants pour retrouver un peu d'aplomb. Elle se recula et eut un regard gêné.

— Ils viennent de partir, il n'y a pas cinq minutes. J'ai eu tellement peur, Zac ! Bon sang, voilà que je pleure encore une fois.

— Ça ne fait rien, dit-il en lui tendant un mouchoir. Dis-moi ce qui s'est passé. De qui parles-tu ?

Il l'entraîna vers la porte d'entrée, mais elle s'assit sur le perron, comme si elle craignait de faire entrer dans la maison une anxiété nuisible aux nourrissons. Ce qu'elle lui raconta lui parut tout droit sorti d'un roman policier. Lorsqu'elle parla de Shorty et de son couteau, elle était à bout de souffle.

Elle n'avait pas pu lire la plaque minéralogique ; il transmit néanmoins le signalement de la voiture au poste, demandant à tous les agents en service de rechercher une berline noire sans feu de plaque d'immatriculation.

— Que nous a fait Anthony ? demanda Olivia tandis qu'il refermait son téléphone. Il a joué, c'est ça ? Est-ce ainsi qu'il a dilapidé tout son argent ?

— Je ne sais pas, répondit Zac. Des rumeurs circulent au sujet de cercles de jeu du secteur qui utilisent l'intimidation auprès des perdants qui ne payent pas leurs dettes. Mais comme je n'ai jamais eu à enquêter directement sur eux, je ne connais pas les détails. Je vais me renseigner.

— Crois-tu qu'ils pourraient l'avoir suivi jusqu'ici, mis la maison à sac avant de l'assassiner ?

— A mon avis, ce serait comme tuer la poule aux œufs d'or. Mais peut-être que la situation a dérapé lorsqu'ils se sont rendu compte qu'il leur avait menti. Et donc, ces types pensent que tu es encore en possession d'une partie de ce fameux butin qu'Anthony aurait commencé à revendre ?

— Oui. Et ils ont dit qu'ils allaient revenir demain. Oh ! Zac…

Elle lui lança un regard implorant, puis regarda la maison, la rue, le ciel, comme si elle cherchait un moyen d'échapper à ce cauchemar.

— Commence à rassembler des affaires, les enfants et toi, vous viendrez chez moi dès…

— Non, Zac, je ne peux pas faire ça. Il a fallu plusieurs heures pour installer tout le matériel. Je ne peux pas partir comme ça si tard. N'y a-t-il pas une autre solution, au moins jusqu'à demain matin ?

Il prit ses mains entre les siennes.

— Ils pensent que tu peux leur permettre de mettre la main sur ce prétendu trésor, et ils savent où tu habites.

— Mais j'ai quatre enfants dont je dois m'occuper, maintenant. Tout le monde ici me connait. La moitié de la ville s'est proposée pour venir m'aider au moment des repas des bébés. Si je viens chez toi, ça va très vite se savoir, et ces malfrats finiront par l'apprendre. Ils m'ont d'ailleurs prévenue qu'où que j'aille, ils me retrouveraient.

Il la contempla un long moment. Ils lui avaient donné

vingt-quatre heures. Sans doute pourrait-il songer à un plan pour les piéger si jamais ils revenaient.

— La femme de l'agent Hoopes enseigne l'art à l'université, dit-il. Nous avons déjà recouru à ses services. Tu vas lui décrire ces voyous, et elle fera leurs portraits-robots. Je les faxerai à mon ancien coéquipier de Seattle, nous verrons s'il peut les identifier. En attendant, nous préparerons un comité d'accueil pour ces types. Mais il faudra que tu emmènes les enfants loin d'ici pendant quelques heures…

— Tout ce que tu veux.

— Très bien. En fait, je n'arrête pas de repenser à ces cartons dans le sous-sol, qui appartenaient à Anthony. Sais-tu ce qu'ils contiennent ?

— Non, nous n'en avons jamais vraiment parlé. Pour moi, c'était de vieilles affaires de famille, rien de plus. Tous ses proches parents sont morts. Mais c'est vrai que l'intrus qui a fouillé la maison n'est pas allé au sous-sol.

— Peut-être est-ce pourquoi Anthony a cherché à l'éloigner. Pour éviter qu'il visite le sous-sol. Il était assez prétentieux pour croire qu'à la fin, il parviendrait à avoir le dessus.

A peine eut-il prononcé ces mots qu'il les regretta. Il avait pensé tout haut, sans réfléchir. Il ne voulait surtout pas forcer Olivia à défendre la mémoire d'Anthony.

— Ouais, se borna-t-elle à répondre. De toute façon, qui savait qui il était vraiment ?

— A ce sujet, les fédéraux enquêtent sur son identité. Tu dois donc te préparer à…

Elle leva la main pour l'arrêter.

— Quand tu en sauras plus, préviens-moi, histoire que je sache qui j'enterre, d'accord ?

— Eh bien, à dire vrai, pour le moment, l'enterrement n'est pas encore d'actualité. Il va falloir attendre que le légiste signe l'autorisation. Mince, j'étais censé t'en parler plus tôt aujourd'hui, mais…

— Ça ne fait rien, Zac. Je n'ai pas l'intention d'organiser une grande cérémonie. Ça me paraît difficile, étant donné les circonstances.

— Peut-être que d'ici à la fin de la semaine…

— Peu importe. Allez, viens, allons voir ce qu'il y a dans ces cartons.

Elle était toujours très pâle, elle avait les yeux cernés, et elle se releva lentement, comme si changer de position lui était pénible. Il aurait voulu l'emmener loin, quelque part où elle serait en sécurité. Lui rendre la vie plus facile. Mais il ne savait pas comment faire. Elle était adulte, et elle avait des problèmes et des responsabilités d'adulte. S'il lui disait que ses soucis étaient aussi les siens, elle ne l'écouterait pas. Certes, elle s'appuyait sur lui pour trouver un peu de soutien. Mais il ne devait pas se faire d'illusions : pour elle, il n'était rien de plus qu'un ami.

— Je peux commencer seul pendant que tu vas dormir un peu, dit-il.

— Dormir ? Qu'est-ce que ça veut dire, dormir, grommela-t-elle, tandis qu'ils descendaient l'escalier.

Au moment de poser la main sur la poignée de la porte, elle se tourna vers lui. Il était juste derrière elle, et ils se retouvèrent quasiment l'un contre l'autre.

— Au fait, et les frères Robinson ?

— Difficile de se prononcer pour le moment, dit-il, cherchant à croiser son regard.

Pourquoi faisait-il cela ? Pour trouver un indice qui le convaincrait qu'il était pour elle plus qu'un ami indéfectible ?

— Ont-ils un alibi ?

— En quelque sorte. Chacun a confirmé la version de l'autre. En ce moment même, Dilly est chez eux pour y relever les empreintes de leurs pneus. Il va également fouiller les placards, inspecter leurs chaussures. Mais s'ils le mettent dehors, nous aurons besoin d'un mandat… Enfin, nous disposons déjà de l'empreinte des pneus de leur camionnette.

— Ils ont accepté que vous en fassiez le relevé sans protester ?

— Grant a râlé, mais Hugh a insisté pour que nous le fassions.

— Grant râle toujours pour tout. Mais si Hugh a insisté, c'est sans doute qu'ils ne sont pour rien dans la mort d'Anthony. C'est un soulagement. Je suis sûre que ce sont ces trois malfrats qui ont fait le coup.

— Oui, cela dit, sans vouloir te contrarier, si Hugh et Grant sont coupables, c'est normal qu'ils aient accepté que nous relevions l'empreinte de leurs pneus. Même s'il s'avérait que c'est la même empreinte que celle que nous avons repérée près de la maison du bord de mer, ça ne prouverait pas grand-chose. Ils étaient en affaires avec Anthony, ils le cherchaient, rien d'anormal. Qui plus est, à cette époque de l'année, où le sol est très humide et boueux, qui sait combien de temps une trace de pneu peut rester imprimée ?

— Dans ce cas, qu'as-tu appris en les interrogeant ?

Zac haussa les épaules.

— Qu'ils n'ont pas de véritable alibi pour lundi et qu'ils détestaient Anthony.

— Pourtant, je reste convaincue qu'ils n'ont rien fait, que ce sont ces trois voyous les coupables.

— Ne va pas trop vite en besogne. Les frères Robinson

ont décidé de revenir en ville pour superviser le travail de Dilly. Pour le moment, je ne veux pas qu'ils s'approchent de toi, est-ce clair ?

— Mais…

— Olivia. On ne sait rien sur les trois hommes qui sont venus ici ce soir. Soit ce sont des voyous qui n'ont rien à voir avec la mort d'Anthony, soit ce sont des meurtriers. Et il en va de même pour Grant et Hugh. Tout ce que je te demande, c'est de rester sur tes gardes.

Elle opina et il fut désolé de lire encore plus de détresse dans son regard.

— Et cette peinture ? demanda Olivia, une heure plus tard.

Ils avaient dîné d'une pizza que Faith avait commandée. Ils étaient assis dans les confortables fauteuils qu'Anthony avait fait installer au sous-sol. Olivia se demanda si le magasin de meubles viendrait les réclamer, ou bien si la banque lui notifierait la saisie de biens dont elle ignorait jusqu'à l'existence. Les soucis juridiques qui risquaient de lui tomber dessus étaient un poids dont elle se serait bien passée.

Zac lui prit le petit tableau des mains. Il faisait environ trente centimètres par vingt et avait un cadre doré. Il semblait d'une certaine valeur. Ils ne pouvaient pas lire le nom de l'artiste, mais le coup de pinceau attestait d'un talent certain. Il représentait un petit hameau sous l'orage.

— Nous aurions besoin de l'avis d'un expert, dit Zac. Là, j'ai trouvé une collection de timbres et un sachet de pièces anciennes qui peuvent aussi avoir de la valeur.

— Moi j'ai mis la main sur des cartes de base-ball de

collection. J'ai l'impression d'être dans ce vieux film où les personnages recherchent le trésor d'un homme mort et où l'on finit par découvrir que son seul trésor, c'est un timbre ancien collé sur une carte postale.

Le portable de Zac sonna. Olivia rangea les cartes, se laissa retomber au fond de son fauteuil et ferma les yeux, n'écoutant que la voix de Zac. Elle avait du mal à croire que pendant plusieurs mois, ils avaient été fâchés et ne s'étaient pas parlé. Ça lui semblait invraisemblable…

Lorsqu'elle sortit de ses pensées, Zac était penché sur elle et la couvrait d'un plaid. Il faisait sombre, seul un rai de lumière provenant de l'escalier éclairait le sous-sol.

Il s'agenouilla à côté d'elle.

— Je dois m'absenter un moment, Olivia. Il y a eu un accident de la route près du pont. Faith m'a chargé de te dire que tes sœurs et elle s'occupent de donner à manger aux petites. Alors ne bouge pas et dors un peu. Si elles ont besoin de toi, elles viendront te chercher.

Elle fit oui de la tête. Elle n'avait guère prêté attention à ses paroles, mais elle était en revanche consciente du ton calme et apaisant de sa voix, de la proximité de son visage. Elle tendit la main et caressa sa joue.

— Un jour, tu m'as embrassée, tu te souviens ? chuchota-t-elle, les yeux fermés.

Il mit un moment à répondre :

— Oui, je me souviens.

— J'avais dix-sept ans. J'avais vraiment le béguin pour toi, à l'époque.

— Et moi, je n'aurais pas dû profiter de toi…

Elle sentait son souffle sur sa main, la douceur de ses lèvres au bout de ses doigts.

— Embrasse-moi encore une fois, murmura-t-elle.

Le silence se prolongea encore plus longtemps. Pour

toute réponse, elle sentit ses lèvres se poser doucement sur les siennes.

Ce baiser fut délicieux et chaud, et sa chaleur se communiqua à l'ensemble de son corps. Il réveilla en elle des pulsions qu'elle avait presque oubliées ; la toucha en plein cœur — ce cœur qu'elle croyait gelé à jamais.

Enfin, il recula. Elle rouvrit les yeux. Il la fixait intensément, de son regard impénétrable. Elle eut l'impression qu'elle avait commis une erreur. Elle lui prit la main et murmura :

— Je suis désolée…

— Rendors-toi, dit-il, portant sa main à ses lèvres pour y déposer un tendre baiser avant de réajuster la couverture autour d'elle. Je reviens vite.

Elle acquiesça et referma les yeux.

Lorsqu'elle se réveilla, il faisait froid et le sous-sol était plongé dans le noir.

Mais son instinct lui dit qu'elle n'était pas seule.

6

Olivia sentit son cœur s'emballer, mais fit de son mieux pour rester calme et lucide.

La porte du sous-sol devait être ouverte, car elle sentait un léger courant d'air provenant de cette direction.

Elle distinguait les contours d'une silhouette près de la pile de cartons. Trop large pour que ce soit Zac, trop imposante pour que ce soit une femme. C'était donc un homme, et il avait des mouvements lents et minutieux. Il devait déplacer les cartons, sans bruit.

Aucune lumière ne filtrait, ni de la maison ni de dehors. Même la petite diode du tableau électrique était éteinte. Ce qui signifiait que l'électricité était sans doute coupée. Si c'était bien le cas, le matériel d'assistance des bébés ne marchait pas, et il allait faire de plus en plus froid dans la maison.

Elle devait décider quoi faire. Hurler ? Faith ou l'une de ses sœurs se précipiterait certainement à son secours. Mais que se passerait-il lorsqu'elle arriverait en bas de l'escalier sans savoir qu'il y avait un intrus dans le sous-sol ? Et si cet homme était le plus grand des trois malfrats qui étaient venus la menacer ? Les autres étaient-ils dans la maison ? Shorty se promenait-il avec son couteau ?

Mon Dieu ! Ses bébés !

Devait-elle tenter de s'enfuir par la porte du garage ? Parviendrait-elle à se faufiler à l'extérieur sans que l'intrus s'en rende compte ? Si c'était la seule façon de se porter au secours de ses filles, elle devait la saisir. Etait-ce concevable que l'inconnu n'ait même pas conscience qu'elle était là, assise dans le fauteuil, sous la couverture ? S'il avait coupé l'électricité avant d'entrer, il l'ignorait peut-être.

Devait-elle faire du bruit pour l'alerter ? S'il était seul, il était possible qu'il panique et prenne la fuite sans demander son reste…

Elle hésitait lorsqu'une lampe torche s'alluma. Le faisceau balaya le contenu des cartons quelques instants. Soudain, il fut braqué sur elle, avant de s'éteindre brusquement.

Maintenant, il savait qu'elle était là.

Il fallait qu'elle bouge. Elle décida de tenter une sortie par la porte arrière. Elle repoussait la couverture lorsqu'elle perçut le son étouffé d'une voix d'homme qui venait du haut de l'escalier. Puis elle entendit frapper à la porte qui menait au sous-sol.

D'autres éclats de voix résonnèrent, féminins cette fois. C'était Sandy ou Megan. Elle entendit aussi des pleurs de bébés, de nouveaux coups à la porte. Elle tenta de se lever sans faire de bruit. Elle sentait que l'intrus avait fait volte-face vers l'escalier, mais il avait également dû sentir qu'elle avait bougé. Au moment où elle se leva, il se précipita sur elle et la frappa violemment à la joue avec l'extrémité de sa lampe torche. Elle poussa un cri et vacilla. Elle buta contre la petite table de chevet à côté du fauteuil et s'étala de tout son long. La chute réveilla la douleur à son abdomen et elle porta une main à son visage en geignant.

L'inconnu ne s'occupa pas d'elle et se rua vers la porte du garage. Quelques secondes plus tard, elle l'entendit claquer. Au même moment, quelqu'un lui prit les bras, et elle se débattit.

— C'est moi ! s'exclama Zac.

Elle s'immobilisa aussitôt, puis le laissa l'aider à se relever. Elle ne distinguait toujours pas grand-chose, même si elle avait conscience que la porte en haut de l'escalier était ouverte.

— Es-tu blessée ? Que s'est-il passé ? Tu saignes ?

L'inquiétude dans la voix de Zac était évidente, et elle répondit avec la même frénésie.

— Il y avait un homme ici. Il est entré et s'est enfui par la porte du garage. Et les bébés ? Comment vont-ils ? Et Faith et mes sœurs ?

Sans attendre de réponse, elle se rua vers l'escalier, à l'aveuglette. Elle avait mal, sa cicatrice à l'abdomen la brûlait, elle sentait le sang lui battre au visage, mais elle n'en avait cure.

Elle buta sur la première marche, et Zac la rattrapa. Elle était au bord de l'évanouissement et prit une longue inspiration.

— Il faut rétablir l'électricité, dit Zac.

— Est-ce que ça va ? appela Faith du haut des marches.

Le faisceau d'une lampe torche se posa sur le visage d'Olivia. Faith poussa un cri.

— Mon Dieu, Olivia ! Tu es blessée !

— Je vais bien, répondit-elle en la rejoignant.

La main qu'elle avait portée à son visage était poisseuse de sang et glissait sur la rampe.

— Et les bébés ? Est-ce que vous…

— Nous allons toutes bien, dit Faith, qui descendit quelques marches pour l'aider. Zac nous a réveillées en frappant à la porte. Je n'avais pas conscience qu'il y avait une panne de courant.

— Tu n'as pas laissé les enfants seules…

— Non, non, Sandy est avec elles. Je suppose que c'est une panne due à une ligne haute tension défectueuse qui…

— Non, il n'y a que cette maison dans le quartier où le courant est coupé, intervint Zac. Une voiture de patrouille l'a remarqué et a préféré me prévenir. Je suis venu immédiatement.

— Il y avait quelqu'un dans le sous-sol, expliqua Olivia. Il faut que je voie les filles.

— Ma chérie, tu ne peux pas les toucher dans cet état. Tu as du sang sur les mains, ton chemisier est taché. Surtout, ta plaie à la joue doit être recousue.

— Sandy pourra le faire. Elle est infirmière.

Olivia surprit le regard qu'échangèrent Faith et Zac. Leur attention fut attirée par le faisceau d'une autre lampe torche. C'était un agent de la compagnie d'électricité.

— On nous a appelés, dit-il. Apparemment, quelqu'un a saboté votre installation électrique.

— Je vais m'en occuper, dit Zac à Olivia.

— As-tu besoin de ta lampe ? lui demanda Faith.

— Non, garde-la, j'en ai une autre dans la voiture.

Olivia se frayait déjà un chemin dans le salon, malgré l'obscurité, pressée d'être auprès de ses filles.

Sandy avait allumé deux lampes torches pour que la pièce soit la plus éclairée possible. Sans le ronronnement des moniteurs, un silence terrifiant y régnait. Mais tout à coup, Olivia entendit le son familier des petites voix, et elle respira enfin. Elle se précipita vers le berceau le plus proche. Sandy l'arrêta avant qu'elle touche Antoinette.

— Arrête, Olivia. Antoinette va bien, mais toi tu ne

peux pas rester ainsi. Suis-moi dans la salle de bains, je vais arranger ça.

Faith apparut dans l'encadrement de la porte et ajouta :

— Ne t'inquiète pas, je reste ici en attendant.

De mauvaise grâce, Olivia se laissa conduire à la salle de bains. Elle surprit son reflet dans le miroir et tressaillit. Une large entaille lui barrait la joue gauche. Sandy nettoya la plaie et la pansa avec dextérité. Elle rassura sa sœur en lui disant que la blessure était superficielle. Olivia se débarrassa de ses vêtements tachés et se changea. Puis elle revint au chevet de ses bébés. Elle s'installa dans le fauteuil à bascule et en prit deux dans ses bras, Faith et Sandy berçant les deux autres. Une demi-heure plus tard, le courant était rétabli.

Le lendemain matin, Olivia et Zac se rendirent au poste de police dans deux voitures séparées. Olivia avait refusé de prendre le risque de se retrouver loin de chez elle sans pouvoir revenir au plus vite par ses propres moyens. A contrecœur, Zac avait cédé, mais le long du trajet, il resta collé à son pare-chocs. Il avait demandé à un agent de rester en faction devant la maison, et fut soulagé que la mère d'Olivia et ses deux autres sœurs viennent s'occuper des bébés. Faith allait pouvoir souffler un peu et rentrer se reposer chez elle.

Il avait du mal à se pardonner de ne pas avoir été avec Olivia alors qu'elle avait eu besoin de lui. Elle avait passé la nuit avec ses filles, à monter la garde, même s'il était lui-même resté à Queen Street. Il la comprenait parfaitement. En l'espace d'une semaine, elle était passée du statut de femme mariée enceinte à celui de veuve mère de quatre enfants. Elle devait avoir la sensation que toute sa vie s'était effondrée.

La veille, il avait dû partir après avoir été appelé sur les lieux d'un accident de la circulation. Deux adolescents y avaient perdu la vie à cause de l'alcool. Pas franchement une partie de plaisir. L'ensemble des forces de police avait été mobilisé sur zone, et la mise en place d'une patrouille dans le quartier d'Olivia reportée. Cependant, une voiture, qui se rendait sur les lieux de l'accident, s'était aperçue que la maison d'Olivia était plongée dans l'obscurité, et que même la veilleuse de sécurité était éteinte. Il n'oublierait jamais ce qu'il avait ressenti lorsqu'il avait reçu l'appel l'en prévenant, ni le moment où il avait frappé de toutes ses forces à la porte, fou d'inquiétude.

Sara Hoopes vint les rejoindre au poste de police. Elle prit des nouvelles d'Olivia, puis s'installa. Elle tenta d'esquisser les visages des trois hommes venus menacer Olivia selon la description qu'elle lui en faisait. Zac comprit que c'était une épreuve pour les deux femmes. C'était toujours compliqué de décrire un suspect en détail.

Il les laissa seules et vaqua à ses occupations. Il reçut un appel de Dave, son ancien partenaire de Seattle. Il apprit la raison de son appel avant d'avoir le temps de lui expliquer qu'il allait lui envoyer trois portraits-robots.

Zac devait se rendre à Seattle pour témoigner dans une affaire sur laquelle il avait travaillé lorsqu'il y était encore. Il était attendu au tribunal le lendemain matin. Dave lui dit également qu'il lui consacrerait un moment pour parler de l'affaire Anthony Capri.

Oserait-il quitter Westerly ? Evidemment, s'ils parvenaient à arrêter les trois malfrats dans la soirée et à garder un œil sur les frères Robinson, il n'aurait plus de souci à se faire. Mais cette éventualité étant plus qu'aléatoire, il devait s'assurer que la maison d'Olivia devienne inviolable.

Il appela Dilly, demanda à ce que quelqu'un suive Olivia lorsqu'elle partirait et monte la garde devant la maison jusqu'à nouvel ordre. Puis il redescendit voir où Sara et Olivia en étaient. Sara terminait ses portraits tandis qu'Olivia buvait une tasse de café.

— J'ai du travail à faire ici. J'ai donc demandé à Dilly de te suivre jusqu'à chez toi.

Elle hocha la tête.

— Tu t'inquiètes trop pour moi.

Il balaya sa réponse d'un geste.

— Je voulais également te prévenir que j'ai appelé une société de systèmes d'alarme. Ils viendront en installer un chez toi aujourd'hui même.

— Je ne peux pas me permettre de payer un système d'alarme…

— C'est un cadeau que je te fais. Disons que c'est un cadeau de naissance.

— C'est beaucoup trop…

— Je t'en prie, accepte.

— Je pense que c'est une bonne idée, intervint Sara Hoopes.

Elle tendit ses dessins à Zac. Ils échangèrent quelques politesses, puis elle prit congé, expliquant qu'elle avait des adolescents affamés à la maison.

Il passa en revue les trois esquisses. Sara avait ajouté quelques notes au sujet de la taille des trois hommes et d'autres caractéristiques qu'Olivia lui avait décrites.

— Je ne suis pas sûre d'avoir pu décrire ces trois individus avec précision, dit Olivia en se levant pour aller jeter son gobelet vide dans la poubelle. Il faisait presque noir et j'étais morte de peur. Et franchement, jamais je n'aurais pensé que c'était aussi difficile d'expliquer à quoi ressemble quelqu'un. Sara voulait savoir si le plus grand avait les yeux ronds ou en amande, ce genre de détails. Et moi, j'étais incapable de lui répondre, je n'en ai aucune idée. Et ses cheveux ? Epais ou fins ? Fins, je dirais, mais là encore, sans certitude absolue. Est-ce que le second avait des signes particuliers ? Une cicatrice ? Le dénommé Shorty avait-il l'air costaud, des sourcils épais, un nez large ou aquilin ? Jusqu'à aujourd'hui, je me croyais plutôt observatrice, mais finalement, je ne le suis pas tant que ça.

— Tu n'es pas la première à qui ça arrive. Nous te montrerons notre fichier photo, tu reconnaîtras peut-être un des trois hommes. Penses-tu qu'il y a une chance pour que l'un d'eux soit l'inconnu d'hier soir ?

— Peut-être le plus grand des trois… je ne sais pas.

— En tout cas, il devait porter des gants. Nous n'avons retrouvé aucune empreinte inconnue.

— Ça ne m'étonne pas.

— Pour entrer, il a cassé un carreau à hauteur du verrou et passé la main. Ça m'étonne que le bruit ne t'ait pas réveillée, mais c'est vrai que tu étais épuisée…

— Oui, en effet. Zac, au sujet de ce système d'alarme…

— N'y revenons plus, s'il te plaît.

— Ce n'est pas mon intention. Je voulais juste te dire merci. Pour tout.

Il lui sourit avec mélancolie, navré qu'elle ne comprenne pas ce qu'il ressentait pour elle. « La faute à qui ? » lui demanda une petite voix dans sa tête. Il ne voulut pas l'écouter.

— Sais-tu où tu vas emmener les bébés ce soir ?

— Chez ma mère. Nous serons toutes là. Elle, mes trois sœurs et moi. J'ai ordonné à Faith de souffler un peu. Elle doit être chez elle à récupérer un sommeil bien mérité.

— J'ai l'impression que tu as des projets.

— Nous avons un rendez-vous chez le médecin pour Brianna. Ne t'inquiète pas, Brianna va bien, ce n'est qu'une visite de routine. Le médecin souhaite la voir en premier car c'est la plus petite.

— Dilly va te suivre jusqu'à chez toi et…

— C'est inutile…

— Oh que si !

Il lui adressa un regard appuyé, et se demanda si elle se souvenait encore du baiser qu'il lui avait donné la veille. Elle était à moitié endormie et elle s'était excusée. Que n'aurait-il pas donné pour la prendre dans ses bras et faire qu'elle s'en remette à lui ! Il avait le sentiment que jamais elle ne serait sienne, que lorsque tous ces sinistres événements seraient terminés, elle reprendrait le fil de son existence… sans lui. Et ça faisait très mal. En son for intérieur, il savait qu'il avait devant lui la femme qu'il avait toujours recherchée. Quand il la perdrait de nouveau, ce serait pour la dernière fois.

Il ne devait donc pas laisser ce moment arriver. Il devait se battre et faire en sorte qu'elle aussi soit amoureuse de lui.

— Zac, qu'est-ce qui ne va pas ?

— Un peu de fatigue, je suppose.

— Nous sommes tous épuisés. Lorsque tout sera fini, je vais dormir une semaine entière !

— Crois-tu que les petites diablesses aux joues roses t'en laisseront l'occasion ?

Elle sourit.

— Elles sont adorables, n'est-ce pas ? Je commence enfin à pouvoir les distinguer sans regarder la petite marque de vernis à ongles sur leurs orteils. Brianna est un peu plus petite que les autres, Antoinette a le visage plus rond. Jillian est la plus grande et Juliet a un peu plus de cheveux sur le haut du crâne.

— Puis-je te demander ce que c'est que cette histoire de vernis à ongles ?

— Je te montrerai un de ces jours.

Il lui retourna son sourire, satisfait de constater qu'elle était un peu plus détendue et heureuse d'être maman.

— Je ne sais pas ce que je deviendrais s'il arrivait quelque chose à l'une d'entre elles, dit-elle avec émotion. Je ne pensais pas que je ressentirais autant d'amour un jour. Ces enfants sont la seule chose bien qu'ait faite Anthony dans sa vie.

Zac chercha un mouchoir et le lui tendit. Il avait juste eu le temps d'en empocher un paquet ce matin lorsqu'il était passé chez lui en coup de vent pour prendre une douche et se changer.

Elle refusa son mouchoir.

— Non, merci, je ne vais pas pleurer. Je n'en peux plus de pleurer.

Il désigna les dessins du doigt.

— Je vais les faxer à Dave, mon ancien coéquipier. Demain, je dois me rendre à Seattle pour le rencontrer.

— Peut-être que demain, tout sera terminé, dit-elle.

— Je le souhaite de tout cœur. Fais attention…

— Toi aussi.

Elle le regarda brièvement puis détourna les yeux. Elle savait que le lendemain, elle aurait un œil au beurre noir.

— Je vais attendre l'agent Dilly dehors, d'accord ?

— Je vais le prévenir.

Il la regarda partir avec un mauvais pressentiment. Il n'aimait pas ça.

Olivia tira la porte du bureau de police et se trouva face à face avec Grant Robinson, qui allait entrer. C'était un ancien copain de son père, mais elle ne l'avait plus revu depuis son mariage, auquel l'ensemble de Westerly avait assisté, à l'exception de Zac. Zac avait bien été invité également, mais le matin de la cérémonie, il s'était présenté chez elle pour la mettre en garde contre Anthony et lui dire qu'elle ne devait pas l'épouser. De là était née leur brouille.

Ensuite, il était parti pour Seattle, plusieurs mois étaient passés, les événements avaient fini par donner raison à Zac, et sa vie avait basculé.

Aujourd'hui, Zac prenait de plus en plus d'importance dans sa vie.

Mais à cet instant, c'est Grant qui était devant elle, et il était plus grand que dans son souvenir. Plus rouge et plus féroce aussi. Son regard se posa sur son visage tuméfié, et même si elle n'imaginait pas que c'était lui l'intrus, elle sentit un frisson lui parcourir l'échine.

— Tiens tiens, Olivia.

— Bonjour, Grant.

— Je parie que tu te demandes ce que je fais là.

Elle resta interdite. Il la dévisageait avec un regard noir, les poings et la mâchoire serrés. C'était absurde de penser que lui ou son frère puissent être à la recherche du butin d'Anthony. Les investissements qu'ils avaient placés dans ses affaires leur avaient fait perdre plusieurs millions, pas juste cinquante mille dollars.

— En fait, je fais gagner du temps au shérif Bishop, reprit-il comme elle ne répondait pas. Je sais ce qui s'est passé chez toi hier soir. En ville, tout le monde ne parle que de ça. Et je parie que Bishop va encore se mettre en tête que c'est moi le coupable. Hugh, lui, reste à la maison sans rien faire. Moi, je préfère prendre les devants.

— Grant, je suis désolée…

— Ouais, ouais. Comme disait mon père, les excuses, ça ne paye pas les dettes. Hugh et moi, on a perdu un paquet à cause de ton mari, et je mentirais si je disais que je suis triste que quelqu'un lui ait fait la peau. Autant que tu saches que nous ferons tout notre possible pour récupérer notre argent, même si pour ça nous devons te poursuivre en justice. Tu aurais dû mieux connaître l'homme que tu as épousé. Je t'ai entendue, l'autre jour, clamer que tu étais son associée. Ton père aurait eu honte de toi.

— Non, écoutez…

A ce moment, Dilly apparut derrière Olivia. Elle s'interrompit lorsqu'elle vit Grant serrer davantage les poings.

— Qu'est-ce qui se passe, ici ? demanda Dilly.

— Rien, répondit Olivia. Rien du tout.

— Je vous économise le tracas de venir me rendre visite, lança Grant. Evidemment, je vais avoir du mal à trouver un alibi pour hier soir, étant donné qu'en pleine nuit, j'étais dans mon lit et que je dormais.

— Vraiment ? Pourtant, le shérif Bishop m'a dit qu'il t'avait croisé sur la nationale au volant de ta camionnette rouge.

— C'était bien plus tôt dans la soirée. J'ai entendu sur

ma C.B. qu'il y avait eu un grave accident, et je voulais me rendre compte par moi-même.

— Donc, tu n'étais pas dans ton lit.

— C'était bien plus tôt dans la soirée, je viens de te le dire.

— Et si je venais chez toi un peu plus tard afin que nous puissions parler de ça avec ton frère ?

— Pas question. Je veux parler à Bishop. Prendre les devants, c'est ma devise.

— Dans ce cas, c'est tout droit, répliqua Dilly en tenant la porte pour laisser passer Grant. Quel entêté ! reprit-il une fois qu'il fut loin. Madame Capri, je vous suis jusqu'à chez vous.

— Appelez-moi Olivia. Ou bien Mme Hart, si vous préférez. Mais tout sauf Capri.

Il eut un petit rire.

— C'est compris, Olivia.

Elle venait de quitter le parking quand son portable sonna. Elle s'arrêta pour fouiller dans son sac à main. C'était sa mère, qui souhaitait qu'elle fasse quelques courses en chemin. Elle pourrait tout trouver à la boutique de la station-service pour poids lourds, et ça lui prendrait moins de temps d'aller là-bas qu'au supermarché. Elle fit donc un détour. Roger Dilly devait se demander pourquoi elle empruntait cet itinéraire. Bientôt, elle s'engagea sur le parking de la station et se gara sur l'une des rares places disponibles. Dilly se gara à côté d'elle.

— Y a-t-il un problème ? s'enquit-il après avoir baissé sa vitre.

— Non, je dois juste acheter deux ou trois trucs.

— Voulez-vous que je vous accompagne…

— Non, c'est inutile. J'en ai pour cinq minutes.

— Je vais surveiller l'entrée. Si jamais vous m'entendez klaxonner, couchez-vous.

Elle se demanda s'il plaisantait ou pas.

La boutique était presque vide. Il y avait seulement deux types derrière le comptoir. L'un d'entre eux mangeait un énorme doughnut, l'autre allumait une cigarette. Lorsqu'elle entra, ce dernier la regarda avec étonnement : son œil au beurre noir devait attirer l'attention. Les deux types lui étaient vaguement familiers, comme à peu près tout le monde à Westerly.

Elle prit un Caddie. Il fallait qu'elle achète des mouchoirs, du lait, du jus de fruits, des sodas et de la bouillie pour bébés — qu'elle fut contente de voir en rayon, ce n'était pas gagné. Les sodas, c'était pour Thabita, qui était accro à ce genre de boisson. Il lui fallait également des chewing-gums pour Sandy, à qui il arrivait de soupirer encore après une cigarette.

Elle étudiait le rayon des chips — sa seule faiblesse — lorsqu'elle entendit quelqu'un entrer par la porte arrière, qui donnait sur le parking réservé aux camions. Elle tendit le cou pour apercevoir le nouveau venu. C'était un homme, grand, en veste bleu marine. La visière de sa casquette était ramenée sur son visage. Il portait des lunettes de soleil, avait les mains dans les poches et marchait d'un pas étrange, sautillant.

Elle avait l'impression de l'avoir déjà vu, et fut troublée.

Il se dirigea vers le rayon des alcools, et elle se fit la leçon. Après tout, les deux types au comptoir ne lui disaient-ils pas également quelque chose ? L'un d'entre eux n'était-il pas plus grand que la moyenne ? Elle était encore sous le coup des événements des derniers jours, il en fallait peu pour l'effrayer.

La sonnerie de la porte d'entrée retentit. Une voix de femme demanda comment il fallait s'y prendre pour se servir des pompes à essence. Olivia choisit un paquet de chips et le posa dans son Caddie.

Elle ne s'était pas encore retournée que quelqu'un la bouscula.

— Pardon, madame, dit une voix d'homme.

Elle sentit alors des mains gantées la saisir et l'immobiliser. Elle se débattit, mais elle était coincée entre le rayon et le corps de l'homme en question. Il la serra jusqu'à ce qu'elle ne puisse plus bouger du tout. Elle ne pouvait même pas tourner la tête.

— Ne dites pas un mot, lui chuchota-t-il à l'oreille, compris ?

Etait-ce Grant ? Hugh ? Un des trois malfrats ? Un étranger ? Elle n'aurait su répondre. Il avait une voix saccadée et changeante, et la peur parasitait sa perception.

— Compris ? répéta-t-il.

— Oui, dit-elle en reprenant son souffle. Oui.

— Vous avez parlé à ce flic.

— Zac est un ami…

— La ferme ! la coupa-t-il, la pressant tellement fort contre le rayon que son visage déjà meurtri se retrouva comprimé contre le métal.

Il y avait des miroirs convexes installés dans le magasin pour que les employés puissent garder un œil sur les angles morts. Les deux hommes au comptoir ne faisaient-ils pas attention ? Etaient-ils trop accaparés par leur conversation avec la cliente qui venait d'entrer ?

— Vous possédez quelque chose que je veux, dit l'inconnu.

— Je… je ne sais pas ce que c'est. Dites-moi…

— Pas de baratin. Vous étiez sa complice, vous saviez très bien ce que votre mari faisait.

— Non…

— Et je veux tout récupérer. C'est votre dernière chance. La prochaine fois, je viendrai vous trouver chez vous. Une balle a traversé votre mari comme une pastèque, alors imaginez un peu si c'était une de vos filles qui en recevait une.

Olivia sentit sa bouche s'assécher de terreur.

— J'ai simplement besoin d'un peu plus de temps, marmonna-t-elle. Vous m'aviez donné vingt-quatre heures.

— Ah oui ? J'ai changé d'avis. Je fixe les règles comme ça me chante.

— Je…

— Restez là et comptez jusqu'à cent. Lentement. Sinon, je pourrais décider de tirer sur ce flic qui vous escorte, ou bien sur un des types derrière le comptoir. Aimeriez-vous avoir leur mort sur la conscience ?

Il la libéra et s'éloigna. La porte arrière s'ouvrit puis se referma avec une sonnerie. Elle respirait doucement, mais n'osait pas bouger. Elle comptait dans sa tête, comme il le lui avait ordonné. Elle était à quatre-vingt-dix lorsqu'elle sentit une main se poser sur son épaule. Elle fit brusquement volte-face, prête à se défendre.

C'était un des deux employés. Il lui saisit le poignet avant qu'elle puisse donner un coup.

— Hé ! A quoi jouez-vous ?

Elle retint un cri.

— Avez-vous vu l'homme avec une veste marine ?

— Ouais, il est sorti par l'arrière. Ne me dites pas qu'il a piqué quelque chose. J'ai trouvé qu'il avait un comportement bizarre mais…

Elle se rua vers la porte arrière et observa par la vitre les six ou sept poids lourds stationnés devant les pompes.

L'employé la suivit.

— Hé ! vous ne seriez pas Olivia Capri, la femme qui vient d'avoir quatre bébés et dont le mari a été tué ?

Elle se retourna et le dévisagea avec un regard paniqué.

— Il y a un flic dans la voiture garée devant le magasin. Appelez-le. Vite !

— Mais…

— Dépêchez-vous !

7

Olivia n'eut pas la patience d'attendre que Dilly ait interrogé tous les conducteurs de poids lourds. Elle voulait être rentrée au plus vite. Dès qu'elle eut expliqué au policier ce qui s'était passé, elle reprit la route.

La porte arrière de la maison n'était pas verrouillée, un silence lourd y régnait. Elle traversa la cuisine en courant et fonça dans le salon.

Il était vide.

— Maman ! cria-t-elle en faisant irruption dans la nursery.

Sa mère était installée dans un des fauteuils à bascule, bouche ouverte, bras ballants, yeux clos. Olivia eut un gémissement de surprise. Le bruit réveilla Juliet qui poussa un petit cri.

Alors, toutes ensemble, les fillettes se réveillèrent et se mirent à pleurer.

— Qu'est-ce qui ne va pas ? demanda sa mère, réveillée en sursaut, une main portée à son cœur. Olivia ?

— Est-ce que tu vas bien ? Est-ce que tout le monde va bien ? Où sont Tabitha, Megan et Sandy ?

— Je crois que Sandy dort dans le bureau. Tabitha est en bas en train de faire ses devoirs. Et Megan doit être devant la télé. Qu'est-ce qui ne va pas ?

Elles parlaient fort pour se comprendre, car les pleurs des quatre bébés produisaient un volume sonore infernal.

— Je venais enfin de réussir à les faire dormir toutes les quatre, reprit la mère d'Olivia d'un ton plaintif en regardant sa fille d'un air de reproche. Ça a été la croix et la bannière avec Juliet.

Olivia ne prêta pas attention à ses remontrances. Elle allait de berceau en berceau. Elle voulait à tout prix s'assurer que ses filles allaient bien. Elle prit Jillian dans ses bras, la serra contre elle et l'embrassa encore et encore.

Tabitha apparut à la porte.

— C'est quoi ce vacarme ? Au fait, Olivia, as-tu rapporté des sodas ?

— Non, pas vraiment.

Tabitha roula les yeux. Elle avait dix-huit ans, c'était la cadette des filles Hart. Pour elle, garder quatre bébés n'était pas franchement quelque chose qu'elle faisait de gaieté de cœur. Déçue, elle tourna les talons.

La mère d'Olivia invita sa fille à prendre le fauteuil qu'elle venait de libérer.

— Assieds-toi et raconte-moi ce qui s'est passé.

Olivia s'assit, Jillian dans les bras.

— Maman, j'ai besoin d'avoir mes quatre bébés tout contre moi, tu comprends ? Veux-tu bien m'aider ?

Sa mère prit délicatement les fillettes une par une et les déposa dans les bras d'Olivia, après avoir disposé quelques oreillers pour qu'elles soient bien. Enfin, elle se retrouva avec ses quatre bébés contre elle. Comme par miracle, elles avaient toutes cessé de pleurer et regardaient autour d'elles, comme si elles apprenaient à se familiariser avec les lieux.

Une sensation de soulagement et d'accomplissement submergea Olivia.

— Heureusement que j'ai insisté pour que tu prennes

des fauteuils à bascule bien rembourrés, fit sa mère, goguenarde.

Puis, retrouvant son sérieux :

— Allez, maintenant, raconte-moi ce qui s'est passé.

— Donne-moi quelques minutes pour reprendre mes esprits, répondit Olivia.

— Tu as l'air épuisé. Que dirais-tu d'un verre de jus de fruits ?

— Je n'ai pas acheté de jus de fruits non plus.

— Du lait ?

— En fait, je n'ai rien acheté du tout.

La mère d'Olivia pinça les lèvres, sans comprendre.

— Eh bien alors, veux-tu une tasse de thé ? Je crois que tu en as encore. En revanche, il va falloir envoyer quelqu'un en courses, nous avons besoin de bouillie, et si Sandy n'a pas ses chewing-gums, elle est capable de se remettre à fumer.

— Je sais, maman.

— Si tu as besoin de moi, appelle-moi.

— D'accord. Pourras-tu faire le tour des portes et fenêtres et les verrouiller toutes ?

Sa mère fronça légèrement les sourcils, mais quitta la pièce sans discuter. Olivia baissa les yeux sur les petits visages qui la regardaient. Elles avaient toutes des petits yeux en amande, quelques cheveux noirs raides, un ravissant petit nez et une petite bouche adorable. Olivia était sûre d'une chose : si elle ignorait ce qu'était le butin d'Anthony, il avait pourtant bel et bien laissé un trésor dans cette maison. Quatre petites filles merveilleuses. Ses enfants.

Mais des malfrats étaient prêts à tuer pour mettre la main sur ce fameux butin. Tandis qu'elle caressait les joues satinées de ses bébés et leur chuchotait des mots tendres, elle songea qu'elle devait faire venir un expert, afin qu'il évalue les biens d'Anthony. Elle ne savait même pas si l'intrus qu'elle avait surpris dans le sous-sol avait trouvé ce qu'il cherchait et était reparti avec. Mais dans ce cas, pourquoi l'aurait-il menacée dans la boutique ?

Sauf si c'était un autre homme.

Son regard se posa sur les figurines de porcelaine en haut de l'armoire. Il faudrait aussi les faire évaluer.

Zac frappa à la porte de la cuisine. Juliet Hart, la mère d'Olivia, lui ouvrit.

— J'ai demandé à une société de systèmes d'alarme de venir équiper la maison, lui dit-il. Ils seront là dans une heure maximum. J'ai également parlé au propriétaire. Il a accepté d'octroyer un délai supplémentaire à Olivia pour le paiement du loyer en contrepartie de l'installation du système d'alarme.

— Parfait, répondit Juliet. Jack Porter est passé un peu plus tôt dans la matinée et a réparé la porte du garage. Sais-tu pourquoi Olivia est rentrée ici dans tous ses états ?

— Oui.

Il lui expliqua ce qui s'était passé à la boutique de la station-service.

— Je comprends mieux pourquoi elle était aussi bizarre. Comment va ta sœur ?

— Je l'ai appelée et lui ai recommandé d'être prudente. Elle a l'intention de passer voir si elle peut se rendre utile après avoir fait une course pour mon père.

— Tiens, porte son thé à Olivia. Moi, je vais aller

vérifier que la porte du garage est bien réparée et verrouillée.

— D'accord. Au fait, je sais qu'Olivia compte passer la nuit chez vous avec les bébés. Votre maison est-elle sûre ?

— Il y a deux verrous sur chaque porte. Et je dispose de la vieille carabine de mon défunt époux. Je sais m'en servir.

— Je demanderai tout de même à un de mes hommes de venir monter la garde.

Il prit la tasse et traversa la maison. Lorsqu'il arriva à la porte de la nursery, il s'immobilisa.

Olivia était dans le fauteuil, des yeux pleins d'amour sur sa progéniture, qui occupait tout l'espace de ses genoux. Quel tableau attendrissant ! Elle était vêtue d'un chemisier blanc, ses cheveux noirs et brillants tombaient librement sur ses épaules. Les fillettes portaient une couche et un petit T-shirt blanc, leurs fins cheveux noirs étaient ébouriffés et leurs quatre petits visages tournés vers elle tandis qu'elle les berçait. Elle avait la tête inclinée, et le rideau de ses cheveux cachait sa joue pansée. Elle ressemblait à une madone.

Il avait vu un appareil photo posé sur un meuble dans le salon. Sans bruit il alla le chercher. Lorsqu'un petit déclic électronique retentit, Olivia leva la tête, surprise, puis sourit.

Que se passerait-il si, à cet instant, il s'avançait d'un air résolu vers elle et lui disait qu'il l'aimait ?

Il fit un pas en avant.

— Dilly t'a-t-il parlé de cet homme, à la boutique ? s'enquit-elle, le regard inquiet.

Il lui déclarerait sa flamme plus tard. Il devait prendre

son mal en patience, et commencer par la sortir des ennuis.

— Oui, il m'a tout expliqué. Aucun des conducteurs de camions qui étaient sur le parking ne correspond à la description que tu lui as faite de ton agresseur. Et aucun n'a vu quoi que ce soit. Il a visionné les bandes de vidéo-surveillance du magasin. Certes, on voit le type entrer, mais son visage est dissimulé, et à part son allure générale, il est difficile d'en tirer quelque chose.

— Ce doit être un des trois types qui sont venus hier. Zac, je déteste devoir l'admettre, mais je suis morte de peur. Pas tant pour moi, mais pour les autres, et mes petites filles avant tout.

— Je sais bien.

— Je vais reporter le rendez-vous de Brianna chez le médecin. Et si le système d'alarme est installé à temps, nous resterons toutes ici ce soir. Je compte aussi contacter l'expert qui travaille à la bijouterie dont je faisais la comptabilité. Je le connais et j'ai confiance en lui. Je suis sûre qu'il acceptera de jeter un œil aux affaires d'Anthony.

C'était un plaisir de la voir redevenir l'Olivia qu'il avait toujours connue. Il avait craint que les événements récents la fassent irrémédiablement changer, qu'elle perde le tempérament dont elle avait toujours fait preuve et qu'il adorait. Certes, une petite part de lui redoutait que ce regain d'énergie fasse qu'elle n'ait plus besoin de son appui. Mais c'était un bien autre besoin qu'il briguait.

— Juste une chose, dit-il. Si jamais ce qu'a revendu Anthony s'avère être le produit d'un vol — et, soyons réalistes, il y a de fortes probabilités que ce soit le cas — tu n'auras pas le droit d'en disposer à ta guise et…

— Je sais. Mais tout le monde pense que je connaissais

les agissements d'Anthony. Je n'ai aucun moyen de convaincre ces malfrats que je n'ai aucune idée de ce qu'il a trafiqué et de ce qu'est cette marchandise. Pour en savoir plus, je dois donc d'abord découvrir ce qu'ils recherchent, et ensuite tenter de gagner du temps en leur faisant croire que je veux négocier avec eux. D'ailleurs, je me demandais si la police de Seattle avait un moyen de savoir ce qu'Anthony a revendu…

— Il y a déjà des hommes chargés de rendre visite avec une photo d'Anthony à tous les prêteurs sur gage. Mais s'il s'agit d'objets volés, il y a fort à parier qu'aucun d'entre eux ne souhaitera coopérer.

— Si vous parvenez à arrêter les trois malfrats ce soir…

— Olivia, es-tu vraiment persuadée que c'est le plus grand de ces trois hommes qui t'a menacée aujourd'hui ?

— Non, je n'en suis pas sûre. Disons que c'est possible. Et ton collègue de Seattle ? A-t-il vu les portraits-robots ?

— Je n'ai pas eu de nouvelles de lui. Et tu es sûre que ce n'était pas Grant ?

— Ça ne lui ressemble pas. Et d'ailleurs, lorsque ça s'est produit, il était avec toi.

— Non, pas du tout.

— Mais si. Il est arrivé au poste de police au moment où Dilly et moi, nous partions. Il voulait te parler.

— Je n'ai pas pu le recevoir, j'étais au téléphone.

— Bon, mais de toute façon, il n'aurait pas eu le temps de venir à la station-service.

— L'as-tu vu arriver au poste ? As-tu vu sa camionnette rouge ?

— Non, mais…

— Donc, il aurait pu appeler Hugh juste après être

entré au poste, et son frère aurait pu le cueillir à la sortie. Ensuite, ils auraient pu te suivre jusqu'à la station-service.

— Attends une minute. Quel intérêt Hugh et Grant auraient-ils à chercher à m'intimider ? Comment auraient-ils su que trois hommes s'étaient présentés chez moi pour…

— Tout le monde à Westerly sait tout de ce qui se passe chez les autres, la coupa Zac.

— C'est vrai. Et pourtant j'ai déjà du mal à croire qu'ils aient pu tuer Anthony. Alors, tenter de me faire peur ? Menacer des enfants innocents ? Non, ça, je ne peux pas l'imaginer un seul instant.

Il posa sur le buffet la tasse de thé qu'il tenait encore en main et qui commençait à refroidir. Il traversa la pièce et s'assit sur l'accoudoir de l'autre fauteuil à bascule.

— Tu as raison. Le problème, c'est qu'il se passe trop de choses. La première effraction ici, les traces de sang, le meurtre d'Anthony, la visite de ces trois hommes, l'effraction dans le sous-sol, et maintenant cette intimidation à la station-service. Si on ajoute à cela qu'il est extrêmement difficile de savoir qui était vraiment Anthony Capri, on obtient un fameux tableau. J'espère que mon ancien coéquipier de Seattle pourra m'aider à y voir plus clair.

— Il faut démêler un véritable sac de nœuds, dit Olivia.

— C'est le moins que l'on puisse dire.

Il posa les yeux sur l'une des fillettes.

— Elle a un ongle de pied orange.

— Couleur mangue, pour être exact. C'est grâce à cela que je sais que c'est Antoinette.

Olivia effleura tour à tour le petit doigt de pied des trois autres.

— Jillian a un doigt de pied couleur pastèque, Juliet citron et Brianna citron vert.

Elle bougea un peu et reprit affectueusement :

— Qu'est-ce qui se passe, Antoinette, tu es mal installée ?

Elle essaya de bien les réinstaller, mais deux protestèrent un peu.

Zac se leva et prit Antoinette dans ses bras. C'était une adorable fillette, comme les autres. Il aida Olivia à se redresser et à caler les autres bébés. Antoinette bâilla et fit une grimace. Il sourit, attendri, et lui déposa un baiser sur le front. Elle avait la peau douce.

Comme sa maman.

La fillette bâilla de nouveau et s'étira.

— Je crois qu'elle est fatiguée.

— C'est ma faute. Je les ai réveillées en rentrant comme une furie.

Tandis que Zac reposait Antoinette dans son berceau, le téléphone sonna dans la pièce à côté, puis quelqu'un frappa à la porte. Zac aida Olivia à recoucher les autres bébés et des éclats de voix féminines retentirent.

— Les dames de la quincaillerie sont là pour nous aider à changer les couches et donner à manger ! lança la mère d'Olivia depuis le bas de l'escalier. Zac, l'agent Hoopes est là également, et j'ai vu une camionnette de la société de systèmes d'alarme se garer au coin de la rue.

Olivia consulta sa montre.

— Les dames de la quincaillerie ont une heure d'avance.

— Je vais voir ce que me veut Hoopes, et ensuite je m'occuperai du système d'alarme, dit Zac.

Ils redescendirent dans le salon. Les trois employées de la quincaillerie étaient assises sur le canapé et l'agent Hoopes attendait près de la porte. A peine eut-il vu l'expression de son visage que Zac sut qu'il y avait un problème.

Avant qu'il ait eu le temps de lui demander ce qui se passait, il vit Sandy sortir en hâte du bureau où elle se reposait. Elle était livide et ses lèvres tremblaient. Avec un regard paniqué, elle regarda alternativement Zac, Olivia, l'agent Hoopes et s'arrêta net.

— C'était l'hôpital au téléphone, dit Sandy après un moment de silence tendu. Faith est blessée.

Tout le monde poussa un cri de surprise et de peur mêlées. Mais c'est le sanglot étranglé d'Olivia qui retint l'attention de Zac. Il se retourna et passa un bras autour de ses épaules.

— Est-ce grave ? demanda Zac.

— Oui, plutôt, fit Hoopes. C'est arrivé devant la maison de votre père. Je voulais éviter que vous l'appreniez au téléphone. L'agent Dilly m'a chargé de vous dire de ne pas vous inquiéter pour les affaires au bureau. Il s'occupe de tout.

Olivia repoussa Zac.

— Tu dois y aller tout de suite.

— Oui, je dois y aller, dit-il en faisant de son mieux pour garder son sang-froid. Mais toi, tu…

— Qu'est-ce que tu attends ?

Sandy s'avança.

— Je vais rester là avec maman. Vas-y aussi, Olivia.

— Et appelle-nous lorsque tu sauras comment elle va, ajouta sa mère.

Zac se tourna vers Hoopes.

— Je veux que vous restiez ici. Ne laissez entrer personne que vous ne connaissez pas. Lorsque les employés auront posé le système d'alarme, je veux que vous, ou bien un autre homme du service, montiez la garde devant la maison dans une voiture banalisée jusqu'à nouvel ordre. Je vais appeler Dilly pour arranger les détails.

Quans ils sortirent, les employés arrivaient sous le porche.

— Commencez par le sous-sol, leur lança Zac en se dirigeant vers sa voiture.

Ils traversèrent la ville en dix minutes, sirène hurlante. Dans l'intervalle, Zac s'était entretenu avec Dilly. Arrivés à l'hôpital, ils apprirent que Faith était encore en réanimation. Ils rencontrèrent le père de Zac dans le hall. Il portait un jean, une vieille chemise grise usée et était encore en pantoufles. Olivia le serra dans ses bras et elle sentit ses épaules se soulever de sanglots.

— C'est grave, fit Gus Bishop d'une voix à peine audible.

Zac les serra tous deux contre lui.

Après quelques instants, ils se redressèrent, mais Olivia garda la main du vieil homme dans la sienne. Elle savait combien ses enfants comptaient pour lui, surtout Faith, la petite dernière, qui était toujours restée près de lui depuis que son épouse était morte, vingt ans plus tôt.

— Comment va-t-elle ? demanda Olivia.

Gus Bishop secoua la tête en signe d'impuissance.

— Elle a tellement saigné. J'ai d'abord cru qu'elle était morte.

Il vit la blessure sur le visage d'Olivia et la regarda comme s'il la voyait pour la première fois.

— Toi aussi tu es blessée, ma chérie ? Que t'est-il arrivé ?

— Ce n'est rien. Je vais bien.

— Papa, que s'est-il passé ?

Zac regardait à droite et à gauche, sans doute à la recherche d'une infirmière, mais il n'y en avait aucune en vue.

— Faith descendait de voiture. Elle s'était garée de l'autre côté de la rue, devant la maison, comme d'habitude. Alors, la dame qui habite en face de chez moi a vu surgir une autre voiture qui s'est dirigée droit sur elle. Elle l'a renversée et a continué sans s'arrêter. J'ai entendu un moteur rugir et un crissement de pneus. Je suis sorti et elle était là… elle…

Il leva les yeux vers son fils, comme s'il cherchait à puiser la force de continuer en lui.

— Qui a bien pu faire ça à ma pauvre petite fille ? Quel genre d'homme faut-il être pour se comporter ainsi ?

— Je ne sais pas, papa. Est-ce que la dame qui a assisté à la scène a pu relever un numéro de plaque, a eu le temps de voir de quel modèle de voiture il s'agissait ?

— Elle n'a pas pu donner beaucoup de détails. C'est Mme Farley qui a tout vu. Elle a dit que c'était une grosse voiture noire, mais elle ne portait pas ses lunettes, alors… Mais qui voudrait faire du mal à Faith ? La plus gentille des filles. En plus, c'est ma faute. Si je ne lui avais pas demandé de passer m'apporter ce fichu journal, tout cela ne serait pas arrivé.

Gus lâcha la main d'Olivia pour prendre un mouchoir et s'essuyer les yeux.

Le remords et la culpabilité envahirent la jeune

femme. Elle s'écarta un peu pour tenter d'apercevoir quelque chose à travers les portes vitrées de la salle de réanimation, en vain.

Zac s'approcha d'elle et passa un bras autour de ses épaules.

— C'est ma faute si elle est ici, dit-elle.

— Arrête, répliqua-t-il. Ce n'est ni ta faute, ni celle de mon père. Le conducteur de cette voiture…

— Tu penses comme moi qu'il y a un lien avec les menaces qu'on m'a adressées, avoue-le. J'avais peur pour Faith, ma mère, mes sœurs, même pour toi, mais plus encore pour mes bébés. Jamais je n'aurais pensé…

— Chut, dit-il, la serrant fort contre lui. L'ultimatum de vingt-quatre heures n'est pas encore terminé.

— Peu importe, maintenant. Qui plus est, l'homme dans la boutique m'a dit qu'il pouvait changer d'avis à tout moment. Il veut me faire peur, mais pourquoi n'est-ce pas moi qu'il a renversée au lieu de Faith ?

— Ma chérie…

— Tu dois t'occuper de ta sœur et de ton père. Moi, je vais bien. Dis-moi ce que je peux faire pour t'aider.

Il lui sourit, et la courbe sensuelle de ses lèvres la fit penser au baiser qu'ils avaient échangé la veille. Il s'était passé tellement de choses depuis ce moment qu'elle avait laissé ça de côté. Mais si ce souvenir lui revenait avec force, elle avait d'autres soucis en tête, et elle le repoussa.

— Je veux t'aider, reprit-elle.

— Alors va t'asseoir auprès de papa et rassure-le. De mon côté, je vais essayer d'en savoir plus. Je reviens dès que possible.

— Il faut qu'elle s'en sorte, Zac. Il le faut.

— Je sais, dit-il en lui caressant le visage. Je sais.

*
* *

Olivia accepta de se laisser reconduire chez elle par l'agent Kellerman. Elle n'avait pas encore fait sa connaissance, ce dernier étant fraîchement sorti de l'académie de police et ayant été affecté à Westerly pendant qu'elle était à la maternité. Il était très jeune et paraissait très sérieux.

Elle n'avait pas apprécié de devoir laisser Zac et son père seuls, mais on lui avait dit qu'elle ne pourrait pas voir Faith avant le lendemain matin. Même si elle n'avait pas été exprimée à haute voix, la question était de savoir si Faith survivrait à l'ablation de la rate et aux autres opérations qu'elle avait subies pour réduire ses fractures.

Zac avait insisté pour qu'elle retourne auprès de ses bébés, lui promettant de l'appeler dès qu'il y aurait une évolution de l'état de Faith, bonne ou mauvaise. Elle ne savait pas ce qu'elle était censée faire au cours des douze heures à venir, mais elle avait admis que sa place était avec ses enfants.

Lorsqu'elle arriva chez elle, elle monta lentement les marches. La douleur et la fatigue ne la quittaient plus. Le médecin lui avait conseillé de ne pas se surmener et de se reposer, mais c'était un vœu pieux. Elle avait du mal à mettre de l'ordre dans ses pensées.

La maison était désormais équipée d'un système d'alarme dernier cri. Après être passée voir les fillettes, à qui des amies de Tabitha donnaient le biberon du soir, elle consacra un moment à étudier la notice de l'alarme. Elle regardait sans cesse la pendule. Après l'incident de la station-service, il y avait peu de risques que les trois malfrats reviennent ce soir. Mais la tension nerveuse la faisait réagir au moindre bruit.

Elle appela l'expert, qui lui promit de passer le lendemain matin. Elle lui aurait demandé de venir dès ce soir si elle n'avait pas dû, avant de le recevoir, dresser l'inventaire de ce contenait le sous-sol, et rassembler les figurines.

Comment être sûr qu'une tragédie n'allait pas survenir le lendemain matin ? Et si Faith ne passait pas la nuit ? La liste des blessures dont elle souffrait était effrayante. Elle sentit qu'elle allait sombrer dans le désespoir et se ressaisit. Assez de larmes. Elle devait rester positive.

Un agent vint relever Hoopes de sa garde devant la maison. Elle regarda par la fenêtre et fut rassurée par la présence de la camionnette blanche de l'autre côté de la rue. Elle s'occupa de mettre le lave-linge à tourner pendant que sa mère et ses sœurs se reposaient un peu.

Dans un peu plus d'une heure, les bébés allaient se réveiller et réclamer à manger. Ça n'en finissait jamais.

Elle monta dans leur chambre pour y ranger du linge propre et s'arrêta un instant près de l'armoire. Elle tendit la main pour attraper une des figurines de la mère d'Anthony. Elle représentait une jeune femme en robe bleue qui faisait une révérence, un éventail à la main. Elle la retourna dans tous les sens et s'aperçut qu'il y avait un petit cachet rose sur le fond et qu'elle était percée. Elle glissa un doigt dans l'orifice et l'agita, mais rien ne sortit.

Elle regarda le visage du personnage peint à la main : des petites lèvres rubis, des cheveux dorés, des yeux bleus et des joues roses. Elle ressemblait un peu à Faith.

Olivia reposa la figurine sur l'armoire, à côté des trois autres. De là haut, elles semblaient baisser les yeux sur elle en lui souriant. Il y en avait quatre, et un jour, ses filles en recevraient chacune une : un petit bout de l'histoire de leur père. Elles représentaient toutes des jeunes filles habillées pour aller au bal. Certaines portaient un diadème, d'autres levaient les bras, elles étaient toutes légèrement différentes.

Il y avait également une cloche en plâtre que la mère d'Anthony avait faite dans un cours de poterie. Olivia la prit. De couleur argent, elle faisait environ vingt centimètres de haut et quinze de diamètre. Le battant ressemblait à un hameçon de pêche et à l'intérieur était peint un grand *M,* sans doute pour Mary, le prénom de la mère d'Anthony. Elle la reposa en prenant soin de ne pas la faire tinter. Pourquoi gardait-elle cet objet ? Il n'avait guère de valeur sentimentale pour elle.

Elle reprit son panier à linge en soupirant. Si elle se dépêchait, elle aurait le temps de descendre au sous-sol et d'examiner le contenu des cartons.

Elle entendit frapper doucement à la porte. Elle regarda sa montre. Il était un peu plus de 20 heures, il faisait presque nuit. La veille, lorsque les trois malfrats s'étaient présentés, il était à peu près la même heure. On frappa de nouveau, un peu plus fort, et elle resta immobile un instant. Elle ne savait pas qui c'était, mais si l'on continuait à frapper, les bébés allaient se réveiller, ce qu'elle voulait éviter à tout prix.

Elle regarda par la fenêtre. L'agent Kellerman traversait la rue à grande enjambées et s'avançait en direction de l'inconnu à la porte, la main sur son étui de ceinture. Une petite voiture blanche était garée le long du trottoir. Elle attendit d'entendre la voix de Kellerman et l'homme lui répondre calmement, puis elle entrebâilla la porte.

L'homme qui parlait à l'agent Kellerman, de grande taille et d'une quarantaine d'années, se tourna vers elle.

— Madame Capri ? demanda-t-il d'un ton avenant, après avoir lorgné le pansement sur sa joue.

— Est-ce que je vous connais ? demanda-t-elle.

— Je m'appelle Brad Makkho.

Au ton de sa voix, son nom aurait dû éveiller un souvenir en elle. Elle croisa le regard de l'agent Kellerman et haussa les épaules.

Pourtant, ce Brad Makkho lui paraissait vaguement familier. Sa façon de se tenir surtout. Il avait des cheveux blonds, des yeux très bleus, une fine moustache. Il était habillé simplement, mais son jean et sa chemise à carreaux étaient impeccables, et il portait des bottes en crocodile.

— Je ne pense pas que nous nous soyons déjà rencontrés, dit-elle.

— Non, bien sûr. J'avais espéré que mon frère vous aurait parlé de moi. Lui et moi, nous ne nous sommes pas revus depuis plusieurs années, mais j'ai toujours gardé espoir de pouvoir me réconcilier avec lui un jour.

— Votre frère ?

— Votre mari, madame Capri.

— Mais c'est impossible ! Les membres de la proche famille de mon mari sont tous morts.

— Non, répondit posément Brad Makkho. C'est ce qu'il vous a dit, mais c'est faux. Il y a beaucoup de choses que vous devez savoir et que je peux vous révéler. Puis-je entrer ?

8

— Je ne sais pas, dit Olivia en interrogeant du regard l'agent Kellerman.

— Mme Capri a eu des soucis ces derniers jours, intervint l'agent. Cela vous dérange-t-il si je demande à voir vos papiers d'identité ?

Brad Makkho sortit immédiatement son portefeuille.

— Non, bien sûr que non.

— Les papiers sont bien au nom de Brad Makkho, résidant à Las Vegas, dans le Nevada, déclara l'agent Kellerman, qui étudiait à la lampe torche le permis de conduire que Makkho lui avait tendu.

Il leva le faisceau de sa lampe sur le visage de ce dernier pour le comparer à la photo du document. Il plissa les yeux avec un air suspicieux et reprit :

— Si ça ne vous ennuie pas, je vais demander à ce qu'on vérifie la validité de votre permis.

— Faites, je vous en prie, s'empressa de répondre Makkho. Je sais que mon frère s'est fait assassiner. J'ai suivi l'évolution de l'enquête aux informations. A ce que je sais, le coupable n'a pas encore été arrêté ?

— Je n'ai pas le droit de vous parler de l'enquête, monsieur, repartit Kellerman. Veuillez rester ici jusqu'à mon retour.

— J'espère que vous ne prenez pas mal toutes ces

précautions, dit Olivia, tandis que Kellerman se hâtait vers sa voiture.

Elle se sentait un peu gênée et voulait se montrer sympathique. Si c'était bien le frère d'Anthony, il avait sans doute espéré recevoir un autre accueil. Hélas ! les événements récents la contraignaient à la prudence.

Brad Makkho chercha dans sa poche.

— J'ai apporté quelques photos. Je n'en ai pas beaucoup, hélas ! mais si vous souhaitez y jeter un œil…

Il les lui tendit.

Certains des clichés devaient être anciens car les couleurs étaient un peu passées. D'autres avaient des bords blancs, comme ceux d'un photographe professionnel. Sur les deux premiers, il y avait deux garçons aux cheveux blonds. Sur un autre figurait une femme qui remplissait une piscine gonflable, tandis que les deux garçons couraient autour d'elle en maillot de bain. Sur un autre encore, les deux garçons semblaient avoir environ un an de plus et se tenaient devant une maison de lotissement.

— C'est notre mère que vous voyez avec mon frère et moi. Nous avions respectivement trois et cinq ans. Celle-là, c'est ma mère qui l'a prise le jour où mon frère est entré à l'école pour la première fois.

Olivia contempla le visage du plus jeune des deux garçons. Est-ce que ses petites filles lui ressembleraient dans quelques années ? Difficile à dire.

Sur la photo suivante, Anthony devait avoir dans les dix-huit ans. Il arborait déjà un large sourire, et à cette vision, Olivia tressaillit.

— Le jour de sa remise de diplôme au lycée, dit Brad Makkho.

Olivia passa à la photo suivante, et Brad eut un petit rire.

— Là c'est lui à une fête. Il portait sa toge et sa coiffe. Il a fait Harvard, vous savez.

— Oui. Il en était très fier, d'ailleurs.

— Il avait obtenu une bourse d'études. C'était dur pour lui de ne pas appartenir au même monde que les étudiants issus de milieux aisés. Je crois que c'est pour cela qu'il a abandonné ses études.

— Comment ça ? Il est sorti diplômé !

— Est-ce ce qu'il vous a dit ?

— Oui. Un ami policier avait commencé à enquêter sur ce qu'Anthony avait vraiment fait avant que je le rencontre et que je l'épouse. Mais je lui avais demandé de cesser ses recherches et d'arrêter d'être aussi suspicieux…

Elle s'interrompit. Elle n'aurait pas dû empêcher Zac de découvrir tout ce qu'il pouvait sur son futur mari.

« Oui, mais dans ce cas tu n'aurais pas eu des quadruplées. »

Et elle n'imaginait plus vivre sans elles…

— Etes-vous en train de me dire que tout ce qu'il m'a raconté était faux ? reprit-elle.

— Nous en reparlerons dans un instant, d'accord ?

Elle regarda la dernière photo, la plus récente. Brad et Anthony se tenaient par les épaules. Ils souriaient tous deux, et avaient la même expression que lorsqu'ils étaient enfants.

— C'est ma femme qui a pris cette photo. En quittant le Texas, il s'était arrêté chez nous avant de venir ici.

— Anthony n'a jamais vécu au Texas…

— Ou plutôt il ne vous l'a jamais dit. Il faut vraiment que nous parlions, Olivia.

Des pleurs de bébé se firent entendre. Comme chaque fois, elle se sentit répondre physiquement.

— Voulez-vous bien attendre sur le banc, là-bas, que l'agent ait fait son travail et que je revienne ? Je vais prendre un pull. A tout de suite.

— Pas de problème, dit Brad, qui alla s'asseoir devant le porche. Je sais que vous venez d'avoir des quadruplées. Et si vous me permettez, laissez-moi vous dire que vous êtes resplendissante pour une femme qui vient de traverser autant d'épreuves. Je meurs d'envie de faire la connaissance de mes nièces, mais je saurai me montrer patient.

Olivia rentra et verrouilla la porte derrière elle. Elle entendait les voix de sa mère et de Tabitha, et passa la tête pour voir comment elles s'en sortaient.

— Pouvez-vous vous passer de moi un moment ? Vous ne devinerez jamais qui est à la porte.

— Les trois hommes d'hier soir ! s'exclama la mère d'Olivia, paniquée.

Ce qui eut pour effet de faire pleurer de plus belle Juliet, qu'elle tenait dans les bras.

— Je ne t'annoncerais pas ça comme ça, maman.

Elle lui prit la fillette des mains et la berça jusqu'à ce qu'elle se calme.

— En fait, c'est le frère d'Anthony qui est là. Un dénommé Brad Makkho.

— Mais Anthony n'avait pas de famille…

— Eh bien en fait, il semblerait qu'il avait un frère. Si vous pouvez vous occuper de donner à manger aux filles, je vais redescendre lui parler.

— Bien sûr. Tabitha, va réveiller Mégan. A nous trois, nous nous débrouillerons très bien. Qui plus est, les bénévoles du club de bowling doivent passer nous aider plus tard dans la soirée… As-tu eu des nouvelles de Zac ? J'aimerais savoir comment va Faith.

— Non, il ne m'a pas appelée. Je prends le téléphone avec moi, et s'il appelle, je te le dirai.

Sa mère s'installa dans le fauteuil et tendit les bras.

— Laisse-moi reprendre ce petit ange.

Olivia s'exécuta à contrecœur et prit un pull au passage. Lorsqu'elle ressortit, l'agent Kellerman était de retour.

— Tout est en ordre, dit-il en rendant son portefeuille à Brad Makkho. Merci pour votre coopération.

— De rien, répondit Makkho.

Olivia s'assit en face de lui, sur le rebord de la jardinière, tandis que l'agent Kellerman regagnait sa voiture.

— J'espère que ça ne vous ennuie pas si nous restons dehors, monsieur Makkho. Ma famille est en train de donner à manger aux filles. A l'intérieur, nous ne serions pas au calme.

— Appelez-moi Brad, je vous en prie.

Il la dévisagea.

— Est-ce que votre blessure a un rapport avec la mort de mon frère ?

— Oui, indirectement.

— J'en suis sincèrement désolé. Croyez bien que je ne vous en veux nullement d'être prudente, Olivia, bien au contraire. Mais je dois admettre que je serais très touché si vous me laissiez voir vos petites filles de mes propres yeux. Il y a quelques jours, à la télévision, je les ai à peine aperçues quelques secondes. Vous comprenez, ce sont mes nièces, les seules que j'aie et que j'aurai jamais. J'ai encore du mal à me dire que Danny est mort.

— Danny ?

— C'était le vrai nom de votre mari. Danny Makkho, et non Anthony Capri.

Olivia soupira longuement.

— Je ne sais pas si j'ai vraiment envie de connaître la vérité. Il m'a raconté tellement de mensonges.

— Oui, Danny était comme ça. Cela dit, je dois avouer qu'en voyant l'autre soir, à la télévision, votre mère brandir une photo de mon frère en disant qu'il s'appelait Anthony Capri, j'ai été abasourdi…

Olivia se passa la main sur le front.

— Laissez-moi remettre les choses dans l'ordre : le véritable nom de mon mari était Danny Makkho. Vous, vous êtes son frère, et vous n'êtes donc pas mort, comme Anthony, ou plutôt Danny, le prétendait. Et vos parents ?

— Notre père est mort lorsque Danny et moi étions encore enfants. Ma mère est encore vivante, mais elle souffre de la maladie d'Alzheimer. Elle est dans un foyer spécialisé. Elle ne me reconnaît même plus.

— Mais elle est vivante.

— Oui.

— Je possède des figurines qui, selon mon mari, lui avaient été léguées par sa mère.

— Des figurines ?

— Oui, des figurines anciennes en porcelaine qui représentent des jeunes femmes en robe du soir.

— Ah oui, les poupées de maman. Je me demandais ce qu'elles étaient devenues. Je suis heureux d'apprendre que c'est vous qui les avez.

— C'est tout ce que j'ai qui vienne de mon mari et que je pourrai transmettre à mes filles.

— Je comprends, dit Brad en souriant. C'est bien que vous les gardiez. Maman n'en aurait pas l'usage, étant donné qu'elle a perdu la tête.

— J'ai également sa bague de vainqueur du Super Bowl. Si vous la voulez…

— Il l'avait achetée dans un magasin de seconde main à Las Vegas. Vous a-t-il également raconté qu'il avait été pilote de course ?

Olivia soupira.

— Ça, apparemment, il l'a raconté à d'autres. Tout est faux, évidemment ?

— Oui. Danny était un affabulateur. Il était très doué pour cela, il faut bien le reconnaître, mais ça ne change rien à la réalité.

Brad posa les mains sur ses genoux et regarda ses chaussures avant de continuer.

— Je vais être parfaitement honnête avec vous, Olivia, car vous méritez de tout savoir. J'ai passé la majeure partie de ma vie à réparer les forfaits de mon frère. Il mentait sans cesse, changeait d'identité comme de chemise. Il avait toujours des ennuis. Puis il s'en sortait, replongeait, et ainsi de suite. Il a passé deux ans en prison pour fraude. Lorsqu'il est revenu à Las Vegas, il y a deux ans, il m'a juré qu'il en avait terminé avec cette vie, et je l'ai cru. Il savait vous dire ce que vous souhaitiez entendre.

— Je sais, dit Olivia, qui s'étonnait de constater à quel point elle se sentait détachée d'Anthony, si peu de temps après l'avoir perdu.

C'était comme si, à chaque nouvelle révélation, elle s'éloignait un peu plus. Aujourd'hui, il ne restait plus rien. Elle s'en voulait de s'être autant laissé abuser par cet homme. Pourtant, elle avait devant elle quelqu'un qui l'avait connu depuis sa naissance, et il s'était laissé abuser de la même façon.

— Peut-être entendons-nous et voyons-nous seulement ce que nous voulons, reprit-elle, dépitée.

— Peut-être, oui.

— Après son départ de Las Vegas, que s'est-il passé ?

— Nous ne l'avons plus revu. Il nous a appelés quelques fois, c'est tout. Et puis, un jour, nous avons reçu la visite d'une femme qui disait très bien connaître Danny et qui le cherchait. Ses recherches l'avaient menée jusque chez nous.

— Qui était-ce ?

Il regarda Olivia droit dans les yeux et inspira profondément.

— Sa femme.

Le temps parut se figer, comme si les mots qu'il venait de prononcer flottaient dans l'air entre eux.

— Elle avait des documents officiels, un certificat de mariage, des photos…

Olivia leva la main pour lui demander de ne pas en dire plus. Elle avait le cœur battant et respirait difficilement.

— Avez-vous appelé votre frère pour le prévenir de cette visite ? s'enquit-elle après un temps.

— Oui, bien sûr. Il m'a raconté qu'elle était folle et inventait n'importe quoi. Je lui ai dit que je ne le croyais pas, et il m'a répondu qu'il allait s'en occuper. Sa femme — elle s'appelle Lindy — tâchait de le retrouver parce qu'il avait vidé son compte en banque et volé des investisseurs à qui il avait fait croire qu'il était éleveur de bétail. Elle voulait qu'il la rembourse. Quelque temps après sa visite, elle m'a rappelé pour m'expliquer que le détective privé qu'elle avait engagé ne parvenait pas à le localiser. Il avait tout bonnement disparu.

— Cette Lindy a-t-elle fini par divorcer de lui ?

— Non.

— Donc, légalement, elle est toujours mariée avec lui. Du moins l'était-elle jusqu'à sa mort.

Il eut une grimace.

— Oui, j'en ai peur.

— Alors ça signifie qu'aux yeux de la loi, je n'ai jamais été mariée avec votre frère ?

— En effet.

Elle eut un petit rire nerveux.

— Olivia ?

Elle fit un geste pour lui signifier de ne pas s'inquiéter pour elle. Elle avait beau tenter de paraître scandalisée, cette révélation lui donnait envie de rire.

— Je comprends que vous soyez perturbée par…

La situation était tellement absurde ! Lorsqu'elle surprit l'expression incrédule de Brad Makkho, elle rit encore plus fort. Des larmes coulaient sur ses joues. Mais c'était des larmes de soulagement, et non de rage.

La porte d'entrée de la maison s'ouvrit brusquement. Sa mère et sa sœur apparurent, chacune avec un bébé dans les bras. Elles contemplaient Olivia, bouche bée. Cette dernière essaya de se contenir, mais cette apparition déclencha une nouvelle crise de rire. Elle avait vu l'agent Kellerman sortir de voiture et s'approcher de la maison, la main sur son arme. Il ne manquait plus que les trois malfrats, les frères Robinson et le type qui l'avait menacée à la boutique, et le tableau aurait été complet.

Mais soudain, elle pensa à Faith, et son rire s'étrangla dans sa gorge. Elle eut un haut-le-cœur et eut juste le temps d'atteindre la salle de bains.

*
* *

Un vent vif et glacial s'était levé au cours de cette interminable journée, que Zac avait passée dans la salle d'attente de l'hôpital. Faith était sortie du bloc opératoire. Son père était avec elle dans le service de soins intensifs. Il refusait de partir.

Zac n'avait pas envie de le laisser seul, mais il avait plus que tout besoin de dormir s'il voulait avoir les idées claires le lendemain matin. Il voulait également passer voir Olivia.

Il lui fallait la voir et lui dire que Faith avait survécu à l'opération. Il désirait partager son soulagement avec elle. Si, le lendemain, les médecins lui annonçaient que Faith allait s'en sortir, il lui faudrait aller à Seattle, assister au procès et rencontrer Dave. Mais d'abord, il voulait voir Olivia.

Il arriva devant chez elle un peu après 21 heures. Toutes les pièces étaient éclairées. La maison vivait au rythme des besoins et caprices des quatre petites diablesses aux joues roses, qui n'avaient que faire du cours normal d'une journée. Il repensa avec émotion au moment où, ce matin, il avait tenu une des fillettes dans ses bras. Laquelle était-ce, déjà ? Ah oui, Antoinette. Jamais il ne s'était considéré comme un adorateur de bébés, mais ces quatre fillettes l'attendrissaient au plus profond de lui-même.

Peut-être était-ce parce que leur mère comptait beaucoup pour lui, ou bien parce qu'elles n'avaient plus de père. Ou alors il changeait, il devenait plus tendre.

Il se gara derrière la voiture de police banalisée. Kellerman sortit pour l'acueillir, et tous deux se tinrent un instant au milieu de la rue, les yeux sur la maison.

— Elle a de la visite, déclara Kellerman.

— Qu'entendez-vous par de la visite ? La moitié de la ville défile ici jour et nuit.

— Le frère de la victime est avec elle.

— Le frère de la vic… Anthony Capri ? Il n'avait plus de famille…

— Eh bien, cet homme prétend être son frère. J'ai vérifié son identité. Il s'appelle Brad Makkho. Il est de Las Vegas. Quarante-deux ans, marié…

— Qu'appelez-vous vérifier son identtité ? le coupa Zac.

— J'ai transmis le numérc de son permis de conduire aux sommiers, et il est bien l'homme qu'il prétend être.

— Ce n'est pas pour autant qu'il a effectivement un lien de parenté avec Anthony.

— Mais il avait des photos et…

— Où est-il maintenant ?

— A l'intérieur.

Zac fonça aussitôt vers l'entrée. Son inquiétude croissait à chaque foulée. Il poussa la porte, qui s'ouvrit sans résistance. Apparemment, le système d'alarme n'était pas aussi efficace qu'il aurait dû l'être, et il eut un juron silencieux.

Il déboula dans le salon. Olivia était assise sur le canapé à côté de l'homme qui devait être le dénommé Brad Makkho. Le regard de la jeune femme avait perdu tout éclat, et le pansement sur sa joue, qui n'avait pas été remplacé, était en piteux état. Sa mère et ses sœurs étaient rassemblées autour d'eux, et toutes avaient un bébé dans les bras. Lorsqu'il fit son apparition, tous les visages se tournèrent vers lui, et Olivia se mit immédiatement debout.

— Est-ce que Faith… ? Est-elle… ?

— Elle a survécu à l'intervention, dit-il sans quitter Makkho des yeux.

Zac lui tendit la main.

— Nous n'avons pas encore été présentés.

Brad se leva et lui serra la main.

— Je suppose que vous êtes l'ami d'Olivia. Je suis désolé pour l'accident de votre sœur.

Zac le remercia d'un petit signe de tête et serra les dents. Ce qui était arrivé à Faith était tout sauf un accident. Il se retourna vers Olivia.

— Les médecins sont optimistes mais préfèrent rester prudents. Elle n'a pas encore repris connaissance.

— Et comment va ton père ?

— Il est toujours auprès d'elle. Pouvons-nous parler un moment, Olivia ?

— Bien sûr.

— Allons dans la cuisine. Un verre d'eau ne me ferait pas de mal.

— D'accord.

Elle se tourna vers Brad.

— Je reviens dans un instant.

— Je crois que je vais rentrer à l'hôtel et revenir demain.

— En fait, j'espérais que vous auriez le temps de jeter un œil aux affaires de votre frère avec moi. Et je crois que vous vouliez voir les figurines de votre mère…

— A vrai dire, je suis assez fatigué. Aujourd'hui, j'ai fait la route depuis Roseberg, dans l'Oregon. Cela vous ennuie-t-il si je reviens demain matin ? Je serais vraiment heureux de revoir les bébés avant de partir. Et si je ne prends pas quelques photos, ma femme va me tuer.

— Bien, si c'est ce que vous voulez, je n'y vois pas d'inconvénient.

Brad Makkho dit au revoir. Après son départ, Zac insista pour verrouiller la porte et mettre le système d'alarme en marche. Puis il se rendit dans la cuisine où il trouva Olivia occupée à mettre des glaçons dans un verre. Il faisait sombre dans la pièce, seul le néon au-dessus du plan de travail était allumé.

Pendant quelques instants, il se délecta du spectacle des cheveux soyeux d'Olivia qui tombaient sur ses épaules et de ses formes qui remplissaient son jean à la perfection. Elle avait toujours été sportive et mince de hanches. En ce moment, elle semblait un peu plus généreuse. Mais elle lui plaisait tout autant.

— Je sais ce que tu vas dire, déclara-t-elle en se retournant pour lui faire face.

Il se sentit confus. Avait-elle perçu qu'il la dévorait des yeux ? Il prit le verre d'eau qu'elle lui tendait pour se donner une contenance.

— Vraiment ?

— Brad Makkho était à l'intérieur de la maison car je ne me suis pas sentie bien.

Il faillit s'étouffer avec un glaçon. Ce n'est pas ce qu'il s'était attendu à ce qu'elle dise.

— Comment ça, pas sentie bien ?

— Il m'a fait pas mal de révélations au sujet de son frère. Des révélations terribles.

— Bon, tu savais déjà qu'Anthony…

— Il ne s'appelait pas Anthony, mais Danny. Il a fait de la prison pour fraude, il a volé des gens, il n'a jamais été sportif de haut niveau, ni pilote, ni rien de tout cela. Brad m'a expliqué qu'il avait changé plusieurs fois d'identité, qu'il allait d'arnaque en arnaque.

— Pourtant, j'ai contacté Harvard et…

— Tu n'as pas donné le bon nom. Mais ce n'est pas le pire.

— Quoi, il y a pire encore ?

— Danny Makkho était déjà marié. A une certaine Lindy. Ce qui signifie que c'est elle sa véritable veuve, pas moi. Je n'ai jamais été légalement mariée avec Danny Makkho, et encore moins avec Anthony Capri.

Zac reposa brusquement son verre sur le plan de travail.

— Donc, la liste des gens qu'il a arnaqués et qui lui en voulaient est sans doute beaucoup plus longue que nous ne l'imaginions. Nous n'avons plus quatre ou cinq suspects de meurtre, mais peut-être plusieurs dizaines. Il faudra que je parle à ce Brad Makkho avant qu'il reparte, et que je transmette ces nouvelles informations à la police de Seattle. Mais soyons prudents, et vérifions également que Makkho ne nous mène pas en bateau.

Zac ne voulait même pas penser à l'éventualité que, le lendemain, si Faith ne survivait pas, tous ces soucis passeraient au second plan, du moins pour un moment.

Il soupira longuement et ajouta :

— J'imagine qu'apprendre que ton soi-disant mari était déjà marié, c'est ce qui t'a rendue malade ?

— Oui. Enfin, en fait, ça m'a fait éclater de rire.

— De rire ?

— Oui. Je ne pouvais plus m'arrêter. Les nerfs, sans doute. Et puis, soudain, j'ai repensé à ce qui était arrivé à Faith, et mon estomac s'est retourné. Ce n'était pas beau à voir.

Elle s'approcha de lui.

— Ça me ferait du bien si tu me serrais dans tes bras.

Il ouvrit les bras et la pressa contre lui. Elle passa les mains autour de sa taille et posa la tête sur son épaule.

— Les médecins sont-ils vraiment sûrs que Faith va s'en sortir ?

— Ils n'ont fait aucune promesse, mais l'opération s'est bien passée, et ils ont dit qu'elle avait eu de la chance. Elle a plusieurs fractures, elle est couverte d'hématomes des pieds à la tête et elle est inconsciente, donc, moi, je n'appelle pas ça de la chance. Papa est à ses côtés. Il refuse de rentrer dormir chez lui. Comme toutes les infirmières le connaissent depuis qu'il a subi une intervention cardiaque l'an dernier, elles sont aux petits soins pour lui.

Elle leva un peu la tête pour le regarder. Ses lèvres étaient tout près des siennes.

— C'est pendant que j'étais dans la salle de bains que maman a invité Brad Makkho à entrer. Il lui a montré les photos qu'il avait apportées. Quand je suis revenue, tous deux discutaient comme s'ils étaient de vieux amis, et l'agent Kellerman était installé dans un fauteuil avec un bébé dans les bras. Nous sous sommes un peu détendus.

— Je suppose que Makkho a vu à la télé ta conférence de presse…

— Oui, c'est comme ça qu'il a reconnu son frère.

— Décris-moi les photos, dit-il, en regrettant qu'ils ne fassent pas autre chose que parler.

Elle était là, tout près de lui, il avait envie de l'embrasser passionnément, et il n'osait pas. Un désir intense le dévorait. A tel point que, seconde après seconde, il avait de plus en plus de mal à rester concentré sur leur discussion.

Il l'écouta lui parler des photos.

— Ouais, dit-il lorsqu'elle eut terminé. On dirait bien que tu as un beau-frère, si on peut l'appeler comme ça.

— Comme si j'avais besoin de ça en ce moment. Oh ! c'est un brave type ! Je compte lui demander de passer en revue les affaires d'Anthony demain matin, avant l'arrivée de l'expert. Peut-être pourra-t-il nous apprendre quelque chose que nous ignorons. Il m'a déjà appris que son frère avait acheté sa bague de vainqueur du Super Bowl dans un magasin de seconde main.

Zac résista à l'envie d'ironiser. Dès le départ, il avait senti qu'Anthony n'était pas clair. S'il n'avait pas craint que ce soit la jalousie qui le rende paranoïaque, il aurait continué d'enquêter sur lui, au risque de s'attirer la colère d'Olivia.

— Je vais dire à Kellerman qu'il peut rentrer chez lui. Je passerai la nuit ici, sur le canapé. Le type qui t'a menacée à la boutique court toujours, tout comme les trois malfrats. Ça m'ennuie qu'on n'ait pas retrouvé trace d'eux. Je ne crois pas qu'ils soient du genre à abandonner aussi facilement.

— Peut-être les flics de Seattle les ont-ils identifiés ?

— Dans ce cas, j'en saurai plus demain.

— Peut-être sont-ils également responsables de ce qui est arrivé à Faith.

— J'ai demandé à un de mes hommes de monter la garde devant l'hôpital ce soir. Donc, papa et elle sont couverts.

— Il ne doit plus y avoir grand monde au poste.

Tous deux se turent. Il s'attendait à tout moment qu'elle sorte de son étreinte. Au contraire, elle se serra davantage encore contre lui. La sentir si proche le mettait au supplice. Si, par miracle, elle lui demandait de lui faire l'amour là, maintenant, il ne parviendrait même pas à contenir son désir. Il ferait un bien piètre amant.

Alors, il faudrait qu'ils recommencent. Encore et encore.

— A quoi penses-tu ? lui demanda-t-elle doucement.

— Mieux vaut que tu ne le saches pas.

— Moi, je pensais au baiser que nous avons échangé hier soir.

Il baissa les yeux et croisa son regard.

— Pourquoi t'es-tu excusée de m'avoir demandé de t'embrasser ?

Un sourire irrésistible se forma sur ses lèvres. Il sentait toutes les courbes de son corps contre lui, ses seins, sa taille. Il avait envie d'embrasser chaque partie de son corps, lentement, une par une.

— Le baiser d'hier soir était mieux que celui que tu m'as donné quand j'avais dix-sept ans.

— Et ça même si tu étais à moitié endormie ?

— J'avais parfaitement conscience de ce qui se passait. Je n'aurais pas dû abuser de ta gentillesse. C'est pour cela que je me suis excusée.

Un instant, il resta interdit. Sa *gentillesse* ?

— Tu crois que c'est pour ça que je l'ai fait, finit-il par marmonner, par… gentillesse ?

— Eh bien, oui.

Jamais le mot *gentillesse* ne lui avait paru aussi péjoratif, même s'il savait que telle n'avait pas été son intention. Pour lui, c'était une négation pure et simple de ses sentiments. Une négation de tout ce qu'il avait espéré voir naître entre eux.

— Sinon, pourquoi l'aurais-tu fait ? reprit-elle.

Abasourdi qu'elle ne comprenne pas, il répéta :

— Pourquoi l'aurais-je fait ?

— Oh ! je t'en prie, Zac, dis-moi ce que tu as sur le cœur ! Je sais que tu ne veux pas me blesser, mais je ne suis plus une adolescente nubile de dix-sept ans. J'ai eu quatre bébés, mon corps en porte les stigmates, j'ai fait des choix terribles qui ont fait du mal à des gens que nous aimons tous deux. Je pleure pour un rien et je pique des crises de fou rire lorsque c'est totalement déplacé…

— Mais vas-tu te taire, l'interrompit-il.

Elle se passa la langue sur les lèvres. Elle semblait surprise de sa réaction. Elle reprit :

— Ecoute, je cherchais simplement à t'expliquer que je comprenais ta gentillesse à mon…

— Laisse-moi te montrer à quel point je suis gentil ! rugit-il.

Conscient qu'enfin il se jetait à l'eau et jouait quitte ou double, il prit son visage entre ses mains. Gentil ? C'est ce qu'elle allait voir.

Sa langue écarta ses lèvres et vint se mêler à la sienne. Il passa les mains dans ses cheveux puis les laissa glisser le long de son corps, sur ses seins, la serra encore plus fort contre lui pour qu'elle sente le désir qui l'animait. Un moment, il eut peur de lui faire mal, l'instant d'après il n'y pensa plus. Il était persuadé que le désir allait finir par consumer leurs vêtements et qu'ils allaient se retrouver tous deux nus, peau contre peau. Et ça lui allait très bien.

Que ferait-elle s'il se mettait à la déshabiller, l'asseyait sur le plan de travail et la prenait là, comme ça ?

Gentil ? Comment osait-elle « l'accuser » de gentillesse alors que, quand il l'avait embrassée, il avait dû convoquer toutes ses forces pour ne pas aller plus loin ?

Elle finit par se libérer de son étreinte, les yeux

vagues, et porta la main à ses lèvres, comme si elle voulait s'assurer qu'elles étaient encore à leur place. Puis elle revint contre lui, l'encerclant de ses bras, le visage contre son buste.

Il soupira et la serra dans ses bras.

— Bon sang, je suis désolé, Olivia.

— Non, ce n'est pas toi, c'est moi. Je ne sais pas ce que je veux.

Ils restèrent un long moment sans rien dire ni bouger. Il espérait qu'un des membres de sa famille n'allait pas choisir ce moment pour faire irruption dans la cuisine… Il ferma les yeux.

— Tout se passe tellement vite que je n'arrive plus à suivre, chuchota-t-elle alors. Il y a une semaine encore, j'étais une femme mariée, et si on m'avait demandé si j'aimais mon mari, j'aurais répondu oui sans hésiter. Et maintenant je me raccroche à toi alors que tu as une enquête pour meurtre à mener, que Faith est entre la vie et la mort, et que tu dois faire face aux exigences de ton nouveau travail, qui t'épuisent. Je mets une pression énorme sur toi et tes hommes, mais je ne sais pas comment agir autrement, car j'ai tellement peur. Tellement peur. Et à cause de cette peur, je n'ai plus confiance dans mes sentiments.

Elle se redressa et lui jeta un regard timide.

— Est-ce que tu comprends ?

Il acquiesça. Le moment était mal choisi pour lui avouer ce qu'il ressentait pour elle ; elle avait besoin d'un contexte plus serein. Mais désormais, il ne pouvait plus reculer. Il était amoureux d'elle et elle ne pouvait plus l'ignorer.

Elle sécha ses larmes d'une main tremblante et marcha

jusqu'au dévidoir à serviettes en papier pour en prendre une.

— Peut-être que ce sont seulement les circonstances qui nous attirent l'un vers l'autre, reprit-elle. Tu comprends, nous nous connaissons depuis toujours, nous sommes amis, mais nous ne sommes jamais sortis ensemble, nous avons eu tous deux des mariages malheureux.

— Et tu penses que lorsque tout sera terminé, tout redeviendra comme avant, et que nous reprendrons nos distances l'un par rapport à l'autre ?

Elle opina.

— En ce moment, tu es en mode protection, tu fais le maximum pour me rassurer. Et moi, involontairement, je t'envoie toutes sortes de messages difficiles à interpréter.

— Olivia, ça suffit.

Il la fixa, baissa les yeux un instant puis releva la tête.

— Je suis amou…

— Non, ne le dis pas, l'interrompit-elle en levant la main. Si tu le disais, je ne pourrais pas le supporter.

— Pourquoi ?

— Parce que ça ne veut rien dire.

— De quoi parles-tu ?

— J'ai déjà entendu ces mots avant, dit-elle doucement, et pourtant ils ne voulaient absolument rien dire.

— Es-tu en train de me comparer au menteur que tu as cru épouser ?

Elle croisa son regard et baissa les yeux.

— La différence, poursuivit-il, c'est que ton pitoyable ex-mari t'a dit cela pour obtenir ce qu'il désirait. Ce n'était qu'un de ses tours pendables. Franchement, si tu n'es pas capable de faire la différence entre lui et moi, c'est grave.

Il soupira et regretta immédiatement ce qu'il venait de dire. C'était comme s'il venait de la frapper alors qu'elle était à terre.

— Oublions ce qui s'est passé, acheva-t-il. Disons que, ce soir, je me suis laissé emporter.

Le soulagement qu'il lut sur son visage lui brisa le cœur en mille morceaux.

— D'accord, murmura-t-elle.

Au moins, il savait à quoi s'en tenir. Elle ne l'aimait pas. L'amour était même pour elle un sentiment dont il fallait se méfier. Il était temps pour lui de partir.

— Amis ? ajouta-t-elle.

Il avait envie de répondre non. Il ne voulait pas être son ami. Il ressentait des émotions trop fortes pour s'en contenter. Mais il ne pouvait pas lui faire de mal. Il ne pouvait pas ajouter du chagrin à sa culpabilité. Lui-même ne savait plus très bien où il en était.

Des pleurs de bébé se firent entendre. Olivia tourna la tête vers la porte, inquiète. Elle se frotta les yeux pour qu'on ne voie pas qu'elle avait pleuré.

— Prends ton temps, dit-il. Ne t'inquiète pas, ta mère et tes sœurs ont la situation en main.

Sans attendre de réponse, il sortit pour se rendre dans le salon. La double porte battante se referma derrière lui avec un bruit de soupir, comme si elle lui disait adieu.

9

Dans son sommeil, Olivia rêva que Zac tombait du haut d'une falaise en criant son nom. Derrière elle, une fanfare produisait une cacophonie de plus en plus forte…

Elle se réveilla en sursaut et reconnut, mêlés, le son de l'alarme incendie, le bruit de la nouvelle alarme anti-effraction et les cris des bébés.

Elle bondit hors de son lit et sortit dans le couloir. Elle se retrouva nez à nez avec sa mère et ses sœurs, qui semblaient aussi perdues qu'elle. Soudain, Zac émergea de la nursery, un bébé sur chaque bras.

— Vite, prenez chacune un bébé et emportez des couvertures. Il fait froid dehors. Dépêchez-vous, il y a de la fumée qui passe sous la porte de la cuisine. Eloignez-vous de la maison. Si jamais le feu atteignait les bonbonnes d'oxygène, elles pourraient exploser. Allez, faites vite.

Megan et Tabitha prirent les bébés que Zac tenait et se dirigèrent vers la porte tandis que Sandy et Juliet allaient chercher les deux derniers. Zac prit Olivia par le bras.

— Fais sortir tout le monde. Moi je pars à la recherche de celui qui a déclenché l'alarme.

Il avait juste eu le temps d'enfiler son jean, et rien d'autre. Dans la pénombre, son torse nu était luisant. Il émanait de son corps musclé une impression de force, et ses yeux brillaient de détermination. Olivia le contempla brièvement et se sentit immédiatement rassurée et confiante. Elle se rendit compte qu'elle était pieds nus et portait une simple nuisette.

Le regard de Zac se posa sur elle, tellement intense que lorsqu'il releva les yeux, elle se sentit nue.

— Dépêche-toi, répéta-t-il, en prenant son arme posée sur la table.

Il franchit la porte et disparut dans la nuit. Un bruit de sirènes se rapprochait. Olivia prit Brianna des bras de sa mère, rejoignit ses sœurs devant la maison et vérifia que tout le monde était bien là.

Elle se retourna, s'attendant à voir des flammes s'élever vers le ciel. Seules des volutes de fumées montaient de l'arrière de la maison. Des voisins en vêtements de nuit commençaient à sortir de chez eux. Elle fureta autour d'elle mais ne vit pas Zac. Elle entendit appeler son nom, sans savoir d'où venait la voix à cause des pleurs de Brianna. Ce devait être Zac.

— Chut, doucement, mon bébé, doucement ma chérie, dit-elle d'une voix apaisante. Viens, allons voir grand-mère.

Des camions de pompiers arrivaient, et elle trouva sa mère et ses sœurs rassemblées au centre d'un cercle formé par des voisins qui leur proposaient d'emmener les bébés chez eux pour qu'ils soient au chaud. Olivia demanda à sa mère de prendre Brianna après lui avoir déposé un baiser sur le front.

— Il faut que je rejoigne Zac. Il m'a appelée.

— Tenez, prenez mon pull, lui dit une voisine.

Elle accepta le pull noir qu'on lui tendait et le passa sur sa nuisette.

La mère d'Olivia leva la tête.

— Ô mon Dieu, ta maison !

— Peu importe. Ce qui compte, c'est que nous soyons toutes saines et sauves. Veille sur mes filles, maman. Je reviens tout de suite.

Elles les embrassa tous très vite avant que la petite troupe traverse la rue pour emmener les enfants à l'abri et au chaud.

Les pompiers déroulaient les lances à incendie et se criaient des consignes. Les alarmes continuaient à hurler à plein volume.

Elle fit le tour de la maison et aperçut Zac tout au fond de la cour. Il était accroupi et observait quelque chose par terre. La fumée la fit tousser, et elle se demanda ce qu'il pouvait bien regarder. Elle avança aussi vite qu'elle put malgré ses pieds nus et les cailloux du sol.

Elle appréhendait de se retrouver face à Zac. Malgré l'urgence de la situation, elle repensait à ce qui s'était passé entre eux dans la cuisine. Au fond, elle savait qu'elle avait voulu que ça arrive. Et lorsque ça s'était produit, elle l'avait repoussé.

Elle l'avait alors senti se refermer sur lui-même, et elle ne pouvait pas lui en vouloir.

Cette fois-ci, ce baiser n'avait pas été doux et romantique. Il avait été passionné, intense, presque brutal, et les avait tous deux transportés ailleurs.

Jamais on ne l'avait embrassée avec autant de fougue. Autant de désir. Au point qu'elle avait eu peur. Ou plutôt, ce baiser l'avait libérée, mais c'est le sentiment qu'elle avait senti naître en elle qui lui avait fait peur. Son attirance pour Zac, son désir pour lui lui avaient semblé déplacés…

Et voilà maintenant que surgissait un nouveau problème. La maison était en feu.

Lorsqu'elle posa le regard sur Zac, penché en avant,

c'est un feu d'une tout autre nature qu'elle sentit s'attiser entre ses cuisses. Elle chassa cette sensation et hâta le pas, longeant la haie de rhododendrons pour ne pas marcher dans les cailloux. Soudain, quelque chose bougea dans les buissons. Elle se figea. Y avait-il quelqu'un caché là ou bien était-ce un animal ? C'était improbable qu'un animal s'aventure si près…

Elle vit alors Zac se relever et regarder dans la direction opposée. Il n'avait pas conscience qu'elle s'approchait de lui. Elle portait un pull noir et marchait dans l'obscurité. Elle regrettait de ne pas être plus courageuse, de ne pas avoir fait de meilleurs choix dans sa vie, de l'avoir blessé…

Elle comprit que quelque chose avait attiré son attention. Il s'éloignait. Les alarmes de la maison s'arrêtèrent enfin.

Tout près d'elle, elle entendit le craquement d'une brindille, puis plus rien.

Il y avait bien quelqu'un dans les buissons.

Sans réfléchir, elle appela Zac, le plus fort possible.

Aussitôt, les buissons se mirent à craquer et elle perçut un grognement, comme si l'homme qui s'y dissimulait tentait de se frayer un chemin pour passer chez le voisin. Elle savait qu'un peu plus loin, la haie était moins dense. Elle s'avança sans se soucier des épines qui lui égratignaient les pieds, et eut juste le temps d'apercevoir un homme en veste marine franchir la palissade. Il tenait un objet sombre à la main.

Elle entendit des bruits de pas derrière elle et fit volte-face. Zac s'avançait vers elle.

— Par là ! cria-t-elle en tendant le bras. C'est l'homme qui m'a menacée à la boutique. Je crois qu'il est armé.

Elle vit le regard de Zac briller.

— J'ai découvert Grant Robinson inconscient derrière le garage. Va chercher de l'aide.

Sur ce, il s'enfonça dans les buissons pour se lancer à la poursuite de l'intrus, son arme à la main.

Grant gisait derrière le garage ? Elle ne comprenait rien à ce que cela signifiait.

Elle devait retourner auprès de ses enfants. Elle n'était pas sûre de comprendre ce qui se passait, mais elle les avait laissés pour venir ici. Etait-ce un piège ?

Elle sortit des buissons et retourna sur ses pas, pour tomber face à face avec deux pompiers.

— Mes filles…

— Elles sont à l'abri chez vos voisins. Elles vont bien.

— Grant Robinson est étendu là-bas, inconscient. Il faut s'ocuper de lui.

— J'y vais, dit un des deux pompiers.

Soudain, un coup de feu retentit, rapidement suivi d'un deuxième. Une nouvelle fois, Olivia se figea. Elle se mit à trembler, et le pompier resté près d'elle lui passa un bras autour des épaules pour la réconforter. Elle se retourna, espérant apercevoir Zac. Elle avait envie d'aller voir s'il allait bien, elle avait peur que ces tirs soient dirigés contre lui. Cependant, elle devait d'abord aller voir ses bébés.

— Venez, madame, dit le pompier. Ne vous inquiétez pas, le shérif va coincer ce type.

Si ce type ne l'avait pas tué avant.

Le premier tir vint se ficher dans une poubelle à sa gauche. Le second fit voler un caillou tout près de ses pieds. Afin de ne pas constituer une cible facile, Zac progressait en zigzaguant. Mais il y avait une veilleuse de sécurité devant chaque garage, c'était la pleine lune, et l'homme qu'il poursuivait s'était caché derrière un garage, à quelques maisons en contrebas. Une nouvelle balle frappa la palissade qu'il allait franchir. Il se jeta derrière un tas de bois et se recroquevilla pour être sûr de ne pas être visible.

Il n'avait pas sa radio, mais il était certain que ses hommes étaient en route. Ce qui signifiait que Dilly, Hoopes et les autres allaient bientôt rappliquer.

Le type qui lui tirait dessus était apparemment celui qui avait menacé Olivia à la station-service. C'était peut-être également lui qui avait renversé sa sœur. Il voulait le capturer lui-même.

L'homme tira de nouveau, un peu au hasard. Zac, en revanche, parvint à déterminer d'où provenait ce tir. Le bruit des coups de feu faisait japper les chiens du quartier.

Zac glissa son arme dans sa ceinture. S'il parvenait à monter sur le tas de bois derrière lequel il se cachait, il pourrait accéder au toit du bâtiment. Il commença par s'assurer que la pile de bûches était solide. Puis il inspira longuement, monta sur le tas de bois et sauta. Ses mains accrochèrent la gouttière et il dut se hisser à la force des bras sur le toit. Les chiens aboyèrent férocement, et l'homme tira une nouvelle fois au jugé, révélant nettement sa position, cette fois.

Zac sourit.

— Merci, chuchota-t-il pour lui-même en se redressant.

L'homme ne pouvait maintenant plus le voir, à moins de sortir complètement à découvert.

Zac avait de la chance. Trois garages étaient en enfilade.

Il pourrait sauter de l'un à l'autre. Il prit de nouveau sa respiration et se mit à courir, espérant que les autres toits soient aussi solides que celui sur lequel il était.

Les chiens perçurent qu'il courait sur la toiture et aboyèrent frénétiquement. Zac vit de la lumière s'allumer dans quelques maisons alentour. Il devait faire vite. Il bondit du premier toit, glissa un peu à la réception, mais se rétablit et repartit aussitôt. Il bondit sur le troisième toit, plus raide, mais parvint à se stabiliser.

Avait-il fait beaucoup de bruit ? L'homme en bas l'avait-il repéré ? Allait-il tenter une sortie pour lui tirer dessus ?

Zac resta recroquevillé dans l'ombre pour reprendre son souffle. Puis, lentement, il se redressa pour observer les lieux.

Une très haute palissade sur trois côtés et le mur du bâtiment sur lequel il était ceignaient une petite cour. En fait, ce n'était même pas une cour ; juste un petit enclos annexe qui servait de garage à moto.

L'homme s'était piégé tout seul. Il avait franchi la palissade et sauté en bas, et désormais, il ne pouvait plus remonter sans devoir lâcher son arme et se retrouver à découvert. Zac le voyait ; il regardait entre les lattes ce qui se passait dans la rue. Puis l'homme se redressa, tourna sur lui-même et se passa nerveusement la main dans les cheveux, cherchant quoi faire.

Tout à coup, Zac fut frappé par l'éclat rouge et bleu des lumières d'une voiture de police. Ses hommes devaient avoir fermé les deux côtés de la rue ; ils commençaient à l'inspecter. Il vit un policier s'avancer en direction de l'enclos, une lampe torche à la main, une arme dans l'autre. Zac reconnut la silhouette de Dilly. S'il continuait à avancer et braquait sa lampe sur l'enclos, il allait se retrouver face à un homme armé, piégé, et qui n'hésiterait pas à tirer pour ne pas être pris.

Dilly lança une sommation d'usage, clamant que s'il y avait quelqu'un, il devait sortir les mains en l'air. Sa voix fit japper les chiens de plus belle. Zac profita de ce moment pour se redresser. Dilly l'aperçut et leva la tête dans sa direction. L'intrus alerté se retourna brusquement. Zac sauta du toit et atterrit sur lui avant qu'il ait eu le temps de lever son arme.

— Ce n'était pas un véritable incendie, expliqua l'un des pompiers. L'homme a lancé deux bombes fumigènes dans la maison. Une par la fenêtre de la cuisine, l'autre par celle du garage. A première vue, elles sont de fabrication artisanale.

— Artisanale ?

— Ce n'est hélas ! pas très difficile aujourd'hui de trouver comment les fabriquer sur Internet. Un peu de sucre, un peu de salpêtre…

— On peut aussi en faire avec certains engrais, il me semble, intervint Brad Makkho.

Il était arrivé peu de temps auparavant. Il s'était garé quelques rues plus loin puis était venu à pied. Il avait dit avoir été réveillé par le bruit des sirènes et avoir pressenti qu'Olivia avait des problèmes. Il savait d'expérience que lorsque son frère passait quelque part, il laissait du grabuge dans son sillage. Sa mort n'y changeait rien. Olivia l'avait remercié d'être venu mais n'avait pas su lui dire ce qu'il pouvait faire. Elle lui avait simplement demandé de rester un moment dans les parages.

— Oui, c'est exact, certains engrais contiennent du nitrate de potassium. Il suffit de le faire chauffer, de mettre le tout dans de l'aluminium, d'ajouter un détonateur, et le tour est joué. Nous avons installé de puissants ventilateurs pour évacuer la fumée. Ça ne devrait pas prendre longtemps. Vous pourrez bientôt retourner à l'intérieur.

— Pas pour y rester, dit Olivia. Nous devons d'abord être sûrs que l'air y est sain pour des bébés prématurés aux poumons fragiles. De plus, il faut faire remplacer les fenêtres de la cuisine et du garage.

— Oui, c'est plus sûr.

Olivia regarda par-dessus son épaule. Des ambulanciers sortaient de derrière la maison en poussant un brancard sur lequel était allongé Grant Robinson. L'équipe médicale lui avait dit qu'il avait été frappé à la tête, mais qu'il serait rétabli dans quelques jours. En revanche, personne ne savait pourquoi il était dans sa cour en pleine nuit. Il n'était pas encore en mesure de parler.

Quant à ses sœurs, sa mère et ses filles, elles étaient dans la maison d'en face, à l'abri. Olivia avait détesté devoir rester sans rien faire alors que Zac était à la poursuite d'un homme armé. Les chiens du voisinage ne cessaient de hurler à la mort, des voitures de police avaient bloqué les accès à la rue, les gens du quartier avaient été prévenus de ne pas sortir de chez eux.

Une autre voiture de police franchit le barrage. Elle vint se garer près d'elle et de Brad Makkho, tandis que le pompier prenait congé pour aller aider ses collègues.

La portière côté passager s'ouvrit et Zac sortit de la voiture. Olivia fut tellement soulagée de le revoir vivant et en bonne santé qu'elle se jeta dans ses bras. Elle était de nouveau au bord des larmes, elle se sentait confuse mais elle était incapable de dissimuler ses sentiments. Il lui sourit et la serra contre lui. Puis, comme s'il s'était soudain rappelé ce qui s'était passé entre eux, il desserra son étreinte. Il avait des éraflures sur la poitrine et les bras, mais il semblait satisfait et il était tellement attirant qu'Olivia en eut le souffle coupé. Pourquoi comprenait-elle seulement maintenant combien il lui plaisait, alors qu'elle l'avait peut-être irrémédiablement blessé ?

— Nous le tenons, dit Zac.

— Est-ce quelqu'un d'ici ?

— Je ne pense pas. Mais il n'a pas de papiers d'identité sur lui et il refuse de parler. Dilly l'a conduit au poste. Je voulais récupérer mes vêtements avant d'aller l'interroger.

— Dieu merci c'est terminé, dit Brad Makkho en se passant la main dans les cheveux.

Olivia fut touchée par le soulagement qu'elle perçut dans sa voix. Il avait dû vivre l'enfer à passer toutes ces années à réparer les forfaits de son frère. Elle avait tant de questions à lui poser.

— Il faut que j'aille chercher des couches et du lait dans la maison, mais les ventilateurs sont encore en fonction, dit-elle.

— Je viens avec vous, dit Brad.

— *Je* vais avec elle, rétorqua Zac d'un ton qui ne souffrait aucune discussion.

Olivia se tourna vers Brad.

— Pourriez-vous aller en face et prévenir ma famille que je reviens avec tout le nécessaire dans quelques minutes ?

— Bien sûr, avec plaisir. Etes-vous certaine de ne pas avoir besoin d'aide pour porter les affaires ?

— Zac m'aidera, merci.

Zac et elle entrèrent dans le salon. Une légère odeur de fumée imprégnait la pièce, semblable à celle d'un feu d'artifice, mais pas insupportable. Zac prit sa chemise sur le canapé.

— Sais-tu ce qu'ont retrouvé les pompiers ?

Il passa sa chemise.

— Les bombes fumigènes artisanales ? Oui. Ils ont emporté les débris. Nous allons demander à un expert de les examiner.

— C'est l'homme que tu as arrêté qui doit les avoir confectionnées.

— Sans doute. Nous allons perquisitionner chez lui. Si nous y découvrons les produits nécessaires à leur fabrication, nous pourrons le confondre.

— Ça ne nous dit pas ce que Grant Robinson faisait là.

— Ça, je n'en ai vraiment aucune idée.

— Tu sais quoi ? dit Olivia en s'avançant dans la nursery. Toute cette histoire me paraît totalement absurde. Quel intérêt aurait un homme armé à lancer une bombe fumigène dans la maison ?

— Son intention était peut-être de la vider de ses occupants pour pouvoir ensuite y pénétrer, dit Zac, qui était appuyé contre le montant de la porte.

— N'a-t-il pas pensé qu'il risquait de déclencher une alarme incendie ?

— Je ne sais pas, je lui poserai la question. En revanche, il ne devait pas savoir qu'une alarme anti-effraction avait été installée récemment. Réfléchis. S'il était prêt à s'engouffrer dans la maison dès que tu as entendu l'alarme incendie se déclencher, il aurait eu le temps de la fouiller avant que les pompiers arrivent. Il savait peut-être exactement ce qu'il voulait.

— Alors dans ce cas, il était bien le seul.

— Les installateurs ont relié l'alarme anti-effraction

au poste de police et à la caserne des pompiers. Par conséquent, dès que les fenêtres se sont brisées, les deux alarmes se sont déclenchées simultanément et tout le monde est arrivé très vite sur les lieux. C'est sans doute ce qui l'a surpris et c'est pourquoi il s'est réfugié dans les buissons, espérant avoir une opportunité de pénétrer plus tard dans la maison.

— Et donc, c'est moi qui l'ai mis en déroute en m'arrêtant tout près des buissons. Je suis restée un petit moment sans bouger. Il a dû croire que je l'avais vu.

— Pourquoi es-tu restée sans bouger, Olivia ? Et d'abord, pourquoi es-tu revenue à l'arrière de la maison ?

— J'ai cru que tu m'avais appelée.

— Non, je ne t'ai pas appelée.

— En tout cas, je me demande toujours ce que Grant faisait là.

— Il va avoir de sérieuses explications à me fournir. Mais moi, je ne comprends toujours pas pourquoi tu t'es arrêtée près de la haie.

Elle avait récupéré des couches et remplissait un sac de toile d'autres affaires lorsqu'elle leva les yeux vers la figurine de porcelaine qui lui faisait penser à Faith.

Puis elle regarda Zac, qui la dévisageait de ses yeux bleus.

— Je t'ai vu penché sur Grant, mais à ce moment-là, je ne savais pas qui était au sol. Je n'arrivais pas à bouger.

— Pourquoi ? demanda-t-il de nouveau en faisant un pas en avant.

— Je…

Elle se frotta le front et ferma les yeux un instant.

— Je me sentais très mal à cause de ce qui s'était passé plus tôt dans la soirée.

Il la fixa puis lui sourit.

— Ne t'inquiète pas pour ça.

— Je me suis mal conduite.

Il lui offrit un sourire encore plus franc.

— Moi-même, je ne me suis pas très bien comporté.

— La vérité, c'est que je sais que…

Cette fois, c'est lui qui leva la main pour l'interrompre.

— La vérité, c'est qu'aucun de nous deux n'a eu une véritable nuit de sommeil depuis trop longtemps. Alors ce qui est arrivé ce soir, en plus de tout ce qui s'est passé dans la journée, c'est un peu trop pour que nous puissions le gérer. Mais tu m'as demandé si nous pourrions encore être amis…

— Et tu ne m'as pas répondu.

— Eh bien, maintenant, je te réponds. Bien sûr que nous serons toujours amis. Aucun problème.

— Zac, tu dois tout de même savoir que je pense à toi, que je pense à nous. Mais la vérité, c'est que j'ai peur.

Il fit un pas supplémentaire pour venir caresser sa joue. Il l'avait fait des centaines de fois, mais cette fois, elle sentit un frisson parcourir sa peau, et descendre le long de ses bras et de sa colonne vertébrale. Il retira sa main. Il paraissait fatigué et las, et elle eut envie de le réconforter. Elle posa un doigt sur son menton, à l'endroit où, douze ans plus tôt, la lame d'un couteau s'était enfoncée. Elle le regarda intensément et ses yeux lui envoyèrent un message muet : *aide-moi à surmonter ma peur, je t'en supplie !*

Il prit son doigt dans sa main et le serra.

— Ça va. Moi aussi j'ai peur quand je pense à toi et moi. Ce n'était qu'un énorme malentendu. Une erreur.

Ce n'était pas ce qu'elle avait espéré l'entendre dire. Pourquoi n'avait-il pas lu dans son esprit ?

— D'accord, dit-elle simplement.

Elle releva les yeux vers la figurine de porcelaine.

— As-tu eu des nouvelles de l'hôpital ?

— Je vais les appeler pendant que tu finis de réunir tes affaires.

Le suspect appréhendé était un homme blanc aux cheveux bruns bouclés et aux yeux marron. Il mesurait environ un mètre quatre-vingt-cinq et devait peser dans les quatre-vingt-dix kilos. Il avait des marques de griffure sur la joue gauche qui commençaient à s'estomper et un œil un peu gonflé. Ces cicatrices soulevaient une question : étaient-elles les stigmates de la lutte avec Danny Makkho, alias Anthony Capri, qui avait eu lieu dans la maison d'Olivia le soir où ce dernier avait été assassiné ? Ses empreintes furent relevées et comparées aux fichiers.

L'homme s'appelait Jed Palmer, surnommé Twitch. Il était suspecté de braquage de voiture et de vol. Un mandat d'arrêt avait été lancé contre lui pour conduite en état d'ivresse et rebellion contre les autorités. Il avait trente-quatre ans et son dernier domicile connu était à Seattle.

Au cours de l'interrogatoire, Twitch se contenta de tapoter la table devant lui du bout des doigts. Il déclara qu'il voulait parler à son avocat. Il fut donc placé en cellule le temps que l'on détermine si l'ADN, le sang et les échantillons de peau qu'on lui avait prélevés étaient les mêmes que ceux retrouvés chez Olivia ainsi que sous les ongles du cadavre de Danny Makkho.

— Tu vas quand même à Seattle ? demanda Dilly à Zac en posant une tasse de café devant lui.

Zac prit la tasse, observa le dépôt qui s'était formé au fond et la reposa.

— Je vais d'abord passer à l'hôpital m'assurer que Faith est définitivement hors de danger. Si j'arrive à y passer vers 7 heures, je pourrai peut-être parler directement au médecin. J'en profiterai pour voir comment va mon père et faire un crochet par la chambre de Grant Robinson. Lequel a plutôt intérêt à me fournir une bonne explication.

Il leva les yeux vers la pendule. Le temps filait très vite.

— Je souhaite de tout cœur que Faith s'en sorte, Zac, fit Dilly.

— Elle va s'en sortir. Elle le doit. Si elle est hors de danger, je partirai. Sinon, j'appellerai Seattle afin de demander s'ils peuvent se passer de moi au procès et je t'enverrai parler à Dave. J'aimerais aussi parler au frère de Makkho, et il a prévu de repartir aujourd'hui.

— Nous avons obtenu des informations de la police de Las Vegas à son sujet. Il s'appelle bien Brad Makkho, marié à Maria Makkho. Ils ont également confirmé qu'il avait un frère prénommé Danny, dont personne n'a eu de nouvelles depuis plusieurs années. En revanche, nous n'avons pas encore retrouvé la trace de Lindy Makkho.

— Appelle-moi dès que tu auras du nouveau. Passe à l'hôtel pour prendre la déposition de Brad Makkho. Essaye d'obtenir le maximum d'informations au sujet de Danny Makkho et demande à Brad de te donner son adresse afin que nous puissions éventuellement le recontacter ultérieurement. En fait, ce serait bien s'il pouvait rester un jour de plus. Demande-lui aussi s'il aurait un moment pour me parler cet après-midi. Ou non, plutôt en soirée. Comme ça je pourrai comparer ce qu'il dira avec ce qu'il t'aura dit à toi.

— Et que faisons-nous au sujet des trois malfrats qui sont venus chez Olivia l'autre soir ?

— Mmm... Pourquoi ne sont-ils pas repassés hier soir ? J'espère que les flics de Seattle auront découvert qui ils sont. Je n'ai pas eu le temps de rappeler mon ancien coéquipier. Mais nous savons que Twitch avait des complices à Seattle. Sa présence chez Olivia hier soir ne peut pas être une coïncidence. Au fait, avez-vous retrouvé sa voiture ?

— Oui, elle était garée à quelques pâtés de maisons de chez Olivia. Une grosse voiture bleu foncé. Je compte faire un moulage des pneus tout à l'heure. J'ai déjà pu jeter un œil sur son arme. Même calibre que celle qui a servi à tuer Capri. Enfin, Makkho. La ballistique s'occupe de déterminer si c'est bien la même arme qui a été utilisée.

— Bien. Demande aussi au labo de rechercher des traces d'impact sur la voiture. La description correspond à celle du véhicule qui a renversé Faith.

— J'ai déjà donné des consignes à ce sujet.

Zac hocha la tête, satisfait. Il rassembla une pile de papiers et les rangea dans son porte-documents.

— Bon, je peux te confier la direction du poste pendant quelques heures ?

— Absolument. Et si tu dois modifier tes projets, appelle-moi. Au fait, merci encore pour hier soir. Si tu ne t'étais pas jeté sur ce Twitch, je crois qu'il m'aurait troué la peau.

Zac sourit.

— Je suis heureux d'avoir pu l'éviter. N'oublie pas de demander à une patrouille de surveiller le quartier d'Olivia, d'accord ?

— C'est comme si c'était fait.

Zac se rendit d'abord chez lui pour prendre une douche, se raser et mettre des vêtements propres. Il avait réussi à dormir deux heures dans son bureau et ne se sentait pas aussi fatigué qu'il aurait dû l'être. Mais il avait des courbatures un peu partout et ses côtes lui faisaient mal.

Il passa un costume et la cravate que Faith lui avait offerte pour son anniversaire, puis alla dans la cuisine se faire quelques toasts et boire un verre de jus d'orange. Il avait acheté cette maison lorsqu'il s'était marié. Son ex-femme y avait vécu pendant exactement seize mois et trois jours, avant de lui avouer qu'elle détestait Westerly. En fait, elle détestait la côte du Pacifique nord dans son ensemble, et elle ne l'aimait pas vraiment non plus, lui. Elle l'avait accusé de ne pas être amoureux d'elle et il avait été estomaqué de l'entendre dire cela. Mais un mois après qu'elle l'eut quitté, il avait reconnu qu'elle avait raison.

Il s'était marié avant tout parce qu'il avait considéré avoir atteint un âge où il est temps de se poser. Elle le faisait rire et tous deux ne s'étaient guère souciés de leurs sentiments réels. Il comprenait aujourd'hui ce qu'était le véritable amour, et il n'avait jamais rien ressenti de tel à son égard. Pas de passion, pas d'euphorie, pas de désir insoutenable.

Il avait gardé la maison parce qu'elle était près de la rivière et à l'ombre de grands chênes. Elle était spacieuse, confortable. Et puis, surtout, Olivia y était venue un jour et lui avait dit qu'elle la trouvait superbe.

Etait-ce une coïncidence s'il s'était marié à l'époque

où Olivia était partie de Westerly pour l'université, et si sa femme l'avait quitté le même mois où Olivia était revenue, suite à la mort de son père ? Il n'aurait pas su dire si ses sentiments pour elle étaient déjà aussi intenses à cette époque.

De toute façon, maintenant, il était décidé à vendre la maison. Trop de fois, il s'était imaginé y vivre avec Olivia. Récemment, il avait même rêvé y voir les fillettes, qu'il aurait adoptées, jouer dans la cour. Il lui fallait se séparer de cette maison. A la place, il achèterait peut-être un des nouveaux appartements du centre-ville.

Mais chaque chose en son temps. Il devait d'abord s'assurer qu'Olivia et sa famille ne risquaient plus rien. Son instinct lui disait que l'assassin de Danny Makkho était bien l'homme qu'ils avaient placé derrière les barreaux. Mais il restait encore trop d'éléments inexpliqués. Il voulait découvrir ce qu'il était advenu de ces trois malfrats, et entendre les explications de Grant Robinson.

Et puis, il devait être sûr que Faith allait reprendre connaissance et se rétablir.

Son petit déjeuner terminé, il partit pour l'hôpital.

Olivia était assise dans le hall. Lorsqu'elle le vit entrer, elle se leva. Elle portait un pantalon et un pull noirs. Elle avait une mine plus reposée et elle était toujours aussi sexy, malgré l'inquiétude de son regard.

Zac sentit son cœur s'emballer, un frisson d'excitation le gagner. Chaque fois qu'il la verrait, il se sentirait remué. Il ne connaîtrait jamais le repos.

Elle détourna les yeux. Lui fit de son mieux pour paraître détaché, comme il l'avait fait lorsqu'il était retourné dans la maison avec elle, quelques heures plus tôt. Ils devaient rester proches jusqu'à ce que cette histoire soit terminée. Il ne pouvait pas se permettre de la sentir mal à l'aise lorsqu'il était près d'elle.

— Je suis venue voir Faith. J'ai pensé que tu passerais aussi. Est-ce que ça te dérange si je t'accompagne ? demanda-t-elle en lui jetant un bref regard.

— Bien sûr que non. Au contraire, ça lui fera du bien d'entendre ta voix.

— Je voulais également savoir si l'homme que tu as arrêté est bien l'assassin d'Anthony. De Danny, plutôt. Je n'arrive pas à m'habituer à prononcer son véritable nom.

— Je n'en ai pas encore la preuve formelle. Pour le moment, il refuse de répondre à nos questions. Plus tard, nous te demanderons de passer au poste. Nous le mettrons au milieu d'autres hommes, et nous verrons si tu le reconnais parmi eux. J'ai enregistré sa voix. Il ne fait que marmonner deux ou trois paroles, et cela ne peut pas constituer une preuve devant un tribunal. Mais si tu reconnais sa voix, ça pourrait tout de même nous aider.

— L'homme qui m'a menacée à la boutique prétendait avoir tué Danny.

— Je sais. Moi, mon instinct me dit que c'est bien lui qui a fait le coup. Nous allons de nouveau l'interroger cet après-midi, après qu'il aura vu son avocat. Si ce n'était pas lui le tueur, il pourrait décider de coopérer et nous dire de qui il s'agit. Pendant ce temps, Dilly est à la recherche de la femme de Danny Makkho, pour qu'elle nous en dise plus sur son passé et ses malversations financières.

— Et Grant ?

— Je ne suis pas encore passé le voir.

Il consulta sa montre.

— Je dois me rendre à Seattle pour témoigner au tribunal. Viens, allons voir Faith, je ne veux pas rater son médecin.

Dans l'ascenseur, il coupa son portable, ce qui lui occupa les mains et lui évita d'être trop conscient de la proximité d'Olivia dans ce tout petit espace. Il n'y réussit qu'à moitié.

Ils furent autorisés à pénétrer dans le service de soins intensifs et à voir Faith, même si, normalement, une seule personne à la fois avait le droit d'être auprès d'elle. Etre shérif offrait quelques passe-droits.

Faith avait la tête entièrement recouverte de bandages et les yeux fermés, une jambe et un bras dans le plâtre. Cinq ou six moniteurs suivaient l'évolution de ses fonctions vitales ; tous émettaient des sons électroniques selon des rythmes différents, ce qui produisait une atmosphère oppressante.

A son chevet, son père était prostré sur une chaise. Il avait les traits tirés et semblait épuisé, mais lorsqu'ils entrèrent, il se leva immédiatement et embrassa Olivia.

— Salut papa, dit Zac en lui donnant une petite claque sur l'épaule. Comment va-t-elle ?

— Pas de changement, répondit-il en recouvrant sa bouche d'une main pour dissimuler un bâillement.

— Et si tu allais prende un café et manger un morceau ? Nous resterons avec Faith jusqu'à l'arrivée du médecin.

— Je crois que je vais plutôt passer à la chapelle, dit-il en s'éloignant, les épaules voûtées.

Zac craignait que, si par malheur Faith ne survivait pas, sa sœur ne soit pas la seule victime du voyou qui l'avait renversée. Il dut se retenir de retourner sur-le-champ au poste afin d'arracher des aveux au dénommé Twitch, par la force s'il le fallait.

Il se retourna. Olivia s'était installée sur la chaise que venait de libérer son père. Elle sortit de son sac une petite figurine représentant une femme qui faisait une révérence et la déposa sur le plateau à côté de Faith.

— C'est elle qui va veiller sur toi pour moi, chuchota Olivia, car je ne peux pas rester aussi longtemps que je le voudrais. Tu comprends, je dois m'occuper des bébés.

Tout en parlant, elle caressait le bras de Faith qui n'était pas blessé.

Zac avait devant lui les deux femmes qui comptaient le plus dans sa vie. La pensée qu'il risquait de les perdre toutes deux le traversa, et il faillit éclater en sanglots. Il serra les dents et s'appuya contre le mur. Il écouta la voix apaisante et affectueuse d'Olivia. Elle aurait dû lui faire du bien. Mais chaque fois qu'il était avec Olivia, qu'il pensait à elle, il souffrait. Il ne pouvait rien y faire.

Un bruit de pas le fit tourner la tête. Le médecin se tenait sur le seuil. C'était une femme d'une quarantaine d'années, aux cheveux courts, au regard vif et intelligent derrière d'épaisses lunettes. Elle n'était guère plus grande que sa sœur, mais sa démarche assurée imposait le respect.

— J'ai passé en revue l'évolution de ses fonctions vitales, dit-elle à Zac.

— Et ?

— Franchement, je suis optimiste.

— A-t-elle repris connaissance un moment ?

— Non.

Le médecin jeta un regard à Faith et à Olivia, puis ajouta :

— Etant donné la violence du choc qu'elle a subi, ce

n'est pas anormal. Ses fonctions vitales redeviennent peu à peu stables. Elle a un peu de fièvre, donc nous allons surveiller cela, mais sinon, elle ne présente aucun signe d'hémorragie interne. Attention, je ne dis pas qu'elle est sortie d'affaire, mais c'est en bonne voie.

— Et lorsqu'elle sera rétablie, aura-t-elle des séquelles irréversibles ? murmura Zac, espérant qu'Olivia ne l'entendait pas.

Le médecin croisa son regard.

— Je ne sais pas, c'est encore trop tôt pour le dire, Vous comprenez ?

— Oui. Mon père…

— A besoin de rentrer chez lui et de dormir.

— Je vais tâcher de l'en convaincre. Si je pouvais rester ici, il partirait…

— Lui et vous, vous ne pouvez rien pour elle. J'ai entendu parler de ce qui s'est passé la nuit dernière. Toute la ville est au courant, comme d'habitude. Je sais que vous avez du travail. Alors faites ce que vous avez à faire, nous, nous veillons sur votre sœur.

— Je vais faire de mon mieux.

— Et essayez de ne pas trop vous inquiéter. Faith est une jeune femme solide. Laissez-lui simplement un peu de temps.

Olivia s'écarta pour que le médecin examine brièvement Faith. Après son départ, Zac s'assit quelques instants à côté de sa sœur et chercha à lui insuffler de la force. Il commençait à se demander comment il parviendrait à être à l'heure au tribunal de Seattle lorque des éclats de voix attirèrent son attention et celle d'Olivia. Ils allèrent voir ce qui se passait.

Ils découvrirent la mère d'Olivia, bras dessus bras dessous avec le père de Zac, en discussion avec une infirmière. Cette dernière leur expliquait qu'ils ne pouvaient pas être aussi nombreux dans la chambre de Faith, et ils retournèrent tous ensemble dans la salle d'attente.

— J'ai rencontré ce charmant monsieur en bas, en train de boire son café tout seul, dit la mère d'Olivia.

Elle ressemblait furieusement à sa fille, en plus âgée. Les femmes de la famille Hart avaient décidément de bons gènes.

— Les filles…, commença Olivia.

— Vont bien. Elles sont toujours chez Velma et Charlie avec tes sœurs. Ils attendent ta venue pour les ramener à la maison. Tabitha a un examen de physique cet après-midi qu'elle ne doit surtout pas rater. Charlie monte la garde devant sa maison avec son fusil. J'ai appelé l'épicerie et fait une commande par téléphone. Ils ont livré et j'ai tout rangé. Les fenêtres ont été réparées et les pompiers m'ont assuré que l'air dans la maison était sain. L'expert a appelé et dit qu'il passerait vers midi. Ah oui, le frère d'Anthony a appelé également, il attend que tu le rappelles pour venir te voir. Moi, je vais rester quelques heures auprès de Faith, afin que Gus puisse rentrer chez lui, manger un peu et dormir. Et je sais que Zac a un rendez-vous au tribunal à Seattle. Allez, ouste, tout le monde dehors, je prends la relève !

Elle n'eut pas à le dire deux fois : devant tant d'énergie, tout le monde ne put qu'obtempérer. Zac raccompagna son père et Olivia à sa voiture puis retourna voir Grant Robinson. Il avait prévenu son père ainsi qu'Olivia de rester sur leurs gardes. Pour le moment, le seul suspect sous les verrous n'avait rien avoué, il y avait encore des hommes dangereux dans la nature et des aspects obscurs.

Peut-être que Grant pourrait éclairer un peu sa lanterne.

Lorque Zac frappa à la porte de sa chambre, il était en train de s'habiller. C'est Hugh qui lui ouvrit la porte.

Zac observa Grant pendant qu'il laçait ses chaussures. Il le connaissait depuis toujours. Et il l'avait toujours connu riche et querelleur. Une combinaison qui pouvait se révéler explosive. Ce n'était pas difficile d'imaginer Grant capable de lancer des bombes fumigènes dans les fenêtres d'Olivia. Mais ça l'était beaucoup plus de déterminer ce que Twitch venait faire dans cette histoire. A moins qu'ils soient complices.

Grant avait un bandage autour du crâne et une cicatrice sur la joue gauche. Un peu comme tout le monde en ce moment, pensa Zac avec aigreur.

— Je suppose que tu es venu m'arrêter, marmonna Hugh.

Le regard de Zac passa de l'un à l'autre frère. Certes, il était inquiet de découvrir ce qu'allait lui raconter Grant, et le fait qu'il se soit trouvé sur la propriété d'Olivia au même moment que Twitch ne plaidait pas en sa faveur. Mais Hugh ? De quoi parlait-il ?

Hugh tendit les mains devant lui et reprit :

— Allez, vas-y, passe-moi les menottes.

— Pourquoi ferais-je cela ?

— Ne pose pas de questions, fais-le, dit Grant en grognant.

Il termina de lacer ses chaussures et se leva. Il portait la même chemise tachée de sang et d'herbe que la veille. Apparemment, son frère ne s'était pas embarrassé de lui apporter des vêtements de rechange.

— Je ne comprends pas à quoi vous jouez, vous deux.

Je suis venu pour que tu m'expliques ce que tu faisais chez Olivia hier soir, Grant.

— J'étais venu la voir, répondit Grant. Je veux récupérer mon argent.

— Tu sais très bien qu'elle n'a pas cet argent, répliqua Hugh d'un ton las.

— Je n'en suis pas si sûr. Je l'ai entendue dire à qui voulait l'entendre qu'elle était l'associée d'Anthony.

— C'est la question du journaliste qui l'a poussée à déclarer cela, dit Hugh. Tout le monde l'a compris sauf toi.

Zac leva la main pour les interrompre.

— Attendez. Allez-vous une bonne fois pour toutes m'expliquer ce qui se passe ?

— Il se passe que mon frère est un imbécile, dit Hugh avec un geste d'agacement.

Zac s'assit sur le rebord de la fenêtre et regarda sa montre. Il avait intérêt à en finir au plus vite avec ces deux lascars.

— Dites-moi pourquoi Grant était chez Olivia et pourquoi vous pensez que je devrais arrêter l'un de vous deux. Et venez-en directement aux faits.

Tous deux restèrent les yeux baissés. Zac reprit :

— En fait, je me demande si je ne vais pas vous coffrer tous les deux et vous interroger plus tard.

Grant, toujours aussi têtu, émit un grognement. Hugh, lui, déclara :

— Hier soir, j'ai d'abord cru que mon frère était parti faire un tour en voiture pour se calmer.

— Notre avocat nous avait appelés, lâcha Grant à contrecœur.

— Nous avions décidé d'intenter une action en justice pour que les biens d'Anthony soient saisis. Mais quand nous en sommes venus à discuter du degré d'implication d'Olivia dans les malversations de son mari, nous avons eu des mots, continua Hugh. Et Grant est parti en claquant la porte. Plus tard, je suis parti à sa recherche. Je me suis aperçu qu'il n'avait pas pris sa voiture. Il faisait froid hier soir et il n'avait pas de veste. J'en ai déduit qu'il ne devait pas être loin, et je me suis demandé s'il n'était pas allé trouver Olivia.

— Elle a quatre mômes dont elle doit s'occuper et elle vient de perdre son mari. Est-ce que je devais penser qu'elle dormait ? fit Grant. Je voulais simplement lui parler.

— Je l'ai rattrapé derrière la maison d'Olivia. Là, nous nous sommes de nouveau disputés.

— Pour faire court, Hugh s'est mis en colère et m'a frappé à la tête avec une pierre.

— En fait, j'ai ramassé une brique par terre parce que tu m'avais frappé le premier, corrigea Hugh en jetant un regard noir à son frère.

— Et ensuite ? s'enquit Zac.

— Je n'ai rien compris à ce qui s'est passé, dit Hugh. J'ai vu un homme s'avancer vers la maison et lancer un objet, j'ai entendu un bruit de verre brisé et les alarmes se déclencher. Quelques instants plus tard, je t'ai vu sortir. Je n'arrivais pas à réveiller Grant. J'ai décidé de le laisser sur place et de détaler.

— Mon frère, ce héros ! ironisa Grant. J'aurais pu mourir. Allez, vas-y, arrête-le, c'est tout ce qu'il mérite.

— Ce n'est pas un simple coup à la tête qui aurait pu te tuer, protesta Hugh. Il n'y a rien dedans.

— Est-ce que tu veux porter plainte ? demanda Zac à Grant.

Grant regarda son frère avec hostilité, puis secoua la tête.

— Non.

— Bien. Si Olivia ne porte pas plainte contre vous pour violation de propriété, je n'ai aucune raison de vous arrêter. Cependant, c'est assez troublant que vous vous soyez trouvés là en même temps que Jed Palmer, l'homme qui a lancé les fumigènes dans la maison. Si par malheur je découvre que c'est vous qui l'avez engagé pour terroriser Olivia et sa famille, je m'occuperai personnellement d'aller voir le procureur pour qu'il vous poursuive. Et si vous avez engagé l'homme qui a tué Anthony Capri, vous êtes fichus. En attendant, je vais demander à Dilly d'envoyer un agent pour vous conduire au poste et prendre votre déposition. Je vous demande de coopérer et de ne pas quitter la ville. Sinon, je ferai en sorte qu'un mandat d'arrêt soit lancé contre vous. Est-ce clair ? Ah oui, un dernier détail. Vous ne devez sous aucun prétexte entrer en contact avec Olivia. Laissez-la tranquille.

— Qu'est-ce qu'il y a, elle te plaît, la petite Capri ? fit Grant.

Zac serra la mâchoire.

— Es-tu aveugle à ce point ? Elle n'a pas cessé d'être agressée. C'est chez elle qu'un type s'est introduit, ce sont ses enfants qui ont été menacées. Toi, tu n'as pas cessé de colporter des rumeurs sur elle, tout ça parce que, dans un moment de panique, elle a essayé de défendre l'homme qu'elle aimait. Un homme dont elle vient de découvrir qu'il n'était même pas vraiment son mari. Es-tu conscient qu'elle a traversé plus d'épreuves que toi et ton frère vous n'en subirez jamais ? Vous avez été trop gourmands, et vous avez perdu deux millions de dollars.

Mais des millions, vous en avez d'autres. Olivia, elle, a pratiquement tout perdu ; elle n'a même pas de quoi payer sa note d'hôpital à Seattle. En fait, j'en viendrais presque à souhaiter qu'elle porte plainte contre vous pour diffamation.

Il reprit sa respiration puis ajouta :

— Grant, pourquoi n'es-tu pas venu me voir, hier matin ? Tu as dit à Dilly que c'était ton intention.

Grant haussa les épaules.

— Tu n'étais pas disponible, et du coup j'ai changé d'avis.

— Bien. Restez là jusqu'à l'arrivée d'un de mes hommes.

— Mais j'ai ma voiture ! protesta Hugh.

— Tu la récupèreras plus tard. Je ne saurais trop vous recommander de faire ce que je vous dis. Je ne pense pas que vous ayez besoin d'ennuis supplémentaires.

10

Olivia déposa le père de Zac à son domicile et attendit qu'il ait verrouillé sa porte pour repartir. Elle rentra chez elle le cœur lourd.

Faith lui avait semblé tellement faible et vulnérable, Zac tellement distant, Gus tellement abattu ! Heureusement que sa mère, avec son énergie débordante, était venue mettre un peu de couleur dans ce sombre tableau.

Une fois rentrée, elle passa deux heures avec ses sœurs à réinstaller les bébés dans la maison. Elle avait appelé Brad et lui avait demandé de venir un peu plus tard dans la matinée. Il avait répondu qu'il n'avait rien à faire et serait ravi de passer un peu de temps avec elle et les enfants. Olivia avait appris que, lorsqu'on était la mère de quadruplées, il ne fallait jamais refuser l'aide de bras supplémentaires. Elle avait donc accepté qu'il vienne plus tôt.

A peine avait-elle raccroché que le téléphone sonna. Elle crut que c'était Brad qui rappelait, mais l'identité et le numéro de l'appelant étaient masqués.

La voix qui lui répondit n'était pas celle de Brad Makkho, bien qu'elle lui parût vaguement familière.

— Vous vous souvenez de moi ? demanda l'homme au bout du fil.

Peut-être était-ce l'expert.

— Je suis désolée, mais est-ce monsieur Lawrence ?

— Avec deux de mes amis, nous sommes passés vous voir il y a quelques jours. Vous vous rappelez, maintenant ?

L'image de Shorty et son couteau lui traversa l'esprit.

— Oui, je sais qui vous êtes. Vous étiez avec un dénommé Shorty.

— Bravo, c'est ça. Nous surveillons votre maison, madame Capri. Il y a autant d'allées et venues qu'à la gare de Grand Central, chez vous.

— Est-ce vous qui êtes derrière tous ces événements ? Vous et vos acolytes, et celui que vous appelez votre patron ?

— Non, ce n'est pas nous. Nous, tout ce que nous voulons, c'est récupérer nos cinquante mille dollars. Vous avez retrouvé la marchandise ?

— Quelle marchandise ? répliqua-t-elle sèchement. Je n'ai pas la moindre idée de ce dont…

— Non, non, écoutez-moi bien main…

— Non, c'est vous qui allez m'écouter ! le coupa Olivia, dont la colère prenait le pas sur la peur. J'en ai assez de votre petit jeu. Je ne sais pas si vous avez tué Anthony ou engagé quelqu'un pour le faire. Si vous avez renversé Faith…

— Eh ! une minute ! Tout ce que nous voulons, c'est notre argent. Il vous suffit de ramener la marchandise à Seattle et…

— Je croyais que vous deviez passer chercher l'argent.

— Les flics rôdent autour de chez vous en permanence. Alors pas question que nous venions. C'est vous qui amenez le tout.

— Et j'amène quoi ?

— Ce que votre mari et vous avez…

— Vous savez quoi ? En fait, ce n'était même pas vraiment mon mari.

Un long silence suivit.

— Quoi qu'il en soit, gardez à la mémoire, ma chère petite madame, que, tôt ou tard, la police devra se concentrer sur une affaire plus importante. Mais Shorty, lui, il sera toujours dans les parages avec sa lame.

Olivia lui raccrocha au nez d'un geste rageur.

Quelqu'un frappa à la porte, et elle sursauta. Elle regarda par le judas. C'était Brad Makkho. Elle lui ouvrit prestement. Il la contempla et déclara :

— Mon Dieu, que s'est-il passé ?

Elle observa la rue par-dessus son épaule, et fut soulagée de constater que l'agent Kellerman était en faction devant la maison.

— Entrez, dit-elle à Brad. Je vais tout vous raconter.

Finalement, ce fut Sandy qui emmena Brianna chez le pédiatre. Voir sa sœur monter à l'arrière d'une voiture de police avec un de ses bébés lui fit un effet étrange. Deux dames de la pharmacie se présentèrent pour l'aider à donner à manger aux autres, et une nouvelle journée démarra, avec son rythme infernal. Olivia commençait à se demander si elle parviendrait à s'habituer un jour. Etre avec ses filles lui faisait du bien, mais à tout moment, elle devait se retenir d'appeler Zac sur son portable.

Elle rêvait de se retrouver seule, au calme, avec elles.

Mais étant donné les circonstances… Peut-être que si elle avait eu un seul enfant, elle aurait eu le temps de tout faire pour lui, sans personne. Mais elle en avait quatre, et elle ne pouvait pas se payer le luxe de se passer d'aide.

Brad et elle finirent par réussir à s'isoler au sous-sol pour inspecter le contenu des cartons.

— Dans cette boîte, nous avons rassemblé les objets qui, selon Zac et moi, peuvent avoir une certaine valeur. L'expert ne va pas tarder, mais je me demandais si ces objets vous évoquaient des souvenirs.

— Cherchez-vous à rassembler assez d'argent pour rembourser les voyous qui sont venus à votre porte ?

— De toute façon, rien de ce qui a appartenu à votre frère ne m'appartient, aujourd'hui. Tout ce que je veux, c'est me débarrasser de ses affaires. Ensuite, j'installerai devant la maison une grande banderole « en faillite ».

En riant, Brad ramassa une pile de cartes de base-ball de collection.

— Bon, alors, voyons. Danny collectionnait les cartes lorsqu'il était enfant. Sur le base-ball, le football. Mais je ne saurais pas vous dire si elles ont de la valeur aujourd'hui. Combien avez-vous dit que ces brigands vous réclament ?

— Cinquante mille dollars.

— Ça fait beaucoup. J'ai du mal à imaginer que ces cartes puissent valoir autant.

Elle prit le petit tableau pour le lui montrer et interrompit son geste.

— Brad, selon vous, pourquoi Danny m'a-t-il joué tout ce cinéma et est-il allé jusqu'à m'épouser ? Vous comprenez, s'il était déjà marié, quel intérêt avait-il à se lancer dans une nouvelle relation ?

Brad remit les cartes dans leur petite boîte en plastique.

— Eh bien, lorsque je vous regarde, je me dis qu'il est possible qu'il soit réellement tombé amoureux de vous. Mais il ne pouvait pas vous dire la vérité, n'est-ce pas ?

— Non.

Il se lissa la moustache puis reprit :

— Danny m'a un jour avoué qu'être marié le faisait paraître plus légitime, plus sérieux. Il pensait que s'il apparaissait comme un homme rangé, avec un foyer, les hommes d'affaires qu'il fréquentait lui feraient davantage confiance.

Olivia n'aurait pas su dire pourquoi ça lui faisait mal d'entendre cela. Elle n'avait pas été amoureuse de l'homme qu'elle avait connu sous le nom d'Anthony, elle pouvait bien l'admettre. Cependant, elle se sentait coupable de s'être laissé séduire et abuser par ses mensonges. Pourquoi avait-elle été aussi naïve ?

« Parce que tu voulais quitter Westerly, voyager. Parce que tu avais des rêves, qu'il l'avait compris et qu'il t'a fait croire qu'il avait les mêmes et pouvait les rendre tangibles. »

— Alors, expliquez-moi, dit-elle doucement. Quand il a appris que j'étais enceinte de quadruplés, il a été perturbé, et a commencé à prolonger ses séjours loin de la maison. Et pourtant, il a continué à jouer son rôle, il m'a fait croire que la maison dans laquelle nous devions emménager était prête, alors qu'il savait que jamais nous n'y habiterions.

— Vous parlez de cette immense propriété en bord de mer ? Je parie que depuis la terrasse, on peut voir le Canada.

— Vous êtes allé là-bas ?

— Oui, j'y ai fait un crochet très tôt ce matin. Après toute l'excitation de la nuit dernière, je n'arrivais pas à dormir. J'ai regardé le soleil se lever au-dessus des montagnes. La propriété semble abandonnée.

— Elle l'est. C'est la banque qui en est désormais propriétaire.

— Saviez-vous qu'elle avait son propre ponton d'arrimage ?

— Non. Je savais qu'il y avait un projet de petite marina privée, mais elle n'aurait sans doute jamais vu le jour.

— Eh bien en tout cas, il y a un joli petit ponton.

— Il y avait du brouillard le jour où j'y suis allée.

Sa voix se mit à trembler. La dernière fois qu'elle avait mis les pieds dans cette maison, elle était avec Zac et elle avait découvert le frère de Brad enterré dans le garage.

Brad secoua la tête.

— Parfois, j'ai l'impression que mon frère avait tout ce qu'il lui fallait.

— En surface, répondit Olivia. Au fond de lui, c'était une coquille vide.

— C'est vrai. A-t-il jamais fait allusion à mon existence, parlé de l'époque où il vivait à Las Vegas ? Nous avons passé de bons moments, participé à des fêtes, partagé de véritables parties de rigolade.

Elle perçut à quel point c'était important pour lui. Mais il avait été honnête avec elle, et elle devait lui rendre la pareille.

— Non, désolée, il ne m'a jamais parlé de vous.

— Je me demandais si ce qu'il a revendu avait un

rapport avec Las Vegas, ou bien la Californie où il a séjourné avant de venir ici.

— Je n'ai aucun moyen de savoir si ce qu'il m'a raconté était la vérité ou pas. A ce que j'ai compris, il a commencé à jouer après mon départ pour l'hôpital de Seattle. Et apparemment ses dettes de jeu sont à l'origine de tous ces sinistres événements. Mais s'il détenait réellement des objets de valeur, pourquoi n'a-t-il pas tout pris et ne s'est-il pas enfui avec ?

— Personne ne sait de quoi il s'agit ?

— Il doit bien y avoir quelqu'un qui le sait, mais chaque fois, on me dit que je saurai ce que c'est lorsque je les verrai. Mon avis, c'est qu'ils ne savent pas exactement ce que c'est. La police est à la recherche du receleur qui a racheté cette marchandise, mais sans résultats pour le moment.

— Moi, je n'ai pas connaissance d'un vol commis par Danny, reprit Brad.

— Et pourtant, nous savons qu'il a détourné plusieurs millions de dollars, lui rappela-t-elle.

Brad coinça ses mains entre ses genoux et baissa les yeux.

— Danny était accro au jeu, ça c'est certain. Il n'avait pas besoin de jouer tous les jours, il pouvait même rester des années sans jouer. Mais tôt ou tard, il finissait par replonger.

Il la regarda droit dans les yeux.

— Donc, ses ennuis de dettes de jeu, je les comprends. Quant à savoir pourquoi il ne s'est pas enfui, je pense que c'est parce qu'il avait une nouvelle arnaque en cours et commençait à rassembler de l'argent sous une autre identité. Il ne pouvait donc pas partir avant que tout soit terminé. De plus, encore une fois, peut-être s'était-il sincèrement attaché à vous.

— Je n'en crois rien.

Brad secoua la tête de dépit.

— Je suis désolé de ne pas pouvoir vous aider plus. Mais je n'ai jamais compris mon frère. Jamais.

— Ce n'est pas grave. C'est juste que j'essaie moi aussi d'y voir plus clair.

Elle lui tendit le petit tableau, et admira de nouveau la richesse des couleurs et du coup de pinceau.

Il l'approcha tout près de son visage pour tenter de décrypter la signature.

— Je n'arrive pas à lire.

— Moi non plus. Le tableau en lui-même vous est-il familier ?

— Non. Mais c'est un joli petit tableau, n'est-ce pas ?

— Oui.

Elle le reprit et le rangea.

Elle entendit retentir la sonnette de la porte d'entrée et consulta sa montre.

— Ce doit être l'expert.

— Voulez-vous que je continue à passer ses affaires en revue pendant que vous allez l'accueillir ?

— Non, je dois le faire moi-même, mais vous pouvez rester si vous le désirez. Je suppose que maintenant, toutes ces affaires appartiennent à Lindy Makkho. Si vous me donnez son adresse au Texas, je pourrai lui renvoyer le tout.

Elle s'interrompit un instant puis ajouta :

— Lorsque le permis d'inhumation pour votre frère sera délivré, je pense que vous, ou bien sa femme, devrez vous occuper de son enterrement.

— Oui, répondit-il. Je n'avais pas osé aborder le sujet, mais je vais commencer à prendre des dispositions.

Elle acquiesça puis se leva. Ils remontèrent tous deux, mais découvrirent qu'en fait c'était simplement Sandy qui avait oublié ses clés. L'agent Kellerman était avec elle et tenait Brianna dans ses bras, tout sourire.

— Elle a pris près de cent grammes ! annonça Sandy à Olivia d'un air triomphal.

Brianna était la plus petite et, à son échelle, c'était énorme. Tous s'extasièrent, et Brad sortit un petit appareil photo jetable pour prendre quelques clichés. Olivia prit Brianna dans ses bras et fit comme si elle était trop lourde pour elle. Tous rirent de bon cœur. C'était comme si cette bonne nouvelle éloignait un peu l'horreur des deux derniers jours. Olivia serra son bébé fort contre elle.

Quelqu'un frappa à la porte, et ce fut Sandy qui alla ouvrir à un homme aux yeux humides, qui tenait un mouchoir dans une main et une sacoche dans l'autre.

— Monsieur Lawrence, dit Olivia. Entrez, je vous en prie.

M. Lawrence éternua.

— Il y a des érables des deux côtés de votre rue, et je suis allergique, expliqua-t-il avant d'éternuer encore deux fois.

— Je suis désolée. Entrez vite.

Il tendit la main pour saluer et éternua de nouveau.

— Même à l'intérieur, ce n'est guère mieux. Venons-en vite au fait, dit-il en passant d'un visage à l'autre.

Brad Makkho conduisit M. Lawrence au sous-sol tandis qu'Olivia disait au revoir à Tabitha qui partait à son examen de physique. A regret, elle laissa Sandy reprendre Brianna.

— Les dames de la quincaillerie vont-elles arriver bientôt pour vous aider, Megan et toi, avec les filles ?

— Ne t'inquiète pas. Fais ce que tu as à faire, d'accord ?

— Je vais essayer.

Que deviendrait-elle sans sa famille ? se demanda-t-elle en redescendant au sous-sol. Son pas se fit hésitant lorsqu'elle repensa à Faith, toujours inconsciente. L'appel qu'elle avait reçu, les bébés, l'arrivée de Brad l'en avaient un peu distraite, mais désormais, les impressions de sa visite à l'hôpital lui revenaient. Zac n'avait pas osé la toucher ce matin, il l'avait à peine regardée en face. Il s'était montré gentil mais distant.

Elle eut envie de pleurer.

Petit à petit, il s'éloignait d'elle.

Comment pouvait-elle lui en vouloir ?

Le procès se passa incroyablement bien. Zac arriva juste à l'heure, témoigna et fut autorisé à partir aussitôt après. C'était la première fois de sa carrière que tout se déroulait aussi simplement.

Une demi-heure plus tard, il rencontrait Dave, son ex-coéquipier.

Dave O'Sullivan était un grand rouquin de quarante-cinq ans. Il portait toujours un jean et une chemise blanche et ne ratait jamais une occasion de s'arrêter dans un bar pour faire une partie de billard.

— Tu t'es retrouvé mêlé à une drôle d'affaire, à Westerly…

— Dis-moi ce que tu as appris à ce sujet.

Dave se leva.

— Tu arrives au bon moment. J'ai identifié les types

dont tu m'as faxé les portraits-robots, et deux ont déjà été mis sous les verrous hier soir. Je sais où trouver le troisième et j'étais sur le point d'aller lui parler. Il s'appelle Sam Barber. Tu veux m'accompagner ?

Zac consulta sa montre. Il avait appelé l'hôpital. L'état de Faith était stable. Il avait également eu Dilly qui lui avait appris que tout était calme chez Olivia et que Kellerman était sur place. Il n'avait pas pu se résoudre à appeler Olivia directement. Il se considérait courageux, mais parler à Olivia en ce moment était au-dessus de ses forces.

— D'accord, je viens avec toi.

Dave prit sa veste sur le dossier d'une chaise.

— Alors allons-y.

Sam Barber portait bien son nom. Il tenait un petit salon de coiffure et rasage, un peu miteux, près du front de mer.

Ils le trouvèrent seul dans sa boutique, installé dans son fauteuil. Son sourire de bienvenue s'effaça lorsqu'il reconnut Dave.

— Je n'ai rien fait, déclara-t-il de but en blanc.

Il était trapu, commençait à se dégarnir et avait un grand nez. Sara Hoopes lui avait parfaitement tiré le portrait.

— Je voulais simplement te présenter le shérif de Westerly, Sam. Zac Bishop. C'est l'ami d'une dénommée Olivia Capri. Ça te dit quelque chose ?

L'expression de l'homme se troubla. Il regarda autour de lui pour éviter de croiser le regard de Zac.

— Non, ça ne me dit rien.

— Tu t'es présenté à sa porte en compagnie d'un dénommé Shorty et d'un autre type il y a deux jours, dit Zac. Tu as menacé de lui faire du mal si elle ne coopérait pas.

— Non, non, impossible, j'avais la grippe.

Il se mit à tousser pour appuyer son propos.

Zac croisa les bras et le considéra en plissant les yeux.

— Tu as quoi comme voiture, Sam ?

— Moi ? Je n'ai pas de voiture…

— Parce qu'un type au volant d'une berline noire a renversé ma sœur le lendemain.

— Je vous ai dit que je n'ai pas de voiture.

— Olivia t'a vu monter dans une berline noire.

— C'était la voiture de Cash.

— Si tu étais dedans au moment où…

— Ce n'est pas Cash qui a fait le coup. Nous ne sommes pas des voyous. Shorty est peut-être parfois brutal mais…

Zac leva la main pour le faire taire.

— Mets-le en cellule, Dave. Je demanderai à Twitch de me dire quel rôle a joué M. Barber dans le meurtre.

— Attendez ! reprit Sam Barber en bondissant de son fauteuil. L'appel que j'ai passé à la femme de Capri ce matin a été localisé, c'est ça ?

— Quel appel ? demanda Zac le plus calmement qu'il put.

— Je l'ai appelée. Un coup de fil amical. Je dois dire que cette femme a un sacré tempérament.

— Nous perdons notre temps, Dave, reprit Zac. Je parlerai à Twitch.

— Non, attendez. Ecoutez, je n'ai rien à voir avec Twitch.

— Est-ce que lui, il connaît ton patron ?

— Il a traîné quelque temps avec Pike, oui, mais…

— Berry Pike, expliqua Dave à Zac. Je l'ai arrêté la nuit dernière. Il était à la tête d'une opération de contrebande, et il va passer les deux prochaines années en prison.

Il se tourna vers Barber.

— Pour ta gouverne, nous avons également arrêté tes copains Cash et Shorty. Et devine quoi, ils ont cité ton nom.

— Donc, Berry Pike serait ton patron, l'homme dont tu as parlé à Olivia ? demanda Zac.

— Oui, mais…

Dave l'ignora.

— Alors le type qui est mort a refusé de payer ses dettes de jeu, et Sam et ses copains lui auraient fait la peau ?

Zac jeta un regard noir à Sam Barber puis déclara :

— Peut-être bien.

— Eh oh ! une seconde ! Pourquoi est-ce que moi, Pike et les autres, nous aurions tué Capri ? Sa mort ne nous a profité en rien, au contraire. Il était déjà arrivé qu'il nous doive de l'argent, et il avait fini par payer. Nous étions persuadés qu'il en serait de même cette fois.

— Il avait payé après avoir revendu quelque chose ?

— Ouais.

— Et vous saviez qu'il gardait cette marchandise chez lui ?

— Ça, nous ne le savions pas avant de lire dans la presse, après sa mort, que des traces de sang avaient été retrouvées chez lui.

— Mais Twitch ne travaillait ni pour toi ni pour Pike ?

— Certainement pas. Ce type est à fuir absolument. Il passe son temps à rôder comme une hyène, toujours à la recherche de quelques dollars à empocher, par tous les moyens.

— Où Capri a-t-il revendu sa marchandise ?

— Aucune idée.

— J'en ai assez entendu, fit Dave.

Il passa les menottes à Barber, sortit son téléphone et appela son bureau. Pendant ce temps, Zac tira Barber à part.

— Donne-moi le nom du receleur. Je te promets de ne pas dire que c'est toi qui as lâché le morceau.

— Pourquoi devrais-je vous aider ?

— Parce que le receleur pourrait nous confirmer que c'est Twitch le tueur. Mieux vaut passer un an en prison que de passer en jugement pour meurtre et risquer la perpétuité, non ?

— Je n'ai tué personne…

— C'est toi qui le dis. Mais quelle stratégie adoptera Twitch après avoir parlé à son avocat ? Mystère. Vous avez traîné ensemble dans le passé, tu as été identifié comme un des hommes qui s'est présenté chez Olivia après le meurtre de son mari…

— Ça va, ça va, j'ai compris.

Barber se mordit la lèvre inférieure et hésita une seconde.

— Passez voir Jenk, sur Bay Street, chuchota-t-il. Si ce n'est pas chez lui qu'est venu Capri, il pourra au moins vous renseigner.

— Merci.

Zac croisa le regard de Dave et lui dit :

— Je t'expliquerai plus tard.

*
* *

— La signature au bas de ce tableau que vous ne parvenez pas à lire est celle d'un peintre qui s'appelle James Reaper. Un bon spécialiste des paysages aux ciels tourmentés.

L'expert s'interrompit pour se moucher.

— Je pense que ce petit tableau pourrait se revendre environ cinq ou six mille dollars dans une vente aux enchères, si un collectionneur est prêt à mettre le prix. Sinon, dans une galerie, vous en tirerez deux ou trois mille dollars.

— Pas cinquante mille, marmonna Olivia.

— Loin de là.

— Et les cartes ? s'enquit Brad.

— Elles sont jolies, mais elles n'ont pas grande valeur. Deux cent dollars maximum.

Olivia poussa un long soupir. L'expert avait tout examiné, sans trouver d'objets de grande valeur.

— Et les figurines en porcelaine ?

— Quelles figurines ? fit Lawrence en reniflant.

— J'ai cinq figurines qui appartenaient à la mère de M. Makkho.

— Leur valeur est avant tout sentimentale, Olivia, dit Brad.

— Je sais, mais je me disais…

L'expert s'essuya les yeux.

— Je… je…

Il éternua encore, s'éclaircit la gorge puis acheva :

— … ferais aussi bien de les examiner…

— Je vais les chercher, dit Olivia en se levant.

Elle attrapa un carton vide et ajouta :

— Elles sont dans la chambre des enfants.

Elle monta à la nursery. Sandy lui tint le carton pendant

qu'elle les prenait en haut de l'armoire et les y déposait avec précaution.

— Je croyais que Lori et Paty devaient venir t'aider à donner à manger aux bébés, dit Olivia, qui devait parler fort pour couvrir les cris.

— Paty vient de m'envoyer un SMS. Elles auront du retard. Mais ne t'inquiète pas, je peux encore tenir une demi-heure toute seule.

— D'accord. Nous avons presque terminé, de toute façon.

Elle se retourna et vit Brad Makkho sur le pas de la porte.

— Quelle jolie nursery ! dit-il. C'est la première fois que j'en vois une, pour être honnête.

Tout en parlant, il prit une ou deux photos. Il contempla l'ensemble de la pièce.

— J'étais monté pour vous aider, dit-il en tendant les bras.

Olivia lui donna le carton et il regarda à l'intérieur.

— Il me semblait que vous aviez dit en avoir cinq. Là, je n'en vois que quatre.

— C'est une longue histoire.

Tous deux redescendirent.

11

Zac pénétra dans la boutique de prêt sur gages de Jenk au moment où une femme en sortait, tenant une fillette par la main. Celle-ci avait une longue queue-de-cheval et de grands yeux noirs. Un terrible sentiment de mélancolie envahit Zac. Un jour, les filles d'Olivia ressembleraient à cette enfant.

Mais lui ne ferait pas partie de leur vie.

Il ressentit un besoin ardent de rentrer à Westerly. Etait-il inquiet pour Olivia ou pour Faith ? Peut-être les deux.

Mais avant de rentrer, il avait besoin d'obtenir des informations pour pousser Twitch à se mettre à table. S'il travaillait pour quelqu'un, il voulait savoir pour qui : Sam Barber et ses acolytes, Pike, ou même Grant et Hugh ? Qui que ce soit, il devait le savoir.

Le magasin était sombre, encombré et poussiéreux. Il n'avait pas changé depuis la dernière fois où il y était venu, six mois plus tôt.

— Salut, Jenk, dit-il en s'appuyant sur le comptoir.

Jenk devait avoir environ soixante ans mais en paraissait vingt de plus. Il le regarda avec des yeux fatigués.

— J'ai entendu dire que tu avais quitté la ville.

— Eh bien, tu vois, je suis revenu pour me promener.

— Et tu as décidé de faire un saut ici ? demanda Jenk d'une voix ironique.

— J'aime bien ta boutique. Elle est colorée.

Il fit une pause puis reprit :

— As-tu suivi cette affaire de meurtre, à Westerly ?

— Ça ne me dit rien.

— Le type dont la femme a accouché de quadruplés et qu'elle a retrouvé mort dans le garage de leur nouvelle maison. Tu sais, un certain Paul Gray.

— Ah, ouais.

Zac vit Jenk déglutir et détourner son regard.

— Non, attends, on ne parle pas du même.

— Non ?

— Non, moi j'ai entendu parler d'un certain Capri…

— Tu as raison, c'est ça, dit Zac. J'ai dit Gray parce que toi, c'est sous ce nom-là que tu l'as connu.

— Je ne le connaissais pas, protesta Jenk.

Zac s'avança plus près de lui.

— Imaginons qu'il soit venu ici et y ait apporté quelque chose.

— A mettre en gage ?

— Pour que tu le recèles.

— Je ne fais pas de recel. C'est illégal.

— Bien. Alors disons que tu savais peut-être où l'envoyer.

— S'il était venu ici, ce qui n'est pas le cas, et si j'étais un escroc, ce que je ne suis pas non plus, j'aurais peut-être su où l'envoyer. D'accord ?

— Tout à fait.

— Que puis-je d'autre pour toi ?

— Tu vois, en fait, je ne travaille plus à Seattle. Alors, ce que tu fais réellement ou pas, ce n'est plus mon problème. En revanche, mon ancien coéquipier, lui, ça l'intéresse. Je suis sûr qu'il serait prêt à retourner ta boutique, éplucher tes livres de comptes, et même à te faire fermer. Il est vraiment coriace, tu sais.

— Mais pas toi, répondit Jenk, toujours ironique.

— Pas autant. Alors, quand Capri est venu, il y avait quelqu'un avec lui ?

Jenk dévisagea Zac et soutint longuement son regard. Puis il jeta un coup d'œil autour de lui, comme pour s'assurer qu'ils étaient bien seuls.

— Tu veux savoir si quelqu'un l'accompagnait ?

— Non, en fait, je voulais savoir si tu avais remarqué quelqu'un qui rôdait dans les parages pendant sa visite.

De nouveau, un long silence suivit.

— Ça se pourrait bien, répondit finalement Jenk.

— Et cet homme paraissait intéressé par ce que faisait Capri ?

— Disons qu'il restait discret, histoire de ne pas attirer l'attention, mais moi j'ai compris son manège. Et lorsque Capri est parti, il l'a suivi.

— Dirais-tu que ce type semblait nerveux ?

— Assez instable, oui. Mais je ne crois pas que Capri s'était rendu compte qu'il était filé.

— En tout cas pas avant qu'il soit trop tard, dit Zac. Maintenant dis-moi ce que Capri avait apporté.

— Désolé, madame Hart, dit l'expert, qui tenait une figurine entre ses mains et continuait d'éternuer à tout bout de champ.

Il prit une loupe pour examiner la marque sur le fond.

La figurine représentait une femme en robe jaune. Brad Makkho observait anxieusement l'expert.

— Celle-ci peut valoir environ cinq cents dollars, finit par déclarer ce dernier. Celle de la petite brune environ mille dollars, les autres beaucoup moins.

Olivia eut un soupir de découragement.

Brad Makkho prit la figurine représentant une jeune femme brune.

— Ma mère les adorait. Un jour, je me souviens l'avoir surprise en train de leur parler comme si c'étaient de vraies personnes. Je ne savais pas qu'elles avaient chacune une valeur intrinsèque.

— J'ai changé d'avis, déclara Olivia. C'est vous ou la femme de votre frère qui devriez les récupérer.

— Mais je croyais que vous vouliez les léguer à vos filles !

— Finalement, non. Je vais les emballer pour que vous puissiez les emporter. Je souhaiterais en garder seulement une.

Brad sourit.

— D'accord. En fait, je suis plus sentimental que je ne le pensais.

M. Lawrence, qui allait reposer la figurine qu'il tenait, éternua violemment. Il fut si brusquement secoué que la figurine lui échappa et alla se briser sur le rebord de la table basse. Tous trois restèrent pétrifiés et regardèrent la figurine brisée avec consternation.

M. Lawrence se moucha et se répandit en excuses.

— Bien sûr je vous la rembourserai. Je n'arrive pas à croire que…

Olivia ne l'écoutait pas, ébahie par ce qu'elle voyait au milieu des éclats de porcelaine brisée. M. Lawrence suivit son regard et se tut. Brad Makkho eut un gémissement de surprise.

— Qu'est-ce que c'est que ça ? fit Olivia.

Une pierre à facettes d'un rouge intense qui scintillait avec un tel éclat qu'elle en eut le souffle coupé. Elle était en forme de poire et faisait au moins deux centimètres de long.

— Ô mon Dieu ! s'exclama M. Lawrence. Savez-vous ce que c'est ?

— Un rubis ? reprit Olivia.

— Non. C'est un diamant rouge. Il n'en existe qu'un seul de cette taille dans le monde. Le Debussy.

— Je ne…

— Le Debussy. Il a été volé dans une chambre forte il y a deux ans environ. Il était serti dans une broche avec trois saphirs, si mes souvenirs sont bons. Deux policiers ont été tués lorsque les voleurs se sont enfuis. D'autres objets avaient été volés à cette occasion, je crois. Des antiquités, en particulier.

— Je me souviens maintenant, intervint Brad, les yeux fixés sur la pierre que Lawrence avait ramassée pour l'examiner avec sa loupe. Les voleurs n'ont jamais été retrouvés.

— Non, en effet, marmonna Lawrence. Le diamant a été introduit dans la figurine et l'ouverture comblée avec une sorte de cire.

Pendant ce temps, Olivia fit le tri au sol parmi les débris de porcelaine. Il y avait d'autres diamants, plus ordinaires.

— Comment mon frère s'est-il retrouvé en possession du Debussy, ainsi que de ces autres pierres ?

— Bonne question, dit M. Lawrence.

— Je n'arrive pas à croire que votre frère ait pu

être mêlé à une histoire qui a fait des morts, dit Olivia, consternée.

Alors le père de ses enfants était un meurtrier ?

Brad s'éclaircit la voix.

— Eh bien, je n'avais jamais fait de rapprochement avant, mais ce vol a eu lieu à Las Vegas à une période où Danny y vivait. Je me rappelle aussi que la veille de son départ, il semblait très perturbé.

— Ce qui signifie que le jour où votre frère a été assassiné, c'est lui qui avait brisé une figurine pour revendre les diamants cachés à l'intérieur et payer ses dettes. Mais il a été surpris par son meurtrier.

— En revanche, revendre le Debussy aurait été une tout autre affaire. Il aurait dû trouver un acheteur très spécial. Mais il pourra être rendu à ses véritables propriétaires, désormais.

— Prenez-le, dit Olivia à l'expert.

Il rangea ses affaires dans sa mallette et leva les mains en signe de refus.

— Sûrement pas, répondit-il avant d'éternuer. C'est un diamant volé. Vous devez appeler la police. En outre, il y a peut-être des pierres dans les autres figurines. Mettez le tout en sûreté dans un coffre.

— C'était bien mon intention, dit Olivia qui rassemblait tous les diamants. Voulez-vous bien m'accompagner, messieurs ?

Ils la suivirent dans l'escalier. Elle les conduisit dans son bureau, ouvrit le coffre-fort, y mit tous les diamants, les figurines, et le referma devant eux. Au même moment, la sonnette d'entrée retentit.

Olivia se redressa promptement.

— Je dois retourner auprès de mes enfants, dit-elle, espérant que c'était Zac qui avait sonné.

— Et moi, je dois m'éloigner au plus vite de ce quartier, déclara M. Lawrence qui s'était remis à éternuer.

Tous trois redescendirent. Ils découvrirent que de nouveaux renforts étaient arrivés pour s'occuper des bébés, qui réclamaient à manger. Mais pas de Zac.

M. Lawrence lança un au revoir à la cantonade et s'en fut. Sandy tendit Jillian à Brad Makkho.

— Elle est propre, mais elle a faim. Pouvez-vous la tenir un moment pendant que je vais chercher les biberons ?

Brad prit Jillian avec un large sourire et la berça tout en se dirigeant vers la nursery. Une partie des dames venues aider le suivirent, les autres suivirent Sandy dans la cuisine. Olivia promit à sa sœur de revenir rapidement, prit le téléphone et sortit par la porte arrière pour appeler Zac.

Entre l'appel de ce matin et la découverte des diamants, elle avait beaucoup de choses à lui raconter.

Zac retrouva Dilly à l'hôpital, et ce dernier lui fit un briefing de la journée.

— Après ton appel, j'ai dit à Kellerman qu'il pouvait cesser sa surveillance de la maison d'Olivia.

— Très bien, répondit Zac. Et notre prisonnier ?

— Twitch est avec son avocat. Sa voiture a été inspectée, et aucune trace d'impact n'y a été relevée. En revanche, l'arme qu'il a utilisée la nuit dernière est bien celle qui a servi à tuer Danny Makkho. Pareil pour ses chaussures et pour les pneus de sa voiture : les empreintes correspondent à celles retrouvées près de la maison du bord de mer. Enfin, le labo ne nous a pas encore envoyé son rapport d'analyses, mais nous savons déjà que son groupe sanguin correspond à celui des traces de sang retrouvées chez Olivia. Conclusion, c'est lui le meurtrier.

— Coupe ton téléphone, lui conseilla Zac lorsqu'ils montèrent dans l'ascenseur. De mon côté, j'ai découvert que le personnel du Marina Inn a repéré un homme, dont la description correspond à celle de Twitch, qui était dans le hall au moment où Danny Makkho est parti. Je pense qu'il savait que Makkho faisait du recel, car à une époque, il a fait partie des hommes de Berry Pike, à qui Makkho devait de l'argent. Lorsqu'il a découvert que Makkho allait recommencer, il l'a suivi. Et nous savons déjà comment ça s'est terminé, à quelques détails près.

— En effet, ça tient la route.

— Selon mes sources, Makkho faisait du recel de diamants. Et pas n'importe lesquels.

— Je me demande comment il se les est procurés.

— Il s'agit surtout de déterminer s'il travaillait seul ou s'il avait un complice. S'il avait un associé, je parie que l'avocat de Twitch l'encouragera à coopérer en échange d'un accord.

Quand ils sortirent de l'ascenseur, ils découvrirent le père de Zac qui s'avançait vers eux, tête basse. La mère d'Olivia était près de lui. Zac sentit un courant d'air froid le transpercer.

— Faith…, murmura-t-il.

— Ne t'inquiète pas, Zac, l'état de Faith est stable. Sa température a même baissé, ce qui est bon signe. Ton père est épuisé. Je l'emmène prendre un café en bas. Ensuite, Sandy viendra prendre ma place auprès de ta sœur.

Soudain, Zac comprit que son intention de prendre ses distances avec Olivia était vaine. Sa famille et la sienne étaient trop étroitement liées.

— Je ne sais comment vous remercier…

— Faith est comme ma fille, tu sais, dit la mère d'Olivia. Et toi comme mon fils.

Zac les étreignit tous deux. Son père était fatigué, mais son regard était encore vaillant.

— As-tu eu des nouvelles d'Olivia ? Je crois qu'elle a encore reçu un coup de fil troublant, ce matin.

— Non, je ne lui ai pas parlé. Mais Sandy pourra nous en dire plus, je pense.

La mère d'Olivia et le père de Zac montèrent dans l'ascenseur, Dilly et Zac entrèrent dans la chambre de Faith. Elle semblait toujours très faible. Zac lui prit la main et lui parla doucement. Lorsque les infirmières entrèrent pour examiner Faith, il s'excusa et raccompagna Dilly au parking.

Tous deux trouvèrent des messages sur leur portable. Dilly s'assit dans sa voiture et composa un numéro, Zac fit quelques pas pour rappeler Olivia. A ce moment, Sandy entra sur le parking, et ils échangèrent un signe de la main.

— Il paraît que tu as reçu un appel d'un des trois malfrats ce matin ? dit Zac lorsqu'Olivia répondit.

— Je lui ai raccroché au nez. J'en avais assez.

Un demi-sourire se forma sur les lèvres de Zac. Il aimait bien lorsqu'elle faisait preuve de caractère.

— De toute façon, il est en prison, maintenant, ainsi que ses deux acolytes. Et l'assassin de Danny Makkho a été confondu.

— C'est l'homme d'hier soir ?

— Oui, c'est bien lui.

— Et comment va Faith ?

— Son état est stable. Ta maman est toujours ici. Pour le plus grand bien de mon père, d'ailleurs. Et Sandy vient d'arriver.

— Oui, elle tenait à passer à l'hôpital. Et penses-tu que l'homme que tu as arrêté hier soir est celui qui a renversé Faith ?

— Je ne sais pas. Aucune trace de choc n'a été relevée sur sa voiture, et, *a priori*, ce n'est pas le genre à changer de véhicule entre deux forfaits. Il reste donc encore des zones d'ombre.

Elle ne répondit pas immédiatement, comme si elle prenait le temps d'assimiler ce qu'il venait de lui dire. Zac fut surpris qu'ils parviennent à avoir une conversation sur un ton aussi détaché.

— La situation est un peu chaotique, ici, finit-elle par répondre. Apparemment, il y a eu quelques cafouillages dans l'organisation des tours de garde, et finalement tout le monde est venu. La maison est noire de monde. Brad Makkho est encore là lui aussi. D'ailleurs, tu ne devineras jamais ce que nous avons découvert : un gros diamant, appelé le Debussy, caché dans une des figurines de la mère de Danny, ainsi que d'autres pierres précieuses.

C'était donc de là que provenaient les diamants revendus.

— Qu'est-ce que le Debussy, très exactement ?

— Je t'expliquerai plus tard. Mais ce qui est grave, c'est qu'au cours du vol de ce diamant, deux policiers ont été tués, et tout porte à croire que Danny était impliqué dans ce vol.

Zac fronça les sourcils.

— Je viens tout de suite.

— D'accord. Je dois avouer qu'avoir des diamants volés dans mon coffre-fort me met mal à l'aise. Au fait, la figurine que j'ai laissée au chevet de Faith est peut-être elle aussi remplie de diamants.

— Je vais passer la prendre.

— Non, s'empressa-t-elle de répondre. Laisse-la où elle est. Nous la récupérerons lorsque Faith aura repris connaissance, d'accord ?

— D'accord.

Il allait raccrocher lorsqu'il l'entendit reprendre, plus bas :

— Zac, tu es toujours là ?

— Oui.

— Zac, je suis désolée.

Il ne dit rien. Qu'aurait-il pu répondre, de toute façon ?

— J'ai été maladroite avec toi. Je te jure que je fais la différence entre un type comme Danny Makkho et toi.

— Olivia, il est inutile de revenir là-dessus.

— Je regrette simplement de ne pas avoir pris le temps de réfléchir. Est-ce trop tard, Zac ?

— Trop tard pour quoi ? s'entendit-il demander, presque à son insu.

— Je vois, murmura-t-elle.

Elle semblait blessée, et, bizarrement, il en était presque satisfait. A elle de voir ce que ça faisait de se voir repoussé.

— A tout de suite, dit-il, avant de l'entendre raccrocher.

Mais à peine avait-il refermé son téléphone qu'il sentit resurgir la douleur qui lui serrait le cœur depuis deux jours. Il se sentait à la fois honteux et désireux de se venger. Ce n'était vraiment pas glorieux. Olivia détenait son bonheur et son malheur entre ses mains. Il n'aimait pas savoir qu'elle avait un tel pouvoir sur lui. A l'entendre, elle commençait à se demander si elle n'était pas prête à se lancer dans une histoire d'amour avec lui. Et lui ? Etait-il prêt à relever le défi ?

Il retournait vers sa voiture, tête basse, les mains dans les poches, lorsqu'il entendit une portière claquer. Il leva les yeux et vit Dilly qui se précipitait vers lui, l'air hagard.

— Tu ne vas pas croire ce que je viens d'apprendre.

— Viens-en tout de suite au fait.

— Tu sais que je ne parvenais pas à retrouver la trace de Lindy Makkho. Je n'arrivais pas à joindre Brad Makkho, et j'ai donc décidé d'appeler son épouse, au cas où elle pourrait nous fournir des informations supplémentaires au sujet de cette Lindy.

— Et alors ?

— Personne n'a répondu au téléphone. J'ai donc laissé un message, et on vient de me rappeler. Sauf que ce n'est pas la femme de Brad qui m'a rappelé, mais Brad lui-même. Depuis Las Vegas.

— Mais ce n'est pas possible, puisqu'en ce moment, il est encore chez Olivia…

— Non, c'est faux. Brad Makkho est à Las Vegas en compagnie de Maria, sa femme. Il avait un frère qui s'appelait Danny et qui est mort il y a cinq ans. Il n'a jamais entendu parler d'une Lindy Makkho, et, surtout, il a été victime d'un vol il y a quelques jours. On lui a notamment volé son portefeuille, dans lequel était son permis de conduire.

— Dans ce cas, qui est chez Olivia ?

— Aucune idée.

— Bon sang !

— Attends, ce n'est pas tout. Les fédéraux ont réussi à identifier formellement le cadavre de l'homme que nous pensions être Danny Makkho. Il s'appelait en réalité

Logan Cooke, originaire du Nebraska. Fils unique, marié à une certaine Shelby qui avait porté plainte contre lui car il avait disparu avec l'argent d'un héritage familial. Il avait été arrêté plusieurs fois pour usurpation d'identité, fraude bancaire. Il a été à l'université à Harvard avec le véritable Anthony Capri. Il avait usurpé l'identité de son ancien camarade à la mort de celui-ci…

Zac ne voulut pas en entendre davantage. Il sortit son portable et appela Olivia tout en courant vers sa voiture.

Elle ne répondit pas.

12

Olivia éteignit son téléphone et le rangea dans sa poche. Elle resta dehors, à humer l'air doux et marin. Le ciel de la fin d'après-midi se couvrait progressivement, une averse était annoncée en soirée.

Et si Zac avait définitivement renoncé à elle ? Elle était toute seule pour élever ses filles, elle était inquiète pour Faith et elle avait dans son coffre l'équivalent de plusieurs millions de dollars en diamants. Elle devait consulter son avocate afin de savoir si elle était solidaire des dettes de Danny Makkho, sachant que, légalement, elle n'avait jamais été son épouse.

Avec tous ces tracas, elle ne pouvait pas se permettre d'être distraite par une histoire d'amour.

Ce mot, surgi de lui-même, résonna dans sa tête. De l'amour ? Etait-elle amoureuse de Zac ?

Des images lui revinrent à l'esprit : Zac lui rendant visite à l'hôpital avec un bouquet de quatre roses, Zac la réconfortant lorsqu'elle avait appris que l'homme qu'elle avait épousé s'était joué d'elle, Zac la serrant contre lui quand elle avait découvert, enterré dans le garage, le corps de celui qu'elle croyait être son mari…

Elle repensa à ses baisers, au désir qu'il avait exprimé, et auquel elle avait eu peur de se sentir répondre. Elle avait été lâche. Elle ne l'avait même pas autorisé à lui dire : *je t'aime*.

Et pourtant, elle croyait en ces mots, bien qu'elle ait prétendu le contraire. Et elle savait qu'avec Zac, jamais elle n'aurait besoin de chercher à se convaincre de ses sentiments, de jouer les aveugles.

Elle ouvrit la porte et rentra dans la cuisine, qui était un véritable chantier, une petite collation improvisée ayant été offerte à toutes les dames venues prêter main-forte. Elle entendait des bruits de conversation, des éclats de rire, parfois un petit cri de bébé. Cette atmosphère l'apaisa un peu.

Le téléphone fixe sonna, tout près d'elle. Elle n'osa pas répondre, craignant que ce soit Zac. Elle entendit Tabitha répondre sur l'autre poste du salon puis l'appeler :

— Olivia ? C'est Zac.

Elle pousa la porte et passa dans le salon.

— Dis-lui que je suis occupée et que je lui parlerai lorsqu'il sera là.

Tabitha transmit le message et Olivia monta à la nursery. Megan était assise dans le fauteuil, Brianna dans les bras. Lori et Paty avaient donné un bain à Jillian et la séchaient.

— Faites attention qu'elle ne prenne pas froid, surtout, leur dit Olivia.

Elle appréciait sincèrement l'aide qu'on lui offrait, mais, parfois, la nursery se transformait en zoo, et elle se sentait un peu mise à l'écart.

— Où sont Juliet et Antoinette ? demanda-t-elle à la cantonade.

— Antoinette est avec Brad. Il fait le tour de la maison avec elle pour essayer de la calmer, répondit Megan.

— Les dames du club de bowling donnent un bain à Juliet, dit Lori. Ne soyez pas inquiète, Sandy leur a montré comment procéder avant de partir.

Olivia se rendit à la salle de bains. Les dames du club de bowling y baignaient Juliet avec précaution.

— Si vous avez bientôt terminé, leur dit-elle, je vais aller chercher Antoinette afin qu'elle prenne également un bain.

— Nous pouvons nous en charger.

— Non, dit Olivia en déposant un baiser sur le ventre de Juliet. J'ai envie de le faire moi même.

— Très bien. Nous finissons vite.

Lorsqu'elle sortit de la salle de bains, elle croisa Tabitha.

— Zac dit qu'il doit absolument te parler maintenant. J'ai tenté de le convaincre de me dire ce qu'il y avait de si urgent, mais il insiste et…

— D'accord. Où sont Brad et Antoinette ?

— Je ne sais pas. Depuis que je suis rentrée, je ne les ai pas revus.

— Va voir s'ils sont au sous-sol, d'accord ?

Tabitha leva les yeux au ciel puis s'exécuta. Olivia alla répondre au téléphone.

— Allô ? dit-elle, distraite par Tabitha qui remontait et lui signifiait d'un geste qu'ils n'étaient pas en bas.

Olivia fit signe à Tabitha de monter voir dans sa chambre.

— Où est Brad Makkho ? demanda Zac à l'autre bout du fil.

Sa voix avait une intonation inquiétante et inhabituelle.

— Je ne sais pas, nous le cherchons, justement.

— Ecoute. En aucun cas tu ne dois le laisser seul avec un des bébés, est-ce clair ?

— Tu me fais peur, dit Olivia comme Tabitha redescendait et haussait les épaules pour indiquer qu'elle avait fait chou blanc. Pourquoi ne doit-il pas…

— Je t'en prie, Olivia. Fais ce que je te dis.

— Il était en train de consoler Antoinette, et je ne sais pas où il est maintenant.

Elle couvrit le combiné d'une main et dit à Tabitha :

— Va voir dehors.

Tabitha sortit et elle reprit l'appareil.

— Qu'est-ce qui se passe, Zac ?

— Makkho est-il dehors ? J'arrive dans quelques instants.

Tabitha rentra dans la maison.

— Il n'est pas dehors, dit-elle, et sa voiture n'est plus là.

— Il est parti, répéta Olivia, incrédule. Qu'est-ce que ça signifie ? Où est Antoinette ?

— Zac vient d'arriver, dit Tabitha, aussi anxieuse que sa sœur aînée.

Olivia raccrocha et se précipita pour ouvrir la porte. Ils faillirent se percuter.

La maison fut fouillée de fond en comble et il fallut se rendre à l'atroce évidence : l'homme qui s'était fait passer pour Brad Makkho était parti, emmenant Antoinette avec lui. Pâle et tremblante, Olivia passait d'une pièce à l'autre, comme si elle refusait d'admettre la réalité. Zac chercha à la calmer et lui expliqua ce que Dilly avait découvert.

— Alors ce n'était pas le frère de Danny, dit Olivia, qui s'appuya contre le mur pour ne pas s'effondrer.

Zac avait assigné deux adultes à la surveillance de chaque bébé et leur avait demandé de ne jamais les laisser seuls. Lorsque tout le monde eut un peu repris ses esprits, tous les témoignages convergèrent : Brad était sorti de la nursery avec Antoinette dans les bras, et personne n'avait prêté attention à ce qu'il avait fait ensuite. Le moment où il avait disparu ne pouvait pas remonter à plus d'une demi-heure. Zac avait immédiatement fait placer le téléphone d'Olivia sur écoute et lancé un avis de recherche. Désormais, ils ne pouvaient rien faire d'autre qu'attendre.

— Il n'y pas de Danny Makkho. Son véritable nom était Logan Cooke, expliqua Zac.

— Et tu ne sais pas qui est l'homme qui s'est fait passer pour Brad Makkho ?

— Pas encore. Ce que je sais, c'est qu'il a signifié son départ de son hôtel ce matin. Dilly est là-bas et s'occupe de relever les empreintes dans la chambre qu'il a occupée. A moins que la femme de ménage soit très méticuleuse, nous saurons bientôt à qui nous avons affaire.

— Mais pourquoi enlever un bébé innocent ? Je ne comprends pas…

— Il y a sans doute un lien avec les diamants que vous avez découverts. Logan Cooke et lui devaient être complices. Si je devais émettre une hypothèse, je dirais que Logan Cooke a planté son ancien complice et changé d'identité pour devenir Anthony Capri.

— C'est pour cela qu'il n'aimait pas être pris en photo.

— Ça pourrait également expliquer pourquoi la boutique du photographe de votre mariage a pris feu. Mais lorsque ta mère a brandi la photo de Logan devant la presse à l'hôpital, l'homme qui s'est fait passer pour Brad Makkho a dû reconnaître son ancien acolyte.

— Il est arrivé après le meurtre, mais il a profité de toute la confusion qui régnait ici.

— Les diamants ont été dérobés dans une résidence privée au cours d'une fête, à Las Vegas.

— Mais pourquoi cet homme a-t-il enlevé Antoinette…

La sonnerie du téléphone retentit, et Olivia se figea.

Zac se rua vers la cuisine en criant :

— Je vais écouter sur le second appareil. Mais nous devons bien décrocher en même temps. Si c'est notre homme, tente de le garder en ligne le plus longtemps possible.

Ils se regardèrent et décrochèrent lorsque Zac donna le signal.

— Vous savez ce que je détiens ? dit l'homme qu'Olivia avait connu sous le nom de Brad Makkho.

Olivia ferma les yeux. Elle entendait des cris stridents en fond. Son cœur se serra. Son bébé avait besoin d'elle.

— Ramenez-la, je vous en supplie, répondit-elle, tandis que des larmes coulaient sur ses joues.

Il lui donna des consignes en parlant très vite :

— Rassemblez les cinq figurines et les diamants. Prenez la cloche en plâtre aussi. Donnez-moi votre numéro de portable, et ensuite montez en voiture. Je vous appellerai pour vous dire où aller et comment procéder.

De la cuisine, Zac secoua la tête.

Olivia lui donna son numéro de portable puis reprit :

— Je ne peux pas partir tout de suite.

— Pourquoi ?

— Parce que ma sœur a pris ma voiture pour aller jusqu'à votre hôtel.

— Pourquoi a-t-elle fait cela ?

— Nous étions désespérées, dit Olivia, le regard rivé

à celui de Zac. Je… Nous avons cherché partout, et elle a décidé d'aller voir si vous étiez encore là-bas.

— Alors prenez la voiture de votre mère…

— Mais elle est n'est pas encore revenue de l'hôpital.

— Eh bien prenez un taxi, bon sang ! hurla-t-il, excédé.

— Ecoutez, ma sœur sera de retour dans quelques minutes. Je ferai tout ce que vous désirez ; j'ai simplement besoin d'un peu de temps.

— Vous avez une demi-heure. Et agissez seule, sinon vous ne reverrez pas votre bébé vivant.

Il raccrocha. Zac se précipita auprès d'Olivia. Elle se tourna vers lui, les yeux brillants, les poings serrés.

— Pourquoi ai-je demandé du temps, alors que mon bébé est avec ce malade ? Elle a besoin de moi maintenant, chaque minute compte. J'aurais dû faire ce qu'il me disait.

Zac la prit par les épaules et la fixa droit dans les yeux.

— Me fais-tu confiance, Olivia ?

— Oui. Bien sûr que je te fais confiance.

— Et tu sais que je tiens beaucoup à toi et à tes bébés, que je ne ferais jamais rien pour vous mettre en danger, n'est-ce pas ?

— Oui, fit-elle, de nouveau secouée de sanglots. Mais que cherches-tu à me dire ?

— Qu'on ne peut pas se fier à lui, Olivia. On ne peut pas lui faire confiance.

— Mais…

— Lorsque tu lui auras donné ce qu'il convoite, il devra s'enfuir. Or, il sait pertinemment que tous les flics de l'Etat seront à ses trousses. Il aura donc besoin de garder un atout dans sa manche pour être sûr qu'on le laisse partir.

— Antoinette !

— Oui.

Elle sortit de son étreinte, incapable de tenir en place, et se mit à arpenter la pièce. Elle regarda ses autres filles, qui étaient toutes dans des bras protecteurs et affectueux. Elle ne supporterait pas qu'il arrive du mal à l'une d'elles.

— Où peut-on emmener un bébé ? demanda Zac.

— Que veux-tu dire ?

— Eh bien, ce type n'a pas franchement l'air du père d'un si jeune bébé. S'il se rendait dans un restaurant ou un magasin de Westerly, il attirerait immanquablement l'attention, et de plus j'ai des hommes qui sillonnent la ville. En même temps, il ne peut pas être trop loin puisqu'il doit te retrouver quelque part.

— A l'heure qu'il est, il pourrait déjà être sur la nationale.

— La police routière de l'Etat le recherche, le bureau local du FBI a été prévenu qu'un enlèvement a eu lieu, et de toute façon, il ne va pas s'amuser à rouler pendant une heure.

— Il a pu se cacher dans les bois et attendre dans sa voiture…

A cette pensée, Olivia s'interrompit. Elle imagina Antoinette dans une voiture avec cet homme. Il avait commencé à pleuvoir et la température avait chuté. La fillette ne portait qu'une couche culotte et elle était enroulée dans une couverture. Elle n'était pas habillée pour être dehors et n'était pas installée dans un siège bébé pour voiture.

— J'ai entendu Antoinette pleurer en fond, intervint

Zac, et je n'ai pas eu l'impression qu'elle était dans une voiture.

— La maison du bord de mer ! dit soudain Olivia. Je parie qu'il l'a emmenée là-bas. Ce matin, il m'a avoué y être allé et nous avons parlé du fait qu'elle semblait à l'abandon.

Megan descendit de l'étage avec un carton dans lequel elle avait rangé les figurines. Tabitha tenait la cloche en plâtre.

Le portable de Zac sonna. Il prit l'appel puis raccrocha très vite.

— C'était Hoopes. Le ravisseur s'appelle Richard Deerfield. C'est un voleur fiché qui exerce à Las Vegas. Il avait été suspecté dans l'affaire du vol du Debussy il y a deux ans, mais il n'y avait pas assez d'éléments contre lui pour l'inculper.

— Et donc, il nous a vus découvrir les diamants puis les enfermer dans le coffre. Mais la cloche ? Pourquoi diable s'intéresse-t-il à elle ?

Zac haussa les épaules.

— Pour le moment, ce n'est pas là le plus important.

Il la rangea dans le carton avec les figurines.

— Peut-être m'a-t-il également menti au sujet de la première épouse de…

— Non, ça c'était vrai. Seul le nom qu'il t'a donné est faux. Mais Logan Cooke était bel et bien marié.

— Bien, dit Olivia, soulagée, tandis que Zac prenait le carton. En revanche, si tu espères y aller sans moi, tu te mets le doigt dans l'œil.

— C'est trop dangereux. Je vais appeler Dilly et…

— Hors de question. Tu ne pourras pas pénétrer dans la maison sans moi. S'il me voit arriver seule avec le carton dans les bras, il me laissera entrer. Mais s'il te voit toi ou d'autres flics, il risque de faire feu et Antoinette sera en danger. Alors je viens.

Zac insista pour appeler des renforts. Ils prirent la voiture d'Olivia et rejoignirent Hoopes et Dilly à l'entrée du chemin qui menait à la maison du bord de mer, tandis que l'agent Kellerman restait chez Olivia auprès de sa famille.

Zac avait placé son arme dans un sac plastique étanche et Olivia avait pris des vêtements chauds pour Antoinette.

Olivia s'abritait sous un parapluie, Dilly et Hoopes étaient en imperméable. Zac était tête nue mais semblait trop concentré pour sentir la pluie battante. Son calme et sa détermination impressionnaient Olivia.

— Alors, comment procède-t-on ? demanda Dilly.

— Vous deux, vous restez dans les parages. Votre mission, c'est de vous assurer que Deerfield ne s'enfuira pas.

— Et s'il part en bateau, par la mer ?

— Je serais très surpris qu'il ait eu le temps d'arrimer une embarcation au ponton de la maison. Et puis, soyons clairs : pour le moment, nous n'avons même pas la certitude qu'il est bien ici. Je vais accompagner Olivia mais je descendrai de voiture avant que nous arrivions à la maison. A ce moment-là, elle sera toute seule.

— Tu prends le risque de fournir un second otage à Deerfield, dit Dilly, préoccupé.

— Quoi qu'il en coûte, je dois être au plus vite auprès d'Antoinette. Je ne supporte pas de la savoir seule avec ce type, intervint Olivia.

— Je te promets qu'il ne vous emmènera nulle part, ni toi ni Antoinette, dit Zac. Allez, en route.

Hoopes et Dilly rejoignirent leur véhicule et Zac s'installa sur le siège passager de la voiture d'Olivia, qui prit le volant.

— N'allume pas tes phares, lui dit-il comme elle démarrait.

Elle roula lentement, jusqu'à ce qu'il pose une main sur sa cuisse.

— Arrête-toi, je descends ici. Attends cinq minutes, puis repars. Ne t'inquiète pas pour moi, ne pense qu'à Antoinette. Essaie de faire traîner un peu les choses pour que j'aie le temps d'intervenir.

— Comment comptes-tu faire ?

Il sourit.

— A vrai dire, je ne sais pas, mais je te promets que je vais trouver.

— D'accord.

Ses mains se mirent à trembler, et elle chercha le regard de Zac.

— Zac, je…

— Olivia, excuse-moi mais il faut que je te le dise. Je t'aime. Depuis des années. C'est pour ça que j'ai agi comme un idiot lorsque tu t'es mariée, et c'est pour ça que je ne veux plus être un simple ami pour toi. Je veux que tu sois ma femme ou bien rien d'autre. Je vais mettre Deerfield hors d'état de nuire et m'assurer que plus personne ne vous fera de mal, à toi et tes filles. Et ensuite, je vais faire tout mon possible pour gagner ton cœur.

Il se pencha en avant, l'attira à lui et pressa ses lèvres sur les siennes.

Avant qu'elle ait le temps de répondre, il disparaissait déjà parmi les arbres.

Zac se dirigea vers le rivage. Il ne pouvait pas arriver par l'avant de la maison, qui était trop à découvert. Il devait arriver par la mer s'il ne voulait pas être vu.

Il longea la grève jusqu'au moment où il aperçut la maison face à lui. Une faible lumière luisait à l'intérieur. Ils avaient donc vu juste. Deerfield était là.

Zac glissa dans sa ceinture son arme protégée par le sac plastique. Il repéra le ponton, très incliné, relié à l'arrière de la maison. A marée basse, il reposait presque sur le sable. Il respira à fond pour se préparer au choc thermique, puis entra dans l'eau. Il lui sembla ressentir la piqûre de milliers d'aiguilles. Il devrait être fort pour résister à cette épreuve.

Olivia se gara devant la maison. Elle sortit de voiture, ouvrit le coffre et en sortit le carton.

— Restez où vous êtes, lança Deerfield en apparaissant sous le porche.

— Où est-elle ? fit Olivia, qui, ignorant son avertissement, avançait vers la maison, tendue, à l'affût du moindre son indiquant la présence d'Antoinette.

Deerfield braqua son arme dans sa direction. Il n'avait plus l'expression de brave type qu'il avait affectée. Pourtant, dans la pénombre, Olivia eut soudain le sentiment de l'avoir déjà vu avant qu'il vienne se présenter à sa porte. Mais où ?

— Votre gamine est à l'intérieur. Elle a fini par s'endormir. Comment avez-vous su que j'étais ici ?

— Vous avez mentionné cet endroit ce matin. Ecoutez, j'ai apporté ce que vous voulez. Je me fiche de ce que vous souhaitez en faire. Rendez-moi ma fille, et tout sera terminé.

Il amorça son arme. Le bruit menaçant du chien ramené en arrière résonna dans la nuit.

— Enlevez votre manteau et lancez-le-moi.

— Il y a quelque…

— La ferme. Faites ce que je vous dis.

Elle ôta son manteau et frissonna. Il s'aperçut immédiatement qu'elle portait quelque chose dans sa poche gauche et il s'avança vers elle pour savoir ce que c'était.

— C'est un biberon pour ma fille, expliqua Olivia. J'ai également un sac de vêtements pour elle dans ma voiture.

— La ferme, répéta-t-il avant de la faire avancer sous le porche. Posez le carton, regardez la maison et écartez les bras.

Elle s'exécuta et le laissa s'assurer qu'elle n'était pas armée.

— Tournez-vous, ordonna-t-il avant de lui rendre son manteau.

— Je veux mon bébé, dit-elle en se rhabillant.

— Où est votre petit copain ?

— Le shérif Bishop ? Pensez-vous que je serais prête à risquer la vie de ma fille en venant ici avec lui ?

Pour toute réponse, il lui braqua son arme sur le crâne, la prit par le bras et la fit marcher jusqu'à sa voiture, qu'il examina en détail. Puis il la força à faire le tour de la maison avec lui. Il regarda dans chaque coin sombre, observa la surface de l'eau.

A l'arrière de la maison, Olivia vit une faible lumière par la baie vitrée, et aperçut une petite main. Antoinette ! Mais Deerfield la tira derrière lui et contourna le ponton. Avait-il repéré Zac et voulait-il le prendre par surprise ? Elle devait sauver Antoinette, mais elle devait aussi sauver Zac. Ce n'était pas soit l'un soit l'autre. C'était eux deux ou rien.

Mais Deerfield sembla satisfait et, toujours en l'obligeant à le suivre, revint là où il avait laissé le carton. Il en détailla le contenu avec des yeux avides.

— Est-ce que tout est là ?

— Oui, à l'exception de la figurine que je n'ai pas eu le temps d'aller récupérer à l'hôpital.

— Je savais que la mère de Logan était morte, et je me suis douté qu'il avait caché les diamants dans ces figurines. Si vous les aviez mises au sous-sol avec le reste des affaires de Logan, vous nous auriez épargné beaucoup de tracas.

Olivia cherchait à laisser à Zac le temps d'intervenir, mais elle avait également envie d'éclaircir de nombreux points.

— Pourquoi diable vouliez-vous cette cloche ?

— Allez ramasser cette pierre en bas de l'escalier, dit-il en la désignant de son arme avant de la braquer de nouveau sur elle.

Elle obéit sans rien dire.

— Maintenant, cassez le dessus de la cloche avec. Ne frappez pas trop fort, contentez-vous d'ébrécher le plâtre.

Au bout de trois tentatives, un morceau de plâtre s'effrita et laissa apparaître une partie de ce qui semblait être une statuette en or.

— Je le savais ! s'exclama Deerfield, qui s'approcha pour regarder de plus près.

— Qu'est-ce que c'est ?

— Un vase antique. Il était dans le coffre avec le Debussy. Logan a dû le mettre tête en bas et le recouvrir de plâtre pour le déguiser en cloche. Dès que je l'ai vue dans la nursery, j'ai su ce que c'était. Il vaut une fortune, et j'ai un acheteur. Et maintenant, cassez les autres figurines. Vite.

Elle fit ce qu'il demandait. L'une était vide, les autres contenaient des diamants. Il prit le Debussy et le rangea dans sa poche.

— C'est vous qui avez pénétré dans le sous-sol par effraction et qui m'avez frappée, dit Olivia.

— Je vous ai entendus, vous et ce flic, parler d'inspecter le contenu des caisses dans le sous-sol, répondit-il. Je devais vérifier si Logan y avait caché la marchandise.

Olivia comprit enfin où elle l'avait vu précédemment.

— Le soir où les trois malfrats sont venus à ma porte, vous étiez devant la maison. Je vous ai vu passer sur le trottoir, puis vous avez disparu.

Il eut un demi-sourire.

— Je savais que vous craigniez que ces trois types s'en prennent à vos proches. J'ai donc suivi la sœur du flic et je l'ai renversée au moment où elle sortait de sa voiture. Moi, je ne suis pas du genre à jouer du couteau. Tout ce que je voulais, c'était vous faire peur, vous mettre encore plus de pression.

— C'est vous qui avez renversé Faith ! Mais je croyais que vous aviez une petite voiture blanche…

— Je conduis une berline noire qui se trouve au parking de Sea-Tac, là où je l'ai laissée après avoir renversé la fille. Ensuite, j'ai loué une voiture et je suis venu vous voir. Plutôt habile, non ?

— Faith aurait pu mourir.

— Et alors ? Je vous rappelle que j'ai déjà tué deux flics.

— Alors Logan n'a tué personne au cours du vol des diamants ?

— Tout ce que Logan Cooke a fait, c'est trouver un moyen de participer à la soirée et de désactiver l'alarme. Mais n'ayez pas trop d'espoir. Tout ce que je vous ai dit d'autre est vrai. Moi, j'ai fait l'erreur de le laisser me convaincre de cacher le magot jusqu'à ce que les choses se calment. Evidemment, il a filé sans demander son reste. Jamais je n'aurais dû lui faire confiance.

— Et les photos que vous m'avez montrées ?

— Ce n'était pas Logan qui était dessus, à l'exception de celle de la cérémonie de remise des diplômes au lycée, que j'ai trouvée sur le site Internet de l'établissement, et celle de nous deux à Las Vegas.

Soudain, elle entendit Antoinette pleurer derrière elle. D'instinct, elle se rua dans la maison, ignorant le canon de l'arme pointée sur elle. Deerfield la suivit.

Sa petite fille était étendue sur une chemise d'homme, à même le sol. Elle avait repoussé un pull que Deerfield avait utilisé comme couverture et battait des jambes et des bras. Elle pleurait tellement fort qu'elle ne reprenait même plus son souffle. Olivia la prit contre elle et la serra, la couvrant de son manteau pour la réchauffer. Elle se retourna et considéra Deerfield, qui s'était arrêté à l'entrée de la pièce.

— Faites-la taire.

— Je fais de mon mieux. Si je pouvais lui donner le biberon que…

— Nous n'avons pas le temps. Nous partons. C'est vous qui conduisez, nous allons faire une petite balade.

Olivia comprit qu'elle ne devait en aucun cas monter en voiture avec lui. Si seulement elle avait su où était Zac ! Mais elle ne devait pas uniquement s'en remettre à lui pour se sortir de ce mauvais pas. Elle devait utiliser sa tête.

Elle s'avança vers lui. Deerfield semblait persuadé qu'elle allait lui obéir docilement et lui tourna le dos. Elle profita de ce moment d'inattention et partit dans la direction opposée. Elle l'entendit crier derrière elle, mais elle pensait qu'il n'oserait pas lui tirer dessus. Elle et son bébé étaient des otages trop précieux.

Elle se trompait. Une balle siffla tout près d'elle et fit voler en éclats une vitre de la baie.

Un mal pour un bien. Elle sortit par cette ouverture.

Elle se retrouva sur le ponton abrité, lequel était dans l'obscurité et se balançait légèrement. Elle avança d'un pas hésitant.

Deerfield surgit derrière elle, une lampe à la main. Les cris d'Antoinette l'avaient guidé jusqu'à elles. Il braqua sa lampe sur elles et éclata d'un rire sinistre.

— Espèce de garce ! lui lança-t-il. Vous n'irez pas loin.

Il approcha d'un pas lourd. Olivia était pétrifiée. Soudain, elle s'aperçut qu'il y avait des empreintes de pas mouillés au bout du ponton. Elle comprit immédiatement ce que cela signifiait. Elle leva les yeux et croisa le regard de Deerfield. Il regarda dans la même direction qu'elle. Il allait deviner lui aussi…

Elle sentit une présence derrière elle et, d'instinct, elle s'assit et se recroquevilla pour protéger Antoinette.

Un déluge de feu se déclencha alors puis, soudain, un lourd silence retomba sur le ponton.

Tremblante, Olivia releva lentement la tête. Deerfield gisait dans une mare de sang. La lampe avait roulé à côté de lui. Elle tourna la tête dans la direction opposée. Rien.

Où était Zac ? Etait-il blessé ? Elle se leva, son bébé toujours serré contre elle. Elle devait le retrouver et l'aider…

Alors, il apparut en titubant et s'affala auprès d'elle, son arme toujours en main.

— Tu n'as rien ?

— Non. Et toi ?

— Ça va. Antoinette ?

— Elle va bien.

Il passa un bras autour des épaules d'Olivia et de sa main libre caressa la joue d'Antoinette. Presque immédiatement, ses cris cessèrent et ses petits yeux se tournèrent vers lui.

Le sourire affectueux de Zac en retour toucha Olivia en plein cœur.

— C'est fini, dit-il.

Olivia posa la tête contre son épaule. Son cœur battait très fort.

Comment avait-elle pu lui résister ? Comment avait-elle pu ignorer tout ce qu'il représentait pour elle, ce qu'il serait pour ses enfants ? C'est comme si elle avait eu un bandeau sur les yeux.

Mais désormais, ce bandeau était tombé, et Zac faisait pleinement partie de son avenir. Elle était prête à lui ouvrir son cœur, à tomber réellement amoureuse pour la première fois.

— Dès que j'aurai repris mon souffle, dit Zac, je lance l'opération « faire tomber Olivia amoureuse de moi ». Est-ce que ça te dérange ?

Elle caressa son visage, puis prit sa main et la serra fort, trop émue pour parler.

Mais un baiser en dit davantage que beaucoup de mots.

Épilogue

Un mois plus tard

Zac déposa avec précaution Juliet dans son berceau, puis posa les mains sur ses hanches et considéra la pièce qui avait été sa chambre et était devenue une nursery pour quadruplées.

Ses filles. Et celles d'Olivia.

En l'espace de six semaines, il était passé du statut d'homme amoureux d'une femme mariée à celui d'homme marié à la femme qu'il aimait. De celui d'enquêteur à Seattle à celui de shérif de Westerly. Et surtout, il était entouré de toutes les femmes qui comptaient dans sa vie.

Au bout du compte, les choses avaient plus que bien tourné.

— Tu as l'air d'avoir peur de bouger et de réveiller les bébés, dit Olivia depuis le seuil de la pièce.

Il se retourna et lui sourit. Il ne l'avait pas entendue venir. Dans sa robe verte, ses cheveux ondulés encadrant son visage, elle était splendide.

Etait-elle vraiment sa femme ? Etait-ce vraiment elle qui se tenait là, à le regarder avec des yeux pleins d'amour ?

— Eh bien, tu sais que ce n'est pas facile de les faire

dormir toutes les quatre en même temps. Comment va Faith ?

— Bien. Elle espère terminer sa rééducation dans quelques jours. Elle boite moins.

— Super. Et qu'a dit ton avocate ?

— Tu veux la version longue ou la version courte ?

— Courte.

Il laissa son regard et ses mains glisser sur ses vêtements, s'attarda sur les boutons de son col. Il l'embrassa dans le cou et ajouta :

— La version abrégée, même.

Elle eut un petit rire qui lui enflamma les sens. Il la prit dans ses bras et marcha vers leur chambre.

— Je ne dois plus rien à personne, dit Olivia. Tu sais que j'ai vendu la voiture et envoyé l'argent de la vente à la femme de Logan Cooke. Mon avocate m'a dit que Grant et Hugh Robinson avaient payé mes frais d'hôpital. Etonnant, non ?

— Tant mieux pour eux, dit Zac comme ils entraient dans la chambre.

Il la déposa sur le lit et s'allongea à côté d'elle. Il avait l'intention de la déshabiller lentement et de passer l'heure suivante à lui rappeler combien il l'aimait.

— Je t'aime tant, chuchota-t-elle, tout près de son oreille.

— Ce ne sont que des mots, ma chérie. Prouve-le-moi.

— Avec plaisir…

Ses doigts s'aventurèrent le long de son torse et sur la boucle de sa ceinture. Soudain, un petit cri résonna à l'autre bout du couloir, puis un autre, suivi d'un autre encore.

Ils se regardèrent en souriant. Puis ils se levèrent et allèrent ensemble s'occuper de leurs quadruplées.

Le 1er janvier

BLACK ROSE

Black Rose n°109

Mystérieuse attirance - Carol Ericson

Quelle étrange impression de déjà-vu… Se pourrait-il que Julia ait connu Ryder McClintock, quatre ans plus tôt, avant l'accident de voiture qui l'a laissée amnésique ? C'est en tout cas la question qui l'étreint lorsqu'elle le voit soudain. Plus troublant encore, il y a cette ressemblance entre Ryder et Shelby, la fillette dont Julia était enceinte au moment de l'accident…

Je serai là pour toi - Justine Davis

Un garde du corps ? Bien qu'elle ait été agressée, Lilith Mercer refuserait net cette surveillance si elle ne lui était imposée par son patron. Car c'est à Tony Alvera que la mission a été confiée — Tony, un collègue de l'agence de protection rapprochée où elle travaille comme secrétaire, et dont elle est amoureuse depuis des mois…

Black Rose n°110

Même si tu m'as trahie - Carla Cassidy

En apprenant que Hope, sa sœur de quinze ans, est accusée d'avoir poignardé leur beau-père, Grace Covington est sous le choc. Déterminée à tout faire pour lui éviter le pire, elle se résigne à engager Charlie Black, son ex-fiancé, afin qu'il assure sa défense. Car même si elle n'a jamais pardonné à Charlie de l'avoir trahie autrefois, elle sait qu'il est le seul avocat à pouvoir sauver Hope…

Un dangereux secret - B.J. Daniels

Son sourire, ses yeux clairs… Sans que Shane Corbett puisse s'expliquer pourquoi, le charme de Maddie Cavannaugh le désarme. Mais à ce trouble s'ajoute une extrême inquiétude quand la jeune femme lui confie qu'elle détient un dangereux secret… et disparaît soudain. Un enlèvement ? Déjà plus amoureux qu'il ne l'aurait cru possible, Shane se lance alors à la recherche de Maddie…

Black Rose n°111

Un mariage à haut risque - Gina Wilkins

Quand Daniels Andreas, son ami d'enfance, lui demande de l'accompagner en voyage d'affaires et de se faire passer pour son épouse, B.J. Samples accepte bien volontiers. Mais, une fois sur place, elle découvre avec horreur que les « partenaires » de Daniel sont loin d'être des enfants de chœur. Et que, si elle ne joue pas son rôle à la perfection, elle risque de ne pas ressortir vivante du magnifique complexe hôtelier où on les a cloîtrés…

L'héritière menacée - Delores Fossen

Lui, père d'un bébé de trois mois ? Comment Jenna Lanière, une héritière qu'il a sauvée lors d'une opération un an plus tôt, ose-t-elle le compromettre ainsi, en prétendant qu'il est le père de son enfant ? Furieux, l'agent Cal Rico entend obtenir des explications. Mais, une fois face à Jenna, il sent retomber sa colère : car la jeune femme lui avoue être menacée, et n'avoir menti que pour l'attirer chez elle, afin qu'il la protège…

www.harlequin.fr

BestSellers

A paraître le 1er janvier 2010

Best-Sellers n° 406 • suspense

Dans l'ombre du bayou - Lisa Jackson

Lorsque Eve Renner accepte en pleine nuit le mystérieux rendez-vous fixé par Roy, son ami d'enfance, elle n'imagine pas qu'elle met le pied dans un véritable guet-apens. Car elle découvre son ami poignardé, le chiffre 212 tracé sur un mur en lettres de sang. Pis encore : Cole, son fiancé, se trouve sur les lieux du crime et tente de la tuer elle aussi. Trois mois se sont écoulés depuis, et Eve se remet difficilement de la trahison de Cole, mais aussi de ses blessures : devenue amnésique, elle ne parvient pas à comprendre ce qui a pu se passer lors de cette nuit de cauchemar. Jusqu'à ce qu'un mystérieux courrier l'incite à chercher dans ses souvenirs…

Best-Sellers n°407 • paranormal

Les griffes de la nuit - Rachel Vincent

En apparence, Faythe Sanders ressemble à n'importe quelle étudiante américaine. Qui pourrait croire qu'elle est tout autre et qu'à certains moments, elle se transforme en panthère noire ? Mais Faythe rêve de vivre comme tout le monde et elle refuse de se plier aux exigences de ses parents et de sa caste de félins. Pourtant, son destin est d'être une féline et d'assurer la descendance de sa lignée comme toutes les femelles de son âge. Mais peut-elle aspirer à la liberté sans renoncer à ce qu'elle est profondément ?

Best-Sellers n°408 • suspense

Passé obscur - Suzanne Forster

Au sommet de la gloire, Lane Chandler, fondatrice de *The Private Concierge*, une société de services très prisée par les célébrités de Los Angeles, est soudainement éclaboussée par le scandale : l'un de ses clients est retrouvé mort dans des circonstances suspectes. Prête à tout pour sauver sa réputation et celle de son entreprise, Lane fait face à ceux qui la montrent du doigt. En particulier Rick Bayless, un ancien officier de la police obstiné et charismatique qui connaît son passé sombre et honteux. Un passé qui la poursuit impitoyablement et qu'elle aurait préféré oublier.

Best-Sellers n°409 • suspense

L'île des ténèbres - Heather Graham

Caer Cavannaugh, une jeune infirmière, quitte son Irlande natale pour raccompagner à Rhode Island Sean O'Riley, un riche armateur frappé d'une mystérieuse maladie lors de ses vacances. La tâche se révèle plus difficile que prévu quand elle découvre la tension malsaine qui règne dans la luxueuse maison familiale où vit l'entourage de son patient. Et lorsque s'ajoute à ce climat de menace insidieuse une étrange disparition, Caer, avec la complicité du détective privé Zach Flynn, va devoir se fier à ses dons de prémonition pour protéger la vie de Sean.

Best-Sellers n°410 • roman

La maison de la baie - Sherryl Woods

Par une belle journée de printemps, Abby O'Brien reçoit un appel paniqué de Jess, sa sœur cadette : l'auberge qu'elle a presque achevé de restaurer et qui doit ouvrir ses portes quelques semaines plus tard est menacée de saisie. De retour à Chesapeake Shores pour venir en aide à sa sœur, Abby retrouve Trace Riley, son premier amour. L'homme à qui elle avait dû renoncer dix ans auparavant en fuyant sa douloureuse histoire familiale.

Best-Sellers n°411 • roman

L'écho de la rivière - Emilie Richards

Artiste peintre mariée à un avocat et mère d'une petite fille, Julia Warwick est un pur produit de l'aristocratie de Ridge's Race. Cette femme à qui tout semble sourire voit pourtant son monde s'écrouler lorsqu'elle perd la vue de manière inexpliquée. Les médecins ayant conclu à une cécité psychosomatique, Julia entreprend de fouiller son passé à la recherche d'un traumatisme qu'elle aurait pu enfouir au plus profond de sa mémoire. Ce faisant, elle ouvre peu à peu les yeux sur son mari, sa famille, et surtout sur elle-même. Faisant bientôt émerger, avec l'aide de Christian Carver, son amour de jeunesse, des secrets que beaucoup ont intérêt à ne jamais voir divulgués.

BestSellers

Best-Sellers n°412 • historique

L'alliance scandaleuse - Brenda Joyce

Derbyshire, 1838

A l'âge où toutes les jeunes femmes songent à fonder une famille, Ariella de Warenne ne rêve que de voyages, d'indépendance. Le mariage ne figure pas dans ses projets… et l'amour peut attendre. Du moins le croit-elle, jusqu'au jour où elle rencontre Emilian St Xavier, richissime vicomte de Woodland. Un homme ténébreux dont la bonne société anglaise se méfie en raison de ses origines bohémiennes et de ses mœurs dissolues. Qui est cet Emilian et pourquoi l'attire-t-il autant ? Fascinée, Ariella est déterminée à satisfaire sa curiosité. Au risque de traîner sa réputation et son nom dans la boue…

www.harlequin.fr

GRATUITS !

2 ROMANS*et 2 CADEAUX surprise !

Pour vous remercier de votre fidélité, nous vous offrons 2 romans* exceptionnels de la collection de votre choix !

☛ **Bénéficiez de tous les AVANTAGES du Service Lectrices :**

- ♦ **5% de remise** systématique sur vos romans
- ♦ Des **cadeaux** gratuits
- ♦ Vos **romans en avant-première**
- ♦ L'abonnement gratuit au **magazine Romance**

En acceptant cette offre spéciale, vous n'avez aucune obligation d'achat. Vous pouvez retourner les romans, frais de port à votre charge, sans rien nous devoir, ou annuler tout envoi futur.

Il y a forcément une collection faite pour vous !

AZUR : La force d'une rencontre, l'intensité de la passion.
HORIZON : Des histoires d'amour tendres et optimistes, en gros caractères.
AUDACE : Une collection très coquine pour flirter avec les tabous...
BLANCHE : Passions et ambitions dans l'univers médical.
LES HISTORIQUES : Vivez le destin d'héroïnes au cœur de l'Histoire !
BEST SELLERS : Des romans à succès : suspense, drames et sagas.
NOCTURNE : Quand l'amour rencontre le monde de l'étrange...

PASSIONS : Des histoires d'amour modernes et passionnées...
PRÉLUD' : Vivez tout le romanesque des grandes histoires d'amour.
BLACK ROSE : Des histoires palpitantes où mystère et amour s'entremêlent.

MIRA : Les meilleurs policiers et thrillers en grand format.
JADE : Une collection féminine et élégante en grand format.

Complétez le coupon ci-contre et retournez-le nous rapidement !

* 1 roman pour les collections Jade, Mira et Audace - Pas de roman gratuit pour la collection nocturne

OUI ! Envoyez-moi mes **2 livres offerts*** de la collection que j'ai choisie et mes **2 cadeaux surprise gratuitement.**
Sauf contrordre de ma part, j'accepte ensuite de recevoir chaque mois les romans de la collection choisie, simplement en consultation.

☛ COCHEZ la collection choisie :

- ❑ **AZUR** .... ZZ0F56 .... 6 romans par mois 24,76€
- ❑ **HORIZON** .... OZ0F54 .... 4 romans par mois 18,20€
- ❑ **AUDACE** .... UZ0F52 .... 2 romans par mois 12,28€
- ❑ **BLANCHE** .... BZ0F53 .... 3 volumes doubles par mois 20,32€
- ❑ **LES HISTORIQUES** .... HZ0F53 .... 3 romans tous les deux mois 19,75€
- ❑ **BEST SELLERS** .... EZ0F53 .... 3 romans tous les deux mois 22,18€
- ❑ **NOCTURNE** .... TZ0F52 .... 2 romans par mois 12,12€
- ❑ **PRÉLUD'** .... AZ0F54 .... 4 romans par mois 23,12€
- ❑ **PASSIONS** .... RZ0F53 .... 3 volumes doubles par mois 20,77€
- ❑ **BLACK ROSE** .... IZ0F53 .... 3 volumes doubles par mois 20,77€
- ❑ **MIRA** .... MZ0F52 .... 2 romans tous les deux mois 26,56€
- ❑ **JADE** .... JZ0F52 .... 2 romans tous les deux mois 26,56€

☛ COMPLÉTEZ vos coordonnées et renvoyez cette page à :
Service Lectrices Harlequin – BP 20008 – 59718 Lille Cedex 9

N° d'abonnée Harlequin (si vous en avez un) ❑❑❑❑❑❑❑❑❑

Mme ❑ Mlle ❑ Nom : ______________________

Prénom : ______________________ Adresse : ______________________

____

Code Postal: ❑❑❑❑❑ Ville : ______________________

Tél. : ❑❑❑❑❑❑❑❑❑❑ E-mail : ______________________

❑ Oui, je souhaite recevoir par e-mail les offres promotionnelles des éditions Harlequin
❑ Oui, je souhaite recevoir par e-mail les offres promotionnelles des partenaires des éditions Harlequin

Le Service Lectrices est à votre écoute au 01.45.82.44.26 du lundi au vendredi de 9h à 17h ou par e-mail : service.lectrices@harlequin.fr

Date limite : 30 novembre 2010. Vous recevrez votre colis environ 20 jours après réception de ce bon. Offre soumise à acceptation et réservée aux personnes majeures, résidant en France métropolitaine, dans la limite des stocks disponibles. Offre limitée à 2 collections par foyer. Prix susceptibles de modification en cours d'année. Conformément à la loi Informatique et libertés du 6 janvier 1978, vous disposez d'un droit d'accès et de rectification aux données personnelles vous concernant. Par notre intermédiaire, vous pouvez être amenée à recevoir des propositions d'autres entreprises. Si vous ne le souhaitez pas, il vous suffit de nous écrire en nous indiquant vos nom, prénom et adresse à : Service Lectrices Harlequin BP 20008 59718 LILLE Cedex 9. Harlequin® est une marque déposée du groupe Harlequin. Harlequin SA – 83/85, Bd Vincent Auriol – 75646 Paris cedex 13. SA au capital de 1 120 000€ – R.C. Paris. Siret 31867159100069/APE5811Z

Composé et édité par les

éditions Harlequin

Achevé d'imprimer en France (Malesherbes)
par Maury-Imprimeur
en novembre 2009

Dépôt légal en décembre 2009
N° d'imprimeur : 150704 — N° d'éditeur : 14644